인간문제

편집위원

서종택(소설가, 고려대 명예교수)
안남일(고려대 한국학연구소 연구교수)
윤애경(문학평론가, 창원대 교수)
박형서(소설가, 고려대 교수)

오늘의 한국문학 5

인간문제

인쇄 2012년 2월 10일
발행 2012년 2월 15일

지 은 이_강경애
펴 낸 이_한봉숙
펴 낸 곳_푸른사상

등록 제2-2876호
주소   서울시 중구 초동 42번지 아시아미디어타워 502호
대표전화   02) 2268-8706-7 / 팩시밀리   02) 2268-8708
메일   prun21c@yahoo.co.kr / prun21c@hanmail.net
홈페이지   www.prun21c.com
ISBN 978-89-5640-892-7
ISBN 978-89-5640-834-7 (세트)

ⓒ 2012, 푸른사상

정가 13,000원

오늘의 한국문학 *5*

인간문제

강경애 장편소설

〈오늘의 한국문학〉을 펴내며

한국의 근대문학이 한 세기를 넘어섰다. 개화의 이상과 환상, 식민 지배하의 삶의 질곡, 전쟁과 분단, 민주화의 출범과 군부독재의 출현, 그리고 산업화와 세계화를 지향하는 오늘에 이르기까지의 한국의 근현대사는 인류의 한 세기가 감당할 수 있는 역사적 사건의 많은 유형들을 그대로 담고 있다.

지난 한 세기 동안의 우리의 문학은 이러한 격변의 세월들과 밀접한 관련을 맺고 있다. 문학은 한 개인의 삶의 실존적 기록이면서 동시에 그 사회의 모습을 여러 형태로 반영하고 있으며, 우리는 따라서 한국 근현대사의 좌절과 희망을 정면으로 끌어안은 이들 작품들에게서 개인의 삶과 사회의 관계에 대한 새로운 인식, 문학과 사회의 독자성과 상호성에 대한 의미 있는 현상들과 만나게 된다. 그리하여 이제는 근대문학 한 세기의 축적 앞에서 그동안의 문학적 유산을 다시 검토하고 앞으로 우리가 참여하지 않으면 안 될 문학적 전통을 창조적으로 계승하기 위한 독서와 비평의 담론들을 마련해야 할 때이다.

모든 역사가 새롭게 해석되는 현재의 관점이듯 문학 텍스트 역시 새롭게 해석되는 오늘의 의미이다. 따라서 〈오늘의 한국문학〉은 과거에 무수히 간행되었던 한국문학에 대한 정리와 평가의 방식을 새롭게, 그리고 비판적으로 받아들여야 할 것이다.

따라서 우리는 이 전집에서 무엇보다도 새로운 작가와 텍스트들의 발굴에 주력하였다. 아울러 본 전집이 채택한 작가 작품들의 선정과 배열 방식은 과거의 우리문학에 대한 관습적 이해와 독서방식에 대한 반성과 함께 신선한 해석적 관점들을 제공해 줄 것이다. 특히 서사문학의 본령인 중장편소설들에 주목하여 이 작품들에 대한 오늘의 의미와 당대적 가치를 되묻고자 하였다. 교양으로서의 한국문학, 혹은 연구대상으로서의 한국문학 모두에게 유용하게 활용될 수 있을 것이다. 총 50~60권의 분량으로 1차(1906~1930년대)와 2차(1930~1970년대), 3차(1970~2000년대)로 나누어 출간할 예정이다.

〈오늘의 한국문학〉 편집위원   서종택 안남일 윤애경 박형서

차례

일러두기

1. 『동아일보』 1934년 8월 1일 ~ 12월 22일 연재된 원고를 원텍스트로 삼았다.
2. 원문을 기본으로 하되 띄어쓰기는 현대 맞춤법을 기준으로 하였다.
3. 더 이상 사용하지 않는 옛글이나 외래어 등의 경우 현대어로 바꾸었다.
4. 원문에 사용된 문장부호를 그대로 사용하되, 생각 등을 의미하는 ( )는 ' '로, 대화문 등을 의미하는 「 」는 " "로, 편지글이나 노래 등은 인용문으로 처리하였다.

인간문제

1

이 산등에 올라서면, 용연동네는 저렇게 뻔히 들여다볼 수가 있다. 저기 우뚝 솟은 저 양기와집이 바로 이 앞벌 농장 주인인 정덕호 집이며, 그다음 이편으로 썩 나와서, 양철집이 면역소며, 그 다음으로 같은 양철집이 주재소[1]며, 그 주위를 싸고 컴컴히 돌아앉은 것이 모두 농가들이다.

그리고 그 아래 저 푸른 못이 원소怨沼라는 못인데, 이 못은 이 동네의 생명선이다. 이 못이 있기에 저 동네가 생겼으며 저 앞벌이 개간된 것이다. 그리고 이 동네 개짐승까지라도 이 물을 먹고 살아가는 것이다.

이 못은 언제 어떻게 생겼는지 물론 아무도 아는 사람이 없을 것이다. 그러나 이 동네 농민들은 이러한 전설을 가지고 있다. 그들은 이 전설을 유일한 자랑거리로 삼으며, 따라서 그들이 믿는 신조로 한다.

그들에게서 들으면 이러하였다—.

옛날, 이 원소가 생기기 전에, 이 터에는 장자 첨지[2]가 수없는 종들과 전지와 살진 가축들을 가지고 살았다는 것이다. 그런데 그 첨지는 하도 인색하여서, 연년이 추수하는 곡식을 미처 먹지 못하고 곳간에서 푹푹 썩어내도 근처 어려운 사람들을 구제할 생각은 고사하고, 어쩌다 걸인이 밥 한술을 구걸하여도 그것이 아까워서는 대문을 닫아걸고 끼니도 끓여먹었다는 것이다.

그런데 마침 몇 해를 거푸 흉년이 들어서 이 동네 사람들이 모두 굶어죽게 되었을 때 그들은 하루에도 몇 번씩 장자 첨지에게 애걸을 하였다. 그러나 첨지는 들은 체도 하지 않고 오히려 그들을 나무라고 문간에도 들이지 않았다는 것이다.

그러므로 그들은 하는 수 없이 몰래 작당을 하여가지고 밤중에 장자 첨지네 집을 습격하여 쌀과 살진 짐승들을 끌어냈다는 것이다.

이런 일이 있은 후 며칠 만에 장자 첨지는 관가에 고소장을 들여 이 근처 농민들을 모두 잡아가게 하였다. 그래서 무수한 악형을 하고 혹은 죽이고 그나마는 멀리 쫓아버렸다는 것이다.

아버지 어머니 혹은 아들 딸을 잃어버린 이 동네 노인이며 어린것들은 목이 터지도록 아버지 어머니를 부르며 혹은 아들과 딸을 찾으며 장자 첨지네 마당가를 떠나지 않고 울었다는 것이다.

그래서 울고 울고 또 울어서 그 눈물이 괴고 괴어서 마침내는 장자 첨지네 고래잔등 같은 기와집이 하룻밤 새에 큰 못으로 변하였다는 것이다. 그 못이 즉 내려다보이는 저 푸른 못이다.

표면에 나타나는 이 못의 넓이는 누구나 얼핏 보아도 짐작하겠지마는 이 못의 깊이는 이때까지 아는 사람이 한 사람도 없었다. 옛날에 어떤 사람이 이 못의 깊이를 알고자 하여 명주실꾸리를 몇 꾸리든지 넣어도 끝이 안 났다는 그런 말은 아직까지도 남아 있다.

이 동네 농민들은 어디서 새로 이사 오는 사람들이 있으면 반드시 쫓아가서 원소의 전설부터 이야기하고 그리고 자손이 나서 말을 배우기 시작할 때부터 이 전설을 가르쳐주는 것이다. 그래서 어린애들로부터 어른까지 이 전설을 머리에 꼭꼭 기억하고 있다. 그리고 이 원소에 대하여서 막연하나마 어떤 기대를 가지고 있는 것이다.

그러므로 이 농민들은 무슨 원통한 일이 있어도 이 원소를 보고 위안을 얻으며 무슨 괴로운 일이 있어도 이 원소를 바라보면 사라진다고 하였다.

사명일[3] 때면 그들은 떡이나 흰밥을 지어 이 원소 부근에 파묻으며 옷이며 신발까지도 내다 버리는 것이다. 그만큼 그들은 정성을 표하곤 하였다. 더구나 그들이 불치의 병에 걸렸을 때도 이 원소에 와서 빌면 그 병은 곧 물러간다고 그들은 말하였다.

이러한 원소를 가진 그들이건만 웬일인지 해를 거듭할수록 나날이 궁핍과 고민만이 닥쳐왔다. 그래서 근년에는 그들의 먹는 것이란, 밀죽과 도토리뿐이므로, 흰밥이며 떡을 해다 파묻는 일도 드물었다.

그들의 이러한 아픔과 쓰림은 저 원소라야만 해결해줄 것 같았다. 그래서 그들은 언제나 원소를 바라보며 위안을 얻었다.

예나 지금이나 저 원소의 물은 푸르고 푸르다. 흰 옷감을 보면 물들이고 싶게 그렇게 푸르다.

억새풀이 길길이 자란 그 밑으로 봄을 만난 저 원소 물이 도랑으로 새어 흐르고 또 흐른다. 그 주위로 죽 돌아선 늙은 버드나무는 겉보기에는 다 죽은 듯하건만, 그 속에서 새 움이 파랗게 돌아난다.

어디서 왔는지 모르는 물매미 한 마리가 땀방 뛰어들어, 시원스럽게 원형을 그리며 돌아간다. 그러자 어디서인지, 신발 소리가 가볍게 들려온다.

2

신발 소리가 차츰 가까워지더니 산등으로 계집애 하나가 뛰어올라 온다. 그는 무엇에 쫓기는 모양인지 자주자주 뒤를 돌아보며 숨이 차서 달려 내려온다.

계집애는 이 동네에서 흔히 볼 수 있는 메꽃물을 들인 저고리를 입었으며 얼굴빛은 좀 푸른 기를 띠었으나 티 없이 맑았다. 그리고 손에 든 나물바구니가 몹시 귀찮은 모양인지 좌우 손에 번갈아 쥐다가는 머리에 였다가 그도 시원치 않아서 이번에는 가슴에다 안으며 낯을 찡그린다. 그리고 흘금흘금 산등을 돌아본다.

뒤미처 나무꾼애가 작대기를 휘두르며 쫓아온다.

"이놈의 계집애, 깜짝 말고 서라!"

소리를 버럭 지르며 다그쳐오는 속력은 몹시도 빨랐다. 계집애는 가슴에 안았던 바구니를 머리에 이며, 죽을힘을 다하여 내려오다가, 그만 푹 거꾸러져 언덕 아래로 굴러 내렸다. 바구니는 그냥 데굴데굴 굴러 내려간다.

나무꾼애는 이것이 재미스러워 킥킥 웃으면서 계집애 곁으로 오더니 막아섰다.

"이 계집애 진작 줄 것이지, 도망질은 왜 하니. 아무러면 나한테 견딜 것 같니. 좋다! 넘어지니 맛이 어때?"

흑흑 느껴 우는 계집애는 벌떡 일어나며 바구니가 어디로 갔는가 하여 둘러보다가 저편 보리밭 머리에 있는 것을 보고야 나무꾼애를 힐끔 쳐다본다. 그리고 슬며시 돌아선다. 나무꾼애는 얼핏 뛰어가서 바구니를 들고 왔다.

"이놈의 계집애! 싱아[4] 다 꺼내 먹는다, 봐라."

계집애가 서 있는 앞에 바구니를 갖다 놓고 그는 손을 넣어 싱아를 꺼냈다. 그리고 일변 어석어석 씹어 먹는다. 계집애는 또다시 힐끔 쳐다보더니,

"이리 다오, 이 새끼!"

앞으로 다가서며 바구니를 뺏는다. 나무꾼애는 계집애의 뾰로통한 모

양이 우스워서 '킥' 웃었다. 그리고 계집애 눈등의 먹사마귀가 그의 눈을 끌었다.

"너 요게 뭐야?"

나무꾼애는 계집애의 눈등을 꾹 찔렀다. 계집애는 흠칫하며 나무꾼애의 손을 홱 뿌리치고

"아프구나! 새끼두."

"계집애두 꽤 사납게는 군다…… 나 하나만 더……."

나무꾼애는 코를 훌떡 들이마시며 손을 내밀었다. 계집애는 그의 부드러운 음성에 무서움이 다소 덜려서 바구니에서 싱아를 꺼내 내쳐주었다.

나무꾼애는 떨어진 싱아를 주워 껍질도 벗기지 않고 '시시' 하고 침을 삼키며 먹다가 웬일인지 앞이 허전한 듯해서 바라보니 있거니 한 계집애가 없다. 그래서 두루 찾아보니 계집애는 벌써 원소를 돌아가고 있다.

"고놈의 계집애! 혼자 가네" 나오는 줄 모르게 이런 말이 굴러 나왔다. 그는 멀리 계집애의 까뭇거리는 모양을 바라보며 그도 동네로 들어가고 싶은 맘이 부쩍 들었다.

"이애 선비야! 나하고 같이 가자."

소리를 지르며 달려 내려갔다. 그가 원소까지 왔을 때는 계집애는 보이지 않았다. 그는 아무 데나 펄썩 주저앉았다. "고놈의 계집애…… 혼자 가네. 고런 어디서……" 이렇게 투덜거렸다.

한참 후에 무심히 내려다보니, 원소 물 위에 그의 초라한 모양이 뚜렷이 보인다. 그는 생각지 않은 웃음이 '픽' 하고 나왔다. 그리고 불을 늘여다보며 다리팔을 놀려보고, 머리를 기웃거릴 때, 아까 뾰로통해 섰던 계집애의 눈등에 있는 먹사마귀가 얼핏 떠오른다. "고게 뭐야?" 하며 그는 휘끈 돌아보았다. 아무도 없다. "고놈의 계집애 정말……" 그는 계집애가 사라진 버드나무숲 저편을 바라보며 이렇게 중얼거렸다. 따라서 물 먹고

싶은 생각이 버쩍 들었다. 그래서 그는 벌떡 일어서며 땀 밴 적삼을 벗어 풀밭에 휙 집어 던지고 언덕 아래로 내려갔다.

그는 넓적 엎디며 목을 길게 늘이어 물을 꿀꺽꿀꺽 마신다. 목을 통하여 넘어가는 물은 곧 달큼하였다. 한참이나 물을 마신 그는 얼핏 일어나며 가쁜 숨을 '후유' 하고 내쉬었다.

원소를 거쳐 불어오는 실바람은 짙은 풀내를 아득히 싣고 와서 땀에 젖은 그의 겨드랑이를 서늘하게 말려준다. 그는 횡 맴돌이를 쳤다. "내 지게……? ……" 무의식간에 그는 이렇게 중얼거리자, 그가 계집애를 따라 여기까지 온 것을 생각하고 단숨에 달음질쳐서 산등으로 올라갔다. 그리고 지게 있는 곳으로 와서 낫을 가지고 산 옆으로 돌아가며 나무를 깎기 시작하였다.

나무를 깎아가지고 지게 곁으로 온 그는 지게를 의지하여 벌렁 누워버렸다. 풀내가 강하게 끼치며 속이 후련해졌다. 잠이라도 한잠 푹 자고 싶었다. 그래서 그는 눈을 감았다.

갑자기 "첫째야!" 하고 누가 부른다.

3

잠이 사르르 오던 그는 깜짝 놀라 벌떡 일어났다. 그래서 휘휘 돌아보니 이 서방이 나무다리를 짚고 씩씩하며 이편으로 온다.

"이 서방!"

그는 이 서방을 보니 반가움과 함께 배고픔을 깨달았다.

"너 여기 있는 것을 자꾸 찾아다녔구나."

이 서방은 나무다리를 꾹 짚고 서서 귀여운 듯이 첫째를 바라본다. 그들의 그림자가 산 아래까지 길게 달려 내려갔다. 첫째는 나뭇짐을 끙 하

고 지며

"날 찾아다녔수."

"그래 해가 져가는데두! 어머니께 대답질을 하면 쓰나. 후담에는 그러지 말아라."

첫째는 이 서방과 가지런히 걸으며 '히이……' 웃었다. 그리고 강한 햇빛을 눈이 부시도록 치느끼며 그는 지금이 아침인지 저녁인지 분명치를 않았다.

"어머니가 밥을 지어놓고, 여간 너를 기다리지 않는다."

어머니에 대한 노염을 풀어주려고, 이 서방은 말끝마다 어머니를 불렀다.

"밥 했수?"

첫째는 멈칫 서서 이 서방을 보다가 무심히 저편 들을 바라보았다. 석양빛에 앞벌은 비단결 같다.

"이 서방, 나두 올부터는 김 좀 맸으면……."

이 서방은 가슴이 뜨끔하였다. 그리고 저것이 벌써 김을 매고 싶어 하니 어쩐단 말이누 하는 걱정과 함께, 지난날에 일하고 싶어 날뛰던 자기의 과거가 휙 떠오른다. 그는 후— 한숨을 쉬며 불타산을 멍하니 노려보았다.

"이 서방, 난 김매구, 이 서방은 점심 가지고 나헌테 오구, 그리구, 또……."

그는 말만 해도 좋은지, 방긋방긋 웃는다. 이 서방은 '너 김맬 밭이 있냐?' 하고 금방 입이 벌어지려는 것을 꿀꺽 삼켜버렸다. 따라서 가슴속에서 무엇이 울컥 맞받아 나온다.

"그리구 이 서방도 동냥하러 다니지 않고 내가 농사한 곡식을 먹구."

이 서방은 그만 우뚝 섰다. 그리고 나무다리를 힘 있게 짚었다. 그가 일생을 통하여 이러한 감격에 취하여보기는 아마 처음일 것이다. 반면에 차디찬 이 세상을 이같이 원망하기도 역시 처음이었다. 그가 어려서부터 남의 집을 살며 별별 모욕을 받다 못해서, 이 다리까지 부러졌지만, 아! 여기다 비기랴!

첫째는 흥이 나서 말을 하다가 돌아보니, 이 서방이 따르지 않는다. 그는 멈칫 섰다.

"이 서방! 왜 울어?"

첫째는 눈이 둥그레서 이편으로 다가온다. 이 서방은 눈물을 쥐어뿌린다. 그리고 나무다리를 다시 놀린다.

"어머니가 또 뭐라고 했구만, 그까짓 어머니 발길로 차 던져."

눈을 실쭉하니 뜬다. 이 서방은 놀라 첫째를 바라보며, 아까 싸운 노염이 아직도 남아 있음인가? 그렇지 않으면 이 아이가 무엇 때문에 어머니에 대한 증오심이 이리도 큰가?

"이애 너 무슨 말을 그렇게 하니? 못쓴단다."

이렇게 말하는 이 서방은 이 애가 벌써 자기 어머니의 비행을 눈치 챔인가? 하는 생각이 얼핏 들며, 유 서방과 영수, 그리고 요새 같이 다니는 대장장이가 번갈아 떠오른다. 그는 말할 용기를 잃어버렸다.

그들은 밀밭머리 좁은 길로 들어섰다.

"이 서방! 오늘 돈 얼마나 벌었수?"

이 말에 이 서방은 용기를 얻어,

"이애 돈이 뭐가, 오늘은 저 앞벌 술막집 잔채하는 데 종일 가 있다가, 이제야 왔다."

"잔챗집에…… 그럼 떡 얻어 왔지, 떡 얻어 왔지?"

작대기를 구르며 이 서방을 바라본다.

"그래, 얻어 왔다."

"얼마나?"

그는 입맛을 다시며 대든다.

"조금 얻어 왔다."

"또 어머니 주었수?"

"아니, 그냥 있다."

이 애가 실망할 것을 생각하고, 그는 이렇게 말하면서도 눈허리[5]에 벌레가 지나는 것 같았다.

"이 서방, 나는 떡만 먹고 산다면 좋겠더라."

그는 침을 꿀꺽 넘기었다.

"내 이 봄엔 많이 얻어다 줄 것이니, 이 배가 터지도록 먹으렴."

첫째는 '히이' 웃으면서 작대기로 돌부리를 툭툭 갈긴다. 이런 때에 그의 내리뜬 눈은 볼수록 귀여웠다.

그들이 집까지 왔을 때는 어슬어슬한 황혼이었다. 첫째 어머니는 문밖에 섰다가 그들이 오는 것을 보고

"저놈의 새끼, 범두 안 물어가."

나오는 줄 모르고 이런 말을 하고도, 가슴이 선뜻하였다. 이때까지 기다리던 끝에 악이 받쳐 이런 말을 하고도, 곧 후회가 되었던 것이다.

첫째는 나뭇짐을 벗어놓고 일어난다.

4

첫째는 방으로 들어오며,

"나 떡."

뒤따르는 이 서방을 돌아보았다. 첫째 어머니는 냉큼 시렁 위에서 떡 담은 바가지를 내려놓았다.

"잡놈의 새끼, 배는 용히 고픈 게다…… 떡떡 하더니 실컷 먹어라."

첫째는 떡 바가지를 와락 붙잡더니, 떡을 쥐어 뚝뚝 무질러 먹는다. 그들은 물끄러미 이 모양을 바라보며 저것이 얼마나 배가 고파서 저 모양일까 하고 측은한 생각까지 들었다. 첫째는 순식간에 그 떡을 다 먹고 나서,

"또 없나?"

첫째 어머니는 등에 불을 켜놓으며.

"없다, 그만치 먹었으면 쓰겠다."

"밥이라도 더 먹지."

이 서방은 불빛에 빨개 보이는 첫째 어머니의 볼을 바라보며 이렇게 말하였다. 첫째 어머니는 등 곁에서 물러앉으며,

"애는 저 이 서방이 버려놓는다니, 자꾸 응석을 받아줘서…… 저 새끼가 배부른 게 어디 있는 줄 아오. 욕심 사납게 있으면 있는 대로 다 먹으려 드는데."

아까 떡 한 개 더 먹고 싶은 것을, 첫째가 오면 같이 먹으려고 두었던 것이나, 막상 첫째가 배고파 덤비는 양을 보고는, 차마 떡 그릇에 손을 넣지 못하였던 것이다. 그러나 마침내 한 개도 남기지 않고 다 먹는 것을 보니, 섭섭하였다.

"이 서방, 나가자우."

첫째는 벌써 눈이 감겨오는 모양이다. 이 서방은 첫째 어머니와 이렇게 마주앉고 있는 것이 얼마든지 좋으나, 첫째의 말에 못 견디어서 안 떨어지는 궁둥이를 겨우 떼었다. 그리고 나무다리를 짚고 일어나며,

"나가자."

첫째도 일어나서, 이 서방의 손에 끌리어 건넌방으로 나왔다. 그리고 곧 아랫목에 쓰러져서, 몇 번 다리팔을 방바닥에 드놓더니 쿨쿨 잔다. 이 서방은 어둠 속으로 첫째를 바라보며, 아까 첫째가 빙긋빙긋 웃으며, 아무 거침없이 하던 말을 다시금 되풀이하였다. 그리고 나오는 줄 모르게

한숨을 푹 쉬었다.

　안방에는 벌써 누가 왔는지, 수군수군하는 소리가 그의 귀로만 들어오는 듯하였다. "어느 놈이 또 왔누?" 한숨 끝에 이렇게 중얼거리며, 어느 놈의 음성인지를 분간하려고 귀를 가만히 기울였다.

　암만 분간하려나 원체 가늘게 수군거리니 분명치를 않았다. 그저 첫째 어머니의 호호 웃는 소리가 간혹 들릴 뿐이다.

　그는 잠을 이루려고 눈을 감고 있으나, 그것들의 수군거리는 소리에 잠이 홀랑 달아나고, 화만 버럭버럭 치받친다. 이놈의 집을 벗어나야지, 이걸 산담? …… 그는 거의 매일 밤 이렇게 성을 내면서도 번번이 이 꼴을 또 보는 것이다.

　그는 벌떡 일어나서 담배를 피워 물고 창문 곁으로 다가앉았다. 뚫어진 문 새로는 달빛이 무지개같이 쏘아 들어온다. 그는 담배를 빨아 연기를 후 뿜었다. 달빛에 어림해 보이는, 구불구불 올라가는 저 연기! 그것은 흡사히 자기 가슴에 뿜어 오르는, 어떤 원한 같았다.

　그는 무심히 곁에 놓아둔 나무다리를 슬슬 어루만졌다. 그는 언제나 속이 답답할 때마다, 이 나무다리를 어루만지는 것이다. 아무 반응이 없는 이 나무다리! 사정없이 뻣뻣한 이 나무다리! 그나마 이 나무다리가 그의 둘도 없는 동무인 것이다.

　"고놈의 계집애 정말……."

　이 서방은 놀라 돌아보니, 첫째가 입맛을 쩍쩍 다시며 잠꼬대하는 소리다. 이 서방은 첫째가 잠꼬대한 말을 다시금 되풀이하며, 저 애가 벌써 어떤 계집애를 생각함에서 이런 말을 하는가? 하는 의문도 들었다. 그러나 그것은 쓸데없는 자기의 생각 같았다. 따라서 첫째를 장성하게 못할 수만 있다면 어디까지든지 그를 어린애 그대로 두고 싶었다. 첫째의 장래도 자기가 걸어온 그 길과 조금도 다를 것 같지 않았기 때문이다.

그는 이러한 생각을 하며 첫째 곁으로 바싹 가서 가만히 들여다보았다. 그는 여전히 씩씩 잔다. 지금 이 순간이 첫째에게 있어서는 다시없는 행복스러운 순간 같았다. 그리고 낮에 "나도 김매고 싶어" 하던 말을 다시금 생각하며 그의 볼 위에다 볼을 갖다 대었다.

첫째의 볼로부터 옮아오는 따뜻한 이 감촉! 그리고 기운 있게 내뿜는 그의 숨결, 자기의 살과 피가 섞여 있은들 이에서 더 따스울 수가 있으랴!

그는 무의식간에 첫째의 목을 꼭 쓸어안으며 "내 비록 병신이나마 나머지 여생은 너를 위하여 살리라" 하고 몇 번이나 맹세하였다.

마침 짜근거리는 소리에 이 서방은 머리를 번쩍 들었다.

5

"이 개갈보 같은 년아!"

목청껏 지르는 소리에 지정[6]이 저렁저렁 울린다. 이 서방은 문 곁으로 바싹 다가앉았다.

"아이 이 양반이 미쳤나? 왜 이래."

"요년 아가리 붙여라, 이 더러운 쌍년, 네년이 저놈뿐이 아니라 나무다리 비렁뱅이도 붙인다지, 저런 쌍년, 에이 쌍년!"

침을 탁 뱉는 소리가 난다. 이 서방은 '병신거지도 붙인다지' 하던 말이, 언제까지나 귓가를 싸고돌았다. 그리고 전신이 짜르르 울리며, 손발 하나 놀리는 수가 없었다.

"아이쿠, 이 연놈들 잘한다."

짝짝 쿵 하는 소리가 자주 들렸다. 영수와 새로 다니는 대장장이와 맞붙은 모양이다.

"흥, 하룻개 범 무서운 줄 모른다더니, 네게 두고 이른 말이구나, 이

경칠 자식, 그래, 온전한 부녀인 줄 알았냐."

어떻게나 하는지 죽는 소리를 한다.

"이 연놈들 내 칼에 죽어봐라."

"아이 저 칼! 저 칼!"

첫째 어머니의 이 같은 소리에 이 서방은 벌컥 일어나며 나무다리를 짚고 뛰어나갔다. 안방 문짝이 떨어져 봉당[7] 가운데 넘어졌으며, 등불조차 꺼져서 감감하였다.

첫째 어머니는 봉당으로 달려 나왔다.

"이거, 이거."

숨이 차서 헐떡이며 칼을 쑥 내민다. 이 서방은 칼을 받아 들고, 부엌으로 나가며 얻다가 이 칼을 둬야 좋을지 몰라 한참이나 왔다 갔다 하다가 나뭇단 속에 감추어놓고 안방으로 들어갔다.

"이거 왜들 이러슈. 점잖으신 터에 참으시죠들."

서로 어우러진 것을 뜯어놓으려니

"이 자식은 왜 또 이래…… 너 깡뚱발이로구나. 너도 한몫 들어 매 좀 맞으려니?"

누구인지 발길로 탁 찬다. 이 서방은 팩 하고 나가자빠졌다. 그 바람에 나무다리는 어디로 달아났는지 암만 찾아봐도 없다. 이 서방은 온 봉당을 뻘뻘 기어 다니며 나무다리를 찾았다. 그리고 몇 해 싸두었던 원한이 일시에 폭발됨을 깨달았다. 그러나 그는 꾹 참으며 나무다리를 얻어 짚고 밖으로 뛰어나왔다.

전 같으면 밖에 구경꾼들이 얼마든지 모였을 터이나 오늘은 밤이 오랜 까닭인지 아무도 없었다. 그는 나뭇가리 곁으로 와서 우두커니 서 있었다.

컴컴한 저 불타산 위에 뚜렷이 솟은 저 달! 저 달조차도 이 서방의 이 나무다리를 비웃느라 조롱하느라 이 밤을 새우는 것 같았다.

"이 서방!"

찾는 소리에 이 서방은 휘끈 돌아보았다. 첫째가 내달아오며 일변 오줌을 쏼쏼 내뻗친다. 이 서방은 첫째의 버릇을 아는지라 가슴이 뜨끔해지며 저놈이 또…… 하고 불안을 느꼈다. 그리고 곧 첫째 곁으로 와서 그의 꽁무니를 꾹 붙들었다.

오줌을 다 누고 난 그는 울컥 내닫는다.

"이놈들! 이놈들!"

목통이 터져라 하고 고함을 치며 내닫다가 이 서방이 붙든 것을 알자 주먹으로 몇 번 내다쳤다.

"놔, 이거!"

"이애 첫째야! 첫째야! 너 그럭하면 못쓴다, 응. 이애 매 맞는다, 응, 이애."

"매 맞아도 좋아, 이놈들."

이번에는 사정없이 머리로 이 서방의 가슴을 들이받으며 발길로 차 던졌다. 이 서방은 또다시 자빠졌다. 첫째는 나는 듯이 지게 곁으로 가서 낫을 뽑아가지고 안으로 들어간다.

"이애! 이애!"

이 서방은 너무 급해서 벌벌 기어 달려들어 가며 그의 발목을 붙들었다. 이 눈치를 챈 첫째 어머니는 내달아왔다. 그리고 대문 빗장을 뽑아 들었다.

"이놈의 새끼, 왜 자지 않고 지랄이냐."

"흥, 저놈의 새끼들은 왜 지랄이누."

어머니의 머리채를 잡아 숙친다.

안방에서는 더 한층 지끈 자끈하는[8] 소리가 벼락 치듯 난다. 이 서방은 소름이 쭉 끼쳤다. 안방의 놈들이 이리 기울어지면 어린 첫째는 어디든지 부러지고야 말 것 같았다. 따라서 옛날에 자기가 주인과 맞붙어 싸우다가 이 다리가 부러지던 기억이 새삼스럽게 떠오르며 그때 그 비운이 오늘에 또 이 어린것에게 사정없이 닥치는 듯싶었다.

이 서방은 첫째의 발길에 채어 이리저리 구르면서도 그의 발목은 놓지 않았다. 그때 코에서는 선혈이 선뜻선뜻 흘러나온다.

"첫째야, 너 자꼬 그러면 다시는 떡 얻어다 안 준다."

이 서방은 생각지 않은 이런 말이 불쑥 나왔다.

"정말? 이 서방!"

첫째는 숨이 가빠서 훌떡훌떡하면서 돌아선다. 이 서방은 벌떡 일어나며 그의 목을 꼭 쓸어안았다. 그러자 이 서방의 눈에서는 눈물이 좌르르 쏟아졌다.

6

선비 어머니가 뒤뜰에서 이엉을 엮어나가며, 약간씩 붙은 나락을 죽 훑어서 옆에 놓인 바가지에 후르르 담을 때, 밖으로부터 선비가 뛰어들어 온다.

"어마이."

숨이 차서 들어오는 선비를 이상스레 바라보며, 그의 어머니는,

"왜 무엇을 잘못하다가 꾸지람을 들었니?"

선비는 머리를 설레설레 흔들며 어머니 귀에나 입을 내있다.

"어머니, 저어…… 큰댁 아지머님과 신천댁과 싸움이 나서, 큰집 영감이 생야단을 하셨다누."

선비 어머니는 귓가가 간지러워서, 조금 머리를 돌리며,

"밤낮 싸움이구나, 그래 누가 맞았니?"

"그전에는 큰댁 아지머님을 따리지 않았어? 그런데 오늘은 신천댁을 사정없이 따리데, 아이 불쌍해!"

선비는 무심히 나락 바가지에 손을 넣어 휘저어보면서 얼굴에 슬픈 빛을 띤다.

"남의 첩질하는 년들이 매를 맞아야 하지, 그래 큰어미만 밤낮 맞아야 옳겠니?"

딸의 새침한 얼굴을 바라보았다. 올봄부터는 선비의 두 뺨에 홍조가 약간 피어오른다.

"그래두 어마이, 신천댁의 말을 들으니 그가 오고 싶어 온 게 아니라 저의 아부지가 돈을 많이 받고 팔아서 할 수 없이 왔다고 그러던데 뭐."

"하긴 그랬다고 하더라…… 그러기에 돈밖에 무서운 것이 없어."

선비 어머니는 지금 매를 맞고 울고 앉아 있을 신천댁의 얼굴을 생각하며 꽃봉오리같이 피어오르는 선비의 장래가 새삼스럽게 걱정이 되었다.

"어서 가서 무얼 하려무나, 왜 그러고 앉아 있니. 오늘 빨래에 풀하지 않니?"

"해야지."

그는 어머니 말에 어려워 부시시 일어나면서 다시 한 번 나락 바가지를 들여다보았다. 그리고 빙긋이 웃었다.

"어마이, 이것도 찧으면 쌀이 한 되나 될 것 같우, 참……."

"이애 얼른 가봐라."

"응."

선비는 나락 바가지를 놓고 밖으로 나간다. 그의 어머니는 물끄러미 딸의 뒷모양을 바라보며 세월이란 참말 빠르구나! 하고 탄식하였다. 그리고 선비도 오래 데리고 있지 못할 것을 깨달으며 가슴이 찌르르 울렸다.

그는 무의식간에 한숨을 푹 쉬며 손을 내밀어 이엉초를 꾹 쥐고 물끄러미 바라보았다. 손끝은 짚에 닳아져 빨긋빨긋하게 피가 배었다. 그때에 얼핏 떠오른 것은 자기의 남편이다.

남편의 생전에는 비록 빈한하게는 살았을망정, 이렇게 이엉을 엮는 것이라든지, 울바자[9]를 세우는 것 같은 그런 밖의 일은 손도 대어보지 않았다. 보다도 봄이 되면 으레 이 모든 것이 새로 다 되는 것이니…… 하고, 무심히 지내 보내었던 것이다.

그러나 남편이 없어지매 모두가 그의 손끝 가지 않는 것이 없고 힘은 배곱 쓰건마는 무슨 일이나 마음에 들도록 되는 일이 하나도 없었다.

집안 살림 명색치고 단 두 간살이를 하더라도 시재[10] 돌멩이 하나 놓일 자리에 놓여야 하고 새끼 한 오라기 헛되이 버릴 것이 없었다.

남편의 생전에는 뜰을 쓸어 치는 비 같은 것이나 벽을 바르는 매흙이나는 그런 줄을 모르고 되는 대로 쓰고 버리고 하였건마는 지금에는 그것조차도 마음 놓고 쓸 수도 없거니와 손수 마련치 않으면 쓸 것도 없었다.

그는 이러한 생각을 하며 이엉초는 또 누구의 손을 빌려 저 지붕에다 올려 펼까 하는 걱정이 불쑥 일어난다. 지붕 해 이을 새끼는 그가 며칠 밤 자지 못하고 꼬아서 네 사리나 만들어두었고, 이 이엉 엮는 것도 내일까지면 마칠 것이나 지붕 한복판에 덮는 용구새 트는 것이라든지 이엉초를 지붕 위에 올려 펴고 새끼로 얽어매는 것 같은 것은 남정들의 손을 빌려야 할 것이었다.

그는 속으로 누구의 손을 좀 빌릴까…… 하고 두루두루 생각해보다가, 에라 되든지 안 되든지 내가 그만 이어볼까 하고 흘금 지붕을 쳐다보았다.

작년에 한 해를 건넜음인지 우묵우묵 골이 진 그 새에 풀이 이따금씩 파랗게 보인다. 그는 벌컥 일어나며 "왜 날 두고 혼자 갔누?" 하고 중얼거렸다. 그리고 머리를 돌려 저 앞을 바라보았다. 그의 눈앞에 얌전하게 돌아앉은 작은집과 큰집! 모두가 말쑥하게 새로 이엉을 해 이었다.

그 위로 햇빛이 노랗게 덮이었다.

7

쨍쨍히 내리쬐는 봄볕을 받아 샛노랗게 빛나는 저 지붕과 지붕! 얼마나 저 지붕들이 부럽고도 탐스러운 것이냐!

그는 눈을 꾹 감았다. 그러나 그 지붕들은 점점 더 또렷또렷이 나타나 보인다. 그리고 그 지붕 새로 굵단 남편의 손끝이 스르르 떠오른다. 그리고 임종 시까지 차마 눈을 감지 못하고 끼르륵 하고 숨이 넘어가던 그!

그의 남편 김민수는 위인된 품이 몹시도 착하고 정직하였다. 그러므로 정덕호 앞으로 몇 십 년의 부림을 받아도 일 동전 한 닢 축내지 못하는 것이 그의 특성이었다. 그리고 아무리 몸이 고달프더라도 덕호의 명령이라면 물불을 헤아리지 않고 덤벼들곤 하였다.

그래서 온 동네 사람들까지도 민수를 믿어왔으며 덕호 역시 믿었다. 그러므로 거액의 돈받이 같은 것은 일부러 민수에게 맡기곤 하였다.

이렇게 지내기를 근 이십 년이었던, 지금으로부터 팔 년 전 겨울이었다. 바로 선비가 일곱 살 잡히던 때였다.

그날— 아침부터 함박눈이 부슬부슬 떨어진다. 이날도 민수는 일찍 일어나서 덕호네 집으로 왔다. 그래서 안팎 뜰을 쓸고 소여물까지 끓여놨을 때 덕호는 나왔다.

"자네 오늘 방축골 좀 다녀오겠나?"

민수는 머리를 굽실해 보이며

"다녀옵지유."

"좀 이리 오게."

덕호는 쇠죽간을 거쳐서 사랑으로 들어간다. 그도 뒤를 따랐다. 덕호는

아랫목에 놓아둔 문갑을 뒤져 장부를 꺼내놓고 한참이나 들여다보더니

"아니 방축골 그놈이 근 오십 원이나 되네그리…… 자네가 가서 꽤 받을까. 그놈은 몹시 질긴데."

민수는 머리를 숙인 채 가만히 있다. 덕호는 안타까운 듯이,

"가보겠나, 어떻게 하겠나? 가서 받지 못할 바에는 꼴찌 아비를 보내겠네, 응? 말을 해."

민수는 뭐라고 대답을 해야 좋을지 몰라 얼굴이 뻘게지며 머뭇머뭇한다.

"에이그 저 사람! 왜 그렇게 사람이 영악지를 못해…… 좌우간 갔다오게. 그러구 말이야, 이번에 안 물면 집행하겠다고 말을 똑똑히 좀 해, 그러구 좀 단단히 채여."

덕호는 살기가 얽힌 눈을 똑바로 뜨고 민수를 바라본다.

"가는 김에 명호와 익선이도 찾아보게."

"네."

"그럼 오늘 꼭 가게."

덕호는 다시 한 번 다지고 나서 장부를 문갑 안에 넣고 일어선다. 그리고 잔기침을 두어 번 하고 밖으로 나간다. 민수는 곧 그의 뒤를 따라 나왔다. 가마 부엌에서 여물 끓인 내가 구수하게 났다.

민수는 여물을 푹 떠가지고 외양간으로 가니 벌써 소는 냄새를 맡고 부스스 일어나 구유[11] 곁으로 나온다. 그리고 더운 김이 뭉클뭉클 오르는 여물을 맛이 있게 먹는다.

여물을 다 퍼 기르고는 민수는 밖으로 나왔다. 여전히 함박눈은 소리 없이 푹푹 쏟아진다. 그는 근심스러운 듯이 하늘을 쳐다보며, "눈이 오는데……" 이렇게 중얼거렸다.

집까지 온 민수는 신발을 부덕부덕하였다. 선비 어머니는 의아한 눈으로 남편을 바라보았다.

"어디 가시려나요, 뭐?"

"음, 저기 돈 받으러."

"아, 뭐 오늘 같은 날에요."

"왜 오늘이 어떤가. 이렇게 함박눈 오는 날이 오히려 푸군하다네."

옆에서 말똥말똥 바라보던 선비는 얼른 일어나 아버지 품에 안기며

"아버지 나두 가, 응."

머리를 갸웃하고 들여다본다. 민수는 딸을 꼭 껴안으며 밥상에 마주 앉았다. 그리고 밥을 좀 뜨는 체하고 곧 일어났다.

"내 가면 며칠 될 것이니 그동안 선비 잘 간수하게. 불도 뜨뜻이 때고."

"눈 오는 날 가실 게 뭐야요…… 다른 사람의 몸은 몸이 아니고 쇳덩인 줄 아나베."

선비 어머니는 주인 영감을 눈앞에 그리며 이렇게 중얼거렸다.

"아 그 사람…… 별소리 다 해."

민수는 눈을 크게 떴다. 선비 어머니는 얼굴이 빨개지며 선비의 손을 어루만진다. 민수는 선비의 머리를 두어 번 쓰다듬어본 후에 문을 열고 나섰다. 눈빛에 눈허리가 시큰시큰하였다.

"안녕히 다녀오세요."

아내의 인사를 귓결에 들으며 민수는 성큼성큼 걸었다. 한참이나 수긋하고[12] 걷던 그는 선비의 울음소리에 휘끈 돌아보니 선비가 눈 속으로 뛰어온다.

8

민수는 선비를 바라보고 무의식간에 몇 발걸음 옮겨놓았을 때 선비 어

머니는 선비를 붙들어 안으며 우두커니 섰다. 민수는 두어 번 손짓을 하여 들어가라는 뜻을 보이고 돌아섰다.

아까보다 눈은 점점 더 많이 쏟아진다. 함박꽃 같은 눈송이가 그의 입술 끝에 녹아지고 또 녹아졌다. 그때마다 그는 찬 냉수를 마시는 듯하여 가슴이 선뜻하곤 하였다.

길이란 길은 모두 눈에 묻혀버리고 길가의 낯익은 나무들도 눈송이에 흐리었다. 그리고 그 높은 불타산도 뿌옇게 보일 뿐이다.

민수는 길을 찾을 수가 없어 한참이나 밭고랑으로 혹은 논둑을 밟다가 동네를 짐작하고야 길을 찾곤 하였다. 그리고 눈에 젖었던 신발은 얼어서 대그럭 소리를 내었다. 이렇게 눈 속에 푹푹 빠지며 민수가 간신히 몇 집을 둘러 방축골까지 왔을 때는 벌써 그가 집에서 떠난 지 이틀째 되는 황혼이었다.

"주인 계시우."

걸레로 한 주먹씩 틀어막은 문을 열고 나오는 주인은 민수를 보자 한층 더 얼굴이 허옇게 질린다.

"이 눈 오는데 어떻게 여기를…… 어서 들어가십시다."

민수는 방 안으로 들어가니 너무 캄캄해서 지척을 분간하는 수가 없었다. 그는 한참이나 눈을 감고 있다가 가만히 떠보니 숨이 답답해지며 차라리 오지 말았다면…… 하는 후회가 곧 일어난다. 그리고 이 저녁거리나마 있을 것 같지 않았다.

"참 이 눈 오는데…… 제가 한목 들어가려고 했지마는 너무 오래 빈말로만 올려서 어디…… 참 오작이나 치우셨습니까."

주인은 어느 것부터 먼저 말해야 좋을지 몰라 쩔쩔매었다.

"여보게 저녁 진지 짓게, 뭐 찬이 어디 있어야지……."

그의 아내는 머리를 내려 쓸며 부스스 일어나간다. 민수는 정신을 가

다듬어 아랫목을 바라보았다. 시커먼 누더기 속에서 조잘조잘하는 소리가 자주 들리며 누더기가 배움하고 열리더니 까만 눈알이 수없이 반들거렸다. 그리고 킥킥 웃는 소리가 난다. 몇 아이나 되는지 모르나 어쨌든 한두 아이가 아님은 즉시 알았다.

이 저녁부터는 바람까지 일었는지 바람 소리가 휙 몰려갔다가 몰려온다. 그리고 문풍지가 드르릉드르릉 울리며 눈보라가 방 안으로 스르륵 몰려들었다. 민수는 방 안에 앉았느니보다 차라리 밖에 어떤 토굴 같은 곳이 있으면 그리로 나가서 이 밤을 지내고 싶은 맘이 부쩍 들었다. 그러나 이 밤에 어디가 토굴이 있는지를 모르고 무턱하고 나갈 수도 없어서 맘을 졸이며 앉았노라니 마치 바늘방석에 앉은 것 같고, 더구나 이 밤새에 몇 사람의 죽음을 볼 것만 같았다.

밥상이 들어온다. 민수는 배고프던 차에, 한술 떠보리라 하고 술을 드니, 밥이 아니라 죽이었다. 조죽에 시래기를 넣어서 끓인 것이다. 민수는 비록 남의 집을 살았을지언정, 일생을 통하여 이러한 음식을 먹어보기는 처음이었다. 그리고 조 겨내까지 나서 그의 비위에 몹시 거슬리나, 꾹 참으며 국물을 후루루 들이마셨다.

그때 아랫목에서 애들이 벌떡벌떡 일어났다.

"엄마 나 밥!"

"엄마 나 밥! 응야."

이 모양을 바라보는 주인은 눈을 부릅뜨며,

"저놈의 새끼들을 모두 쳐 죽여버리든지 해야지, 정……."

그리고 민수를 돌아보며,

"어서어서 많이 잡수시유, 저놈들은 금시 먹고도 버릇이 그래서 그럽니다그리."

민수는 손끝이 가늘게 떨렸다. 그리고 술을 들 용기가 나지 않았다. 그래서 그만 술을 놓고 물러앉았다.

"왜, 왜 안 잡수십니까, 뭐 자실 것이 되어야지유."

주인은 머리를 벅적벅적 긁으며 상을 밀어놓았다. 사남매는 일시에 욱 쓸어 일어나며 저마다 죽그릇을 잡아당기기에 먹지도 못하고 싸움만 벌 어졌다.

주인은 벌떡 일어나더니 장죽을 들고 돌아가며 붙인다. 민수는 너무 민망하였다. 그래서 주인을 붙들며

"이게 무슨 일이오니까. 애들이 다 그런 게지유. 놔유, 어서 놔유."

상귀에서 흐르는 죽을, 그중 어린것이 입을 대고 쭉쭉 핥아 먹는다. 이 꼴을 보는 주인마누라는 나그네 보기가 부끄러운 듯이 어린애를 붙들어 다 젖을 물리고 콧물을 씻는 체하면서 고름끈을 눈에 갖다 대곤 한다.

9

애써 말리는 나그네의 생각을 함인지, 주인은 씩씩하며 맷손을 놓고 물러앉는다.

"아 글쎄 글쎄, 새끼는 왜 그리 태었겠수. 이것두 아마 죄지유. 전생에 서 무슨 큰 죄를 지고 나서 이 모양인지."

홧김에 때리기는 하고도 그만 억울하고 분하여서 소리쳐 울고 싶은 것 을 겨우 참는 모양이다. 못 먹이고 못 입히기도 억울한데 더구나 굶고 앉 은 그들을 공연히 때리었구나…… 하는 후회가 일었던 것이다.

이제까지 아우성치고 울던 그들이건만 그런 일은 언제 있었느냐는 듯 이 누더기 속에서 소곤소곤하고는 킥킥 웃는다.

민수는 그날 밤 잠 한잠 못 자고 이런 생각 저런 생각을 되풀이하였다. 그리고 남의 일이라도 남의 일 같지를 않고 자기의 앞에도 이런 비운이

닥쳐오지나 않으려나 하는 불안이 문풍지를 울리는 바람과 같이 꼬리에 꼬리를 물었다.

이렇게 밤을 새우고는 민수는 채 밝기도 전에 일어앉았다. 추운 방에서 자서 그런지 몸이 가뿐치를 않고 아무래도 감기에라도 걸린 것 같다.

"몹시 치우시지유."

주인은 마주 일어앉는다. 민수는 얼결에

"네…… 뭐."

이렇게 분명치 못한 대답을 하며 담배를 피워 물었다. 그리고 담뱃갑을 주인 앞으로 밀어놓았다. 주인은 황송한 듯이 머리를 숙이며 담배를 붙여 문다. 민수는 담배를 한 모금 쑥 빨며 무심히 들으니 벌써 아랫목에서 소곤소곤하는 소리가 들린다. 민수는 얼핏 머리를 들어 아랫목을 바라보았다.

아무것도 분간치 못할 컴컴한 속으로 그침 없이 조잘거리는 이 소리. 지금쯤은 우리 선비도 깨어서 제 어미와 "아부지 어디 갔나?" 하고 조잘조잘하겠지…… 하는 생각이 들었다. 뒤이어 선비의 얼굴이 저 아랫목 위로 스르르 떠오른다.

"어마이 배고파!"

민수는 이 소리가 꼭 선비의 음성 같아서 깜짝 놀랐다. 그래서 무의식간에 담배를 획 집어 뿌렸다. 그다음 순간 그 음성이 선비의 음성이 아니라고 부인하면서도 웬일인지 가슴이 짜르르 울려서 견딜 수가 없었다.

민수는 안타까웠다. 그만 곧 일어나 이 자리를 벗어나고 싶었다. 그가 벌컥 일어났을 때 그는 무의식간에 그의 거지[13] 안에서 일 원짜리 지화를 꺼내가지고 나왔다. 그래서 주인의 손에 쥐어주었다.

"애들 밥 한 끼 해주!"

주인은 어리둥절하였다. 그리고 자기 손에 쥐인 것이 돈이라는 것을 깨닫자, 칵 쓰러지며 엉 하고 울고 싶었다. 민수는 두 다리가 가늘게 떨리는 것을 깨달았다. 다음 순간에 덕호의 성난 얼굴을 똑똑히 보았다. 그는 진저리를 쳤다. 그리고 주인의 붙잡는 것을 뿌리치고, 그 집을 나왔다.

간밤 동안에 얼마나 바람이 불었는지 눈이 이리 몰리고 저리 몰리어 어떤 곳은 눈산을 이루어놨다. 민수는 신발 소리를 사박사박 내며 분주히 걸었다. 흰 눈 위에는 이따금씩 날짐승들의 발자국이 꽃잎같이 뚜렷이 났다.

민수는 속이 불편하였다. 이제 덕호를 만나 뭐라고 말할 것이 난처하였던 것이다. 그래서 그는 이리저리 궁리해보며―혹은 이 원만 받았다고 속일까? 그리고 나중에 내 돈으로 슬그머니 갚더라도…… 그래도 속이 느니보다는 바로 말을 해야지, 주인님도 사람이지, 그 말을 다 하면 설마 한들 잘못했다고 할까? 그렇지는 않겠지―.

이렇게 속으로 다투나, 두 가지가 다 시원치를 않았다. 누가 곁에 있으면 물어라도 보고 싶게 안타까웠다. 그러나 마침내는 속이기로 결정하고 억지로 마음을 가라앉히려 하였다. 그러나 그것은 쓸데없는 일이었다. 사내자식이 돈 일 원이 무엇이기에…… 하며 스스로 꾸짖어도 보았다.

이렇게 망설이며 다투면서 동네까지 온 그는 반가워야 할 이 동네건만 발길이 얼른 들여놓이지를 않았다. 그래서 그는 동구에 멍하니 서서 한참이나 무엇을 생각하다가 들어왔다.

덕호의 집까지 온 민수는 사랑문 앞에서 발을 툭툭 털며 주인님이 사랑에 계시지 않았으면…… 하고 가만히 문을 열었다. 욱 쓸어 나오는 담배연기 속에서 덕호의 늘 피우는 담뱃내를 후끈 맡았을 때 그는 머뭇머뭇하였다.

"몹시 칩지, 어서 들어와 불 쬐게."

덕호는 머리를 기웃하여 내다본다. 둘러앉은 노인들도 한마디씩 말을 던졌다. 민수는 하는 수 없이 방으로 들어갔다. 그리고 화로를 피하여 앉았다.

10

덕호는 문갑 위에서 산판[14]을 꺼내 들며,

"그래 이번에는 좀 주던가? 방축골 그놈이."

덕호는 그가 너무 미워서 이름도 부르지 않는 것이다. 민수는 얼굴이 빨개지며 머뭇머뭇하다가

"아니유."

"아 그래, 그놈을 가만히 두고 왔단 말인가? 사지라도 부러치고 오지."

"뭐, 물 턱이……."

민수는 말끝을 마치지 못하고 머리를 푹 숙일 때 상가에 흐르는 죽을 젖 빨듯이 빨아 먹던 어린애가 얼핏 떠오른다. 그리고 그 어두운 방 안이 획 지나친다. 민수의 늘어진 말에 덕호는 화가 버쩍 났다.

"물 턱 없는 놈이 남의 돈을 왜 쓴단 말인가!"

소리를 버럭 지른다. 민수는 꿈칠 놀라 조금 물러앉았다. 덕호의 손길이 그를 후려치는 것으로 알았던 것이다.

"그래 딴 놈들은?"

"바, 받았습니다."

덕호는 찡그렸던 양미간을 조금씩 펴며,

"그래 얼마씩이나 받았는가?"

"아마 삼 원……."

민수는 자기 말에 깜짝 놀랐다. "이 원 받았습니다" 하고 말하려던 것인데, 누가 이렇게 시켜주는지 몰랐다. 다음 순간 그는 모든 것을 바로

말하리라 하고 결심하였다. 두 귀는 무섭게 운다.

"모두 이자만 받았네그려…… 그 방축골 놈 때문에 일났어! 아, 그놈이 잘라먹으려고 든단 말이어. 받아온 것이나 내놓게."

민수는 지갑 속에서 돈을 내어 덕호 앞으로 밀어놓았다. 그의 손끝은 확실히 떨렸다. 덕호는 지전을 당기어 헤어보더니,

"이 원뿐일세……?"

의아한 듯이 바라본다. 민수는 머리를 번쩍 들었다. 그의 눈에는 어린애 같은 천진한 애원이 넘쳐흐른다.

"저 남성네 어린것들이 굶어…… 굶어 있기에 주, 주었습니다."

마침내 그의 눈에는 눈물이 그뜩 괴었다.

"뭐?"

덕호는 순간으로 눈이 뒤집히며, 들었던 산판을 휙 집어 뿌렸다. 산판은 민수의 양미간을 맞히고 절거륵 저르르 하고 떨어진다.

"이 미친놈아, 그렇게 자선심 많은 놈이 남의 집은 왜 살아, 나가! 네 집구석에서 자선을 하겠으면 하고 말겠으면 말아라."

돌아앉은 사람들은

"그만두슈, 다."

"글쎄 글쎄, 제가 배가 고파서 무엇을 사먹었다든지, 혹은 쓸 일이 있어 썼다면야 당연한 일이 아니겠수, 아, 이 미친놈은 터들터들 가서 보행료도 못 받아 처여면서 그런 혼 나간 짓을 하니 분하지 않우? 이애 이놈 나가라!"

덕호는 벌컥 일어나며 발길로 냅다 찬다. 사람들이 아니면 실컷 두드리고 싶으나 체면을 생각해서 꾹 참고 다시 앉았다.

"그 돈 일 원이 많아서 그런 게 아니어, 그놈이 내 돈을 통째 삼키려는 판에 피천 한 푼이나 왜 준단 말이냐, 이놈아."

덕호는 이를 북북 갈며 사뭇 죽일 듯이 달려들다가 그만 휙 나가버린
다. 돌아앉았던 사람들도 뿔뿔이 가버리고 말았다. 한참 후에 민수는 정
신을 차려 돌아보니 아무도 없다. 그리고 눈이 텁텁한 듯하여 만져보니
양미간이 좀 달라진 듯하였다.

민수는 이렇게 주인에게 매를 맞고 욕을 먹었지만 웬일인지 분하지도
노엽지도 않고 오히려 속이 푹 가라앉으며 무슨 무거운 짐을 벗어놓은
듯하였다.

그는 얼핏 일어나 그의 집으로 왔다.

그가 싸리문을 열 때 선비 모녀는 뛰어나왔다. 칵 매어달리는 선비를
안은 민수는 뜻하지 않은 눈물이 앞을 가리었다. 그리고 사남매의 모양
이 또다시 떠오른다. 오늘은 그들이 무엇을 좀 먹어보았을까? 하며 방
안으로 들어갔다.

물끄러미 부녀의 모양을 바라보던 선비 어머니는

"미간 새가 왜 그래요?"

"왜 무엇이 어떤가."

그는 손으로 양미간을 비벼치며 드러눕는다. 선비 어머니는 이불을 내
려 덮으며 어디서 몹쓸 놈을 만나 곤경을 당하였나? 혹은 노독 때문인
가? 하고 생각하며

"진지 지을까요?"

"글쎄! 미음이나 좀 먹어볼까…… 쑤게나."

미음 쑤라는 말에 선비 어머니는 남편의 몸이 불편하다는 것을 확실히
알았다. 그래서 어디가 아프냐고 물으려니 민수는 눈을 꾹 감고 돌아눕
는다.

11

그날부터 민수는 자리에서 일지 못하고 몹시 앓았다. 선비 어머니는 온갖 애를 다 썼으나 아무 효험이 없었다.

어떤 날 선비 어머니는 밖으로부터 들어오며 눈등이 빨개졌다.

"큰집 영감님한테 산판으로 맞었단 말이 참말입니까?"

"누가 그러던고?"

"아 뭐, 다들 본 사람들이 그러던데요."

"듣그러워! 그런 말 청신해가지고 다닐 것이 없느니…… 좀 또 맞었다면, 영감님이 나를 미워서 때렸겠나, 부모 자식 새 같으니……."

"아니, 글쎄 맞기는 분명합니다그려."

"듣그럽다는데…… 이 사람."

그는 앓는 소리를 하며 돌아눕다가, 무슨 생각을 하였는지, 눈을 번쩍 뜨고 아내를 바라보았다.

"내가 만일 죽게 된다드라도, 그런 쓸데없는 말을 곧이들어서는 못 써……."

민수는 자기 병세가 아무래도 심상치 않음을 알았다. 그러나 덕호에게서 맞은 것이 원인이 되었다고는, 꿈에도 생각해본 적이 없었다. 죽는다는 말이 남편의 입에서 떨어지자, 선비 어머니는 그만 아뜩하여, 다시는 두말도 꺼내지 못하였다.

그 후 며칠 만에 민수는 드디어 가고 말았다. 선비가 안타깝게 매어달려 우는 것도 모르고…….

이러한 과거를 되풀이한 선비 어머니는 어느새에 눈물이 볼을 적시었다. 그는 눈물을 씻고 나서, 다시 한 번 그의 지붕을 쳐다보았다. 주인을 잃어버린 컴컴한 저 지붕! 저 지붕에 남편의 굵다란 손길이 몇 천 번이나 돌아갔을까!

싸리문 열리는 소리에, 선비 어머니는 선비가 오는가 하고, 얼른 주저앉았다. 그리고 눈물 흔적을 없이 한 후에, 이엉을 엮었다. 그러자 방문소리가 났다. 선비 어머니는 선비가 아니라 딴 마을꾼이 오는가? 하여 귀를 기울였다.

"어데들 다 갔수?"

말소리를 듣고야 선비 어머니는 누구임을 알았다.

"아이, 어떻게 우리 집에를 다 오셔요."

선비 어머니는 곧 일어나며 뒷문을 열었다. 방문을 시름없이 열고 섰는 신천댁은 푸석푸석 부은 눈에 약간 웃음을 띠며

"일하시댔소?"

말끝을 이어 한숨을 푹 쉬었다.

"어서 들어와요."

신천댁은 방 안으로 들어와 앉으며 뒤뜰을 물끄러미 바라보더니

"우리 어머니두 지금……."

말을 맺지 못한다. 선비 어머니는 무엇을 의미한 말임을 얼핏 깨달으며 측은한 생각이 불쑥 들었다.

"왜 어데가 편치 않으세요?"

"선비 어머니, 난 내일 그만 우리 집으로 갈까봐……."

눈물이 샘처럼 솟는다. 선비 어머니는 뭐라고 말해야 좋을지 몰라 한참이나 멍하니 앉았다가.

"그게 무슨 말을 그렇게 합니까."

"난 정말 그 집에선 못살겠어. 글쎄 안 나오는 아이를 어떻게 하라고 자꾸 들볶으니 글쎄 살겠수?"

이제 겨우 이십이 될락 말락 하는 그의 입에서 자식 말이 나올 때마다

선비 어머니는 잔망하게 보았다. 동시에 측은한 맘도 금치 못하였다.

"왜 또 무어라고 허십데까?"

"글쎄 요전에 월경을 한 달 건는 것은 선비 어머님도 잘 알지, 그런데 오늘 아침에 그게 나왔구려!"

"나왔어요? 월경도 건너 나오는 수도 있지요."

"글쎄, 그 빌어먹을 것이 왜 남의 애를 태우겠소."

신천댁이 월경을 건너 덕호는 먹을 것을 구해 들이느라, 보약을 쓰느라 온 동네 사람들까지 들볶아대었던 것이다.

덕호가 하늘같이 떠받칠 때는 웬일인지 밉더니만 오늘 저렇게 시름없이 와서 앉은 것을 보니 측은도 하고 우습기도 하였다.

"아니 이제 날 테지, 벌써…… 글쎄."

"그러기 말이에요. 내 나이 삼십이 됐소, 사십이 됐소. 글쎄, 그 야단을 할 턱이 뭐겠수."

신천댁은 한숨을 푹 쉬더니

"난 내일 가겠수, 자꾸 가라니깐 어떡해요."

"그게야 영감님이 일시 허신 말씀이겠지요."

그는 머리를 좌우로 흔들고 말소리를 낮추어

"요새 영감님이 간난네 집에를 단긴다우."

선비 어머니는 눈을 둥그렇게 떴다.

12

삼 년이란 세월이 흘렀다.

며칠 동안 어머니가 가슴앓이병으로 앓아누워서, 선비는 큰집에 들어가지 못하고 어머니 곁에 꼭 마주 앉아 있었다.

아직도 이 집에는 남포등[15]을 쓰지 못하고 저렇게 접시에 들깨기름을 부어 쓰는 것이다. 불꽃은 길게 끄름을 토하며 씩씩히 올라가다는 문바람에 꺼풋꺼풋하였다.

선비는 어머니가 좀 잠이 든 듯하여 등불 곁으로 왔다. 불빛에 보이는 그의 타오르는 듯한 볼은 한층 더 빛이 났다. 그는 무엇을 생각하느라 물끄러미 등불을 바라보다가 부스스 일어나서 윗방으로 올라간다.

한참 후에 그는 바느질 그릇을 들고 내려와서 등불을 마주 앉으며 일감을 들었다.

"아이구!" 하는 신음소리에 선비는 바느질을 멈추고 돌아보았다.

"어머니, 또 아파?"

선비 어머니는 폭 꺼진 눈을 겨우 뜨며,

"물 좀 다우."

"어머니, 물을 자꾸 잡수면 안 된대."

선비는 어머니 곁으로 가며 들여다보았다. 오래 앓은 까닭인지 무슨 냄새가 좀 나는 듯하였다.

"이애 좀 줘!"

조금 더 크게 소리친다. 선비는 거의 울듯이 애원을 하였다. 그러나 어머니는 듣지 않고 소리소리치다가 일어나려고 머리를 든다. 선비는 할 수 없음을 알고 부엌으로 나와서 물을 끓여가지고 들어왔다. 김이 펄펄 올라가는 것을 본 그의 어머니는,

"누가 그 물 먹겠다니, 잡년의 계집애, 어서 찬물 다오……."

"아이 어머니……."

그는 어머니를 붙들고 물을 입에 대어주었다. 선비 어머니는 좌우로 머리를 흔들다가 마침내 뜨거운 물을 몇 모금 마시고 도로 누웠다.

"이애."

한참 후에 어머니는 선비를 보며 이렇게 불렀다. 선비는 또다시 일감을 놓고 곁으로 갔다.

"어제 꿈에 너의 아버지를 만났구나. 그런데 어떻게 반갑지도 않고, 그리 싫지도 않고, 그저 전에 살림하고 살던 때라구 하는데…… 너의 아부지가 너를 업구서 어데로 자꾸 가두나, 그래서 내가 따라가면서 어델 가느냐 물어도 말두 안 하고 가겠지…… 그게 무슨 꿈일까."

선비는 새삼스럽게 아버지의 얼굴이 휙 떠오른다. 그러나 아버지의 그 얼굴은 분명치를 않고 안개 속에 묻힌 것같이 어림해보일 뿐이다. 그는 어머니를 보았다. 그 찰나에 어머니는 확실히 아버지 환영을 보는 모양이다. 선비는 소름이 쭉 끼치며, 무서운 생각이 들었다.

"어머니!"

선비는 어머니를 흔들며 다가앉아 어머니의 얼굴을 만져보았다. 어머니는 눈을 치뜨고 천장을 바라본다, 그 무서운 눈을 굴려 딸을 보았다.

"왜?"

선비 어머니는 딸을 보자 흑흑 느껴 운다. 그리고 입술을 풀풀 떨며,

"너를 어서 임자를 맡겨야…… 헐, 헐 터인……."

어머니 입에서 또렷하게 말이 흘러나올 때, 그는 안심을 하였다. 그리고 사람이 죽어지면 아무리 부모라도 무서워진다지 하는 생각이 들었다.

그때에 싸리문이 열리는 소리가 나므로, 선비는 얼른 문 편을 바라보았다. 방문이 열리며 덕호가 들어온다. 선비는 놀라 일어났다.

"아직도 아픈가, 그거 안되었군."

덕호는 문 안에 선 채 선비 어머니를 바라보며 걱정을 한다. 선비 어머니는 덕호임을 알자, 일어나려고 애를 쓴다. 선비는 곁으로 가서 부축을 하였다.

"어서 눕지, 어서 눠…… 무엇 좀 먹었니?"

선비를 바라보았다. 선비는 머리를 조금 드는 체하다가 도로 숙였다.

"아무것도 못 잡수시어요."

"허, 거정 안되었구나, 우리 집에 꿀이 있니라, 그것을 좀 갖다가 물에 타서 먹게 하여라, 아무것이나 좀 먹어야지, 되겠니."

덕호는 담배를 피워 물며, 앉으려는 눈치를 보이더니,

"원 저게 뭐란 말인구, 저 등을 쓰구야 답답해서 어찌 산단 말이냐."

덕호는 지갑을 내어, 오 원짜리 지화를 한 장 꺼내어서 선비 앞으로 던져주었다. 선비는 꿈칠 놀랐다. 그때 별안간 방문이 바스스 열렸다.

13

그들은 놀라 바라보았다. 신천댁을 내쫓고 그 후를 이어 들어온 덕호의 작은마누라인 간난이였다. 간난이는 문을 열기는 하고도 차마 들어오지 못하고 머뭇머뭇하고 섰다. 덕호는 간난이를 노려보았다.

"왜 와? 응…… 그 문 여는 법이 어서 배운 법이야. 원상것 같으니. 사람의 집에 사람 다니는 법이 어디 그렇담."

이 모양을 바라보는 선비네 모녀는 뭐라고 말해야 그들의 불평을 완화시킬지 몰랐다. 그래서 한참이나 바라보다가 선비 어머니는

"어서 들어와요."

"뭘 하러 들어와, 어서 가! 계집년의 문 여닫는 법이 그런 법이 어디 있담! 어서 당장 못 가겠니?"

주먹을 부르쥔 덕호는 눈을 부릅뜬다. 선비는 얼결에 일어났다.

"아스서요, 참으서요."

간난이는 얼굴이 빨개지며 밖으로 뛰어나간다. 덕호는 문을 쿵 닫고 들어왔다. 그리고 지화를 보며

"아, 고런 망상시러운 것이 어디 있담…… 어서 넣어둬라, 그리고 내일은 저 등도 갈고, 의원도 좀 오래서 뵈지, 응 이애 내 말 들었니?"

선비 어머니는 선비를 꾹 찔렀다. 그제야 선비는,

"네."

하고 대답하였다. 그러나 선비는 그 돈 집을 것이 난처하였다. 그렇다고 그 돈을 도로 돌리는 수는 없는 터이고…… 하여 망설망설할 때, 선비 어머니는 그 돈을 집어 딸의 손에 쥐어주었다. 선비는 마지못해서 그 돈을 받아 이불 아래에 쏙 쓸어 넣었다.

덕호는 더 섰기가 무엇하여 돌아서며,

"내일 꿀도 잊지 말고 가져와."

"네."

그의 어머니가 대신 대답을 하였다. 그리고 선비를 꾹 찌르며 문밖까지 따라 나가라는 뜻을 보였다. 선비는 부스스 일어나서 덕호의 뒤를 따라 싸리문턱까지 나갔다.

"안녕히 가세요."

"오, 내일은 집에 들어왔다가 가거라."

"네."

덕호가 문밖을 나서자 선비는 곧 싸리문을 지치고 들어왔다. 웬일인지 간난이가 다그쳐 들어오는 것 같아서 공연히 숨이 가빴다. 선비는 어머니 곁으로 가서 앉으며

"어머니, 간난이가 어째 왔을까?"

그의 어머니도 지금 그것을 생각하는 중이었던 것이다.

"글쎄…… 아이구 가슴이 또 치미누나."

선비 어머니는 얼굴을 찡그리고 아구구 소리를 연발한다. 선비는 어머니의 허리를 쓸면서 아까 간난이가 돌연히 나타나던 것을 생각하였다.

그리고 평생 가야 오지 않던 그들이 별안간 무슨 생각을 하고 우리 집에를 왔을까? 어머니의 병 때문일까 혹은 무슨 다른 일이 있음인가? 암만 생각해도 그들이 하나도 아니요, 둘씩 왔다가 가는 것은 이상스러웠다.

간난이는 선비의 둘도 없이 친하던 동무였다. 그러나 덕호의 작은집으로 들어가면서부터는 웬일인지 그들의 사이는 벌어졌다. 그래서 피치 못하여 마주치게나 되면 눈웃음으로 인사를 건네고 말 뿐이었다. 무엇보다도 동무였던 그를 하루아침 사이에 상전으로 섬겨야 할 터이니 그것이 싫다는 것보다도 오히려 어려웠던 것이다.

한참이나 신음하던 어머니는 가슴이 좀 내려간 모양인지 가만히 있다. 선비는 이불을 덮어놓고 나서 등불 앞으로 왔다. 그래서 바느질감을 드니 어쩐지 속이 수선거리고 아까와 같이 일이 되지를 않았다. 그는 그만 일감을 착착 개어놓으며 멍하니 등불을 바라보았다. "남포등을 사다가 불을 켜라지……" 그는 이렇게 중얼거리며 아까 오 원짜리 지화를 던져주던 덕호의 얼굴을 다시금 그려보았다. 그리고 이때까지 볼 수 없던 그의 후한 마음! 그것은 어떻게 해석해야 좋을지 갈피를 잡을 수가 없었다. 따라서 이때껏 느껴보지 못한 어떤 불안을 가슴이 답답하도록 느꼈다.

그는 어머니를 돌아보며,

"어머니."

하고 부르니 아무 대답이 없다. 그리고 약간 코고는 소리가 가늘게 들린다. 가슴이 내려간 틈에 어머니는 저렇게 잠을 자는 것이다. 그는 얼결에 어머니를 불러놓고도 어째서 그가 어머니를 불렀는지 꼭 집어낼 수는 없었다. 그는 물끄러미 어머니의 핏기 없는 얼굴을 바라보며 이불 속에 아까 넣어둔 오 원짜리 지화를 생각하였다. 따라서 뜻하지 않은 한숨이 폭 나왔다.

14

선비는 어슬어슬해서 그만 일어나고 말았다. 어젯밤 잠을 못 잔 탓인지 골머리가 띵하니 아팠다. 어머니의 아픔도 아픔이려니와, 어젯밤 돌연히 나타난 덕호와 간난의 행동이 수상스러워서 한잠 못 잤던 것이다.

"어머니, 물 데워서 손발 좀 씻어 올릴까요?"

"그래."

간신히 대답한 어머니는 "아이구!" 하며 돌아눕는다. 선비는 어머니 곁으로 가서

"아직도 아파? 자꾸."

어머니는 아무 말없이 "음음" 하고 신음할 뿐이다. 그는 이불을 꼭 덮어준 후에 밖으로 나왔다.

아직도 날은 채 밝지 않았다. 그는 멍하니 어젯밤 일을 다시금 되풀이하며 가만히 부엌문을 열었다. 김치 시어진 내가 훅 끼친다. 그는 "김치는 다 시어지눈" 이렇게 중얼거리며 앞뒷문을 활짝 열어났다. 그가 솥에 물을 붓고 불을 살라 넣었을 때 누가 싸리문을 흔든다. 순간에 선비는 간난의 얼굴이 휙 지나친다. 그래서 그는 가만히 귀를 기울이며 누가 이 새벽에 올까?

마침내 싸리문이 찌걱 하고 열리는 소리가 난다.

"거 누구요?"

선비는 부엌 문턱에 서서 내다보았다. 그때 선비는 깜짝 놀라 뒤로 물러섰다. 그리고 질겁을 하여 방으로 뛰어들었다. 어머니도 놀랐는지 돌아보며

"왜 그러냐, 응?"

선비는 어머니 곁으로 가서 문 편을 바라보며

"어떤 사나이가 싸리문을 열고 들어와."

어머니는 이 말에 도적이 드는가 하여 벌컥 일어나려다가 도로 쓰러지며

"그거 누구냐? 응, 누구야?"

목청껏 소리친다. 문밖에서 머뭇거리던 사나이는

"아저머니, 내유."

"응, 내가 누구란 말이야, 이 새벽에."

그의 음성을 분간하여 짐작하려나 도무지 들어보지 못하던 음성이다. 그는 마침내 방문을 부스스 열었다. 그들은 뛰는 가슴을 진정하며 바라보았다. 아직도 컴컴하므로 분명치는 않으나 그 윤곽과 키를 짐작하여 첫째인 것을 알았다.

그들은 뜻하지 않은 첫째임에 더 한층 놀랐다. 그리고 속으로는 저 부랑자 놈이 누구를 또 어쩌려고 이 새벽에 왔는가 하니 가슴이 후닥닥 뛰었다.

"응, 자네가 어째서 이 새벽에 왔는가?"

"아저머니가 아프시다기 저 소태나무 뿌리가 약이라기에 가져왔수."

그의 음성은 차츰 입 속으로 숨어들고 있었다. 이 말에 그들 모녀는 적이 안심하였다. 그리고 한편으로는 알 수 없는 의문이 뒤범벅이 되어 돌아가고 있다.

"아심차으이, 원……."

방 안으로 들여놓는 소태나무 보자기를 보며 선비 어머니는 이렇게 말하였다. 그는 보자기를 들여놓고는 곧 돌아서 나간다. 선비 어머니는

"잘 다녀가게."

그의 신발 소리가 멀리 사라진 후

"아 그놈, 또 하는 짓이……."

선비 어머니는 선비를 물끄러미 바라보며, 이렇게 혼자 하는 말처럼

중얼거렸다. 그리고 막연하나마 선비로 인하여 이런 일이 생기지 않는 가? 하는 의문이 불쑥 들어 어서 선비를 처치하여야겠다는 생각이 한층 더 강하여진다.

방 안은 활짝 밝았다. 무섭게 해어진 보자기 사이로 금방 캐온 듯한 싱싱한 소태나무 뿌리가 삐죽삐죽 나와 있었다. 선비는 무서워서 깜작하지 않았다. 그리고 어렸을 때 싱아 빼앗기던 생각까지 새삼스럽게 떠오른다.

"이애, 저것 어디 감추어둬라, 누가 보나다나 해두…… 그 부랑한 놈이 그게 웬일이야?"

선비 어머니는 생각할수록 이상하였다. 그리고 일종의 공포까지 느꼈다. 그만큼 첫째네 모자는 이 동네에서 사람대우를 받지 못하였던 것이다. 더구나 첫째는 술 잘 먹고 사람 잘 치기로 유명하였던 것이다. 선비는 어머니의 말에 어딘가 모르게 섭섭함을 느꼈다. 동시에 뭐라고 형용할 수 없는 슬픈 생각이 소태나무 보를 싸고 언제까지나 사라지지 않았다. 그는 그의 이러한 맘이 무엇 때문인지 풀 수가 없었다. 그는 어머니가 자리에 눕는 것을 보고야, 소태나무 보자기를 들고 윗방으로 올라왔다. 그리고 문 앞에 다가서며, 이건 밤에 캐온 겐가? 잠두 못 자고…… 이렇게 생각하며, 아까 문밖에 섰던 첫째의 얼굴을 다시금 그려보았다.

그가 무엇 때문에, 왜 이것을 가져왔을까? 그때 그의 볼이 화끈 달며 무서움이 온몸에 흠씬 끼친다. 그는 무의식간에 소태나무 보를 휙 던졌다. 그리고 무엇이 다그쳐오는 것처럼 달려 내려왔다.

15

며칠 후 선비 어머니는 마침내 세상을 떠나고 말았다. 덕호의 주선으로 어머니의 장례를 무사히 치르어낸 선비는 아주 덕호의 집으로 옮아오게 되었다. 그래서 안방 맞은편 방 옥점이(덕호의 딸) 있던 방을 제 방으로 정하고 있었다.

덕호의 부부는 선비 어머니가 살았을 때보다, 선비를 한층 더 귀여워하고 측은히 생각하였다. 더구나 선비가 가사에 막히는 것이 없이 능한 까닭에 옥점 어머니는 선비를 수족같이 알아서 집안 살림을 전수이 밀어 맡기었다.

옥점 어머니는 장죽을 물고 안방에서 나오며 마루 걸레질하는 선비를 보았다. 그리고 담뱃대를 입에서 뽑으며

"그것은 할멈을 시키고 너는 옥점의 옷을 하여라."

부엌 편을 향하여

"할멈, 마루 걸레질하우."

선비는 걸레를 대야에 넣고 부엌으로 들어가서 손을 씻고 나온다. 옥점 어머니는 안방에서 옷 마른 것을 가지고 나오며

"이애, 요새 서울서는 모두 옷을 작게 입는다더라. 이것을랑 아주 작게 하여라."

선비는 일감을 받아가지고 재봉침에 마주 앉았다. 그리고 약간 기계를 수선한 후에 일을 시작하였다. 한참씩 재봉침 바퀴를 굴려 나가다가 뚝 끊으며 눈결에 보면 할멈은 씩씩하며 마루 걸레를 치다가 어려워서 멍하니 앉아 있다. 그때마다 선비는 미안한 생각이 들었다.

"마루 걸레 치기가 저렇게 힘들까!"

옥점 어머니의 호통에 할멈은 꿈칠 놀라 다시 걸레질을 한다. 옥점 어머니는 할멈의 걸레 치는 것을 쏘아보며 늙은 것들은 저렇게 굴고 젊은 것들은 말 잘 듣지 않고, 어떤 것을 두어야 좋담, 이렇게 생각하였다.

마침 덕호가 들어온다. 옥점 어머니는 핼금[16] 쳐다보았다. 덕호가 첩

네 집에만 묻히어 있는 까닭이다.

"아니 당신도 우리 집에 올 줄 아우?"

덕호는 눈살을 찌푸리며 옥점 어머니를 노려보았다.

"저년 때문에 우리 집에 무슨 일이 나구야 말 테야. 에이 보기 싫어서!"

재봉침을 굴리는 선비의 뒷모양을 흘금 바라보며 덕호는 마루로 올라왔다.

"옥점이가 아프다고 편지했어…… 집에서 저년이 생긴 흉조를 다 부리고 있으니 그런 일이 안 날 탁이 되나?"

편지를 거지에서 꺼내어 휙 팽개친다. 옥점 어머니는 비상히 당황하여 편지를 주워 한참이나 들여다보다가

"어디 좀 똑똑히 보우, 흘려 써서 난 잘 모르겠수. 어데가 아프다고 했수?"

덕호는 아내의 주는 편지를 받아 읽어 들렸다. 옥점 어머니는 금시로 눈물이 방울방울 떨어진다.

"아이고 저를 어쩌면 좋우, 내 글쎄 요새 며칠 꿈자리가 사납더니 저 모양이구려, 내가 갈까요?"

"자네가 가서 뭘 알겠나, 내가 가야지, 어서 펄펄 옷 준비를 해."

어느 사이에 부부의 노염은 풀어지고 말았다. 옥점 어머니는 안방으로 들어가며

"이애 그것은 그만두고 이걸 해라, 그리고 할멈은 어서 숯불 좀 피우."

선비는 하던 일감을 착착 개어 들고 안방으로 들어갔다.

"이걸 펄쩍 동정을 달아…… 언제 이제 떠날 차가 있수?"

기웃하여 들여다보는 덕호를 쳐다보았다.

"차가, 웬 차가? 자전거로 읍까지 가면 그게서야 떠날 차가 있겠지."

선비는 동정을 시침하며, 옥점의 그 둥글둥글한 눈을 생각하였다. 그리고 어디가 아픈지는 모르나 이렇게 집에서 걱정해줄 아버지, 어머니를 가진 옥점이가 끝없이 부러웠다.

그리고 어디가 몹시 아파도 어디가 아프냐고 물어줄 사람조차 없는 자기의 외로운 신세가 새삼스럽게 더 슬펐다.

"나 서울 떠나면 선비는 아랫집 가서 자게 하여라."

"어딜 누가 가는 게요, 선비를 왜……?"

옥점 어머니는 말을 중도에 끊으며 당장에 뾰로통해진다.

"아, 저년이 길 떠나랴는데, 웬 방정을 저다지 떨어, 이애 이년아……."

턱을 철썩 받친다. 선비는 근심스러운 듯이 쳐다보았다. 덕호는 흘금 선비를 보며 물러앉았다.

"글쎄 저런 맥힌 년이 어디 있겠니."

옥점 어머니는 뭐라고 대답을 하려다가 그만 참았다.

검정이가 쫓기어 들어오며 컹컹 짖었다.

16

중대문이 열리며 옥점이가 들어온다.

"어머니!"

옥점 어머니는 딸의 음성에 질겁을 하여 뛰어나갔다. 그리고 그의 목을 얼싸안고 목을 놓아 울었다. 옥점의 뒤를 따라 들어오는 낯모를 양복쟁이는 모녀를 바라보며 머뭇머뭇하고 섰다.

덕호는 마루 위에 서서

"아니 이게 웬일이냐, 언제 떠났느냐. 전보를 치고 올 것이지, 아프다더니……?"

옥점이는 달려와서 덕호의 손을 쥐며

"아버지, 저이가 우리 학교 선생님의 자제인데, 저 몽금포에 해수욕 오던 길에 나를 만나서 그래서 우리 집에 잠깐 들러 가시라고 해서 오셨다우."

덕호는 처음엔 웬 양복쟁인가 하고 적지 않게 불안을 가졌으나 자기 딸이 배우는 선생님의 아들이라고 하니 퍽이나 안심되었다.

옥점이는 양복쟁이를 바라보며

"우리 아버지여요."

생긋 웃었다. 양복쟁이는 머리를 번쩍 들며, 모자를 벗어들고 덕호의 앞으로 나왔다. 그리고 인사를 하였다.

"이렇게 다 오셔야 만나보지유. 어서 들어오시우."

덕호는 앞을 서서 들어간다. 그들은 뒤를 따랐다. 옥점 어머니는 옥점의 앞에 서서 들어가는 양복쟁이를 멍하니 바라보며, 나도 저런 아들이 있다면 얼마나 좋을까 하고 생각되었다.

"아가, 어디 아프댔니? 아버지가 방금 너한테 가시랴댔다."

옥점 어머니는 마루에 올라서며 이렇게 물었다. 옥점이는 얼굴을 좀 붉히는 듯하면서,

"어머니두 밤낮 아기, 아가…… 그게 무슨 말씀이야요."

그들은 일제히 웃었다. 옥점이는 아버지와 양복쟁이를 번갈아 보았다.

"아버지, 나두 몽금포 갈 테야요."

덕호는 옥점의 얼굴빛을 자세히 살피며,

"어디 아프다는 것은 좀 나으냐. 네 몸만 든든하거던 아무 데라도 가렴."

옥점이는 생긋 웃으며, 양복쟁이를 쳐다보다가 무슨 생각을 하고,

"어머니, 선비가 내 방에 와서 있다구?"

"그래……."

"애이…… 난 몰라, 난 어데 있으라누."

금시 새침을 뗀다. 덕호는 옥점이를 보며, 이런 때에 옥점이는 제 어미와 어쩌면 그다지도 꼭 닮았는지…… 하였다.

"이애야, 그럼 선비는 이 방에 있게 하자꾸나."

덕호는 웃으며 양복쟁이를 보았다.

"저것이 아직도 어린애같이 굽니다그리, 하하."

양복쟁이도 빙긋이 웃었다. 그리고 이 집에서 옥점이를 어떻게 귀여워하는 것을 잠시간이라도 알 수가 있다.

"선비야, 점심 해라."

어머니 말에 옥점이는 벌떡 일어나며,

"정말 선비가 우리 집에 와 있수, 어디?"

뛰어나가는 옥점이는 건넌방 문 앞에서 선비와 꼭 만났다.

"선비야 잘 있었니?"

선비는 옥점의 손을 쥐려다, 물큰 스치는 향내에 멈칫하였다.

그러자 두 볼이 화끈 다는 것을 느꼈다.

"애이, 선비 너 고왔구나, 어쩌면 저렇게……."

옥점이는 무의식간에 흘금 뒤를 돌아보았다. 안방의 세 사람의 눈이 이리로 쏠린 것을 보았을 때 이때껏 느껴보지 못한 질투 비슷한 감정이 그의 눈가를 사르르 스쳐가는 것을 느꼈다. 따라서 그의 얼굴까지 화끈 달았다.

옥점이는 냉큼 돌아섰다. 선비는 머리를 푹 숙이고 부엌으로 들어갔다. 할멈은 김칫감을 다듬다가 선비를 쳐다보며

"아니 그 사내 사람은 누군고?"

시집도 안 간 처녀가 남의 사내와 같이 다니는 것이 눈에 거슬렸던 것

이다.

"모루지요."

아까 옥점이가 그의 아버지에게 양복쟁이를 소개하던 것을 얼핏 생각하였다.

"점심 하래요."

"뭐 점심을? …… 밥이 가뜩한데 웬 밥을 또 하래 응. 그 사내를 해먹이려는군."

선비는 솥을 행행 가시며 옥점의 분 바른 얼굴과 양장한 몸맵시를 생각하였다. 그리고 화로에서 피어나는 숯불을 보았다.

옥점 어머니가 내다보며

"이애, 닭 두 마리 잡고 해라."

"네."

옥점 어머니는 이렇게 이르고 나서 들어갔다. 훌훌 하는 가벼운 소리에 선비는 머리를 번쩍 들었다.

17

제비 한 마리가 부엌 천장을 돌아, 살대같이 그 푸른 하늘을 향하여 까맣게 높이 뜬다. 선비는 한숨을 가볍게 몰아쉬었다. 그리고 처음으로 저 하늘을 보는 듯하였다.

"이애, 닭을 두 마리나 잡으라지?"

할멈은 아궁에 불을 살라 넣으며 선비를 쳐다본다. 그리고 눈가로 가는 주름을 잡히며 웃는다. 그는 언제나 닭을 잡게 되면, 살을 다 바른 닭의 뼈를 먹기 좋아하였다.

꼬꾸닥! 꼬꾸닥! 닭 우는 소리에 선비는 놀라서, 물 묻은 손을 행주치마에 씻으며, 뒷문 밖으로 뛰어나왔다. 그가 허청간[17]까지 달려오니, 닭은 꼬꾸닥 소리를 지르며 둥우리 안에서 돌아가다가, 선비를 보고 푸르릉 날아 내려온다. 뒤이어 닭의 똥 냄새가 그의 얼굴에 칵 덮씌운다. 그리고 닭의 털이 가볍게 일어난다.

선비는 기침을 하며 섰다가, 닭이 없어진 후에 둥우리 안을 들여다보았다. 이제 금시 닭이 낳아놓은 달걀이 선비를 보고 해쭉 웃는 듯하였다. 그는 상긋 웃으며 달걀을 둥우리 안에서 집어내었다. 아직도 달걀은 따뜻하다.

"이전 마흔 알이지" 그는 이렇게 중얼거리며 부엌으로 나왔다.

유 서방은 풋병아리 두 놈을 잡아 목에 피를 내어가지고 들어오다가 선비를 보고 빙긋이 웃었다.

"달걀 또 낳았니?"

"네."

선비는 이 따뜻한 달걀을 누구에게든지 보이고 싶어 쑥 내밀었다.

"쟨 달걀을 여간 좋아하지를 않아."

할멈은 유 서방이 들고 들어온 닭을 뜨거운 물에 쓸어 넣으며 이렇게 말하였다.

"할머니, 이것까지 하면 지금 마흔 알이야요."

"그래 좋겠다! 그까짓 것 그리 알뜰하게 모아서 소용이 무언가."

할멈은 가만히 말하였다. 선비도 이 말에는 어쩐지 가슴이 찌르르 하였다. 그러나 그것은 순간이고 또다시 달걀을 들여다보니 볼수록 귀여웠다.

선비는 소리 없이 광문을 열고 들어갔다. 곰팡이 냄새가 훅 끼친다. 그는 독 위에서 달걀 바구니를 내려 들여다보았다. 똑같은 달걀이 바구니에 전과 같이 그득하였다. 그는 들고 들어간 달걀을 조심히 올려놓으며 "마흔 알이지" 하고 다시 한 번 더 뇌일 때, 문틈으로 뻐쳐 들어오는 광선은 그의 손가락을 발갛게 하였다. 그는 바구니를 쓸어보고 부엌으로 나왔다. 그리고 닭의 털을 뽑는 할멈 곁에 앉았다.

그들이 점심을 다 해서 퍼들이고 부뚜막에서 밥을 먹을 때, 덕호가 들어왔다.

"선비야, 안방으로 들어가 먹어라. 응."

선비는 일어나며,

"좋습니다."

"아, 왜 말을 안 들어, 어서 가지고 들어가, 옥점이와 같이 먹지."

너무 서두는 바람에 선비는 술을 놓고 말았다. 덕호는 암만 말해야 쓸데없을 것을 알고,

"아, 그전에도 부엌에서만 먹었니?"

이렇게 중얼거리며 안으로 들어간다. 그리고 무어라고나 하는지, 옥점 어머니의 쨍쨍하는 소리가 흘러나온다.

"그 애는 밤낮 그 모양이야 말요, 해야 들어야지요. 원체 질기기가 쇠가죽 이상인데."

선비는 얼굴이 화끈 달았다. 그리고 닭의 **뼈**나마 빨아먹은 물이 도로 올라오는 것을 느꼈다.

선비가 설거지를 마치고 건넌방으로 건너갈 때 옥점 어머니가 마루에 섰다.

"이전 그 방 임자가 왔으니 넌 이전 할멈과 있든지 나와 있든지 하자."

옥점이가 방에서 툭 튀어나왔다.

"어서 그 방 좀 내다구. 그 방의 그게 모두 뭐냐? 웬 보따리가 그리 많아. 아이, 되놈의 보따리 같데, 호호……."

옥점이는 양복쟁이를 돌아보며 이렇게 웃었다. 선비는 귀밑까지 **빨개**지며 건넌방으로 왔다. 그리고 봇짐을 모두 한데 싸며 옥점의 하던 말을 다시

금 되풀이하였다. 그리고 어디로 이 봇짐을 옮길까 하고 생각해보았다.

안방으로 옮기자니 옥점 어머니와는 같이 있기가 싫고 할멈 방으로 옮기자니 그 방은 몹시 좁고 어떻게 해야 좋을지 몰라 그는 멍하니 앉아 있었다. 그때에 그는 어머니와 그가 살던 아랫마을 집이 문득 생각키었다. 비록 초가이나 어머니와 그가 살던 그 집! 그는 불시에 그 집이 보고 싶었다.

'그 집에 누가 이사해왔는지 몰라.'

그는 이렇게 생각하며 다시 봇짐을 보았다. 그리고 부스스 일어나며 좌우 손에 봇짐을 들었다.

18

"후덥다. 이거 소리나 한마디 하게나."

키 작기로 유명한 난장보살이라는 별명을 가진 자가 키 큰 자를 돌아보며 이렇게 말하였다. 그리고 호미로 땅을 푹 파 올리며 가라지를 얼핏 뽑아 던졌다.

그들은 이렇게 별명을 불러가며 잡담을 늘어놓곤 하였던 것이다.

"응 소리……."

"싱앗대야, 어서 해라! 이놈아, 이거 살겠니."

난장보살이 키 큰 자의 등을 후려쳤다. 그 곁에서 씩씩하며 김을 매는 첫째는

"소리 한마디 해유."

하고 돌아보았다. 난장보살은 흘금 쳐다보며

"이애, 이 곰도 소리를 들을 줄 아니."

술 취하기 전에는 첫째는 누구와 말 한마디 건네기를 싫어하였던 것이

다. 그러나 술만 취하면 남이 알아도 듣지 못할 말을 밤새껏 저 혼자 중얼중얼하곤 하였다.

첫째는 난장보살을 보며 픽 웃었다. 그는 대답 대신에 늘 이렇게 웃는 것이 버릇이다.

앞산에서 뻐꾹! 뻐꾹! 하는 소리가 난다. 싱앗대는 앞산을 흘금 바라보더니,

"뻐꾹새만 운다!"

이렇게 말하고 나서 목에 핏줄을 불끈 일으키며, 노래를 부른다.

　　흙이야 돌이야
　　알알이 골라서
　　임 주고 나 먹으려
　　가을 묻었지.

길게 목청을 내뽑았다. 땃버리[18]라는 별명을 가진 자가 눈을 스르르 감더니,

　　눈에나 가시 같은
　　장재 첨지네
　　함석 창고 채우려고
　　가을 묻었나.

굽이쳐 올라가는 멜로디는 스러지려는 듯, 꺼지려는 듯하였다.

"좋다!"

난장보살은 호미로 땅을 치며 이렇게 소리쳤다. 그리고 무어라고 형용 못할 슬픔이 그들의 가슴을 찌르르 울려주었다.

"이거 왜 이리 늦으니, 어서 또 받지."

유 서방이 싱앗대를 바라보며 빙긋이 웃었다. 싱앗대는,

"너구리 영감! 나 소리하면 술 사줄 테유."

"암 사주고말구……."

첫째는 술 말을 들으니 목이 더 타는 듯하였다. 그리고 뽀얀 탁배기가 눈에 보이는 듯하여 침을 넘겼다.

"그만두겠수다. 탁배기 한잔에 값비싼 소리를……."

"어서 하자."

여럿이 일시에 소리친다. 유 서방은 농립[19]을 벗어 부채질한다.

"이거 더워서 견디겠나, 어서 소리라도 이어 하게. 탁배기가 맛없으면 약주라두 사주리."

"이애 이놈아, 소리마디나 하니까 장한 듯하니? 이리 세를 부리고……."

난장보살은 싱앗대의 농립을 툭 쳐서 벗겨놓았다.

"이놈아, 좀 그만 까불어라…… 너 내일 누구네 김매러 가니?"

"왜…… 삼치몰래 삼치몰래 김매러 간다."

"그 밭이 돌짝밭이 돼서 아주 김매기 힘들지."

"그래두 그 밭에 도지[20]가 닷 섬이다!"

"결전[21]이야 저편에서 물겠지, 도지가 그렇게 많으니까."

"결전이 뭔가…… 자담한다[22]."

"뭐 자담이야? 너무하구나! 그 밭은 굵고 부쳐야 하겠군."

싱앗대는 이렇게 말하며 유 서방을 곁눈질해 보았다. 유 서방은 덕호네 집을 살므로, 언제나 그들은 유 서방을 꺼리었던 것이다. 난장보살은 침을 탁 배앝으며,

"요새 하는 짓이란 놀랄 만하니."

가만히 말하며, 호미 끝에 조가 상할까 하여 얼핏 손으로 조를 싸고돌며 미츨하니[23] 북돋아놓았다. 그때 바람이 가늘게 불어와서 조대를 살랑살랑 흔들어준다.

멀리서 송아지가 운다. 싱앗대는 목을 늘여,

　　내가 바친 조알은
　　밤알 대추알
　　임의 입에 둥글둥글
　　구르는 조알.

땃버리는 기침을 칵 하며, 호미를 힘 있게 쥐었다.

　　장재 첨지 조알은
　　죽쩡이 조알
　　내 가슴에 마디마디
　　맺히는 조알.

그들은 뜻하지 않은 한숨이 후 나왔다.

19

"이놈들아, 소리를 하는 바에는 좀 속이 시원할 소리를 하지 그게 무슨 소리냐!"

난장보살은 얼굴이 벌게지며 호미를 집어 팽개친다. 그의 머리에는 장리쌀 가져오던 기억이 회오리바람처럼 일어났던 것이다.

그날― 덕호네 그 넓은 뜰에는 장리쌀을 가지러 온 소작인들로 **빽빽**하였다. 한참 후에 덕호가 장죽을 물고 나왔다.

"이게 웬 사람들이 이리 많아?"

언제나 장리쌀을 내줄 때에 하는 덕호의 말이다.

덕호는 휘 둘러보았다. 돌아선 농민들은 덕호의 시선이 마주칠 때마다 가슴이 두근두근해지며 불행히 자기만이 쌀을 못 얻어 가게나 되지 않으려나? 하는 불안에 머리를 푹 숙였다.

덕호는 약간 얼굴을 찡그렸다. 그들 중에는 작년 것도 채 갚지 못한 사람이 있었다.

"허 거정, 그래 농사지은 쌀들은 다 어떻게 했담. 아, 저 사람네도 쌀이 없는가."

덕호는 싱앗대를 바라보았다. 싱앗대는 머리를 벅벅 긁으며,

"네 그저……."

"그거 웬일이야…… 절용해서 먹지 않는 모양일세, 이렇게 가져만 가니 가을에 가서 자네들이 해놓으랴면 힘들지, 그렇지 않은가?"

농민들은 그저 머리를 숙여 들을 뿐이었다.

덕호는 사랑에서 장책과 붓을 들고 나와서, 농민들의 성명을 일일이 적어놓고 그리고 몇 섬 몇 말 가져갈 것까지 꼭꼭 적어놓았다.

찌꺽 하는 소리에 그들은 바라보니 유 서방이 곳간 문을 열었다. 그들 중에 몇 사람은 달려가서 조섬을 끌어내어 마개를 뽑고, 이미 펴놓았던 멍석자리에 조를 솨르르 쏟아놓았다. 낯익은 그 솨르르 하는 소리! 그리고 뽀얗게 일어나는 먼지 속에 풀풀 날리는 좃겨24!

무의식간에 그들은 우르르 밀려가서 좁쌀을 한 줌씩 푹푹 뜨며 들여다보았다. 그리고 입에 넣고 씹어보았다.

작년 가을에 자기들이 바친 조알은 모두가 한 알 같아서 마치 잘 여문 밤알이나 대추알을 굴려 무는 듯한 옹골찬 맛이 있었는데 이 조알은 어디서 난 것인지 쭉정이 절반으로 굴려 무는 맛이 거분거분하여25 마치

좇겨를 씹는 듯하였다.

이때까지 비록 장리쌀이나마 가져가게 된다는 기쁨에 잠겼던 그들은 어디 가서 호소할 곳 없는 그런 애석하고도 억울함이 그들의 머리를 찡하니 울려주었다.

유 서방은 멀뚱멀뚱하고 서로 바라다만 보는 농민들을 돌아보았다.

"어서 그릇을 가지고 한 사람씩 이리로 나오시우."

그제야 그들은 정신이 들어 한 명씩 앞으로 나갔다.

말에 옮겨 그들의 쌀자루로 쏴르르 하고 들어오는 좁쌀 흐르는 소리! 그들의 가슴에다 돌을 처넣은들 이에서 더 아플 수가 있으랴!

여기까지 생각한 그는 한숨을 후 쉬며 이마에서 흐른 땀을 쥐어 뿌렸다. 그리고 어린애같이 거두고 귀여워하는 조대를 물끄러미 바라보았다. 순간에 그는 호밋자루를 던진 채 발길 나가는 그대로 어디든지 가고 싶었다.

"어서 소리나 또 하자."

유 서방이 그들의 침묵을 깨쳤다. 난장보살은 유 서방을 흘금 바라볼 때, 그날 쭉정이 좁쌀을 퍼주던 유 서방인 것을 새삼스럽게 발견하였다.

"여부슈!"

난장보살은 얼결에 이렇게 유 서방을 보고 소리쳤으나, 그다음 말은 생각나지 않아서 멀뚱멀뚱 바라만 보았다.

그들은 맡은 이랑을 다 매고 딴 이랑을 돌려 잡았다. 이 고랑에는 조뱅이[26]가 더 많이 우거졌다. 그리고 그 사이에 냉이[薺]꽃이 하얗게 덮였다. 싱앗대는 벌컥 일어나서 해를 짐작해보며 "해지기 전에 이 밭을 다 맬까" 하고 혼자 하는 말처럼 중얼거렸다.

"이놈아, 이걸 해지기 전에 못 매어."

난장보살이 싱앗대를 올려다보았다.

"어서 소리나 해유."

첫째가 그들을 바라본다. 싱앗대는 도로 주저앉으며 갑나기[農夫歌]를 불렀다.

임 따라가세, 임 따라가세,
정든 임 따라가세.
부러진 다리를 찰찰 끌면서
정든 임 따라가세.

"좋다!"

땃버리가 소리치며 흘금 돌아보았다.

"이애 저기 뭐가?"

난장보살은 벌컥 일어났다.

20

그들은 일시에 바라보았다. 어떤 양복쟁이와 굽 높은 구두를 신은 계집이 이편으로 온다. 그들은 호기심에 켕기어 벌떡벌떡 일어났다. 유 서방은

"여보게들, 그게 우리 주인의 딸 옥점일세."

"뭐야 옥점이! 서울 가서 학당 공부 한다더니 왜 나려왔나?"

"아프다고 왔다네."

"아, 그런데 양복쟁이는 누구여?"

유 서방도 이 물음에는 궁하여, 한참이나 생각하다가

"글쎄 나두 잘 몰라!"

"이애 서울 가더니, 서방을 얻어가지고 왔구나."

난장보살이 이렇게 말하며, 길 옆 밭머리에 털썩 주저앉는다.

"제길 어떤 놈은 팔자 좋아 예쁜 색시 얻구 돈 얻구, 요놈은 평생 홀아비 되라는 팔자인가."

첫째는 슬며시 돌아본다. 난장보살은 거지 안에서 익모초를 말린 담배를 꺼내서 신문지 조각에다 놓고 두르르 말아서 침으로 붙인 후에 붙여 물며 차츰 가까워 오는 양복쟁이와 옥점이를 바라보았다.

그들은 곁눈으로 흘금 농부들을 보고 나서 지나친다. 그리고 옥점이는 머리를 갸웃거리며, 무슨 이야긴지 재미나게 하는 모양이다.

"이애 사람 죽이누나!"

그들이 멀리 간 후에, 난장보살은 담배 꼬치를 집어 던지며 이렇게 말하였다. 그리고 호미를 쥐고 김을 매기 시작하였다.

한참 후에 땃버리는 난장보살을 툭 치며,

"이 사람아, 자네 요새 장가가고 싶은 모양이네그리."

"어 그래, 이놈 나 장가 보내주겠니?"

땃버리는 생각난다는 듯이,

"아니 유 서방, 선비가 지금 덕호네 집에 있지유?"

"응 있어, 왜?"

"그 어디 출가시키지 않으려나유?"

"글쎄! 시키겠지."

싱앗대가 눈을 꿈벅하며,

"뭘, 모르지, 알 수 있나, 그러구저러구 다……."

말을 끊으며 유 서방을 쳐다본다. 유 서방은 못 들은 체하고 말았다. 첫째는 그 큰 눈을 번쩍 뜨고, 그들의 말을 듣다가 한숨을 푹 쉰다. 난장보살은 비위가 동하여 땃버리를 바라본다.

"그 좀 자네 중매할 수 없겠나?"

"날 보고 말해 되겠나, 그게야말로 덕호에게 청 대야 할 노릇이지."

"아따 이 사람, 그러기에 자네가 중매를 들라는 말이어."

"난 자격이 없네."

"선비는 얼굴도 예쁘지만 맘도 고우니…… 참 그것 신통해……."

유 서방은 선비의 자태를 머리에 그리며, 아까 싱앗대가 하던 말을 다시금 생각하였다. 첫째는 여러 사람들이 아니면, 유 서방을 붙들고 얼마든지 선비에 대한 말을 묻고 싶었다.

이렇게 잡담을 하며 김을 매던 그들은 해가 꼭 져서야 동네로 들어왔다.

집으로 온 첫째는 저녁을 먹은 후, 곧 밖으로 나왔다. 웬일인지 집안에 들어앉았기가 답답해서 못 견딜 지경이다. 그는 어정어정 걸었다. 그리고 아까 난장보살에게서 빼앗아둔 익모초 담배를 꺼내 붙여 물었다. 한 모금 쑥 빨고 나니, 담배와 같이 향기로운 맛이 없고 맥맥하였다[27]. 그는 휙 집어 뿌렸다. "이걸 담배라고 다 먹나!" 이렇게 중얼거리며 보니 덕호의 집 울 뒤였다. 그는 요새 밤마다 이 집 주위를 한 번씩 둘러 가곤 하였다. 행여나 선비를 볼까 하여 이렇게 오나 한 번도 이 집 주위서 그를 만나보지 못하였다. 그러나 저녁을 먹고 나면 오늘이나 하는 기대를 가지고 또다시 오곤 하였다.

캄캄한 하늘에는 별들이 동동 떴다. 그리고 어디서 불어오는 바람결에 모기 쑥내가 약간 코끝을 흔들어준다. 그는 어디라 없이 멍하니 바라보며 손으로 허리를 꽉 짚었다.

덕호네 집에서 간혹 무슨 말이 흘러나오나 누구의 음성인지 또는 무슨 말을 하는지 분간할 수가 없다. 그저 호호 하하 웃는 웃음소리만은 저 별을 쳐다보는 듯이 또렷하였다.

그는 이렇게 우두커니 서 있으니 아까 집어 던지던 익모초 담배나마 생각키었다. 그래서 거지 안을 뒤져보니 아무것도 잡히지 않았다. 그는 입맛을 쩍쩍 다시며 풀밭에 털썩 주저앉았다. 밑이 선뜻하여 다는 속이 한결 시원한 듯하였다. 그때 이리로 오는 듯한 신발 소리가 나므로 그는 두 눈을 고양이 눈처럼 떴다.

21

가까워지는 신발 소리는 뚝 끊어지며, 울바자 밑에 붙어 서는 소리가 바삭바삭 난다. 그리고 급한 숨결 소리가 여자라는 확신을 그에게 던져 주었다.

그는 일어나는 호기심과 아울러 선비가 아닌가 하는 의문에 역시 가슴이 뛰놀기 시작하였다. 그래서 그는 저편 사람에게 자기가 있는 것을 눈치 채지 못하게 하려고 조금씩 뒷걸음질을 하였다.

또다시 신발 소리는 이편을 향하여 오더니 멈칫 선다. 그리고, 숨을 호하고 쉬었다. 따라서 무엇을 생각하는 듯이 한참이나 우두커니 서 있다. 첫째는 어둠 속으로 어림해보이는 그의 키와 그리고 몸집을 자세히 훑어보는 순간 선비가 아니냐? 하는 생각이 차츰 농후해졌다. 그는 불과 몇 발걸음 사이를 두고 그립던 선비와 이렇게 마주 섰거니 하는 생각이 울컥 내밀칠 때, 무의식간에 그는 몇 발걸음 내디디었다. 신발 소리를 들은 저편은 질겁을 하여 달아난다. 첫째는 이미 내친걸음이라 그의 뒤를 따랐다.

뛰기로 못 당할 것을 안 계집은 어떤 집으로 쏙 들어가 버렸다. 그는 할 수 없이 그 집 나뭇가리 옆에 붙어 서서 계집이 나오기를 고대하였다. 그러나 계집은 한참이나 지나도 나오지 않는다. 그는 의심이 버쩍 들었다. 혹시 선비가 아닌가? 그럼 누구여? 이 밤중에 그 집에 와서 엿볼 사람이 누굴까? 그는 눈을 감고 한참이나 생각하여보아도 얼핏 짚이는 사람이 없었다. 그리고 억지로라도 그를 선비라고 하고 싶었다. 그래서 오늘 밤은 기어코 선비를 만나 몇 해 쌓아두었던 말을 다만 한마디라도 건네고 싶었다.

이제 선비를 만나면 뭐라고 할까? 이렇게 자신을 향하여 물어보았다. 그러나 아무 할 말이 없다. 온 가슴은 선비를 대하여 할 말로 터질 듯한데 막상 하려고 하니 캄캄하였다. 뭐라고 하나? …… 너 나하구 살겠니? 하고 물을까? 그것도 말이 안 되었어. 그러면 너 나 알지? "아니, 아니어" 그는 머리를 좌우로 흔들며 픽 웃어버렸다. 그리고 여러 가지 말을 생각하며 그 집 문 편만을 주의하였다.

그때 저편에서 지나가는 듯한 신발 소리가 나므로 누가 이 집 앞으로 지나는가보다 하여 숨을 죽이고 무릎을 쭈그렸다. 마침 신발 소리가 뚝 그치며 술술 하는 소리를 따라 난데없는 물줄기가 그의 얼굴을 향하여 쏟아진다. 그는 주춤 물러서는 순간, 그것이 오줌줄기라는 것을 깨닫자 그는 벌컥 일어나며 이편으로 다가섰다.

"이 자식아, 얻다가 오줌을 누느냐?"

뜻하지 않은 사람의 음성에 저편은 꿈찔 놀라서 오줌을 줄이치고 물러선다.

"거 누구여?"

첫째는 그의 음성에 벌써 누구임을 알았다.

"이 자식아, 얻다가 오줌을 누냐."

그제야 개똥이는 첫째인 것을 알고

"아 왜 거게 가 섰느냐? 이 자식아."

첫째는 할 말이 없다. 그래서 우물쭈물하였다. 개똥이는 앞으로 다가서며

"난 너희 집에 갔댔다."

"왜?"

"내일 우리 김 좀 매달라구."

"나 벌써 명구네 김매주겠다고 말했다야."

"응 명구네…… 거 안되었네, 품 한 명이 꼭 모자란데……."

그때 문소리가 나며 초롱불이 나온다. 그들은 멍하니 바라보았다.

"어두운데 잘 건너가우."

개똥 어머니의 말이다.

"네."

첫째는 선비의 음성인가 하였다. 그리고 개똥이가 아니면 쫓아가겠는데, 그럴 수도 없고 해서 머뭇머뭇하고 서 있었다. 초롱불은 첫째를 비웃는 듯이 조롱하는 듯이 까뭇까뭇 숨바꼭질을 한다. 첫째는 가슴이 죄어서 한 발 내디디었을 때,

"어마이, 거 누구여?"

개똥이가 묻는다.

"응…… 너 왜 거게 가 섰니?"

개똥 어머니는 이편으로 오는 모양이다.

"간난이구나, 그 애가 이 밤에 왜 왔을까."

"간난이?"

첫째는 놀란 듯이 버럭 소리를 질렀다. 개똥 어머니는 멈칫 선다.

"거 누구니?"

"나유."

"……응, 첫째인가."

"간난이가 뭐하러 우리 집에를 왔어?"

"글쎄 말이다, 혹 덕호가 보냈는지?"

첫째는 멍하니 마지막 사라지는 초롱불을 바라보았다. 그리고 이맛가

의 오줌을 씻어내며 터벅터벅 걸었다.

22

첫째는 무정처하고 걷다가 다시 덕호의 집 주위를 한 바퀴 돌아서 그의 집으로 왔다.

그러나 방으로 들어가고 싶지는 않아서 마당가에서 어정어정 돌아다니다가 나뭇가리 옆에 펄썩 주저앉았다. 훅 하고 끼치는 나무 썩어진 내를 맡으며, 아까 개똥이의 오줌을 받은 기억이 떠올라 무의식간에 그의 손은 이맛가를 만졌다. 따라서 뭐라고 말할 수 없는 울분이 울컥 치미는 것을 깨달았다.

그는 나뭇가리에 몸을 기대며 고놈의 계집애는 도무지 볼 수가 없으니 웬일이어, 어디 앓지나 않는지? 하고 생각할 때 그의 눈 위에서 빛나던 그중 큰 별 하나가 꼬리를 길게 달고 까뭇 사라진다. 그는 그 별이 사라진 곳을 멍하니 바라보며, 선비의 눈등에 검은 사마귀를 생각하였다. 티 없이 밝은 얼굴에 빛나는 그 검은 사마귀! 그것은 흡사히 이제 사라진 그 별과 같았다. 그는 한숨을 길게 쉬며 눈을 꾹 감았다. 감으면 감을수록 더 또렷이 나타나는 그 검은 사마귀! 이놈의 계집애를…… 하며 첫째는 벌떡 일어났다. 그때 저편으로부터 신발 소리가 났다. 그는 공연히 화가 치받친다.

"거 누구유?"

버럭 소리를 질렀다.

"첫째냐? 난 널 자꾸 찾아다녔구나, 여기 있는 것을 모르고…… 왜 거기 가 있냐."

이 서방은 헐떡헐떡하면서, 첫째의 곁으로 와서 그의 손을 끌고 방으

로 들어왔다. 첫째는 일어나는 화를 참으며 씩씩하였다. 이 서방은

"첫째야!"

부르고 나서 그의 곁으로 바싹 다가앉았다. 첫째는 귀찮다는 듯이 조금 물러앉으며 벌렁 누워버렸다. 이 서방은 그의 이마를 짚으며

"너 요새 뭐 생각하는 것 있지?"

첫째는 얼른 선비를 머리에 그리며, 이 서방의 손이 거북하였다. 그래서 손을 물리치며 돌아누웠다. 한참 후에 이 서방은

"너 자냐?"

"아니."

"너 요새 왜 잠두 안 자고 다니니?"

"잠이 안 오니께."

"왜, 잠이 안 와?"

"……."

뭐라고 말을 하렸으나 입이 꽉 붙고 만다. 이 서방은

"첫째야, 네가 내게 숨길 것이 뭐냐, 말하면 내 힘 미치는 데까지는 힘써보자꾸나."

이 서방도 첫째가 어떤 계집을 생각해서 이렇게 잠도 못 자고 다니는 것을 짐작은 했으나, 어떤 계집인지를 꼭 알지 못하였다. 그래서 그 계집을 첫째에게서 알아가지고, 될 수 있는 대로 힘써보자는 것이다. 만일 저대로 방임해두면 첫째는 불일간에 무슨 병에 걸려들지 않으면 무슨 변이라도 낼 듯싶었던 것이다.

첫째는 언제까지나 잠잠하고 있다. 이 서방은 바싹 다가 누웠다.

"너 어떤 계집을 생각하지, 아마?"

첫째는 계집이란 말에 그의 얼굴이 화끈 달며 선비의 그 고운 자태가 스르르 떠오른다. 그는 그만 돌아누웠다.

"자자우, 이 서방."

말하지 않을 것을 안 이 서방은 훗날에 천천히 물어보리라 하고, 그만 잠이 들고 말았다.

첫째는 이런 생각 저런 생각에 그 밤을 새우고, 어슬어슬하여 일어나 앉았다. 그때 안방 문이 가만히 열리는 소리가 들린다. 첫째는 어떤 놈이 또 와 잤군…… 하고 생각하며 장성한 아들을 둔 그의 어머니의 행동이 끝없이 원망스러웠다.

"안녕히 가세요."

"음."

"언제 또 오시겠수."

"글쎄 봐야 알지."

소곤거리는 유 서방의 음성이다. 그는 도리어 반가운 생각이 들어 벌컥 일어났다. 그리고 방문을 열었을 때,

"너 왜 벌써 일어나니?"

이 서방이 일어나며 그의 꽁무니를 꾹 붙들었다. 이 서방은 첫째가 달려 나가서 무슨 행패를 할까 하는 불안에서 이렇게 붙들었던 것이다.

그러자 벌써 첫째 어머니는 문을 지치고 들어온다. 첫째는 그의 어머니를 노려보다가,

"어머니!"

자거니 하였던 첫째의 음성에 그의 어머니는 놀라 멈칫 섰다. 그리고 첫째가 성이 나서 뛰어나오는 것 같아서 뒤로 비슬비슬 물러섰다.

이 서방은 이 경우에 모자의 불평을 어떻게 완화시킬지 몰라 한참이나 생각하였다. 문을 열고 아무 말없이 그의 어머니를 노려보던 첫째는 방문을 쾅 닫고 그 자리에 주저앉았다. 그제야 이 서방도 물러앉는다.

23

신철이를 따라 몽금포에 내려가서 해수욕을 하고 올라온 옥점이는 오늘 아침 차로 상경하겠다는 신철이를 만 가지 권유로 겨우 붙들었다. 신철이는 옥점이보다도 덕호의 애써 말리는 데 못 이기는 체하고 떠나지 않았으나 실은 웬일인지 그렇게 쉽게 이 집을 떠나고 싶지 않았던 것이다.

남의 집에 와서 하루 이틀도 아니요, 거의 달 지경이 되어오니까 미안함에서 상경하겠다고 하였던 것이다. 옥점이는 신철의 남성다운 체격을 웃음을 머금고 바라보았다.

"우리 참외막에 가볼까요."

"글쎄요…… 우리 둘이만이 가는 것이 좀…….."

옥점이는 냉큼

"그럼 누구 또 말씀해보세요?"

그의 속을 뚫고 보려는 듯한 옥점이의 강한 시선을 그는 약간 피하였다.

"아버지든지 혹은 어머니도 좋구요."

"정말?"

"그러면요, 우리 둘만은 이런 시골에서는 좀 자미 없지 않아요?"

"하긴 그래요, 그럼 어머니를 가자구 할까?"

"그것은 옥점 씨 생각에 맡깁니다."

옥점이는 호호 웃으며 냉큼 일어나 안방으로 건너갔다. 신철이는 책상 앞에 조금 다가앉아서, 면경 속에 그의 얼굴을 비추어보며, 무심히 밖을 내다보았다. 그때 선비가 빨래함지를 이고 부엌으로부터 나온다. 신철이는 얼른 몸을 똑바로 가지고, 지나치는 그의 왼편 볼을 뚫어지도록 보았다. 그가 중대문을 넘어가는 신발 소리를 들으며, 빨래를 하러 가는 모양인데…… 하고 생각할 때, 이상한 광채가 그의 눈가를 스쳐 간다.

그가 이 집에 온 지 거의 두 달이 되어 와도, 저렇게 먼빛으로 선비를 대할 뿐이고, 한 번도 한자리에 앉아 말을 건네보지 못하였다. 그만큼 그는 선비에게 어떤 호기심을 두었다. 그리고 특히 그의 와이셔츠나 혹은 내의 같은 것을 빨아 다려 오는 것을 보면, 어떻게 그리 정밀하고 얌전스럽게 해오는지 몰랐다. 그때마다 그는 이런 아내를 얻었으면…… 하는 생각이, 옷 갈피갈피를 뒤질 때마다 부쩍 들곤 하였다.

그리고 그의 고운 자태! 눈등의 검은 점…… 그의 머리에 강한 인상을 던져주었다. 그와 말이나 해보았으면…… 그는 이러한 생각을 하면서, 어떻게 하든지 오늘 냇가에만 가면 그를 만날 수가 있을 터인데 어떻게 뭐라고 핑계를 대고 옥점이를 떨어치나가 문제되었다.

옥점이가 건너오며

"어머니가 가시겠다오."

"예 좋습니다."

이렇게 선뜻 대답은 하고도 신철이는 엉덩이가 잘 떨어지지 않는다.

"어서 일어나요, 더웁기 전에 가요."

신철이는 무슨 생각을 잠깐 하다가

"아버지도 모시고 가는 것이 어때요."

"아이! 아버지는 뭐라구."

해끔 쳐다보며 웃는다. 그도 빙긋이 웃으며

"노인네 부부도 산보해야지요, 하하."

옥점이도 호호 웃었다. 그리고 아버지와 어머니 앞에 자기들이 가지런히 서서 가는 것도 그럴 듯한 일이었다.

"그럼 모시고 갈까…… 아이, 아랫집에서 안 올라오셨을게요."

옥점이는 통통걸음을 쳐서 사랑으로 나간다. 신철이는 그의 나가는 뒷모양을 바라보면서 선비가 혼자서 빨래를 갔는가? 하였다. 옥점이는 곧 돌아 들어왔다.

"아버지가 안 오셔서……"

그제야 신철이는 벌컥 일어났다. 그리고 벽에서 모자를 벗겨 쓰며

"내 아버지는 모시고 갈 것이니 어서 먼저들 가시오. 저번 갔던 그 막이지?"

옥점이는 약간 싫은 빛을 띠었으나 얼른 웃어버렸다.

"그만둬요, 아버질랑."

"글쎄 어서 가요. 내 가서 모시고 올라가리다."

신철이는 밖으로 나왔다. 뜨거운 볕이 그의 전신을 후끈하게 하였다. 그가 큰 대문을 나서며 어떻게 할까? 하고 우뚝 섰다.

24

신철이는 어떻게 하든지 옥점이만을 떨어칠 양으로 이렇게 서두르고 나오기는 했으나 막상 나오고 보니 어떻게 해서 선비를 교묘히 만나볼까가 큰 걱정이다.

우선 그는 멀리 보이는 원소의 숲을 바라보았다. 그리고 덕호가 첩살림하고 있는 아랫마을을 돌아보았다. 따라서 옥점이와 같이 갈 참외막 있는 앞벌도 바라보았다.

그러자 옥점이와 그의 어머니가 나온다.

"왜 안 가셨수."

옥점이는 물빛 양장에 밀짚모를 꼭 눌러썼다. 그의 어머니는 딸과 신철이를 바라보며 언제 웃을지 몰라 입을 벌리고 있다. 비록 정식으로 말은 건네지 않았으나 이 둘이는 장래 부부로 인정하였던 것이다.

"아버지한테도 같이 가려구요?"

"뭘, 나허구? …… 난 안 간다는 게야, 그년의 계집애 보기 싫어서……."

옥점이는 횡 돌아간다. 신철이는 옥점이의 이러한 대답을 듣기 위하여 부러 물었던 것이다.

"왜 그래요? 그이도 어머니가 되겠지우."

"아라마— 이야다와(어머 싫어요)."

이렇게 소리치며 어머니의 손을 끌고 간다. 몇 발걸음 걸어 나가던 옥점이는 돌아보았다.

"얼핏 모시고 와요, 그리로…… 기다리고 있을 것이니."

이 순간에 그는 급한 숨결을 겨우 억제하였다. 모든 일이 자기가 상상하였던 것보다 예상 이외에 순조로 진행되었던 것이다. 신철이는 뛰는 가슴을 진정하며 옥점의 뒤를 슬금슬금 따라섰다.

옥점이가 동구를 벗어나며 이편을 돌아본다. 그리고 무어라고 손질을 두어 번 치고 모밀밭 뒤로 사라진다. 신철이는 한숨을 후유 하고 쉬었다. 만사는 이제부터다 하고 그는 아무 거침없이 원소를 바라보고 급히 걸었다.

원소의 숲이 가까워질수록 그의 숨결은 몹시도 뛰었다. 그리고 불행히 옥점이가 그의 뒤를 따르지 않는가 하여 자주자주 뒤를 돌아보았다.

물소리가 졸졸졸졸 한다. 그는 우뚝 섰다. 그리고 버드나무숲을 헤치고 가만히 들어섰다. 길길이 늘어진 버들가지가 그의 어깨를 서늘하게 스치었다. 그는 나무 밑에 꼭 숨어 서서 사람이 있는가 없는가를 훑어보았다.

뚝 그쳤던 방망이 소리가 청청 울려온다. 그 소리는 이 고요한 숲을 한층 더 고요하게 하였다. 그는 방망이 소리를 따라 시선을 옮기니, 버드나무숲에 가리어 잘 보이지는 않으나, 방망이 소리를 타고 오는 음향은 선비의 존재를 확신케 하였다. 그는 차츰차츰 그편으로 갔다. 선비의 바른 편 볼이 둥그렇게 나타나 보인다. 신철이는 멈칫 섰다. 그리고 다시 한 번 뒤를 돌아보았다. 따라서 선비를 만나 무슨 말을 할까 하고 생각해보았다. 그러나 할 말이 있는 듯하고도 또다시 생각하면 아무 할 말이 없었다. 어떻게 하누? 다시 한 번 망설였다. 이제는 발길까지 무거워지고 그리고 숨결이 무섭게 뛰놀았다.

그가 동무를 따라 카페 같은 데도 더러 다녔으나 이렇게 여자를 어렵게 대하여보기는 처음이었다.

방망이 소리가 뚝 끊어지며 빨래를 헹구는 모양인지 절벅 하는 물소리가 들린다. 그는 버드나무에 몸을 기대어 에라 돌아가자! 내가 이게 무슨 짓이냐, 그와 말은 해봐서 뭘 하는 게야 하고, 그는 발길을 돌리렸으나, 꽉 붙고 떨어지지 않는다. 그는 눈을 꾹 감았다. 그리고 지금 막에서 기다릴 옥점이를 생각하였다. 그러나 옥점이의 환영은 차츰 희미하게 사라지고, 선비의 얼굴이 뚜렷이 보인다. "내가 이게 웬일이야, 며칠지간에" 이렇게 중얼거리며 휙 일어났다. 그리고 흐르는 물속으로 빛나는 차돌을 물끄러미 들여다보았다. 지금 아버지는 내가 몽금포에서 수양하고 있는 줄 알 터이지 하는 생각이 버쩍 들자 그는 머리를 돌려버렸다. 그때에 무심히 앞에 늘어진 버들가지 하나를 잡아 뚝 꺾었다. 그리고 손이 아프도록 잎을 죽 훑어서 후르르 물 위에 뿌리며 천천히 내려왔다.

그가 참외막까지 왔을 때 갑자기 우뚝 섰다. 덕호를 데리고 온다고 옥점이를 떨어치던 자기를 새삼스럽게 발견하였던 것이다. 옥점이는 막에서 달려 내려온다.

"왜 혼자 오우?"

그는 잠깐 주저하다가,

"그만 중도에 가기 싫기에 오구 말었수. 그 뭐……."

얼굴이 약간 붉어졌다. 옥점이는 말똥말똥 쳐다보다가,

"어서 저리로 올라갑시다, 내가 참외 맛있는 것으로 골라두었수."

25

신철이는 옥점이를 따라 몇 발걸음 옮겨놓다가 무심히 바라보니 참외 덩굴 아래로 어린애 머리만큼이나 한 참외들이 수북하였다. 그는 얼른 그리로 가서 참외를 만져보았다. 그리고 모자를 벗어 부채질을 하며

"이거 보우, 이거 참 시굴이 좋기는 하다니!"

옥점이는 휘끈 돌아보며 머뭇머뭇하다가 온다.

"아이 더워요. 어서 저리로 가요."

옥점의 코밑에 땀방울이 방울방울 맺혔다. 신철이는 가쁜 숨이나 쉬어 가지고 막으로 올라가려고 밭머리에 펄썩 주저앉았다. 옥점의 어머니는 기웃하여 내다본다. 옥점이는 얼굴을 찡그렸다.

"아이, 거게가 앉아?"

신철이는 모자로 해를 가리며 이마의 땀을 씻었다. 그리고 한숨을 푹 쉬었다. 옥점이는 그의 쩍 벌어진 양 어깨를 바라보며 자기 같으면 저렇게 외면하고 앉을 것 같지 않았다. 그동안이라도 서로 얼굴을 보지 못하는 것이 갑갑해서…… 옥점이는 쓸쓸하였다.

신철이는 벌떡 일어나더니 저편으로 충충 걸어간다. 그리고 풀숲에서 무엇을 찾는 모양이더니 딸기 한 송이를 나뭇가지째 꺾어들고 벙글벙글 웃으며 온다. 옥점이는 달려가며,

"그게 어디가 있수? 아이, 빛이 곱지."

신철의 손에서 빼앗으며, 옥점이는 개웃하고 한참이나 들여다보더니,

"고레 안타노 하트(이게 당신의 마음)?"

얼굴을 약간 붉히며 쳐다본다. 신철이는 옥점의 얼굴을 거쳐 딸기를 보았다. 그때 그는 이상한 충동을 느꼈다.

"올라가요, 어서 저리로."

옥점이는 앞섰다. 신철이도 그의 뒤를 따라 막으로 올라갔다. 옥점 어머니는 귀여운 듯이 그들을 번갈아 보며,

"왜? 안 오시겠다고 허데까?"

옥점이는 참외를 고르며,

"그 계집애 꼴 보려고 거길 가!"

신철이를 흘금 쳐다보며, 어머니를 돌아본다. 그의 어머니는 약간 섭섭함을 느끼며, "그럼 더운데……" 하고 웃음으로 쓸어치고 말았다.

"이게 달 것이라지? 어머니."

옥점이는 참외를 들어 보인다.

"그래, 깎아보렴."

그는 칼을 들어 반을 갈랐다. 속이 새파란 것인데, 꿀내 같은 내가 물큰 올라온다.

"이것 보우, 참말 달겠수."

옥점이는 참외를 들어 보이며 껍질을 벗겼다. 그리고 신철이를 주었다. 그는 받으며,

"어머니에게 올리시구려!"

"어서 받아요."

눈을 해끗해보면서 칼을 내친다. 그리고 곁에 놓았던 딸기 송이를 들며 생긋 웃었다. 이것은 신철이가 자기에게 주는 사랑의 선물인 것 같았던 것이다. 그는 딸기 송이를 들고 이리저리 보다가 모자에 꽂았다.

"이거 봐요, 곱지?"

옥점 어머니는 깜박 졸음이 오다가, 옥점의 말에 놀라 바라보았다.

"그게 웬 딸기가?"

"아이, 입때 어머니는 못 보셨수? 호호."

어머니를 바라보는 옥점이는,

"어머니? 졸음이 오나 봐……."

낮이 기울어지면 옥점 어머니는 자는 버릇이 있다. 그의 어머니는 눈을 썩썩 비비쳤다.

"들어가자."

"아이 벌써? 어머니는 먼저 가구려."

그의 어머니는 괴로운 모양인지, 그만 부스스 일어난다.

"놀다가 오시우, 난 먼저 가우."

"왜, 같이 들어가시지요."

신철이는 옥점 어머니의 뒤를 따라 막 아래까지 내려가서 공손히 인사를 하였다. 옥점이는 막 위에서 이 모양을 바라보며,

"안타와 바카쇼지키와네(당신은 고지식도 하셔)."

호호 웃었다. 옥점 어머니는 신철이를 다시금 돌아보며 사위가 정말 되었으면 좋으련만 하고 생각하였다.

막으로 올라오니, 옥점이는 모자를 쓰며 딸기 송이를 보았다.

"어때요?"

"좋구먼요…… 그만 먹지, 먹고 싶구먼."

옥점이는 모자를 벗어 들고 딸기 송이를 따서 신철이 손에 놓아주며 그도 한 알 물었다. 빨간 물이 옥점의 입술을 물들일 때, 신철이는 아까 옥점이가 하던 말을 다시금 생각하였다. 그리고 그는 아쉬운 생각과 함께 빨래질하던 선비의 자태가 휙 떠오른다. 그리고 그가 뿌리고 온 버들잎 하나가 선비의 손끝을 스치었으련만, 그는 무심히도 버들잎을 치워버렸으리라! 하였다.

26

"뭘 생각하시우?"

옥점이가 바싹 다가앉는다. 신철이는 얼른 수숫대 위로 뭉실뭉실 피어오르는 구름을 가리켰다.

"저것 보우, 참 좋아."

옥점이도 그편을 바라보았다.

"제법 시인이 되랴나부."

"시인?"

무심히 내친 이 말이 그의 가슴폭을 선뜻 찔러주는 듯하였다. 그는 참말 요새같이 감정이 예민해가다가는 큰일이라고 생각되었다.

그가 학교에서 휴가를 맡고, 이렇게 오게 된 것도 신경이 약하기 때문인데, 수양하러 온다고 와놓고는 돌연히 사귄 이 여자로 말미암아 자기의 수양은 어디로 달아나고 말았다. 더구나 나날이 일어나는 이 번민! 이것은 자기 스스로는 도저히 억제치 못할 것 같았다.

처음에 기차간에서 이 여자를 만날 때에는 다소의 흥미도 가졌지마는, 불과 며칠이 지나지 못해서 다만 일시일시로 데리고나 놀 여자지, 오래 사귀어 놀 여자가 되지 못할 것을 곧 알았다. 그러나 그는 웬일인지 이 집을 떠나기 싫고, 이 동네가 떠나기 싫었다. 그래서 몽금포에 가서도 오래 있지 못하고 곧 올라왔던 것이다.

옥점이는 피어오르는 구름을 한참이나 보다가, 흘금 신철이를 보았다. 구름을 바라보는 그의 눈! 그 새를 타고 내려온 쇠로 만든 듯한 그의 코는 확실히 그의 이지를 대표한 듯하였다.

지금 그의 어머니나 그의 아버지까지도 신철이를 장래 사윗감으로 인정하는 모양인데, 보다도 현재 자기들의 이면에는 내약이 있는 것으로 인정하는 것 같았다. 그런데 실상 자기들 사이는 이때까지 아무러한 내

약도 없었으며 그러한 눈치도 서로 보이지 않았다. 옥점이는 초조하였다. 그러나 저편에서 시치미를 떼고 있는데, 먼저 대들기도 무엇하여 눈치만 살살 보는 중이었던 것이다.

"무슨 이야기든지 하세요."

신철이는 돌아보았다. 그리고 무슨 말을 할 듯 할 듯하다가 그만 웃어버린다.

"아이, 하세요, 무슨 이야기를 하시려고 그래서요, 이제…… 꼭 대줘요."

어린애처럼 보챈다. 신철이는 조금 물러앉았다.

"옥점 씨, 이 담에 어떤 곳에서 살고 싶어요? 말하자면 서울 같은 도회지에서 혹은 이러한 농촌에서?"

뜻하지 않은 이 물음에 옥점이는 머리를 갸웃하고 한참이나 생각하다가

"그것 왜 물으세요."

"심심하니까 이야기 삼아 묻는 게지요."

"신철 씨는 어떤 곳에서?"

"나요? 글쎄 어떤 곳이 좋을까…… 내가 먼저 물었으니 먼저 대답하세요."

"나는…… 신철 씨가 좋아하는 곳에서."

말끝이 입속으로 숨어든다. 그리고 귀밑까지 빨개지며 그는 머리를 돌렸다. 이것을 바라보는 신철이는, 이 여자가 자기를 사랑하는 셈인가? 하는 생각이 불쑥 들었다. 그리고 '고레 안타노 하트?' 하고, 그가 하던 말을 다시금 생각하는 신철이는,

"그래요, 참 고마운 말씀이구려. 그럼 우리 한동네서 삽시다. 이렇게 한적한 농촌에서 저런 참외며 조며 콩팥을 심어가면서 삽시다, 우리. 오작이나 자미나겠수."

그는 눈치를 채지 못한 체하고 이렇게 말하였다. 옥점이는 생긋 웃으며,

"그럼 이런 시굴이 좋으세요."

"네, 저는 이런 곳이 좋아요…… 김도 매고, 온갖 가축을 기르면서 사는 것이 좋지요."

"애이!"

옥점이는 그가 거짓말을 하는 듯하여 멍하니 바라보았다. 그러나 신철이는 웃지도 않고 그를 마주보았다.

"뭐, 김을 매시겠어요?"

"그러면요, 김매는 것 좋지요."

"참…… 우스워 죽겠네."

"왜 그리서요?"

신철이는 눈을 크게 떴다.

"김을 매구, 어떻게 살아요! 그렇게 할 바에는……."

중도에 말을 끊었다. 신철이는 빙긋이 웃었다.

"그러면 옥점 씨는 시굴서 사실 생각이 아니십니다그려."

"애이! 참."

옥점이는 원망스럽다는 듯이 그를 노려보았다. 그리고 손톱 끝을 물어뜯으며, 그의 안타까운 그 맘을 어째서 신철이가 몰라주는가 하니, 그는 달려들어 신철이를 쥐어뜯고라도 싶었다. 그래서 그는 머리를 번쩍 들었다.

27

신철이는 여전히 저 앞을 바라보았다. 씨앗[28]에서 몰려나오는 듯한 솜 같은 구름은 이젠 큰 산맥을 이루어서, 그 높은 불타산 위를 눈이 부시게

둘러치고 있다.

옥점이는 신철이를 바라보며 무어라고 말을 하렸으나, 곁에 자기라는 존재를 전연히 잊은 듯이 하늘만 쳐다보는 신철의 그 표정은, 끝까지 원망스러운 반면에 또한 극도의 위압에 눌리어 말끝이 쑥 들어가 버리고 말았다.

"들어가요, 그만."

신철이는 돌아보았다.

"그럼 갑시다."

성큼 일어난다. 옥점이는 말을 하자노라니 이런 말이 쑥 나갔으나 실은 이 자리를 떠나고 싶지 않았다. 그리고 좀 더 신철의 맘을 엿보는 동시에 여기서 어떤 해결을 보았으면 하는 생각이 희미하게 들었다. 그러나 신철이는 아무 미련 없이 양복바지를 툭툭 털며, 그 거대한 몸을 사다리 위에 싣는다. 그리고 벌벌 기어 내려간다. 옥점이는 맘대로 하면, 내려가는 그의 엉덩이를 발길로 차서 떨어치고 싶었다. 막 아래로 내려간 신철이는 양복을 툭툭 털며 몸매를 휘돌아본 후에

"어서 나려오시우."

옥점이는 웬일인지 울음이 쓸어나오는 것을 입술을 꼭 깨물고 참았다.

"어서 혼자 들어가세요!"

"언제는 가자고 하더니 또 이러시우?"

신철이는 눈가로 약간 웃음을 띠며 이런 말을 하였다. 신철이가 웃는 것을 보니 좀 더 성은 나면서도 그는 따라 웃지 않고는 견디지 못하였다. 그래서 픽 웃고 내려왔다.

막 주인은 어디 가 숨었다가 이제야 어슬어슬 참외밭으로 나온다. 그들은 참외 값을 치르고 나서 길로 나왔다.

"이거 봐요, 동네 들어갈 때는 떨어져 들어갑시다."

한참이나 걷던 신철이는 옥점이를 돌아보았다.

"왜요?"

옥점의 눈가는 빨개진다.

"창피하니까."

"무엇이 창피해요?"

"애들이 따르고 개들이 짖고, 허허."

뜻밖의 말에 옥점이는 호호 웃었다. 그러나 가슴은 무어라고 형용할 수 없이 바작바작 죄어들어서, 목이라도 놓고 울고 싶었다.

수수밭 옆을 지나며 신철이는,

"어떻게 할 테우?"

"뭘요?"

옥점이는 눈이 둥그레진다.

"옥점 씨가 먼저 가시겠수, 날 먼저 가라우?"

옥점이는 한숨을 푹 쉬며,

"뭘 어때요. 그까짓 것들 무서워서 그리서요, 아이 참."

옥점이는 무심히 수수잎을 뜯어 입에 문다. 그리고 그의 양장한 몸에 수숫대 그림자가 길게 걸어 나간 것을 신철이는 보았다.

"무섭지요, 세상에 농민들에게서 더 무서운 인간들이 있겠습니까⋯⋯ 어서 먼저 들어가세요."

옥점이는 말없이 뾰로통하고 섰더니, 들었던 수수잎을 휙 뿌리며 휘 돌아섰다.

"그럼 곧 들어오세요."

돌아도 보지 않고 이런 말을 한 후에 옥점이는 수수밭을 지나 논둑을 타고 가물가물 멀어진다. 신철이는 그의 뒷모양을 물끄러미 바라보다가, 풀밭에 주저앉았다. 따라서 원소의 숲이 떠오르며 이젠 선비가 들어갔을 터이지 하고 생각하였다.

이렇게 석양이 되니 몽금포에서 보던 낙조가 그리워진다. 그 망망한 서해에 한 줄기의 커다란 불기둥을 지르고 넘어가던 그 태양 앞에 가슴을 헤치고 섰던 자기가 어떤 명화를 대하는 듯이 떠오른다. 그리고 끊임없이 쏴쏴 하고 바위에 부딪히는 그 물결 소리…… 그 소리를 타고 늠실늠실 넘어오는 고깃배 사공들의 '어이야, 어이야' 하는 노 젓는 소리가 금시로 들리는 듯하였다.

그는 빙긋이 웃었다. 멀리 낙조를 바라보며 옥점의 안달 나 덤비던 장면이 떠올랐던 것이다. 그러나 그는 모른 체하고 그 고비를 넘겨버렸다. 그는 옥점이가 그러한 태도를 그에게 보이면 보일수록 그의 가슴은 이상하게도 얼음같이 차지는 반면에 흥미가 진진하였다. 그리고 다시 오늘 막에서 지내던 일을 생각하며 어느덧 원소의 숲에서 청청 하고 울려나오던 빨래 소리를 들었다. 그는 지금 눈앞에 선비의 청초淸楚한 자태를 보았다. 인간은 일하는 곳에서만 진실眞實과 우미優美[29]를 발견할 수 있는 모양이다! 하고 그는 생각하였다.

무엇이 그의 볼을 툭 치매 그는 놀라 바라보았다.

28

메뚜기 한 마리가 그 푸른 날개를 활짝 펴고 푸르릉하고 저편 풀숲으로 사라진다.

그는 무의식간에 볼을 슬슬 어루만지며 벌컥 일어났다. 그리고 내일 몽금포나 또 가서 며칠 있다가 상경할까 하고 생각하였다.

그가 동구까지 왔을 때, 유 서방이 어슬어슬 나온다.

"어서 들어오시랍니다."

신철이는 머리를 굽혀 보이고, 집으로 들어왔다. 옥점이는 마루에 섰다가 신철이를 보고 생긋 웃었다.

"꽤두 오래 오십니다."

그새 보지 못하였다가 보니 또 새로운 정이 그의 거대한 몸을 휩싸고 도는 것을 앞이 캄캄하도록 느꼈던 것이다.

"세수하시려우?"

신철이는 부엌 편을 흘금 바라보며, 머리를 좌우로 흔들었다. 옥점이는 안방으로 들어가며,

"이리 들어오세요."

분홍빛 수건을 내어, 방으로 들어앉는 신철의 무릎에 던진다. 향수내가 물큰 스친다. 신철이는 수건을 머리맡으로 물려놓으며, 뒤뜰을 바라보았다. 울바자 끝에는 흰 빨래가 눈이 와서 덮인 것처럼 새하얗다. 그중에 그의 와이셔츠가 얼핏 눈에 띄었다.

"집에서는 누가 빨래하시우?"

옥점이는 냉큼,

"선…… 저 할멈이 해요. 왜?"

말끄러미 쳐다본다.

"옥점 씨는 빨래 안 해보셨습니까."

옥점이는 잠깐 주저하다가,

"난 안 해봤어요."

뒤뜰에서 그의 어머니가,

"아이 그게 빨래가 다 뭐유, 집안의 일을 손끝으로나 대보는 줄 아시우? 호호."

어쨌든 귀여운 모양이다. 더구나 자기 딸이 일해보지 못한 것을 자랑거리로 아는 모양이다. 신철이는 빙긋이 웃을 뿐이다. 옥점이는 그 웃음

인간문제

85

이 웬일인지 불쾌하였다.

뒤뜰 장독 뒤로 백도라지꽃이 머리를 다소곳하였다. 그 뒤로 수세미오이 덩굴이 울바자를 타고 보기 좋게 뻗쳐올라 가며, 노란 꽃이 여기저기 피었다.

"저기 무슨 꽃이야요?"

신철이는 백도라지꽃을 가리켰다. 옥점이는 손을 통하여 바라보더니

"응 저 꽃? 백도라지여요. 저 백도라지가 약이 된다나요. 그래서 일부러 유 서방이 캐다 심은 게라오."

"네, 저 쑤세미오이도?"

"그것은 선비년이 다 심은 게라오."

그의 어머니가 대답한다. 옥점이는 선비라는 이름만 신철의 앞에서 불러도 불쾌하였다. 신철이는 옥점이가 아니면 뛰어나가서 그 꽃을 꺾어 볼 위에 대고 싶으리만큼 귀여움을 느꼈다.

마침 바자 밖으로부터 이런 소리가 들렸다.

앉을방 줄방
파리 잡아 줄방

그들은 가만히 귀를 기울였다. 그 노래는 차츰 바자 곁으로 오더니 뚝 그친다. 그리고 울바자에 세운 기둥 끝을 향하여 잠자리채가 올라온다. 뒤미처 잠자리 한 마리가 채에 얽혀들어 푸득거린다. 바자 밖에는 갑자기 애들의 환호소리가 "으아" 하고 쏟아져 나왔다.

앉을방 줄방
파리 잡아 줄방

또다시 이런 노래가 멀리 사라진다. 신철이는 그 노래가 끊어진 후에 비로소 자기가 장성하였음을 새삼스럽게 깨달았다. 그는 무의식간에 한숨을 가볍게 내쉬었다.

"우리도 어렸을 때 저런 일을 했어요."

옥점이는 눈에 웃음을 가득히 띠고 신철이를 쳐다보았다.

그날 밤 신철이는 밤 오래 놀다가 자리에 누웠으나 잠 한잠 들 수가 없었다. 그래서 이리 뒤척 저리 뒤척 하고 누웠으려니 온몸이 쑤시는 것 같고 더구나 전신에서 땀이 부진부진 나서 못 견딜 지경이다. 그래서 그는 부스스 일어앉았다. 그리고 문을 가만히 열고 내다보았다.

처마 그림자가 뜰 위에 뚜렷이 아로새겼다. 그는 무의식간에 달도 밝기도 하다 하고, 머리를 기웃하여 하늘을 쳐다보았다. 그러나 달은 지붕을 넘어간 까닭에 잘 보이지 않았다. 그는 옷을 주워 입고 밖으로 나왔다.

안방을 살펴보니, 잠든 모양인지 잠잠하였다. 그리고 오직 마루 아래로 놓인 옥점 어머니의 흰 고무신이 달빛에 윤택하게 보일 뿐이다. 그는 변소간을 향하고 걸었다.

29

그가 변소까지 왔을 때 우뚝 섰다. 할멈 방문이 불빛에 빨개 있었기 때문이다. 아직도 안 자나? 밤이 오랬는데 하고, 그는 어떤 희망을 가늘게 느끼며 뒤를 휘휘 돌아보고 방문 앞까지 왔다. 그래서 그는 눈틈이 어디가 났는가 하고 두루두루 찾아보았으나 바늘구멍만 한 구멍도 발견하지 못하였다. 그는 귀를 기울였다. 누가 아직 자지 않나? 혹은 할멈과 선비가 다 깨어 있나? 그렇지 않으면 선비만 자지 않는가, 혹은 할멈만 자지 않는가? 누가 자지 않는 것만 알아도 좋겠는데, 도무지 알 길이 없다.

그는 누가 볼까? 조바심하여 그만 변소 앞으로 왔다. 그리고 무슨 이야기 소리가 나는가 하여, 한참이나 귀를 기울였다.

그러나 말소리는 들리지 않고 무슨 옷 갈피를 뒤지는 소리가 부스스 들릴 뿐이다. 그는 변소간으로 들어갔다. 그래서 할멈 방에 누가 자지 않는 것을 어떻게 알까 하고 이리저리 궁리하였다. 그리고 웬일인지 선비가 아직까지도 자지 않고 일을 하는 것만 같았다.

선비— 그 이름만이라도 왜 그렇게 곱고 부드럽게 불러지는지 몰랐다. 그리고 항상 내리뜨는 겸손한 그 눈가로 안개가 서려 있는 듯한 그 눈매, 그는 맘대로 하면 당장에 저 얄미운 문짝을 집어 젖히고 들어가고 싶었다. 그러나 그것은 도저히 할 수 없는 일이었다. 내가 왜? 밖에를 나왔던고? 차라리 방 안에서 더운 대로 참았더면 하는 후회까지 겹쳐 일어난다.

그는 소리 없이 변소 문을 열고 내다보았다. 방문은 여전히 빨갛다. 그때에 방 안의 사람이 일어나는 듯이 문 위에 그림자가 얼씬 비치더니 방문이 바스스 열린다. 찰나에 그는 아찔하였다. 다음 순간 변소 앞으로 일보 일보 다가오는 사람은 선비가 아니냐! 그는 어쩔 줄을 몰랐다. 그는 벌컥 일어났다. 그리고 잠깐 뛰는 가슴을 진정한 후에 변소 밖으로 나왔다. 무심히 이편으로 오던 그는 신발 소리에 멈칫하며 흘금 바라보았다. 신철이는 이 기회를 놓치지 않을 양으로 돌아서 들어가려는 선비를 보고

"이거 보세요, 네, 이거 보세요."

선비는 거의 방문 곁까지 가서 머뭇머뭇하고 있다. 신철이는,

"저 냉수 한 그릇 주실 수 없을까요."

얼결에 나온 말이건만, 하고 보니 그럴듯한 말이었다. 선비는 무엇을 좀 생각하는 듯하더니 그만 방문을 열고 들어간다. 신철이는 그만 지하에 떨어지는 듯한 모욕을 전신에 느꼈다. 그리고 어째서 그가 변소에서 가만히 있다가 들어오는 선비를 꽉 붙들지 못하고 이렇게 나왔는가 하였다.

"할머니, 할머니."

깨우는 선비의 가는 음성이 들린다. 신철이는 숨을 죽이고 들었다. 할멈은 응, 응 할 뿐이지 용이히 깨지 않는 모양이다.

"할머니 서울……."

그다음 말은 들리지 않는다. 할멈은 이제야 깨었는지 굵다란 음성이 흘러나왔다.

"네가 가서 떠다주려무나. 내가 어두워서 알겠니."

또다시 선비의 음성이 소곤소곤 들렸다.

"뭐 어떠냐, 어서 그리 해라."

신철이는 할멈이 깨었으므로 그만 낙망을 하였다. 그러나 선비가 또다시 자기 앞에 물그릇을 들고 나타날 듯하여 가슴이 두근두근하였다. 방문이 또다시 얼씬하더니 문이 열리며 선비가 나온다. 그는 머리를 숙이고 부엌 편으로 돌아간다. 그는 변소 앞에 섰기도 좀 우스운 듯하여 선비의 뒤를 따라섰다.

컴컴한 안방이 그의 앞에 나타나자 그는 누가 깨지나 않았나 하고 다시금 바라보았다. 그리고 아까 윤택하게 보이던 고무신조차도 금시로 사람으로 변하는 듯, 그리고 안방 문이 열리는 소리가 들리는 듯, 옥점이가 나오는 듯하여 한층 더 가슴이 뒤설레었다.

부엌문을 소리 없이 열고 들어간 선비는 물그릇을 들고 나온다. 달빛에 새하얗게 묻혀버린 그 자태! 낮의 선비보다 몇 배 더 고와 보였다. 신철이는 선비가 부엌으로 들어갈 때만 하여도 온갖 계획을 다 세워보았지만 막상 그의 앞으로 오는 선비를 볼 때는 모든 계획이 홀랑 달아나버리고 그저 조급할 뿐이었다. 그래서 그는 얼른 물그릇을 받아 입에 대었다. 목은 안타깝게 마르건만 웬일인지 목이 칵 막히며 물이 넘어가를 않는다. 그는 사례가 들려 기침이 나오려는 것을 억제하면서 물그릇을 도로 돌리려 하고 보니 벌써 선비는 어디로 가고 보이지 않았다. 그는 휘끈 돌아보았다. 선비의 치맛자락이 변소 가는 모퉁이로 흘금 보이고 없어진다.

30

그는 한참이나 바라보았다. 그리고 선비가 자기를 그렇게도 싫어하는가? 하는 생각이 불쑥 들었다. 따라서 어리석고 비겁한 자신을 새삼스럽게 발견하였다. 그는 맘대로 하면, 들었던 물그릇을 당장에 내던져 산산이 짓모고[30] 싶었다. 그래서 성이 난 눈으로 물그릇을 들여다보았을 때, 아까 방 안에서 보이지 않던 달이 물속에 떨어져 가늘게 흔들리고 있다. 그는 이 순간 노엽던 그 맘이 약간 풀어지는 것을 느꼈다. 그것은 물속의 어떤 부분을 대표한 듯하였던 것이다. 그러나 그것은 잠시간이고, 이렇게 해석하고 섰는 어리석은 자신을 그는 픽 웃어버렸다. 그리고 온 가슴이 텅 빈 듯한 쓸쓸함이 그의 전신을 휩싸고 도는 것을 그는 새삼스럽게 깨달았다. 그는 물그릇을 든 채 건넌방으로 건너갔다. 그때 마루 위를 누가 걸어오는 소리가 나더니 바스스 방문이 열렸다. 그리고 어떤 사람이 방 안으로 들어선다. 그는 깜짝 놀라 바라보았다.

"어째 지무시지 않아요?"

크림내를 섞은 젊은 여자의 강한 살내가 후끈 끼친다. 그는 이태껏 옥점에게서 느껴보지 못한 이상한 충동을 받았다.

"왜 옥점 씨는 자지 않고 나오시우."

이렇게 천연스레 말하는 신철이는 저 여자가 모든 것을 보지 않았나? 하는 불안이 여러 가지 감정과 교착이 되어가지고 일어난다. 옥점이는 전 같으면 신철의 곁으로 다가앉으며 무엇이라고 소곤거릴 터이나 오늘은 우뚝 선 채 머뭇머뭇하고 서 있었다.

"앉든지 들어가 지무시든지."

신철이는 이런 말을 하며 이 여자가 모든 것을 보았구나 하고 직각되었다. 그리고 물그릇도 받아주지 않고 간 선비가 이 여자를 보고 그리하였는가 하는 생각이 들었다. 동시에 도리어 자신의 우둔함을 그는 나무랐다.

한참이나 무엇을 생각하고 섰던 옥점이는 신철의 곁으로 다가앉는다.

"선비 곱지?"

어두운데 주먹 내미는 것 같은 돌연한 이 물음에 신철이는 잠깐 주저하다가

"곱지."

하고 옥점이를 바라보았다. 그는 머리를 푹 숙이더니 다시 번쩍 든다.

"소개해줄까?"

"것도 좋지."

옥점이는 벌떡 일어났다.

"그럼 내 이제 데려올게."

신철이도 여기에는 당황하였다. 그래서 얼핏 그의 잠옷가를 잡아당겼다. 그리고 진중한 위엄을 그에게 보이려고 음성을 둥글게 내었다.

"이거 무슨 철없는…… 소개를 하려면 내일도 있고 모레도 있는데 왜? 하필 이 밤에만 맛인가?"

옥점이는 그의 잠옷가를 잡은 신철의 손을 칵 잡으며 흑흑 느껴 운다. 이때껏 참았던 정열이 울음으로 화한 모양이다. 신철이는 무의식간에 옥점의 허리를 꼭 껴안았다. 그 순간 신철이는 물속에 잠겨 흔들리던 달이 획 지나친다. 그리고 달빛에 새하얗게 보이던 선비가 천천히 보인다. 그는 슬그머니 손을 놓고 조금 물러앉으렸으나 속에서 울컥 내밀치는 어떤 불길은 옥점의 잠옷 한 겹을 격하여 있는 포동포동한 살덩이를 불사르고

도 남을 것 같았다. 그는 눈을 꾹 감았다.

"옥점이, 들어가서 자라우."

신철의 음성은 탁 갈리어 잘 나오지 않았다. 옥점이는 좌우로 몸을 흔들며 바싹 다가앉는다. 그의 몸은 불같이 달았다. 신철이는 그만 어쩔 줄을 몰랐다. 그때에 그의 이지가 무참히도 깨어지는 소리가 그의 귓가를 지나치는 듯이 들렸다. 그러나 그는 이 여자의 몸에서 손가락 하나 움직일 수 없는 것을 그는 발견하였다.

그때 안방에서 콩콩 하는 기침소리가 건넌방 문을 동동 울려주었다. 신철이는 벌떡 일어났다.

"이거 봐요, 어서 들어가. 어머니가 깨시었어, 응."

옥점이도 그제야 부스스 일어나 앉는다. 그리고 신철이를 올려다보더니

"아이 불 켜지 말아요! 나 들어갈 테야."

벌써 불은 환하게 켜졌다. 신철이는 돌아보며 빙긋이 웃었다. 그때에 신철이는 범치 못할 계선을 벗어난 듯한 가벼운 쾌감을 느꼈다. 그리고 선비의 그 고운 얼굴이 미소를 띠고 지나치는 것을 그는 확실히 보았다.

신철이는 옥점의 곁으로 오며 그의 흩어진 머리카락을 손질해주었다. 너무나 상쾌한 맘은 그로 하여금 이렇게 하게 하였던 것이다. 옥점이는 귀밑까지 빨개져서, 차마 신철이를 바라보지 못하고 있다.

"어서 들어가요, 네, 자 어서."

옥점이는 머리를 매만져주는 신철의 손을 끌어다가 꽉 깨물었다. 그리고 진저리를 치며 그의 혀끝으로 손을 빨았다. 신철이는 얼굴이 빨개지며 손을 빼었다.

"자 어서 들어가요."

"난 안 들어갈 테야!"

또다시 기침소리가 콩콩 울려 나왔다.

31

이튿날 아침 옥점이가 눈을 번쩍 뜨니 아버지가 곁에 와서 그의 구실러진 머리카락을 내려 쓸고 있었다.

"아부지네!"

어젯밤 신철의 손을 얼핏 생각하였다. 그리고 말로 형용할 수 없는 희망이 이 방 안에 빽빽이 들어찬 것을 그는 느꼈다.

"왜 이리 늦게 자냐."

"어젯밤 오래 있다가 잤세요."

어젯밤 신철이가 그를 꽉 껴안아주던 생각을 하며 눈등이 불그레해졌다. 그리고 부끄럽지만 않으면 어젯밤 일을 아버지에게 자랑하고 싶었다.

"아부지…… 저 나 뭐 안 사줄래?"

덕호는 빙긋이 웃으며

"뭘?"

"저, 피아노 말이어?"

"피아노? 아, 피아노란 게 뭐냐?"

듣느니 처음이었던 것이다. 옥점이는 호호 웃었다.

"참말 아부지는…… 저 왜 학교에 가보면 애들 창가 가르치는 풍금이라는 게 있지요."

"응, 그래."

"그렇게 모양이 되었에요."

"응, 양금이라는 것을 사달라는 말이구나. 그것은 소용이 뭐냐?"

"뭐야 타지, 아부지두."

"그만둬라야, 공부나 했으면 됐지, 그까짓 것은 사서 뭘 하니."

"애이! 아부지두, 그게 있어야 되는 게야요, 어서 사줘요."

"그래 값이 얼마가?"

"꼭 사줄 테요?"

"글쎄, 말해봐."

"꼭 사주면 말하구."

옥점이가 조르기 시작하면 못 견딜 줄을 번연히 아는지라 덕호는

"그래 사주지."

"한 천 원 너머 가야 꽤 쓸 만하대요."

"천 원?"

덕호는 눈을 둥그렇게 떴다. 그리고 다시는 말을 꺼내지 못한다. 옥점이는 아버지의 손을 끌어다 꼭 쥐며

"아부지, 그게 그렇게 놀라워요? 뭐 아부지 재산은 다 나 가질 것이지요, 누구 딴 사람 주지 않지?"

눈에는 웃음을 가득히 띠었다.

"글쎄, 그게야 그렇지. 해두, 너 가질 것이라구, 그따위 소용도 없는 것을 사서 버리면 되느냐?"

"아니야, 버리는 게 아니야. 서울에 가보면 웬만침 집 거느리고 사는 집은 다 있어요. 아부지는 보지 못하셨으니까 그런다니."

"아 글쎄 그것은 뭐 하느냐 말이다. 그게서 은금 보화가 나온다면 혹시 사다 둘는지, 글쎄 글쎄 왜 공연히 사다가 놓아둔단 말이냐, 너 일 년에 천 원의 이자가 얼마나 되는지 아니? 응."

"아부지 정말 안 해주면 난 자꾸 앓을 테야, 그것 가지고 싶어서."

"허허 그년 참, 그래 그게 가지고 싶어 앓는단 말이냐…… 좌우간 좀 두고 보자."

그렇게 딱 잡아떼지 않는 것을 보니 사줄 모양이다. 덕호는 무슨 생각을 하고

"이애 신철인가! 저 건넌방 학생이 무슨 학교를 다닌다?"

"경성제국대학, 명년 졸업이라요."

"응, 그리고 집에 가산도 좀 있는 모양인가."

"그저 선생님의 월급 받는 것 가지고 살아가는 모양이야. 모르지 뭐, 또 어디 시굴 토지 같은 것이 있는지 누가 알아요."

옥점이는 얼굴이 빨개지며

"아부지 저리로 가라우, 나 일어나게."

"야, 그런데 사람인즉은 아주 점잖은 집 자손인가부더라. 아주 그 인사범절이 각별하두나."

"그럼 뭐……."

그는 신철의 얼굴을 머리에 그리며 어떻게 그를 보나 하는 부끄러움이 그의 가슴을 몹시 뛰게 하였다. 덕호도 만족한 듯이 빙긋이 웃으며 밖으로 나간다. 옥점이는 일어나며 자리옷을 벗고 옷을 갈아입었다. 그리고 자리옷을 다시 들어 꼭 껴안았다. 어젯밤 이 자리옷이 신철의 품에 안기었던 생각을 하니 그는 진저리를 쳤다. 그리고 자리를 개어 얹으며 방문을 배움히 열고 보니 건넌방 문이 활짝 열렸으며 신철이는 보이지 않았다. 또 산보를 나간 모양이다. 그는 언제나 컴컴해서 일어나 나가곤 하였던 것이다. 옥점이는 가만히 건넌방으로 건너갔다. 방 안은 깨끗이 쓸렸으며 책상 위에 책들이 정돈되었다. 그리고 신철이가 신다 벗어논 양말이 둥그렇게 뭉치어 책상 아래에 놓였다. 옥점이는 우두커니 서서 어젯밤 일을 되풀이하며 신철이가 나를 참사랑하는가? 하는 생각이 들었다.

32

이런 생각을 하고 앉은 그의 머리에는 또다시 선비와 신철이가 물그릇을 새에 두고 마주 섰던 장면이 휙 떠오른다. 그는 걷잡을 수 없는 질투의 감정이 욱 쓸어 일어난다. 신철이가 선비를 사랑할까? 어떤 것을 보고 사랑할까. 아니야, 그것은 내 착각이다. 신철이쯤 하여 일개 남의 집 하녀를 사랑할까? 더욱 공부도 못하고 아무것도 모르는 시골뜨기를…… 얼굴만 고우면 무엇해? 이렇게 생각하니 속이 후련하였다. 그러나 어딘가 모르게 꺼림칙하고 불쾌함이 따랐다. 그는 얼른 선비를 보고 어젯밤 일을 물어보고 싶은 생각이 들어 분주히 부엌으로 나왔다.

선비는 설거지를 하느라 왔다 갔다 한다.

"이애 선비야, 이리 좀 와."

선비는 옥점의 뒤를 따라서 뒤뜰로 나갔다. 새로 핀 수세미오이꽃이 노랗게 울바자를 덮었다. 선비는 귀여운 듯이 바라보며 옥점의 곁으로 왔다.

"너 어젯밤 뭘 하러 나왔어?"

선비는 얼른 생각나지 않았다.

"내 언제."

"날 왜 속여. 너 밤에 나와서 서울 손님에게 물 떠주지 않았어."

그제야 그는 어젯밤 일이 생각키었다.

"응! 나 어제 변소에 나오니 서울 손님도 아마 변소에 나오셨던 모양이야. 그런데 날 보고 냉수를 한 그릇 떠달라고 하기에 떠다 올렸지. 왜?"

"음."

옥점이는 선비를 바라보다가 머리를 끄덕해 보이며

"어서 들어가 일해라."

하고 옥점이는 돌아서 들어간다. 선비는 무슨 일인가? 하고 의아한 생각을 하며 부엌으로 들어왔다. 그리고 서울 손님이 무슨 말을 한 셈인가? 혹은 물그릇에 가 파리 같은 것이 들어갔던가? 그렇지 않으면 무슨 솔잎 같은 것이 들어가서 서울 손님이 흉본 모양인가? 이러한 생각으로 조반까지 달게 먹지 못하였다.

조반상을 치우고 난 선비는 아침 일찍이 할멈이 잿물 내온 빨래를 바자에 널며, 무심히 안방을 보았다. 옥점이가 오늘은 무슨 생각을 하고, 수를 놓으며 선비를 오라고 손짓하였다. 선비는 또 무슨 말을 물어보려는가 하고 가슴이 두근두근하였다. 그리고 서울 손님이 안방에 있는가 하고 두루두루 살펴보니, 으레 있을 그가 어째서 보이지를 않았다. 오늘 아침에 갔는가 하고, 선비는 생각하며 빨래를 다 널고 나서 안방으로 들어왔다.

"선비야, 너 이 수 좀 배우라우."

선비는 옥점이가 이 수를 놓을 때마다, 한 번 나도 해보았으면 하고 몇 번이나 생각하였던 것이다.

"할 줄 알아야지."

"뭘 이렇게 하면 되는데."

소나무 아래로 백학 한 쌍이 조는 듯한 그림이다. 선비는 물끄러미 들여다보며,

"이것도 학교에서 배우나?"

"그럼 배우고말구, 이것뿐만이 아니다, 별 그림이 다 있다."

선비는 오색으로 빛나는 수실을 보며, 나도 저런 실로 한 번만 놔보았으면 하고 차츰 얽혀지는 학의 날개를 보았다.

"이 그림 좋지? 이것은 우리 선생님이 고안해 그리신 게야, 잠 예술적이 아니냐."

선비는 무슨 말인지 그의 말하는 것을 하나도 알아듣지 못하였다. 다만 이 그림이 훌륭하다는 것을 자랑하는 셈인 모양이다. 그렇게 어림해 들었다.

"수라는 것은 별것이 아니어, 사람 사람마다 제각기 좋아하는 산수나 무슨 짐승 같은 것을 종이에 옮겨 그려놓고, 실로 이렇게 얽으면 수가 된단 말이어."

옥점이는 묻지도 않는 말을 이렇게 늘어놓고 있다. 그것은 선비가 수놓는 것을 몹시 부러워하는 줄 아는 때문이고 더구나 건넌방에 앉아 그의 어머니와 무슨 이야기를 하는 신철에게 자기가 이렇게 수놓고 있다는 것을 알리고자 함이다. 막연하나마 신철이가 이렇게 일을 하는 것을 기뻐하는 줄 알기 때문이다.

선비는 옥점의 말을 귀담아들으며, 그러면 수라는 것은 자기의 좋아하는 바 어떤 것이나 그려서 실로 얽어놓으면 되나 하고 그의 하던 말을 다시 생각하였다. 옥점이는

"넌 어떤 것을 그려 이렇게 놓고 싶니? 말하면 내 그려주마, 그리고 실도 주고."

선비는 이런 후한 말에 어떻게 가슴이 뛰는지 몰랐다. 그리고 저 고운 실을 가지려니! 하니 앞이 캄캄하도록 좋았다. 선비는 머리를 숙여 생각해보았다. 불타산? 원소? 무엇무엇을 생각하다가 선뜻 짚이는 것이 있었다. 그래서 그는 머리를 들고 말을 하려니 입술이 떨어지지를 않는다. 옥점이는 그의 뺨을 바라보며 어젯밤 일이 휙 지나친다.

"얼른 말해봐."

"난 몰라."

"애이, 말하면 이 실도 준다니까."

"난 달걀 낳는 것을……."

"애이! 숭해라! 그게 또 뭐야!"

옥점이는 크게 소리쳤다. 선비는 얼굴이 빨개졌다.

33

어느덧 그 더운 팔월도 하루를 남기고 다 지나버렸다. 옥점이와 신철이는 내일 아침 차로 상경하기 위하여 모든 준비를 하였다.

옥점 어머니는 고리[31]에 옷을 골라 넣으며 곁에서 시중드는 선비를 보고

"이애 널랑 저 빠스께라던가? 저것 말이다. 그게다 계란을 담아놔라."

선비는 가슴이 뭉클하였다. 그동안 옥점이가 아니면 계란 모은 것이 근 백 개는 되었을 터인데 옥점이가 내려온 후로부터 매일같이 낳는 계란을 하루도 건너지 않고 먹어버렸다. 그것도 제 손으로 갖다가 먹었으면 좋겠는데 언제나 선비를 보고 갖다달라고 하여서는 먹곤 하였던 것이다. 그때마다 선비는 웬일인지 말로 형용할 수 없는 아쉬움에 가슴이 울울하여지곤[32] 하였다.

선비는 가만히 일어나서 광으로 나왔다. 그리고 독 위에서 계란 바구니를 내어들었다. 전 같으면 이 계란 바구니가 얼마나 귀하고 중하게 보였으리요마는, 오늘은 반대로 바구니를 보기도 싫었다. 그리고 바구니 속에 하나하나 모은 그 귀여운 계란을 맘대로 하면 내어던져 모두 깨치고 싶은 감정이 울컥 내밀치는 것을 코허리가 시큰하도록 느꼈다. 글쎄 매일같이 먹어 그만큼 먹었으면 쓰지, 이걸 또 가져가겠대! 참! 광 문턱을 넘어서며 그는 이렇게 생각하였다. 선비가 마루로 올라서다가 넘어질 뻔하며, 계란 두 알이 굴러 깨졌다. 옥점이는,

"이새! 계란."

소리를 지르고 내달아온다. 그리고 계란 바구니를 앗아 빼었다.

"왜 그 모양이냐, 이런 것 들 때에는 조심해 다니는 게 아니라, 뭐냐, 네가 아무리 가사에 능하다고 하지만 이런 일은 잘 못하는구나, 응 글쎄……."

신철이가 들도록 크게 소리쳤다. 그리고 신철의 앞에서 선비의 결점을 잡은 것이 얼마나 통쾌하였는지 몰랐다. 뒤미처 옥점 어머니가 옷을 든 채 나왔다. 그리고 딸과 선비를 마주 보다가

"이애 이년아, 하마트면 큰일 날 뻔했구나, 그게 웬일이냐. 계집년이 천천히 다니는 게 아니라 되는 대로 뛰다가…… 글쎄."

모녀의 공박을 여지없이 받은 선비는 얼굴이 빨개졌다. 그리고 여지 참았던 설움이 일시에 폭발되는 것을 깨달았다. 선비는 쓸어나오는 울음을 억제하며 섰노라니 옥점 어머니가,

"어디 무슨 일이나 맘 놓고 시킬 수가 있어야지. 내가 안 돌아보면 일이 안 되니까. 나이 이십 살이나 가차와오는 게 왜 그 모양이냐. 어서 넌 부엌에 나가서 무슨 일이든지 하구 할멈을 들여보내라!"

마루가 울리도록 소리를 지른다. 선비는 부엌으로 나왔다. 할멈은 눈이 둥그레서 마주 나왔다.

"왜, 왜 그려?"

선비는 찬장 곁의 시렁을 붙들고 흑흑 느껴 울었다. 모녀한테 욕먹은 것도 분하지마는 봄내 모아온 계란을 한 개도 남김없이 빼앗긴 것이 더욱 분하였다. 눈물이 술술 쏟아지면서도 그 눈에는 옹골차고 예쁘장스러운 타원형의 계란들이 수없이 나타나 보인다.

"할멈, 어서 들어와!"

옥점 어머니의 호통소리에 할멈은 뛰어 들어가며 눈물 흔적을 없이 하였다. 웬일인지 선비가 울면 할멈은 번번이 따라 울곤 하였던 것이다.

할멈이 들어오니 옥점 어머니는

"아, 글쎄 선비년이 계란을 깨쳤구려."

"뭐유?"

할멈도 놀랐다. 그리고 전일 계란을 들고 귀여워하던 선비의 모양이

휙 떠오른다.

"얼마나 깨쳤나유?"

"얼마나? 뭐……."

조금 깨쳤다고는 말하기 싫어서 이렇게 우물쭈물하고 나서

"옥점이가 아니면 다 깨칠 게지. 그런 것을 옥점이년이 얼른 받았다니. 아 그년, 그년이 이전 제법 살림의 일을 다 안다니."

입에 침기가 없이 옥점이를 칭찬한다. 할멈은 수긋하고 옷을 고르며 다 제 자식이면 아무 흉도 없고 곱게만 보이는 게다 하였다. 옥점이가 들어왔다.

"어머이, 난 그런 것은 싫어요. 그게 뭐야, 누가 껄껄해서 그것을 입어."

어머니가 고리에 넣은 광목 바지를 보며 옥점이는 이렇게 말하였다.

"그럼 뭘 입겠니?"

"사 입지, 내의를. 이런 것…… 저 할멈이나 줘요."

옥점이는 광목 바지를 할멈에게 던졌다. 할멈은 꿈칠 놀랐다.

34

옥점 어머니는 광목 바지를 냉큼 주워서 농 속에 넣으며

"너 안 입으면 나 입겠다."

할멈은 광목 바지를 하나 얻어 입는 횡수가 몰아오는 줄 알고 주름 잡힌 그의 얼굴이 몇 번이나 경련을 일으키어 벌렁벌렁했는지 몰랐다. 그러나 옥점 어머니의 그 얄미운 행동에 할멈은 생각지 않은 섭섭함이 그의 가슴을 찌르르 울려주었다. 그리고 나프탈렌의 독한 내가 한층 더 그의 숨을 꾹 막아주는 듯하였다. 그래서 그는 머리를 돌리며 재채기를 두

어 번 하고 나니 눈물까지 흘렀다.

"정, 어머이, 계란은 신철 씨가 저 바스켓에다 넣겠다구 하우. 그러면서 짚이든지 무어든지 밑에 받칠 것을 가져오라구 해요."

"응 아이구! 안심차아라. 내 바쁜 것을 생각해서 그러누나. 사람인즉은 참말 진짜다. 할멈 그렇지? 어쩌면 계집애도 그리 찬찬치 못하겠는데 항 장부로 태어나서 그렇단 말이우. 에그 네 그 본떠야 헌다!"

옥점이는 너무 기뻐서 어쩔 줄을 모른다.

"저 할멈, 벽장 속에서 솜 꺼내주."

할멈은 갑자기 솜은 무얼 하려누 하고 벽장을 열고 솜보를 꺼내었다. 그리고 솜을 뒤져 보이며

"어떤 것을⋯⋯."

"아이그 그것 못써! 서울까지 갈 것을 그런 낡은 솜을 넣으면 되나, 그 밑의 햇솜을 주."

할멈은 그제야 계란 밑에 놓을 것임을 알았다. 그리고 솜보 밑에서 말큰말큰한 햇솜을 꺼내어 옥점이를 주었다. 옥점이는 무엇이 그리 급한지 휙 빼앗는 듯이 받아가지고 쿵쿵 뛰어나간다. 할멈은 물끄러미 그의 뒤꼴을 바라보며 작년 가을에 따 들이던 목화송이를 생각하였다.

말은 엿 마지기라 하나 엿 마지기 좀 넘는 듯한 앞벌 목화밭에서 선비, 할멈, 유 서방이 해를 꼭 지우며 목화를 따곤 하였다. 그러나 탐스러운 목화송이에 취하여 지리한[33] 것을 모르고 그 목화를 따곤 하였던 것이다. 한 송이 또 한 송이를 알알이 골라가며 치마 앞이 벌어지도록 따서 모은 그 목화송이! 목화나무에 손이 찔리고 발끝이 상하면서 모은 저 목화송이! 머리가 떨어지는 듯한 것을 참고 이어 나른 저 목화송이! 자기들에게는 저고리 솜조차도 주기 아까워 맥 빠진 낡은 솜을 주면서 계란 밑에 놓을 것은 서울 갈 것이니 햇솜을 준다. 여기까지 생각한 할멈은 눈가가 빨

갖게 튀어 오르며 다시 한 번 재채기를 하였다.

"오뉴월 고뿔은 개도 안 앓는다는데 할멈은 웬일이유."

우리는 개만두 못하지유! 하고 입술이 벌어지는 것을 도로 삼켜버렸다. 그리고 옷을 뒤지는 그의 손에는 아직도 햇솜을 만지던 말큰말큰한 감이 떠나지를 않았다. 그리고 이 가을에 그 많은 목화를 또 따서 이어 날라야 하겠군! 하는 생각에 한숨을 푹 쉬었다.

"글쎄 할멈, 저 건넌방 서울 손님이 대학당을 다니는데 우리 조선서는 끝가는 학교라우, 그러구 오는 봄에 졸업하게 되면 아주 월급 많이 받고…… 아이고 무엇이 된다나?"

머리를 돌려 생각하더니

"잊어서 모르겠군! 그러니 우리 옥점의 신랑감 되기 부끄럽지 않지? 난 이전 내일 죽어도 맘을 놓아……."

저 혼자 흥이 나서, 주고받고 한다. 할멈의 귀에는 이런 말이 한 마디도 걸리지 않았다. 그리고 이 집에 오래 있을수록 일만 해주었지, 옷 한 가지 변변하게 얻어 입지 못할 터이니, 그만 이 가을철 들면 어디로 나갈까? 하는 생각이 금시로 든다. 그러나 마침 나가더라도, 무손한 자기로서 별 신통수는 없을 터이고 어떻게 한담? 어서 죽기나 해도 좋으련만…….

"할멈, 우리 옥점이 혼례식을 언제 하는 게 좋겠수?"

할멈은 무슨 말인지 잘 개어 듣지 못했다. 그래서 멍하니 옥점 어머니의 얼굴만 바라본다.

"우리 옥점이 혼례식 말이어."

"네."

또 그 말을 꺼내누나 하고 머리를 숙였다.

"언제쯤 하는 게 좋을까?"

"글쎄요……."

"남들은 가을에 잘하는데, 우리도 이 가을에 했으면 좋으련만 어찌들 이나 할라는지 알 수가 있어야지! 호호, 요새들은 저희들끼리 어쩌구 어쩌니까, 우리 늙은 것들은 굿이나 보다가 떡이나 먹을 수밖에 없단 말이어."

요새 옥점 어머니는 생각하느니 이것뿐이었던 것이다. 할멈은 잔치를 하게 되면 올해도 햇솜 구경을 못하겠구나 하였다.

35

이튿날 아침 컴컴해서 일어난 신철이는 타월과 비눗갑을 가지고 밖으로 나왔다. 벌써 유 서방은 물을 다 긷고 닭 모이를 주고 있다. 그리고 부엌에서는 나무 꺾는 소리가 딱딱 하고 들린다. 신철이는 중문을 나가며 얼른 부엌을 돌아보았으나 아직도 컴컴해서 누구가 누구인지 잘 보이지 않았다. 다만 뿌연 속으로 아궁에서 비쳐 나오는 불빛만이 보일 뿐이다. 그는 곧 울고 싶은 감정을 느꼈다. 그렇게 그리워하던 선비를 한번 마주 앉아 말 한마디 건네어 보지 못하고 떠날 생각을 하니 그러하였던 것이다. 그는 큰 대문을 나서면서 한참이나 망설망설하였다. 무엇 때문에? 어째서 이렇게 망설이는지 자신도 모르고 한참이나 빙빙 돌다 마침 울 뒤로 갔다.

여기 와서 울바자 새로나 한 번 더 선비의 얼굴을 볼까 하는 실끝 같은 희망을 가지고 왔으나 그것은 뻔히 안 될 것이었다. 그는 우두커니 서서 차츰 새어오는 하늘을 바라보았다. 그리고 그가 이제 떠나면 용이해서는 여기 오지 못할 것을 생각하며 그동안 선비는 어떤 곳으로 시집을 가겠지! 그래서 아들도 낳고 딸도 낳고 농사를 지어가면서 그 고운 얼굴에도 주름살이 한둘 잡힐 터이지! 하는 센티멘털한 생각이 그의 가슴을 힘껏 울려주었다. 따라서 이 순간 자기가 안타깝게 선비를 그리워하던 그 뜻조차도 영원히 스러질 한낱의 비밀이 되어버리고 말 것을 저 하늘가를 바라보면서 차츰 농후해지는 것을 깨달았다. 그는 한숨을 푹 쉬며 원소를 향하여 걸었다. 그는 매일 아침마다 원소에 가서 세수를 하고 체조를 하고 휘파람을 불면서 행여나 선비를 만나볼까 하였다. 그러나 그날 버들잎을 뿌리며 먼빛으로 바라본 그 후로는 한 번도 원소에 오는 선비를 발견하지 못하였다.

몇 번 할멈은 보았으나, 선비는 웬일인지 만날 수 없었다. 선비라는 그 처녀도 역시 맞당해서 보면 별 인간은 아니련만……

그는 이러한 생각을 하며 원소까지 왔다. 원소의 푸른 물은 말없이 그를 반겨 맞는 듯, 그리고 석별의 인사를 그 가는 물소리로 전해주는 듯하였다.

그는 이슬이 방울방울 매어달린 풀숲을 들여다보며, 자연의 조화를 다시 한 번 느꼈다. 그때 거위 한 쌍이 긴 목을 빼고 푸른 물 위에 흰 그림자를 비추며 헤엄쳐 돌아간다. 그의 눈앞에 보이는 이 거위 한 쌍! 얼마나 다정하고도 순결한 감을 일으켜주는지…… 그는 벌떡 일어났다.

아침 연기에 어린 이 용연동네! 이 역시 오늘 아침으로 마지막이다. 선비를 꼭 한 번만 만나보고, 그의 포부를 들었으면…… 그의 움직이던 시선이 옥점의 집에 멈추었을 때, 그는 이렇게 중얼거렸다. 그리고 어제 낮에 옥점의 모녀한테 개 물리듯 하던 선비의 측은하고도 아리따운 자태가 눈앞에 보이는 듯하였다. 그리고 이리의 굴 같은 저 옥점의 집에서 온갖 모욕을 받으며, 그날그날을 지내는 선비! 그 선비를 그 자리에서 구원할 의무도 역시 자기가 져야 할 것 같았다. 그가 국문이나 아는지? 어떻게 하든지 그를 서울로만 끌어올렸으면 좋겠는데…… 하였다.

그는 두루두루 또 생각해보았다. 선비를 서울로 올리려면, 자기가 옥점이를 잘 꾀었으면 쉽게 될 것 같았다. 그러나 옥점이와 결혼까지 하고 싶은 생각은 꿈에도 없었다. 그 오활한[34] 성격! 더구나 미국 영화배우들에서 흔히 볼 수 있는 애교가 넘쳐흐르는 그 눈매! 길 가던 남자라도 단박에 홀릴 만한 그의 독특한 표정, 그것이 신철이로 하여금 더욱 싫증나게 하였다.

도회지에서 어려서부터 자란 그였건만, 보고 듣는 것이 그런 사치한 것뿐이었건만, 그는 웬일인지 몰랐다. 그러므로 그는 동무들에서, 변태적 성격을 가졌다고까지 조롱을 받은 때도 있다. 그러나 이번 여름 이 동네 와서 뜻하지 않은 선비를 만난 후로는 차디찬 그의 성격도 어디로 달아났는지 그 스스로도 놀랄 만큼 되었다.

그는 어떻게 해서 선비를 서울로 올려 갈까를 곰곰 생각하며 그가 국문이라도 알면 자기의 이러한 뜻을 몇 자 적어서라도 전달하고 싶은데 역시 국문이나마 배웠을 것 같지 않았다. 그는 포켓에서 시계를 내어보면서 점점 가슴이 죄어들었다.

그는 시간이 급하므로 세수를 하려고 언덕 아래로 내려와서 물에 손을 담그며 바라보았다. 푸른 물 위에 핑핑 돌아가는 저 거위! 그는 급한 것도 잊고 거위를 향하여 물을 후르르 뿌리고 또 뿌렸다. 한참이나 이렇게 하던 그는 정신이 번쩍 들어 세수를 하고 내려왔다. 그가 덕호의 집 울바자를 돌아오다 우뚝 섰다. 울바자를 타고 넘어오는 저 손을 보았기 때문이다.

36

신철이는 그 손을 따라 시선을 옮기니 호박잎에 반만쯤 가린 호박 한

개가 얼핏 눈에 띄었다. 그리고 그 손은 이슬에 젖은 호박을 뚝 따가지고 천천히 바자를 넘어가고 있었다. 신철이는 무의식간에 한 걸음 다가서며, 저게 누구의 손일까? 하고 생각할 때, 그 손은 없어지고 말았다. 그 손! 마디가 굵고 손톱이 갈리어서 얼핏 누구의 손임을 짐작할 수가 없었다.

신철이는 얼른 바자 곁으로 가서 바싹 붙어 서며, 그 손의 임자를 찾았다. 그는 벌써 나뭇가리 옆을 돌아서, 부엌으로 들어가는 치맛귀가 얼핏 보이고 사라진다. 누굴까? 할멈의 손이다! 선비의 손이야, 설마한들 그럴 수가 있을까? 아무리 일을 한다고 해도 나이 있는데…… 그렇지는 않아! 않아! 그는 머리를 좌우로 흔들었다. 부엌에서 쓸어나오는 그릇 가시는 소리, 도마 소리, 옥점의 호호 웃는 소리가 뒤범벅이 되어 쓸어나온다.

그때 그의 머리에는 끝이 뾰죽뾰죽한 가는 손가락이 떠오른다. 문득 그는 선비의 손! 하고 생각되었다. 그리고 이제 그 손으로 인하여 불쾌하였던 생각이 스르르 풀리는 것을 깨달았다. 그렇지! 선비의 손이야 그럴 리가 있나? 그렇게도 고운 선비에게…… 하며 언젠가 무의식간에 본 선비의 그 손이 오늘 아침 미운 그 손으로 인하여 어림없는 착각이 생겼던 것이라고 그는 생각하였다. 이렇게 해석을 하고 나니 그는 한층 더 선비가 그리워지고 그가 떠날 시간을 좀 더 연장시키고 싶었다.

"유 서방, 저 산에 가서 어서 서울 손님 내려오시라게."

옥점 어머니의 이러한 말을 들으며 신철이는 집으로 들어왔다.

"아이, 어서 들어와서 진지 자시고 떠나요."

옥점이는 언제나 마찬가지로 아침 화장을 산뜻하게 하고 마루에 섰다가 신철이를 맞는다. 신철이는 분내를 강하게 느끼며 마루로 올라앉았다. 안방에 앉았던 덕호는 나오며,

"오늘 가면 언제들이나 또 오려누."

신철이가 덕호에게 대하여 말을 낮추어 하라고 한 후부터 덕호는 이렇

게 하게를 하였다.

"글쎄요…… 이번 와서 댁에 폐를 많이 끼쳤습니다."

"아, 원 별소리를 다 하눈."

길게 지어진 신철의 눈을 바라보면서, 옥점이와의 결혼을 이 자리에서 대강 말로라도 물어보고 결정할까? 하고 얼른 생각키운다. 그러나 저희들끼리는 벌써 내약이 있어가지고 있는 모양이니 언제나 저희들이 먼저 말하기까지 가만히 있으리라 하여, 잠잠하고 말았다. 더구나 요새 공부한 것들은 혼인까지라도 저희들끼리 뜻이 맞아가지고 되는 것을 알므로 그냥 내버려두자는 것이다.

밥상이 들어온다. 덕호는 넘성해서[35] 들여다보았다.

"이거 찬이 없어 되었는가, 어쩌나 많이 먹게…… 그러구 이애, 널랑은 저 닭국을 먹지 마라, 그 약 먹으면서는 고기는 일절 먹지 않아야 한다더라."

옥점이는 핼금 쳐다보았다.

"아버지 난 그 약 안 먹을 테야, 써서 먹을 수가 있어야지."

"엣, 그년! 애비가 네 몸에 좋겠기에 먹으라는데…… 그 앙탈이냐…… 자네가 좀 착실히 모르는 것은 일러주게. 키만 컸지, 귀히만 자라서 뭘 알아야지? ……."

귀여운 듯이 옥점이와 신철이를 번갈아본다. 신철이는 속으로 놀랐다. 그 말이 심상한 말이 아님을 깨달으며, 웬일인지 얼굴이 좀 다는 것을 느꼈다. 옥점이는 술을 들며, 눈을 내려떴다. 그의 눈썹은 너무 짙게 그린 듯하였다.

"어서 많이 먹우."

부엌에서 옥점 어머니가 들어오며 이렇게 말한다. 신철이는 저를 들다가 흘금 바라보았다.

"네, 많이 먹겠습니다."

"이애, 그 국 한 그릇 더 떠 오너라."

뒤미처 선비가 국그릇을 들고 마루로 통한 부엌문에 비껴 선다. 펄펄 오르는 국김에 불그레하니 타오르는 그의 얼굴!

그리고 언제 보아도 선명하게 드러나는 그의 눈등의 검은 사마귀는 그의 침착한 성격을 대표한 듯하였다. 그때 신철이는 옥점의 강한 시선을 전신에 느끼며 옥점 어머니가 주는 국그릇을 받아들었다. 그리고 이 국은 선비가 나에게 마지막 주는 국이거니 생각이 들자 그의 손은 약간 떨렸다. 동시에 몇 달 동안 누르고 눌렀던 정열이 뜨거운 국그릇을 향하여 쏟아지는 것을 그는 느꼈다.

37

가을철 들면서부터 덕호는 읍의 출입이 잦아졌다. 그리고 안 입던 양복까지도 말쑥하게 입는 것을 가끔 볼 수가 있었다. 읍에 출입이 잦으면서부터 덕호는 간난이를 내어보냈다. 그래서 동네 사람들은 읍에 기생첩을 했다거니 처녀첩을 했다거니…… 하고 수군수군하는 말이 많아졌다. 그 바람에 옥점 어머니는 화가 치받쳐서 집 안에 붙어 있지 않고 남편의 뒤를 따라 역시 읍 출입이 잦았다.

요새도 부부가 들어간 지가 벌써 닷새나 되어서도 읍에서 아무 소식이 없었다. 선비와 할멈은 그 크나큰 집에서 쓸쓸하게 지내었다. 밤이면 일하러 갔던 유 서방이 와서 사랑에서 자나 그 역시 하루 종일 시달린 몸이라, 잠만 들면 그뿐이었다. 그러므로 할멈과 선비는 밤에도 맘 놓고 자지를 못하고 방에 불을 끄지 못하였다.

오늘 밤도 할멈과 선비는 낮에 따온 목화송이를 고르며, 모녀같이 다정하게 이야기를 하였다. 윗목에 놓은 화로에서 보글보글 끓던 두부찌개가 차츰 소리가 가늘어지다 이젠 끊어지고 말았다. 선비는 화로를 돌아보았다.

"오늘도 어머니가 안 오시려는 게요."

"글쎄 이제야 오기 글렀지, 아마 퍽 오랬을 게다."

벽에 걸린 괘종시계를 쳐다본다. 선비도 흘금 쳐다보았다. 시계는 열한 시 반을 가리켰다.

"벌써 열한 시 반이어요."

할멈은 멍하니 바라보며,

"난 저것을 암만 봐도 모르겠으니…… 저 큰바늘은 무엇하고, 작은 바늘은 무얼 하는 게냐?"

선비도 이렇게 꼭 집어 물으니, 분명히 알 수가 없었다. 그래서 그는 빙긋이 웃으며,

"다 시간 보는 게지, 뭐유."

할멈은 머리를 끄덕끄덕하였다. 그리고 목화송이 속에 묻힌 고추 꼬투리를 골라 바구니에 넣었다.

"이애, 올해두 고추섬이나 좋이 딸 것 같다, 그 밭에 목화를 갈지 말고, 다 고추를 심어봤으면 좋겠더라."

"목화는 어데 갈구요?"

"목화는 저 감골 밭에 갈구. 그 밭이 목화가 잘될 밭이니라, 목화는 너무 땅이 걸어도 좋지 않구, 가는 모래가 좀 섞인 땅이 좋으니라."

선비는 목화송이를 들어 할멈에게 보였다.

"이거 보세요. 참 이런 것은 꽤 큰 송이지요, 이런 것은 몇 송이만 가져도 저고리 솜은 넉넉하겠어! 아이 참 크기도 해."

휘황한 남포등 아래 빛나는 이 목화송이는 얼마나 선비의 조그만 가슴

을 흔들어주었는지 몰랐다. 그는 문득 이런 것도 잘 그려가지고 수놓으면 좋을지 몰라? 하였다. 그때에 비단을 찢는 듯한 옥점의 조소가 들리는 듯하여 그는 얼핏 머리를 숙였다. 따라서 그가 싫은 생각이 머리털 끝까지 훌썩 치미는 것을 느꼈다.

할멈은 가만히 말을 내었다.

"올 가을에는 이 솜으로 우리 둘의 저고리 솜이나마 주었으면 좋지 않겠니? 네."

할멈은 내리덮인 눈가죽을 번쩍 들고 목화송이에서 티끌을 골라낸다. 그리고 한숨을 푹 쉰다. 선비는 할멈의 저고리에 두던, 바람 가리지 못할 시커먼 솜을 생각하였다. 그 솜은 몇 해나 묵었는지 맥이 없고 가는 심사를 발견할 수가 없었다. 그리고 잡아다리어 늘리려면 뚝뚝 끊어졌다. 그는 이러한 생각을 하며 할멈을 다시 한 번 쳐다보았다. 그의 눈가는 벌써 뻘겋게 튀어 오른다.

"할머니, 올해야 좀 주겠지! 뭘, 작년에는 목화를 전부 팔기 때문에 그랬지만 올해야 안 팔겠지우."

"이애 그만둬라, 여름에 옥점이가 가져가는 계란 받침까지두 이 솜으로 했단다, 너 아니?"

선비는 계란이란 말에, 계란 바구니를 들고 나오다가 넘어질 뻔 하던 생각을 하며, 무의식간에 한숨을 호 하고 쉬었다. 그리고 뜻하지 않은 서울 손님이 휙 떠오른다. 그들은 참말 복이 많은 사람들이어! 하였다. 옥점이와 서울 손님이 결혼하여 재미나게 살 생각을 하였던 것이다. 그리고 자기의 앞길은 어떻게 될 것인지 생각수록 캄캄하였다. 그때 첫째의 얼굴이 휙 떠오른다.

전에는 그런 것을 몰랐는데 이 가을철 들면서부터 분주해서 일할 때는 모르겠으나 밤이 되어 자리 속에 누우면 웬일인지 잠이 오지를 않고 이런 생각 저런 생각 끝에 번번이 첫째가 떠오르곤 하였다.

마침 중대문 소리가 찌꺽 하고 나므로 그들은 놀라 서로 바라보았다.

38

신발 소리가 저벅저벅 나므로 할멈은,

"유 서방이우?"

뒤미처 문이 열리며, 유 서방과 덕호가 들어온다. 그들은 뜻하지 않은 덕호가 들어오매, 놀라 일어났다. 할멈은

"영감님, 어떻게 밤에 오셔유."

유 서방은 비칠거리는 덕호의 손을 붙들고 들어와서, 아랫목에 앉힌다. 갑자기 술내가 후끈 끼친다. 덕호는 눈을 번쩍 뜨고 선비와 할멈을 본 후에 드러누웠다. 선비는 얼른 베개를 꺼내서 유 서방을 주었다.

"선비야, 나 다리 좀 주물러다우."

혀 곱은 소리로 덕호는 이렇게 말하였다. 선비는 가슴이 서늘해지며, 덕호의 곁으로 갈 생각이 난처하였다. 할멈은 속히 주무르라는 듯이, 선비에게 눈짓을 하여 보였다.

"큰댁은 안 오시는가요."

"음, 옥점 어미? 온정, 온정, 아이구 취한다, 푸푸."

침을 뱉으며, 덕호는 발짓 손짓을 하였다. 그들은 멍하니 덕호를 바라보며, 뭐라고 꾸지람이나 내리지 않으려나 하는 불안에 덕호가 기침을 할 때마다 눈을 크게 뜨며, 그의 눈치를 살폈다.

"진지 지을까유."

한참 후에 할멈이 이렇게 물었다. 덕호는 눈을 번쩍 뜨고, 할멈과 선비를 보았다.

"아 아니, 선비야 나 다리나 좀 쳐다우."

선비는 얼굴이 빨개지며, 할멈을 쳐다보았다. 유 서방과 할멈은 선비를 바라보며, 어서 다리를 치라는 뜻을 보이었다.

"다리 쳐라, 이년 같으니, 응 아이구, 다리야, 다리야."

다리를 방바닥에 쿵쿵 드놓았다. 할멈은 선비의 옆구리를 꾹 찌르며, 덕호의 다리를 보았다. 선비는 하는 수 없이 덕호의 곁으로 갔다. 그리고 다리를 붙잡으며 툭툭 쳤다. 양복바지에도 술을 쏟았는지 술내가 후끈후끈 끼쳤다. 선비는 약간 눈살을 찌푸렸다.

"어, 내 딸 용하다."

덕호는 머리를 넘성하여 선비를 보다가 도로 누우며,

"에, 취한다, 참 취한다, 어서 자네는 나가 자지."

덕호는 유 서방을 바라보았다. 유 서방은 졸음이 꼬박꼬박 오나 덕호의 앞인지라 혀를 깨물고 앉아서 참다가 말이 떨어지자마자 곧 일어났다.

"할멈, 내일 밥을 일찍 하게."

할멈은 황망히

"예."

하고 대답하였다. 그리고 머리를 숙이며 덕호의 시선을 피하였다.

"어서 나가 자게. 그래야 밥을 일찍 하지."

"예."

할멈은 일어났다. 선비는 일어나는 할멈을 보며 따라 일어났다.

"허, 거 정 내일부터는 면사무소를 간단 말이지. 하기 싫어도 하는 수밖에…… 면장인지 동네장인지 허허 허허."

덕호는 혼자 하는 말처럼 이렇게 중얼거리며 웃었다. 할멈과 선비의 시선은 마주쳤다. 그리고 영감님이 면장이 되었는가 하는 생각이 들자 그들도 좋았다. 그리고 어딘가 모르게 미덥지 못하던 덕호가 차츰 미더운 것을 깨달았다.

"선비야 자리 펴다우, 그러구 너도 할멈과 같이 나가거라."

선비는 가벼운 숨을 몰아쉬었다. 그리고 어떤 무거운 짐을 벗어난 듯이 몸이 가뿐하였다. 그는 냉큼 자리를 펴놓고 나오다가 다시 돌아서서 등불을 가늘게 하고 할멈과 함께 밖으로 나왔다.

"영감님이 면장을 하신 게지?"

건넌방으로 건너온 할멈은 말하였다. 선비는 빙긋이 웃으며, 자리를 깔았다.

"이애 영감님이 잘나기는 하셨느라. 글쎄 면장까지 했으니 이전 이 용연서는 누가 그를 당하겠니."

선비는 할멈의 말을 귀담아들으며 베개 밑에 손을 넣고 다리를 쭉 폈다. 해종일 피로해진 몸이 순간으로 풀리는 듯하였다. 그는 가볍게 한숨을 몰아쉬며, 덕호와 같은 아버지를 둔 옥점이가 끝없이 부러웠다. 나도 우리 아버지 어머니가 살아 계신다면…… 할 때 앞집 서분 할멈에게 들은 말이 얼핏 생각키었다. "너의 아버지는 동네 사람들의 말이 덕호에게서 맞은 것이 원인이 되어 돌아가셨다더라" 선비는 그 후부터 틈만 있으면 이 말이 문득 생각키었다. 그러나 그 말이 참말 같지는 않았다. 지금 덕호가 선비에게 구는 것을 보아서…… 그는 지금도 굳게 그 말을 부인하면서 이런 생각을 하지 않으려고 돌아누웠다. 그리고 무심히 머리맡에 놓인 목화송이를 집어다 볼에 꼭 대었다.

"선비야!"

하는 덕호의 음성이 흘러나왔다.

39

선비는 냉큼 머리를 들었다.

"선비야."

부르는 소리가 재차 들린다. 선비는 할멈을 흔들었다.

"할머니, 할머니."

할멈은 응 소리를 지르며 돌아눕는다.

"왜 그러니."

"영감님이 부르시어."

"나를?"

"아니 나를 부르시어."

"이애 그럼 들어가 보려무나."

"할머니두 일어나라우, 같이 들어가자우."

"이애, 무슨 일이 있냐. 무슨 심바람 시키려고 그러시는데."

졸음이 오므로 일어나기 싫어서 할멈은 이렇게 말하였다. 그러나 선비는 기어코 할멈을 일으키어 가지고 마루까지 나왔다.

"부르셨습니까."

"오냐 선비냐."

"네."

"물 떠오너라."

할멈은 냉큼 긴넌방으로 들어가고 선비는 부엌으로 가서 물을 떠가지고 마루로 오나 할멈이 없다. 그래서 머뭇머뭇하다가 방문을 열었다. 그리고 조심히 들어갔다.

술내가 가득한데 가는 불빛에 덕호의 머리만이 희미하게 보일 뿐이다. 선비는 얼른 등불을 돋우었다. 그리고 덕호의 앞으로 갔다. 덕호는 아까보다 술이 좀 깬 모양인지 눈 뜨는 것이 똑똑하였다.

"술 먹은 사람 자는 데는 으레 물을 떠다 두어야 하느니라."

덕호는 이불로 몸을 가리고 일어앉아 물그릇을 받으며 이렇게 말하였다. 선비는 가슴이 뭉클해지며 되게 꾸지람이 내리려는가? 하여 머리를 숙인 채 발끝만 굽어보았다.

"참 내가 잊었구나! 그제 옥점이년의 편지에 너를 서울로 올려 보내라고 하였두나! 공부를 시키겠다구."

선비는 생각지 않은 이 말에 앞이 아뜩해지며 방 안이 핑핑 돌았다.

"그래 너 서울 가고 싶으냐? 내 말년에 아무 자식도 없어 너희들이나 공부시켜 자미 붙이지, 붙일 곳이 있느냐."

덕호는 언제나 술이 취하면 자식 없는 푸념을 하곤 하였다. 덕호는 한참이나 선비를 물끄러미 바라보더니, 한숨을 푹 쉰다.

"잘 생각해서 말해라, 내가 너는 옥점이년과 조금도 달리 생각지 않는다, 너는 나를 어떻게 생각하는지는 모르겠다마는……."

그때 선비는 돌아가신 어머니나 아버지가 살아온 듯한, 그러한 감격에 눈물이 핑 돌았다. 그리고 뭐라고 말하여, 자기의 맘을 만분의 하나라도 표현시킬까, 두루두루 생각해보나, 그저 가슴만 뛸 뿐이지, 아무 말도 생각나지 않았다.

덕호는 물 한 그릇을 다 먹고, 빈 그릇을 내준다.

"오늘은 밤두 오랬으니 나가서 자구, 잘 생각해서 내일이나 모레지간에 대답을 하여…… 너 하고 싶다는 대로 해줄 터이니…… 응."

덕호는 감격에 취하여 더욱 발개진 그의 볼을 바라보면서 이렇게 말하였다. 지금 덕호의 맘은 선비가 어떠한 요구를 하든지 다 들어줄 것 같았다. 선비는 물그릇을 들고 불을 가늘게 낮춘 후에 건넌방으로 나왔다. 그리고 목화보 위에 칵 엎디었다. "옥점아!" 그는 처음으로 옥점이를 이렇게 불러보았다. 캄캄한 방 안에 오직 할멈의 코고는 소리가 들릴 뿐이고, 잠잠하였다. 그는 옥점의 그 얼굴을 생각하였다. 쌀쌀해보이던 그 눈과 그 입모습! 사정없이 나가는 대로 말하던 그의 말! 그것도 지금 생각하면 그리워졌다. 동시에 그것이 참일까. 그가 나를 공부시키겠다고, 서울로 보내라고 했다지? 그 말이 참일까? 영감님이 술 취한 김에 되는 대로 하신 말씀이 아닐까? 온갖 의문과 의문이 꼬리에 꼬리를 물었다. 그는 자리에서 일어나서 불을 켜고 목화송이를 고르기 시작하였다.

한 송이 또 한 송이, 흰 목화송이가 치마 앞에 모일수록, 그의 생각도 이 목화송이와 같이 덮이고 또 덮여, 어느 것부터 생각해야 좋을지 몰랐다. 어떡허누? 참말이라면 나는 서울을 가볼까, 그래서 옥점이와 같이 학교에도 다니고, 그러면 그 수놓는 것도 배우게 될 터이지! 하였다. 그때의 그가 부럽게 바라보던 가지가지의 색실 타래가 눈앞에 보이는 듯이 나타났다. 그는 목화송이를 꼭 쥐고, 멍하니 등불을 바라보았다. 서울을 가? 내가 그러면 이 목화는 누가 트나? 그리고 물레질은 누가 하고? 하며 혼곤히 자는 할멈을 돌아보았다. 그때 뜻하지 않은 첫째의 얼굴이 또다시 획 떠오른다. 그는 머리를 돌리며, 그는 종내 여기서 살려나……

40

해가 지고 아득아득해서야 개똥이네 마당질은 끝이 났다. 어둠 속으로 뿌옇게 솟아오른 나락 더미! 나락 너미를 중심으로 둘러선 농민들은 술에 취한 듯이 흥분이 되어 있었다.

유 서방과 덕호가 나왔다. 유 서방은 들어가서 등불을 켜가지고 나왔다. 땃버리는 대두[36]를 들고 나락 더미 앞으로 가서 나락을 손으로 헤쳐가면서 말을 되었다.

"한 말이요는 가서요우."

땃버리는 그 둥글둥글한 음성을 길게 빼어가지고 소리 곡조로 마디마디를 꺾어 돌렸다. 뒤미처 쏴르륵 하고 섬 속으로 흘러들어가는 벼알 소리! 그들의 가슴은 어떤 충동으로 스르르 뜨거워지는 것을 깨달았다. 그리고 무의식간에 그들은 눈을 썩썩 비비치고 동무의 어깨를 누르며 바짝바짝 다가들었다. 그 때마다 옆의 동무는,

"이 사람아, 넘어지겠구먼!"

허허 웃으며, 그들은 이런 말을 주고받았다. 한 섬, 두 섬, 석 섬, 볏섬은 차례로 묶여 놓인다. 그들은 제각기 몇 섬이 날까? 하는 호기심에 묶어놓은 볏섬과 나락 더미를 번갈아 비교해보았다.

땃버리가 마지막 말수를 되어 볏섬에 부으며,

"열닷 섬 말이요는 가서요우."

수심가라도 한 곡조 부르려는 듯이, 그렇게 흥이 나서 음성을 내뽑았다.

"열닷 섬 닷 말! 잘은 났다!"

가슴을 졸이고 섰던 그들은 똑같이 이렇게 중얼거렸다. 땃버리는 톡톡 털고 일어났다. 그리고 개똥이 어깨를 탁 쳤다.

"이 사람아 한턱내야 되리, 올 농사는 자네네만큼 된 사람이 없으리!"

"암, 허허."

개똥이는 이렇게 대답하며 흘금 덕호를 쳐다보았다. 덕호의 얼굴은 잘 보이지 않으나 그가 가만히 섰는 것을 보아 만족해하는 것을 알 수가 있었다. 곡식이 잘 나지 못한 때면 덕호는 잔걱정을 하며 가만히 서 있지를 못하고 왔다 갔다 하면서 밭을 잘 거두지를 못하였느니 미리 베다가 먹었느니 하고 야단을 치곤 하였던 것이다.

유 서방은 구루마를 갖다 대고 볏섬을 쾅쾅 실었다. 그들도 볏섬을 받들어 올려놓으며

"무겁다! 참 벼 한 섬이 이다지도 무거운가!"

덕호가 들으라고 일부러 이렇게 말하였다. 덕호는 어둠 속으로 궐련만 뻑뻑 빨면서 섰더니,

"개똥이! 자네 여기서 다 회계 끝내고 말지! 후일에 다시 쓰더라도…… 응? 자네 빚내온 돈이 얼마인지?"

개똥의 말을 들어보려고 덕호는 이렇게 물었다. 개똥이는 덕호가 말하기 전부터 빚 말을 내지 않으려나? 하는 불안에 가슴이 조마조마하였다가 마침 이 말을 듣고 보니 전신의 맥이 탁 풀렸다. 아무 대답이 없는 개똥이를 안타까운 듯이 바라보던 덕호는 저놈이 빚을 물지 않으려는 속이구나! 하고 어떻게 하든지 이 자리에서 볏섬으로 차지하지 않으면 못 받을 것 같았다.

"자네 십오 원 내온 것이 간 정월달이 아닌가. 그러니 이달까지 꼭 열달일세. 그래 이자까지 하면 이십 원이 넘네그리. 우선 벼 넉 섬은 날 줘야 하네. 그래도 내가 삼사 원은 못 받는 속일세. 그리구 비료 값과 장리쌀은 으레 여기서 회계할 것이지……."

유 서방을 돌아보았다.

"어서 저기서 일곱 섬만 가져오게. 그래도 나는 십여 원을 받지 못하는 셈일세. 그러나 할 수 있는가, 자네들도 농사를 해먹고 살아가야겠으니 우리에게로 오는 반 섬과 자네게로 가는 반 섬 합해서 한 섬은 내가 주는 것이니 그리 알게. 그것은 이번 농사를 잘 지었다는 것 때문이어, 허허."

유 서방은 말 떨어지기가 무섭게 볏섬을 끼웅하고 져다가 구루마에 실어놓는다. 그들은 이제까지 깜박 잊었던 하루 종일의 피로가 조수와 같이 밀려드는 것을 깨달았다. 그들은 볏짚 단 위에 펄썩펄썩 주저앉았다. 그때 첫째의 머리에는 풍헌 영감의 모양이 휙 떠오른다.

입도차압立稲差押[37]을 당하고 정신없이 아래위 동네를 미친 듯이 달려다니며 만나는 사람마다 붙잡고

"여보게 이런 법이 있는가, 벼를 베기도 전에……."

그다음 말은 막혀 하지 못하였다. 첫째는 무슨 말인가 하여 풍헌의 뒤를 따라 논까지 가보았다. 논귀에 세운 조그만 나무판자에는 무슨 글인지 써 있었다.

41

풍헌은 그 나무쪽을 가리키며,

"글쎄 집달리라던가? 하는 양복쟁이가 이것을 꽂아놓으면서, 벼를 베지 못한다구 허두먼……."

풍헌은 이렇게 말하며 누릇누릇한 벼이삭을 바라본다. 첫째는 다가서며

"누구의 빚을 얼마나 졌습니까?"

"아 덕호의 빚이지, 그것 좀 참아달라구 하는데, 이렇게까지 할 게야 뭐 있겠나! 전날 편지 배달부가 이런 것을 갖다가 주고 가두먼, 그래 나는 그게 무엇인가? 하고 두었더니, 글쎄 글쎄, 이런 일이 날 줄이야 누가 꿈밖에나 생각하였겠나."

풍헌은 거지 안에서 다 해진 편지봉투를 꺼내어 보인다. 첫째 역시 그것을 한 자 알아볼 리가 없었다. 그래서 편지봉투만 이리저리 만지다가, 풍헌을 주었다.

"거게 뭐라고 했나."

풍헌은 허리를 굽혀 들여다본다. 첫째는 머리를 벅벅 긁으며

"내니 알겠쉬까."

"저 노릇을 어찌해야 좋겠나."

"덕호한테 가봤습니까?"

"가보기를 이를까. 어젯밤에도 밤새껏 가서 졸랐네. 그래두 소용없네, 이를 어쩌면 좋겠나, 자네 좀 가서 말해볼 수 없겠나?"

쳐다보는 풍헌의 그 눈! 첫째는 그만 머리를 돌리고 말았다. 그리고 그 달음으로 덕호한테 와서, 하다못해 주먹 담판이라도 하고 싶었다. 그러나 아무 소용이 없을 것을 짐작하는 첫째는 애꿎은 한숨만 푹 쉬고 저 앞을 바라보았다.

불과 십여 일 이내에 베게 될 이 벼이삭! 벼알이 여물 대로 여물어서 머리를 푹 숙이고 있었다.

"잘됐지! 저것 좀 보게나."

풍헌은 벼이삭을 가리키고, 달려가더니 벼이삭을 어루만지며, 불타산을 멍하니 노려보았다. 그의 희뜩희뜩 센 수염 끝은 무섭게 흔들리고 있다. 첫째는 뭐라고 위로할 말조차 생각나지 않았다. 그리고 그들의 주위를 싸고 있는 공기조차도 무거운 납덩이 같음을 느꼈다.

풍헌은 논귀에 펄썩 주저앉으며, 무심히 물에 채어 무너진 논둑을 다시 고쳐놓는다. 첫째는 물끄러미 그것을 바라보았다.

"이 논이 읍의 사람의 논이라지유."

"그래 읍의 한치수라는 어른의 논인데."

그는 후 하고 숨을 쉬었다.

"그런 법두 있는가. 전에는 그런 일이 없었는데…… 난 암만 생각해두 모르겠어! 내일 읍에 들어가서 한치수 어른에게 물어보겠네."

"그렇게 합슈."

첫째도 그런 법이 있을 것 같지 않았다. 풍헌은 벌떡 일어났다.

"난 지금 들어가 보구 오겠네."

이렇게 말을 하고 읍 가는 길로 나선다. 그리고 뒤도 안 돌아보고 황황히 걸었다. 첫째는 물끄러미 그의 뒷모양을 바라보다가 그가 산모퉁이를 지나간 후에 들어왔다.

며칠 후에 풍헌이 보이지 않으므로 누구에게 물으니 그는 벌써 어디론지 가버리고 말았다는 것이다. 그때에 그는 아무것도 가진 것 없이 아내와 어린것들을 데리고 바가지 몇 짝을 달고 떠났다고 하였다.

여기까지 생각한 첫째는 구루마 구르는 소리에 정신이 버쩍 들었다. 그리고 아버지 겸 동무이던 풍헌을 내쫓은 덕호가 또다시 개똥이를 내쫓고 자기를 내쫓으려는 것임을 절실히 느꼈다. 그때

"여부슈, 내가 빚을 안 물겠답니까!"

개똥의 음성이 무거운 공간을 헤쳤다. 무엇보다도 일 년 농사지은 것이라고…… 그의 초가집 문전에나마 놓았다가 이렇게 빼앗기었으면 한결 맘이 나을 것 같았다. 그리고 벼 시세도 지금은 한 섬에 오 원이라 하나 좀 더 있으면 육 원을 할지 팔 원을 할지 모르는데 이렇게 빼앗기기에는 너무나 억울하였던 것이다.

첫째는 개똥이 말을 듣자, 무의식간에 욱하고 달려갔다. 그리고 유 서방을 단번에 밀쳐 넘어쳤다.

"뭐야 이게? 야들아! 다 오나라."

남의 일이나 자기 일 못지않게 분하였던 그들도 욱 쓸어나갔다. 그리고 구루마에 실은 볏섬을 끌어내렸다. 그리고 덕호를 찾았으나 그는 벌써 어디로 빠져 달아났는지 찾을 수가 없었다.

"이 벼만 가져봐라!"

개똥이가 호통을 하였다. 그때 저편에서 회중전등이 번쩍하고 이리로 왔다. 그들은 순사가 오는구나! 직각되자, 사방으로 흩어지기 시작하였다.

개 짖는 소리가 여기저기서 들리었다. 그리고 신발 소리 또 신발 소리……

42

이튿날 새벽에 개똥 어머니는 덕호네 집으로 갔다. 아직 대문은 걸린 채 그대로 있었다. 벌써 그가 어젯밤부터 이 문전에 몇 번이나 왔는지 몰랐다. 그는 하는 수 없이 집으로 오다가, 또다시 무슨 생각을 하고 대문 옆으로 와서, 우두커니 서 있었다. 그리고 안에서 누가 나오는가 하여, 자주자주 문틈으로 들여다보았다. 그러나 검정개 한 마리 얼씬하지 않았다. 그는 왔다 갔다 하면서, 이제 덕호를 만나, 뭐라고 말할 것을 입속으로 다시금 외어보았다. 어제 밤새도록 생각해온 이 말이건만, 이렇게 덕호네 문 앞까지 와서는 캄캄해지곤 하였다.

안에서 신발 소리가 나므로, 그는 조금 물러서서 동정을 살폈다. 덜그렁하는 소리가 나더니, 문이 찌꺽 열린다. 그리고 유 서방이 다리를 절면서 나오다가, 개똥 어머니를 보고 멈칫 섰다.

"왜 왔소?"

유 서방은 어젯밤 일을 생각하며, 분이 왈칵 치밀었다. 개똥 어머니는 머리를 숙여 보이며

"그저 잘못했습니다, 용서해주시우. 다 철이 없어 그 모양이지유. 한때 살려줍시우."

"철없는 게 뭐야유, 그 새끼들이 철이 없어? 흥? 이거 보우 내 다리가 병신 되었수."

코웃음을 치고 나서 도로 들어간다. 개똥 어머니는 뒤를 따랐다.

"면장님 일어나셨수?"

"면장님은 왜 찾우."

유 서방은 흘금 돌아보았다.

"그저 한때 살려주, 예? 살려주, 예."

개똥 어머니는 훌쩍훌쩍 울었다.

"난 몰라유. 그까짓 놈의 새끼들…… 사람의 은혜도 모르고 의리도 없는 그놈들…… 김생 같은…… 에이."

유 서방은 이렇게 소리치며 들어간다. 개똥 어머니는 한참이나 머뭇머뭇하였다. 그때 안에서 덕호의 음성이 흘러나왔다.

"거 누구니?"

"개똥 어미야유."

유 서방이 대답한다.

"개똥 어미가 왜?"

"모루지유."

개똥 어머니는 방문 밖에 서서 머뭇머뭇하다가

"그저 면장님, 한때 살려주, 그놈들이 철이 없어서……."

덕호는 아직도 자리에서 일어나지 않은 모양이다.

"개똥 어민가, 이리 들어오게, 늙은이가 치운데, 왜 밖에 섰는가."

뜻하지 않은 덕호의 후한 말에, 개똥 어머니는 앞이 캄캄해왔다. 그제야 유 서방은

"어서 들어가우."

개똥 어머니가 방문을 여니, 덕호는 자리에 누워 있다. 그는 멈칫 섰다.

"어서 들어와."

개똥 어머니는 들어가서 머리를 숙이며

"그저 한때 살려줍시유, 네? 한때만 사정 봐줍슈."

덕호는 기침을 하며, 일어나서 자리로 몸을 가리고 앉았다.

"글쎄 그놈들의 행세를 보아서는 분나는 대로 용서 없이 고생을 시키겠지만 그러나 소위 면의 어룬이라는 나로서 더구나 저런 늙은이들이 불쌍해서 그럴 수야 있는가."

개똥 어머니는 너무 감격하여 소리쳐 울고 싶었다. 그리고 저런 후한 어른의 뜻을 몰라주는 개똥이와 그의 동무들이 끝없이 원망스러웠다.

"그저 살려줍슈, 저를 봐서……."

"응, 그런데 마침 오늘이 공일이니까 면에 출근도 안 하니 내 직접 주재소에 가보리…… 저희 놈들이 암만 그래도 몇 십 년을 내 덕에 산 것이 아니겠나. 배은망덕이란 말이 이런 것을 두고 이름일세그려. 허, 거정 나두 손두 없는 사람이라 저희들을 내 친자식들과 같이 사랑한단 말이어. 어제만 하더라도 내가 생각해서 벼 한 섬을 거저주지 않았나. 그런데 그놈이 그 은공을 몰라본단 말이어. 하필 올뿐인가, 작년 재작년에도 그래 왔지."

"그까짓 죽일 놈들을 생각하실 게 있습니까. 그저 후하신 맘으로 이 늙은 것을 한때 보아주셔야지우."

"응, 그럼 돌아가게, 내 이따가 가보리."

개똥 어머니는 코가 땅에 닿도록 절을 하고 밖으로 나왔다. 덕호는 도로 자리에 누우며 이놈들을 더 고생시켜 세상의 법이 어떻다는 것을 알리어 정신을 들려주렸더니 날은 점점 추워오고 어서 눈 오기 전에 마당질은 끝내야겠으니 부득이 놓아주랄 수밖에 별수가 있나! 하고 생각하였다. 더구나 이 가을부터 미곡통제안米穀統制案이 실시된다는 말이 있으니 그렇게 되면 곡가도 오를 것이다. 어서 바삐 그놈들의 빚도 현 곡가로 청산하여야겠다는 생각이 들자 곧 그는 자리에서 일어났다.

43

어젯밤 주재소에서 자고 난 그들은 오늘 아침 덕호가 가서야 순사부장의 단단한 훈사를 듣고 다시는 그런 일을 하지 않기로 약속을 하고 놓여나오게 되었다. 그들은 나오는 길로 아침밥도 잘 먹지 못하고 곧 타작마당으로 왔다. 그래서 어젯밤 널어놓은 짚단이며 나락 헤진 것을 쓸어 모아놓고 한편으로는 도급기[38]를 휑휑 돌렸다. 그들은 일을 하니 안 아픈 곳이 없었다. 팔을 놀리면 팔이 아프고 다리를 놀리면 다리가 아팠다. 그리고 허리를 굽힐 수도 없고 목을 임의대로 돌리는 수도 없었다. 하루쯤은 쉬어서 했으면 좋겠는데…… 하는 생각을 그들은 약속이나 한 것처럼 똑같이 하였다.

그때 덕호가 나왔다. 그는 궐련을 피워 물고 단장[39]을 짚었다. 그리고 명주 저고리 바지에 세루 조끼[40]를 말큰말큰하게 입었다. 그들은 덕호를 보자 가슴이 울울해지며 저절로 머리가 숙여진다. 그리고 뭐라고 나무라지나 않으려나 하는 불안에 쩔쩔매었다.

"어 자네들 어서 일들이나 잘하여…… 밥 많이 먹고 일 많이 하는 사람이야말로 튼튼한 면민일세그리. 허허 자네들은 나를 오해하지? 아마 어제 일을 미루어 보더라도 말이어. 그러나 그것은 잘못 안 것일세. 나는 더구나 면의 어룬이란 지위에 앉아가지고 자네들의 이로움을 위하야 애쓰는 것이 나의 의무가 아닌가."

덕호는 큰기침을 하고 나서 다시 말을 계속하였다. 그들은 고개를 숙이고 합수를 하고 섰다.

"어제만 하더라도 내가 곡식으로 차지한 것이 전혀 자네들을 위함에서 그렇게 한 게야…… 자네들의 형편에 그 곡식을 갖다가 팔아서 돈으로 빚을 갚는다고 하세. 돈을 제때에 갚지도 못하게 될 뿐 아니라 그 곡식을 제값을 못 받고 더구나 꼭 적당한 시기에 팔지를 못해. 그러니 내가 곡식으로 차지하는 게여. 나야 손해가 되지마는…… 왜 손해가 되느냐 하면 말이어, 이제 좀 더 있으면 자네들이 지내보는 바와 같이 곡가가 내리는 것만은 뻔한 사실이 아닌가 응, 왜 그런 줄을 몰라주느냐 말이어. 나는 자네들을 친자식같이 아는데 자네들은 그것을 몰라준단 말이어. 어제 일만 하더라도 내가 아니고 딴사람이라면 자네들을 그냥 두겠나. 그러나 나는 자네들도 생각할 뿐만 아니라 자네들의 가족들을 생각하야 친히 순사부장에게 사정을 하다시피 한 것을 자네들은 아는가 모르는가. 한 번 실수는 누구나 있는 것이니 이 다음부터는 주의들 해."

덕호는 그들을 둘러보며 빙긋이 웃었다. 그들의 모양을 보아 자기의 말에 얼마나 감격하였는지를 그는 짐작하였던 것이다. 따라서 이렇게까지 저들이 서리 맞은 풀대같이 후줄근한 것이 전혀 주재소의 힘임을 깨달으며 무식한 놈들에게는 매가 제일이다 하고 생각되었던 것이다.

덕호가 그들의 앞을 떠난 후에 그들은 가볍게 숨을 몰아쉬었다. 그리고 이제 덕호가 한 말이 다 옳다고는 생각되지 않았다. 그들은 여전히 일을 계속하였다. 도급기 다섯 채를 좌우로 갈라놓고 한 채에 세 사람씩 맡았다. 한 사람은 가운데 서서 돌리고 그 나머지 두 사람은 도급기 곁에서 날라 오는 볏단을 풀어놓고 도급기 돌리는 그들에게 번갈아 집어주며 혹은 벼 낟가리[41]에 올라서서 볏단을 내리고 또는 다 훑은 짚단을 묶어서 저편으로 날랐다.

"이애 이놈아, 빨리 다우."

난장보살이 첫째를 돌아보며 소리쳤다. 그리고 볏모개[42]를 빼앗았다.

"흥! 어제는 이놈 때문에 우리들이 매를 죽도록 맞았다니."

어젯밤 매 맞던 생각을 하며 싱앗대를 돌아보았다. 싱앗대는 볏모개를 빨리 돌려대었다.

"쥐뿔도 없는 놈이 맘만 살아서 그 꼴이지, 그저 없는 놈이야 무슨 성명이 있나, 죽으라면 죽는 모양이라도 내어야지."

곁에서 그들의 말을 듣는 첫째는 버럭 화가 치받치는 것을 억제하였다. 그러나 뱃속이 꾸물꾸물하며 얼굴이 뻘게졌다.

어제는 이 타작마당에서 그들이 일심이 되었는데 겨우 하룻밤을 지나서 그들은 첫째를 원망하였다. 첫째는 덕호에게서 욕먹은 것보다도, 순사에게 밤새워 매 맞은 것보다도, 그들이 자기 하나를 둘러싸고 원망하는 데는 그만 울고 싶었다. 그리고 캄캄한 밤길을 혼자 걷는 듯한 적적함이 그를 싸고도는 것을 새삼스럽게 깨달았다. 그는 무심히 벼 낟가리를 쳐다보았다. 전 같으면 저 벼 낟가리들이 얼마나 귀여웠으리요마는……
그때 저리로부터 순사가 왔다.

44

첫째는 놀랐다. 가까이 오는 순사는 지금 자기가 생각하고 있는 것을 다 알고, 자기만 잡으려고 오는 듯싶었다. 그래서 그는 머리를 푹 숙이며 볏단만 헤치고 있다가, 칼 소리가 멀어지매 그는 겨우 안심하고, 흘금 바라보았다. 그때 순사의 구둣발에 툭툭 채는 칼은 햇빛에 번쩍번쩍하였다. 순사는 덕호를 만나서 다시 이리로 온다. 그는 또다시 아까와 같은 생각으로 겁을 먹었으나, 그들은 가벼운 궐련내를 던지고 저편으로 지나간다. 그리고 무슨 이야기를 재미나게 하고는, 하하 웃었다.

"여보게, 자네 좀 돌리게."

난장보살이 첫째를 보며 이렇게 말하고 나서, 도급기에서 물러간다. 첫째는 얼른 이편으로 왔다. 그리고 한 발로 도급기 발판을 짚어가며, 난장보살이 집어주는 볏모개를 훑는다. 그때 무심히 저편을 보니, 덕호와 순사가 면사무소에 앉아서 유리문을 통하여 이편을 내다본다. 그때에 그는 난장보살이 저것들을 마주보기 싫어서, 도급기에서 물러났구나! 하고 직각되었다. 따라서 지금 저들이 자기를 잡아갈 의논을 하면서 자기만을 주목해보는 듯하여, 머리를 숙였다.

쏴르르 탁탁 튀어나는 벼알은 그의 볼을 가볍게 후려치고 떨어진다. 그리고 돌아가는 도급기 바퀴에서 일어나는 바람은, 그를 오한이라도 나게 하려는 듯이 싫었다. 전 같으면 이 바람에 얼마나 속 시원할 것이건만…… 그때 난장보살이

"담배 먹고 싶다!"

그때 첫째도 새삼스럽게 담배 먹고 싶은 것을 느끼며 난장보살을 바라보았다. 일하던 농민들은 약조나 한 듯이 일시에 시선이 마주쳤다. 그들은 누구나 상대의 눈동자에서 담배 먹고 싶다는 것을 발견하였다. 그러나 면사무소에 앉아 이야기하는 그들의 눈에 걸리는 것이 싫어서 누구한 사람 쉬려고 하지 않았다. 그들은 한숨을 후 쉬고 머리를 숙였다. 그리고 쉴 새 없이 떨어져 쌓이는 벼알을 바라보았다. 담배 한 모금 맘 놓고 먹지 못하고서 저렇게 애써 지은 쌀알을 덕호네 함석 창고에 들여보낼 생각을 하니 어제 구루마를 부서뜨리던 그 순간의 감정이 또다시 폭발되는 것을 느꼈다.

마당이 보이지 않도록 쌓이는 저 벼알! 병아리의 털같이 그렇게 노란 수염이 하늘을 가리키고 재미나게 쌓인 저 벼알! 저 벼알은 역시 자기들에게는 귀엽고 아름다운 빛만 보이고 나서 맘 놓고 만져보기도 전에 덕호의 창고로 들어가버리고 마는 것이다.

어린것들은 집에서

"아빠 하얀 밥 먹지? 오늘은."

오늘 집에 들어가면 아버지를 붙들고 이렇게 소곤거릴 것이다. 그때에

그들은 뭐라고 대답하랴! 여름내 가을에는 하얀 밥 준다!고 어르던 그 말! 지금 와서는 또 뭐라고 말하랴! 그들은 이런 생각을 하며, 다시금 저 벼알을 보았을 때 벼알이 아니라 그들의 가슴 폭을 마디마디 찌르는 살 대 같아 보였다.

그들은 멍하니 어제 일을 되풀이하며 첫째를 돌아보았다. 그때 순사와 덕호는 이리로 온다. 또다시 그들은 가슴이 두근거리며 하던 생각이 끊기고 말았다. 덕호는 순사와 같이 그의 집으로 들어간다. 그들은 후 한숨을 몰아쉬었다. 그리고 멍하니 불타산을 바라보았다. 오래잖아 저 산에는 눈이 하얗게 덮일 터인데…… 우리들은 그때에 뭘 먹고사나? 하였다.

가을을 맞은 청초한 저 불타산.

그 위로 하늘이 파랗게 달음질쳐 갔다. 첫째는 그 하늘을 묵묵히 바라볼 때 어젯밤 순사부장이 자기들을 모아놓고 "너희들에게 법이란 것을 가르쳐야겠다" 하던 말이, 그의 머리에 휙 떠오른다.

"법, 법…… 법, 법에 걸리면 죽이는 법까지 있다지?"

그가 법이란 막연하게나마 전통적으로 신성불가침의 것으로 알았지마는…… 아니 지금도 그렇게 알지마는, 어제 일을 미루어 곰곰이 생각하니 웬일인지 그 법에 대하여 무엇이라고 형용할 수 없는 엉킨 실마리가 그의 온 가슴을 꽉 채우고 말았다.

"우리들이 어제 덕호와 싸운 것이 법에 걸리는 일이라지? 그 법…… 법……."

그는 머리를 돌려가며, 몇 번이나 이렇게 중얼거렸다. 그러나 점점 더 답답만 할 뿐이지, 뒤엉킨 실 끝을 고르는 수가 없었다. 그때 난장보살이 휙 쳐다보았다.

"이 곰 뭘 그리 중얼거리니?"

첫째는 그의 말이 입 밖에까지 나간 것에 스스로 놀라며, 머리를 푹 숙였다.

45

추수가 끝난 초겨울이었다. 읍에서 군수가 나와서 농민들을 모아놓고
연설을 한다고 한다. 그들은 군수가 나왔다니까 아무리 바쁜 일이 있어
도 가야만 되는 줄 알고 그렇지 않으면 벌금이나 물리지 않을까? 하여
모두 모였다.

이십여 간이나 되는 면사무소 내에 농민들이 빽빽이 들어앉았다. 단상
에는 군수와 면장이 앉았고 그 옆으로는 면서기들이 앉았다. 그들은 이
번 신임 된 군수라는 뚱뚱한 양복쟁이를 눈이 둥그레서 바라보았다. 먼
저 면장이 나와서 간단한 말로 군수를 농민들에게 소개하였다. 뒤미처
군수가 나와서 몇 번 기침을 한 후에

"어…… 내가 이번에 여기 나온 목적은 여러분들도 이미 면사무소를
통하여 알았겠지마는…… 내가 신임인 만큼 군내 상황도 시찰할 겸 더욱
여러분에게 절실하게 이르고 싶은 것이 있어 나온 것이오.

우리 조선으로 말하면 어…… 팔 할 이상이 농민들이오. 그러니 농민
들의 성쇠는 즉, 국가흥망의 기원이 될 것만은 사실이오. 옛날부터 농사
는 천하지대본이니라 한 말이 있지 않소."

여기까지 들은 그들은 저렇게 귀하신 어른의 입에서 자기들이 하는 농
사를 찬사하는 말이 나오니 이것이 꿈인가 하였다. 그리고 말할 수 없는
감격에 붙들리었다.

"우리가 농사를 부지런히 하여야 할 것은 두말할 것도 없거니와
어…… 거기에 대하여 여러 가지 방법을 말하고자 하오. 재래의 농민들
이란 그저 수굿수굿 김만 매면 되는 줄 알았으나 그것은 틀린 것이오. 어

떻게 하면 밭에서 곡식이 많이 날까, 어떻게 하면 작은 밭을 가지고도 큰 밭에서 내는 곡식을 낼까, 다시 말하면 농사하는 방법을 꼭 알아가지고 농사를 지어야 한단 말이오. 어…… 예를 들어 말하면 어…… 여기 한 사람이 있다고 하면 그 사람의 재주를 보아 그에 적당한 일을 시켜야 그 일이 잘될 것이 아니오? 그러니 이것도 역시 마찬가지로 밭에 곡식을 심는 것도 만일 어긋나게 심으면 좀 더 곡식이 많이 날 것이로되 적게 난단 말이오. 수수나 콩을 심어 잘될 밭에다 조나 육도[43]를 심으면 적게 날 것이오, 그러니 먼저 그 밭에 어떤 것이 적당할까를 생각하여 심어야 한단 말이우, 어…… 그리고 퇴비 말이오, 무엇보다도 이 퇴비를 많이 제작해두었다가 봄에 가서 밭을 잘 거두어야 하우, 여러분이 좀 더 부지런을 내면, 어…… 일하다가 쉬는 틈을 타서 풀을 깎아다 퇴적장에 쌓아 썩히시오, 이것이 봄에 가서는 훌륭한 거름이 될 것이오, 공연히 읍 같은 데 가서 금비를 사 나를 것이 아니라, 그렇게 해서 자작 만들어 쓰란 말이오.”

그들은 자기들의 농사하는 이치를 이렇게 꼭꼭 알아내는 것이 얼마나 감사하게 생각되었는지 몰랐다. 그래서 서로 돌아보며 입을 쩍쩍 벌렸다.

“어…… 그리고 색의를 입어야 하오. 우리 조선 사람은 흰옷을 입는 것이 못사는 원인의 하나요, 어서 바삐 색의를 입으시우, 흰옷을 입게 되면 자주 빨아 입어야겠으니, 첫째 그만큼 시간이 소비되고, 둘째 빠는 데 옷이 해지우. 어…… 그리고 고무신을 신지 말고 될 수 있으면 노는 시간을 이용하여 짚신을 삼아 신도록 하오, 이 외에 관혼상제비冠婚喪祭費도 절약하시우, 이렇게 하면 당신네들이 앞으로는 다 부자가 될 것이오. 그렇지 않우? 허허.”

그들도 따라 웃었다. 그리고 군수의 말대로 하면, 참말 내년부터라도 풍족한 생활을 할 것 같았다.

“그리고 어…… 마지막으로 말할 것은 면이라는 기관은 당신들이 잘

살고, 건강하게 사는 것을 위하여 힘써 지도하는 곳이니, 조금도 면사무소를 허수히 알아서는 못쓰오, 면에서 지세나 혹은 호세나 기타 여러 가지 세금을 당신들한테서 받아내는 것은 다 당신들을 잘살게 하기 위하여 통치하는 데 소비하는 것이우. 그러니 그런 세금들을 꼭꼭 잘 바쳐야 하오. 할 말은 많으나 후 기회로 미루고 위선 그만하니 이 면사무소의 지도를 잘 받드시오."

군수는 말을 마치고 의자에 걸어앉는다[44]. 면장은 만족한 웃음을 띠고 나왔다.

"이번 군수 영감께서 이렇게 나오시게 되어 우리에게 좋은 말씀을 들리어주시니 우리 면민은 군수 영감의 말씀대로 이행하기를 서약한다는 증거로 일어나서 경례를 합시다. 자 일어나시우들."

농민들은 일시에 일어나서 머리가 땅에 닿도록 절을 몇 번이나 거듭하고 헤어졌다.

첫째도 그들 틈에 섞여서 면사무소를 나왔다. 그는 어정어정 걸으며 내년부터 나는 누구네 땅을 부치나! 하고 우뚝 섰다. 그의 동무들은 그를 비웃는 듯이 흘금 돌아보고 저편으로 몰려간다.

46

첫째는 드디어 밭을 떼이고 말았던 것이다. 오늘 군수 영감의 말을 들으면 이 면사무소는 농민늘이 살살기 위하여 힘쓰는 곳이라는네…… 어기까지 생각한 그는 자기만은 이 동네의 농민이 아닌가 하는 의심이 부쩍 든다. 덕호로 말하면 이 면의 어른인 면장이라는 지위를 가지고 있는데도 불구하고 부치던 밭을 그에게 떼이지 않았는가? 응! 나는 그때 그 구루마를 깨친 것이 법에 걸리었기 때문이라지. 법, 법…… 오늘 군수 영감의 말씀한 것도 역시 내가 행하지 않으면 법에 걸리게 될 터이지. 그러나 오늘에 부칠 밭이 없는데 거름은 만들어두면 뭘 하나? 그 법…… 그는 날이 갈수록 이 법에 대하여 점점 더 의문의 실뭉치가 되어 그의 가슴을 안타깝게 보챈다. 그는 생각지 말자 하다가도 가슴속에서 뭉치어 일어나는 이 뭉텅이! 그 스스로도 제어하는 수가 없었다. 첫째 자신은 이 신성불가침의 법을 지키려고 애를 쓰나 웬일인지 날이 갈수록 자신은 이 법에 걸려들어 가고 있는 것을 안타깝게 발견하였던 것이다.

집까지 온 첫째는 나뭇가리 옆에 우두커니 서 있었다.

"어떻게 한담?" 그는 이렇게 중얼거리며 그의 앞길은 암흑으로 변하여지는 것을 볼을 후려치는 쌀쌀한 겨울날의 감촉과 같이 확실히 느껴진다.

그때 짚 비벼치는 소리가 바삭바삭 나므로 휘끈 머리를 돌리니 그가 새끼 꼬다가 놓고서 면사무소에 갔던 기억이 얼핏 생각키며 이 서방이 동냥하러 가지 않고 오늘은 집에 있는가 하여 얼른 들어왔다. 방문을 여니 갑자기 누가 방 안에 앉았는지 알 수가 없었다. 그저 캄캄한 속으로 짚 비벼치는 소리만 들릴 뿐이다.

"벌써 오니? 왜 오라던?"

방 안에 들어앉은 그는 어머니가 새끼 꼬는 것을 비로소 발견하였다. 첫째는 머리를 벅벅 긁으며,

"군수 연설 들으러 오라지."

첫째 어머니는 실망을 하고 꼬던 짚을 밀어놓는다. 아까 면 서기가 면사무소로 첫째를 오라고 할 때는, 아마 도로 밭을 부치라고 하려나? 하는 다소의 희망과 의문을 가졌는데, 아들의 이러한 말을 들으니, 아주 낙망이 되었던 것이다.

첫째 역시 어머니의 이러한 낙망을 손에 든 것처럼 꿰뚫었다. 그리고 말할 수 없는 비애가 이 방 안으로 가득히 들어차는 것을 그는 깨달았다.

첫째는 어머니의 이러한 모양이 보기 싫어서 휙 돌아앉아 새끼를 꼬기 시작하였다. 전 같으면 이 새끼를 꼬아서 할 것이 많건만 이 새끼를 꼬기는 꼬나, 무엇에다 어떻게 쓰려는 예정도 나지 않았다. 그저 심심하니 앉아 있으면 가슴이 터지게 일어나는 이 의문과 비애! 이것이 안타깝고 귀찮아서 이것을 붙여잡고, 있는 것이다.

"이놈아, 글쎄 가만히 있지 왜? 그 지랄을 벌여서 그 모양을 한단 말이냐, 암만 그래두, 우리는 없는 사람이니까 있는 사람에게 붙어살아야 하지 않니…… 오늘부터라도 굶고 앉았겠으니 좋겠다! 이놈! 날 잡아먹지 못해 그래…… 그래도 밭을 부치면 장리쌀이라도 얻어 올 수가 있었지만, 누가 쌀 한 줌 줄 듯하냐."

"이거 왜 귀찮게 구는지 모르겠다!"

첫째는 소리를 버럭 질렀다.

"오냐 이놈아, 어려서부터 네놈이 어미의 머리끄덩이를 함부로 뜯어내더니, 그 버릇이 이때껏 남아서 밥 굶게 되었으니 좋겠다! 이놈!"

"흥, 잘하는 것 내가 그랬겠군!"

"그랴, 그래서 너 누구 덕에 밥 먹고 큰 줄 아느냐, 이놈, 너도 지내봐라! 누가 잘못하고 싶어 잘못하는 줄 아느냐? 나도 배고파서 헐수할수없으니 그랬다! 너두 지내봐라! 어디 이놈!"

첫째는 이 말에 귀가 번쩍 띄며 이상하게도 가슴이 찌르르 울렸다. 그리고 나도 배가 고파서 헐수할수없으니 그랬다, 너두 지내봐라! 하던 어머니의 말이, 살대와 같이 그의 가슴 폭을 선뜻 찌르는 듯하였다. 헐수할수없으니 그랬다! 이건 또 무슨 말인가? 또다시 그 실마리가 두루뭉텅이가 져서 올라오려고 하였다. 그는 새끼 꼬던 짚을 밀어내고 벌컥 일어났다. 그리고 벼락 치듯 문을 열어젖히고 나와버렸다.

어느 새에 싸락눈이 바슬바슬 떨어진다. 뜰 한 모퉁이에 쌓아둔 나뭇가리에 싸락눈 쌓이는 소리가 한층 더 뚜렷하다. 그는 저 싸락눈을 보니, 한층 더 가슴이 죄어들었다. 원 나무나 해다 팔아서, 쌀말이나 마련해 올까…… 그러니 그놈의 산림감시 놈들이 나무를 베게 해야지…… 법? 그는 발길을 쿵 하고 드놓았다.

47

한참이나 우두커니 섰던 첫째는 어느 동무네 집에나 가볼까? 하고 생각해보았다. 그러나 아까 면사무소 앞에서 자기를 비웃는 듯이 돌아보던 동무들을 얼핏 생각하며, 그만 지게를 걸머지고 어정어정 나왔다.

싸락눈이 그의 다는 얼굴을 선득선득[45]하게 하여준다. 그는 뿌옇게 보이는 앞벌을 바라보며 한숨을 푹 쉬었다. 아직까지 그의 온갖 희망과 포부가 이 벌 전부이었던 것을 그는 다시금 생각해보았던 것이다. 그러나 이 벌을 잃어버린 지금에 와서는 그에게 무슨 희망과 포부가 있으랴! 단지 그의 앞에 가로질린[46] 것은 캄캄한 암흑뿐이었다.

그는 일하러 나올 때마다, 괭이를 높이 둘러메고, 끝없는 공상에 잠기곤 하였다.

농사를 잘 지어서 먹고, 남는 것을 팔아서 저축해두었다가 그 돈으로 밭 사고, 그리고 선비를 아내로 맞이해서, 아들딸 낳아가면서 재미나게 살아보겠다고 그는 몇 번이나 생각해보았던가! 그는 자기의 이러한 어리석었던 공상을 회상하며 픽 웃어버렸다. 따라서 희망에 불타던 그의 씩씩한 눈망울은 비웃음과 저주로 변하는 것을 확실히 볼 수가 있었다.

어느덧 그는 원소까지 왔다. 앙상한 버드나무숲은 어찌 보면 자기의 신세와도 흡사하였다. 그러나 다시 한 번 그 숲을 쳐다보았을 때, 오는 봄에 싹 돋으려는 씩씩한 기운을 발견할 수가 있었다. 그는 버드나무를 의지하여 원소를 내려다보았다. 그때에 생각킨 것은 원소의 전설이다.

"그들도 법에 걸려 혹은 죽고 혹은 매를 직사하게 맞았다지." 몇 천 년이나 몇 백 년이 되었는지 분명하지 못한 그 옛날의 농민들도 자기와 같은 그런 궁경[47]에 빠졌던 것을 새삼스럽게 느끼며 다시금 원소의 푸른 물을 들여다보았다.

그때 뒤에서 신발 소리가 난다. 그는 누가 물 길러 오는구나…… 하고 생각되었으나, 머리를 돌려 바라보고 싶지 않았다. 누구나 자기를 보면 밭 떼인 것을 조소하는 듯하여, 그만 얼굴이 뜨뜻해지곤 하였던 것이다.

신발 소리는 차츰 가까워진다. 그 신발 소리를 듣고 한 사람이 아니고 여러 사람이라는 것을 직각하였다. 그래서 그는 여기 섰기가 좀 열적은 듯하여, 버드나무 옆을 떠났다. 그래서 그가 저편 길로 옮아 섰을 때, 원소로 가는 두 여인을 발견하였다. 그 순간 그는 전신의 피가 갑자기 활기를 띠고 숨이 가쁘도록 심장이 뛰었다. 그는 멈칫 서서 바라보았다.

빨래 함지를 무겁게 인 여인 중, 그 하나가 선비가 아니었느냐! 귀밑까지 푹 눌러쓴 흰 수건 밑으로, 껍질 벗긴 밤알처럼 윤택해 보이는 그의 얼굴! 내리는 눈에 가리어, 아리송아리송하게 보였다. 그러나 전날 선비와 같이 다정한 감을 주지 않고 웬일인지 차디찬 조소를 그의 윤택한 살갗을 통하여 차츰 농후하게 던져주었다.

빨래 함지를 내려놓은 그들은 빨래를 돌 위에 놓고 빵빵 두드린다. 그 소리는 "이 자식 너 밭 떼였지, 너 밭 떼였지" 하는 소리같이 들렸다. 그는 한참이나 어쩔 줄을 몰랐다. 그때 선비가 방망이를 놓고 빨래를 헹구며, 흘금 바라본다. 그는 얼핏 돌아서고 말았다. 갑자기 현기증이 일어나며, 앞이 아뜩하였다. 그는 작대기 꾹 짚으며, 계집은 해서 뭘 하는 게냐! 그는 이렇게 중얼거렸다. 그리고 천천히 걸었다.

방망이 소리는 그가 걸을수록 점점 희미하게 들렸다. 그리고 선비의 그 모양까지도 차디찬 얼음덩이 같아지는 것을, 그는 우뚝 서며 보았다. 그것은 자기 머리에 언제부터 들어앉았던 그 고운 선비의 환영이 이렇게 변하여지는 것이, 그가 눈을 크게 뜰 때마다 확실히 인식되었다.

그는 산등에 올라 되는 대로 주저앉았다. 그리고 지게를 진 채 멍하니 산 아래를 굽어보았다. 그때에 떠오른 것은, 어려서 이 산등에 나무하러 왔다가, 선비를 만나 싱아를 빼앗아 먹던 기억이다. 따라서 그때부터 자기가 선비를 맘 한구석에 생각하였다는 것이, 옛날을 회상할수록 뚜렷하였다. 그러나 그렇게 사모하던 선비를 한 번 만나 이야기도 못 해보고 그만 영원히 만나지 못할 생각을 하여, 무의식간에 그는 작대기를 들어 그의 발부리를 힘껏 후려쳤다. 그리고 벌떡 일어났다.

싸락눈은 아까보다 더 내리는 듯하다. 그 속으로 멀리 보이는 동네! 벌써 집집에서 흐르는 저녁연기가 구불구불 선을 긋고 올라간다. 그때 그는 무심히 이 서방이 이젠 들어왔을까? 하고 생각하였다.

48

첫째는 산 옆으로 돌아가며 마른 풀을 베어가지고 돌아왔다. 그가 동구까지 왔을 때 집집에서 흘러나오는 밥 잦히는 솥뚜껑 소리며 청어 굽는 내가 그의 구미를 버쩍 당기게 하였다. 그 순간 그는 어제 저녁에 밥이라고 좀 먹어보고는 오늘 아침은 국물만 되는 소죽 먹은 기억이 그의 가슴을 더 쌀쌀하게 하였다. 그러나 집에 가면 이 서방이 그 시키면 밥자루에 밥을 가득히 얻어가지고 왔을 생각을 하니 발길이 얼른얼른 내디뎌졌다.

그가 집까지 와서 나뭇짐을 되는 대로 벗어놓고 분주히 방으로 들어가며 이 서방의 신발부터 있는가 하고 보았다. 그러나 찬바람이 실실 도는 봉당에 어머니의 짚신만이 놓여 있다. 그는 멈칫 섰다. 이 서방이 안 왔나? 하는 생각을 하며 방문을 열었다. 어머니는 아랫목에 누웠다가 벌컥 일어나며

"이 서방이우?"

그때 첫째는 앞이 아뜩해지며 이때까지 이 서방이 오지 않았음을 알았다. 그의 어머니는 첫째임을 알자, 곧 도로 누워버렸다. 그리고 으흠 하고 신음하는 소리가 방 안을 그윽이 울려주었다.

그는 방문을 쿵 닫고 돌아섰다. 이 서방이 왜 안 와 하고, 차츰 어두워 가는 저 밖을 바라보았다. 이 서방이 밥자루를 무겁게 들고 돌아올 길에는 눈만이 푹푹 쌓일 뿐이고, 검정개 한 마리 얼씬하지 않았다. 그는 무슨 생각을 하고 밖으로 튀어나왔다. 그리고 읍으로 통한 신작로를 바라고 성큼성큼 걸었다.

수굿하고 걷다가는 한참씩 서서 바라보았다. 그러나 이 서방은 보이지 않았다. 저 산모퉁이를 돌아가면, 이 서방이 오는 것이 보이려나? 하고 그 산모퉁이를 돌아와도 역시 눈송이만이 벌떼같이 날 뿐이고, 이 서방 비슷한 사람조차도 볼 수 없었다. 그리고 이젠 사방이 캄캄해서, 어디가 어딘지도 분간할 수 없었다. 어찌 된 일일까, 혹 길가에서 얼어 죽었나? 그렇지 않으면 몸이 아파서 어디 물방앗간 같은 곳에 누웠는가 하는 여러 가지 생각이 밤이 되어 갈수록 꼬리에 꼬리를 물었다.

이 밤부터는 바람까지 일어서, 휙휙 하는 소리가 그치지 않았다. 그리고 싸락눈은 이젠 솜눈으로 변하여 무섭게 뺨을 후려친다. 첫째는 우뚝 서서 한참이나 생각하다가 아무래도 오늘 밤으로는 이 서방이 돌아오지 않을 것을 알고 그만 집으로 오고 말았다.

그 밤을 고스란히 새우고 난 첫째네 모자는 아침이면 이 서방이 오겠지 하고 기다렸다. 그러나 이 서방은 아무 소식 없다. 첫째 어머니는 아무

래도 이 서방이 무슨 일을 만난 것 같았다. 그래서 첫째를 보고

"이애! 이 서방이 무슨 일을 만난 것 같으니 너 읍에 가봐라."

어젯저녁만 해도 배고픈 것이 이렇게 견디기 어렵지는 않은 것 같았다. 그래서 어제는 걷기에도 별한 지장은 없었다. 그러나 이 아침부터는 너무 배가 고파서, 운신을 할 수가 없다. 그는 어머니를 쳐다보며,

"배고파서 갈 수 있어야지? 어데서 밥 좀 얻어다 주슈."

첫째 어머니는 맥없이 누워 이렇게 말하는 첫째를 바라보며, 가슴이 찢어지는 듯하였다. 그는 어디서 밥술이나 얻어보려고 바가지를 들고, 밖으로 나왔다. 첫째는 어머니가 나가는 것을 보고, 눈을 감았다. 수없는 그릇에 밥 담은 것이 얼씬얼씬 보여서 못 견딜 지경이다. 그는 다시 눈을 번쩍 떴다. 첫눈에 띈 것은 며칠 전까지 쌀 담아두던 항아리였다. 그는 무의식간에 벌컥 일어나서 항아리 곁으로 왔다. 그리고 항아리를 기울여보았다. 휑하니 비었다. 간 가을만 해도 쌀이 이 항아리로 가득 찼는데 벌써 그 쌀이 다 없어졌나? 하고 그는 다시 생각을 되풀이해보았다.

가을에 밭 떼일 때 덕호가 특별히 생각하여주노라고 하면서 빚과 장리쌀만 제하고 그 외에 비료값이니 이따금 꾸어다 먹은 쌀은 제하지 않고 그냥 첫째를 주었던 것이다. 그것이 이 항아리로 가득 찼던 것이다. 그때에는 이 쌀이 몇 달은 가리라고 생각했더니 막상 하루 이틀 먹어보니 불과 두 달이 못 가서 그 가득하던 쌀이 흔적도 없어졌다. 그는 이러한 생각을 하며 쌀항아리를 다시금 들여다보았다. 그리고 행여나 어디가 쌀알이 붙었는가 하여 항아리를 들고 문 편으로 와서 뱅뱅 돌려가며 들여다보았다. 그러나 쌀 한 알 발견하지 못하였을 때 그는 한숨을 푹 쉬며 항아리 전에 머리를 기대고 문을 바라보았다. 그때 그의 눈에서는 눈물이 술술 흘러내렸다. 마침 밖에서 신발 소리가 나므로 그는 벌떡 일어났다.

49

방문이 열리며, 어머니가 들어온다.

"난 이 서방이라구."

"잡놈, 배는 용히 고픈 게다."

첫째 어머니는 이렇게 말하며, 손에 든 바가지를 그의 앞으로 밀어놓는다. 첫째는 얼른 들여다보니, 도토리며 밥이 들어 있었다. 그때 첫째는 식욕이 욱 하고 치밀어, 그의 어머니까지 밥으로 보였다. 그래서 바가지를 빼앗듯이 받아가지고 손으로 움켜쥐어 먹었다. 언제 술을 들고 저를 놀리고가, 다 배부른 사람들의 장난이지 이때의 첫째에게 있어서는 필요하지 않았다.

"이애 작작 덤벼라!"

첫째 어머니는 자기도 몇 술 얻어먹을까 하였다가, 아들이 저렇게 집어 먹었으니 도토리 한 알 입에 대어보지 못하였다. 따라서 첫째 어머니는 야속한 생각과 같이 못 견디게 가슴이 쓰렸다.

"또 없수?"

눈이 벌겋게 뒤집힌 첫째는, 어머니가 밥을 더 얻어 오고도 내놓지 않는 것만 같아서 이렇게 대든다. 첫째 어머니는 아들을 한참이나 노려보았다.

"이애 무섭다, 흥! 혼자 다 처먹구두, 뭐가 나뻐서 그러냐."

이 말을 하지 않고는 곧 가슴이 비늘로 찌르는 것 같아서, 참을 수 없었던 것이다. 그리고 아까 길에서, 왜 내가 한술이라도 먹지 않았나! 하는 후회가 일어난다. 첫째는 먹은 것도 없이, 먹었다는 말만 들으니 기가 막혔다.

"날 뭘 주었기 그래!"

첫째는 바싹 대든다. 그의 눈에서는 불이 펄펄 날아 나오는 것 같았다. 첫째 어머니는 너무나 어이가 없어서 돌아앉으며, 그만 벽을 향하여 누워버렸다. 어머니의 모양을 물끄러미 바라보는 첫째는 어머니가 밥이라면 그저 이 배가 터지도록 먹으련만…… 하였다.

"그 밥은 어서 난 게유?"

아무래도 그 밥의 출처를 알아가지고 좀 더 먹어야지, 뱃속이 요동을 해서 못 견딜 지경이다. 그의 어머니는 그린 듯이 누워 있을 뿐이고 아무 대답도 하지 않았다. 첫째는 어머니의 궁둥이를 냅다 차고 싶은 것을 꾹 참으며 천장을 멍하니 쳐다보았다. 누구네 집에 가서 밥을 좀 얻어먹나? 개똥이네 집에나 가볼까? 하고 벌컥 일어날 때 생각지 않은 트림이 꺽 하고 올라온다. 그의 어머니는 갑자기 방바닥을 치며

"이놈아, 너만 트림까지 하도록 처먹을 것이 뭐냐!"

자기도 몇 술 주어서 같이 먹었다면 이렇게 가슴은 아프지 않았으리라는 생각이 들었던 것이다. 첫째는 달려들어 어머니의 궁둥이를 내려 밟았다.

"날 뭘 주었어? 한 바리[48]를 주었어? 한 대접을 주었어, 뭘 얼마나 주었어?"

그의 어머니는 악이 치받쳐서 벌떡 일어나며 첫째에게로 달려들었다.

"이애 이놈의 새끼야, 넌 트림까지 하지 않니. 처먹었기에 트림을 하지, 이놈아, 그래 너만 처먹고 살려느냐, 다른 사람은 다 죽고…… 그것을 같이 먹겠다고 가지고 오니께 저만 다 처먹어. 어데 보자 이놈아, 에미를 그렇게 하는 데가 어데 있냐, 하늘이 있니라! 응…… 응…….

목을 놓고 운다. 첫째는 우는 꼴이 보기 싫어서 밖으로 뛰어나왔다.

뜰 위에 소복이 쌓인 눈 위에는 신발 자국이 뚜렷이 났다. 그는 멍하니 그 발자국을 바라보다가 이 서방이 오늘은 오려나 하고 저 앞을 바라보

았다.

어머니는 여전히 뭐라고 몹시 떠들면서 운다. 첫째는 이 서방이 오는가? 오는가 하여 가슴을 졸이다 못해서 그만 누구네 집에든지 가서 한술 얻어먹으리라 하고, 문밖을 나섰다. 그가 개똥이네 싸리문 안에 들어서니, 개똥 어머니가 문을 열고 내다본다. 전 같으면 어서 들어오라고 할 터인데 그런 말은 없고 거칠게 눈을 뜨고

"왜 왔는가?"

"개똥이 있수?"

"이제 면장 댁에 일하러 갔네…… 왜?"

그는 할 말이 없다. 그래서

"그저 놀러 왔댔수."

얼른 이렇게 말하고 돌아서 나왔다. 이젠 누구네 집에를 좀 가볼까 하며 어정어정 걷다가 멈칫 섰다.

저리로부터 덕호와 어떤 양복쟁이가 궐련을 피워 물고 이리로 온다. 그는 머리를 푹 숙이고 이편 골목으로 들어섰다. 그들은 무슨 이야기를 하며 지나간다. 그때 덕호는 손에 든 단장을 획획 돌린다. 덕호의 얼굴을 대하는 순간 첫째는 전신의 피가 머리로 치밀고 온몸이 푸르르 떨리었다.

50

그날 밤 밤이 퍽 깊은 후에 첫째는 밖으로부터 들어왔다.

"어머이!"

방 안으로 들어선 첫째는 목멘 소리로 어머니를 불렀다. 첫째 어머니는 이 서방인 줄 알고 일어났으나 첫째 음성임에 대답도 하지 않고 도로 누워버렸다. 첫째는 어머니 손에 무엇을 들려준다. 그때 그의 어머니는

쌀내를 후끈 느끼며 손에 든 것이 쌀자루라는 것을 깨닫자 단숨에 일어났다. 그리고 부엌으로 나가며

"이애, 어서 널랑 나와서 불 때라."

첫째는 어머니를 따라 부엌으로 나왔다. 그리고 아궁이에 불을 살라넣었다. 그의 어머니는 쌀을 졸졸 일어 내리며 아궁에서 흘러나오는 불빛에 비추는 아들의 하반신을 흘금 바라보았다. 그때 그는 놀랐다. 그러나 다음 순간 그는 무슨 못 볼 것을 본 것처럼 곧 머리를 돌리고 말았다. 그의 옷은 갈가리 찢기었던 것이다. 첫째는 오래간만에 쌀 일어 내리는 소리를 들으니 얼마나 좋은지 몰랐다. 그래서 불빛에 어림해 보이는 물속으로 하얗게 보이는 쌀을 바라보며 몇 번이나 침을 모아 넘기다가 종내 못 견디어서 물독 곁으로 가서 물 한 바가지를 떠서 들이마셨다.

그들이 밥을 퍼가지고 방으로 들어왔을 때 대문 소리가 쿵쿵 났다. 첫째는 눈이 둥그레지며 뒷문을 열고 나가버렸다. 첫째 어머니는 얼른 밥그릇을 감추어놓고 귀를 기울였다.

"자우? …… 첫째야, 자니?"

그 음성에 첫째 어머니는 왈칵 내달았다.

"어서 문 열어주……."

숨이 차서 헐떡헐떡하는 소리가 들린다.

첫째 어머니는 봉당까지 나오기는 하고도 손이 떨리어 문을 열 수가 없었다. 그리고 누가 딴 사람이 이 서방이라고 거짓말을 하지 않는가 하는 불안이 든다.

"문 열어주, 아이구? 에…… 으흠."

"아니 정말 이 서방이유?"

첫째 어머니는 문 새에다 입을 대고 이렇게 물었다. 이 서방은 기가 막히는 모양인지 머리로 대문을 쿵 받는다.

"아이 참 이 서방이구려! 이 서방 어서어서."

그제야 첫째 어머니는 안심을 하고 문을 열었다. 이 서방은 벌벌 기어 들어 온다.

"아니 나무다리는 어찌 했수."

"아이구!"

소리를 내며 그는 아무 말없이 방 안으로 들어와서는 맥없이 누워버렸다. 그리고 앓는 소리를 무섭게 하였다. 첫째 어머니는 감추어두었던 밥그릇을 꺼내놓고 밥 한 그릇을 다 먹은 후에야 정신이 조금 들었다. 그리고 이 서방의 몸이 불편하다는 것을 깨달았다.

"그런데 어데가 아프시유."

이 서방은 역시 아무 말이 없다. 그때에 첫째 어머니는 겁이 나서 바싹 다가앉아서 그의 머리를 짚어볼 때 방 안이 캄캄하다는 것을 비로소 알았다.

"불이나 좀 켰으면 좋겠는데…… 기름이 있어야지."

이렇게 중얼거렸다. 이 서방은 으흠 하고 돌아누웠다.

"첫째는…… 첫째는."

이 서방이 말하는 것을 들으니 겁나던 것이 조금 덜리는 듯하였다.

"어디 아푸, 왜 그러우."

"고뿔에 걸렸수."

"고뿔이요…… 그래 못 왔구려."

그때 뒷문이 부스스 열리며

"이 서방 왔수?"

첫째가 묻는다.

"그래 너……."

그다음 말은 하지 못하고 우는 모양이다. 첫째는 적이 안심하고 들어왔다.

"어머이, 밥!"

첫째 어머니는 밥그릇을 그의 손에 들려주었다. 이 서방은

"내 자루에 밥 있다!"

눈물을 씻으며 이렇게 말하였다. 첫째 어머니는 부엌으로 나가서 나무 한 뭇을 더 넣고 들어왔다.

그 밤을 무사히 지낸 그들은 다음 날 정오쯤이나 되어 눈을 떴다. 방문에는 햇빛이 발갛게 비치었다. 첫째는 머리를 넘성하여 이 서방을 보았다. 본래부터 뼈만 남았던 그가 한층 더하여 마치 해골을 대하는 듯하였다.

"이 서방!"

"왜."

감았던 눈을 번쩍 뜬다. 어젯밤 덥게 자서 그런지 오늘은 덜 아파하는 것 같았다.

"어데 가서 그렇게 안 왔수."

첫째는 원망스러운 듯이 바라보았다.

51

"난 아파서 죽을 뻔하였다…… 네가 기다리는 것을 뻔히 알지만, 몸을 운신하는 수가 있드냐, 그러구 그 나쁜 놈의 애새끼들이 내 나무다리를 얻다가 감추고 주어야지…… 흠!"

한숨을 푹 쉬며, 첫째를 바라보는 그 눈에는 세상을 원망하는 빛이 가득하였다. 첫째는 가슴이 찌르르 울렸다. 그리고 이 서방이 없는 동안에, 자기가 당한 일을 얼핏 생각하였다. 불과 사오 일 동안이건만, 몇 십 년 동안이나 지난 것처럼, 지리하고 아득해 보였다.

첫째 어머니는 불을 한 화로 담아가지고 들어온다. 방 안이 훈훈해지는 것을 그들은 느꼈다. 이 서방은 그의 동냥자루를 보았다.

"첫째 떡 구워주."

떡이란 말에 첫째는 구미가 버쩍 당기어서, 벌떡 일어나 앉았다. 그리고 어머니가 시키면 자루 안에서 한 개씩 꺼내놓는 떡을 얼른 집어 뚝뚝 무질러 먹었다.

"이애 궈 먹어라."

첫째 어머니는 불 속에 떡을 집어넣는다.

이 서방은 물끄러미 이것을 바라보며, 가슴이 후련해졌다. 어젯밤 그가 떡 자루를 목에 매달고 눈 위를 기어올 때는, 그만 머리가 떨어지는 듯하고, 숨이 차서, 떡 자루를 몇 번이나 내버리려다가도, 집에서 첫째와 첫째 어머니가 배를 곯아가며, 이 떡 덩어리를 눈이 감기도록 기다리고 앉았을 생각을 하고는, 가다가 죽더라도 이 자루는 가지고 가야 한다 하고, 필사의 힘을 다하여 가져온 저 떡! 그들 모자가 그 떡을 저 화롯불에 넣고, 어서 익으면 먹겠다고, 머리를 기웃하여 화로만 들여다보는 저 모양! 이 서방은 이젠 이 자리에서 숨이 끊어져도 원통할 것이 하나도 없을 것 같았다. 차라리 지금 먹을 것을 앞에 논 저들을 보고, 그만 죽었으면 좋을 것 같았다. 이젠 더 밥을 얻으러 다니기도 괴로워서, 못 견딜 지경이다. 이러한 생각을 하며 그는 무의식간에 다리를 만져보다가,

"그놈의 새끼들! 글쎄, 남의 다리는 왜 가져가."

그때 다리를 빼앗기던 장면이 획 떠오른다.

"누가 다리를 앗아갔수?"

"애새끼들이 나 연자방앗간에 누웠는데 달려들어 오더니 글쎄 그것을 빼앗아갔지! 흥 그놈의 새끼들."

"그놈의 새끼들을 그대로 둬요? 모두 목을 꺾어주지!"

첫째는 눈을 부릅뜨며 이렇게 말하였다. 첫째 어머니는 첫째를 노려보았다.

"이애! 너두 그 버릇 좀 고쳐라! 툭하면 목을 부러친다는 말은 그 웬수작 따위냐."

"아 그래, 그따위 새끼들을 그만두어야 옳겠수."

"세상에 옳은 일은 다 맘대루 하는 줄 아니? 흥 저놈의……."

그때 모자의 머리에는 어젯밤 일이 휙 지나친다. 첫째는 머리를 푹 숙였다. 그리고 한참이나 화로를 들여다보던 그는 머리를 들며,

"이 서방, 법이 뭐나?"

뜻하지 않은 이 말에, 이 서방은 무슨 말인지 알 수가 없었다.

"법?"

첫째는 이 서방이 알아듣지 못한 것을 알고, 무엇이라고 설명하여 깨쳐주렸으나, 뭐라고 말을 할지 몰라, 멍하니 바라보았다.

"법이 무슨 말이야, 법?"

이 서방은 안타까워서, 또다시 채쳐 묻는다.

"아니 왜 법이라구 있지, 왜."

"아? 이애 똑똑히 말해, 법이 뭐냐."

그의 어머니도 첫째를 바라본다. 첫째는 눈살을 찌푸렸다.

"모르겠으면 그만두!"

소리를 가만히 치고 나서, 화롯불을 헤치고 떡을 꺼내 먹는다. 첫째 어머니는 그중 말큰말큰하게 익은 찰떡을 골라, 이 서방을 주었다. 이 서방은 받아서 한 입 씹을 때, 눈물이 주르르 흘러내렸다. 첫째 어머니도 이 모양을 바라보며 목이 메어 울었다. 첫째는 휙 돌아앉았다.

"울기는 왜들 울어, 정 보기 싫어서."

이렇게 중얼거리며 빨간 불을 시름없이 바라보았다. 그때 원소에서 빨

래하던 선비가 보인다. 그리고 그날 군수가 연설하던 말이며 개똥네 집에 밥 얻어먹으러 갔던 것, 길에서 덕호를 만나던 일이 휙휙 지나친다.

"법이 무슨 말이냐."

이 서방이 다시 묻는다. 첫째는 얼른 돌아보았다.

"참 답답해 죽겠수, 왜 법에 걸리면 주재소에 잡혀가지 않우."

첫째는 전신에 소름이 쭉 끼쳐진다.

52

첫째는 법을 설명하느라 이렇게 말하는 새 어젯밤 자기의 행동이 역시 법에 걸린 노릇임을 가슴이 뜨끔하도록 느꼈던 것이다. 그의 가슴에는 또다시 그 실 뭉치가 욱 쓸어 올라온다. 그리고 어머니가 하던 말이 얼핏 생각킨다. "배가 고파서 헐수할수없이 그랬다!" 역시 자기도 배가 고프니 헐수할수없이 그랬다. 그러나 법에는 걸려들 일이다. 그때는 배고픈 차라 아무것도 생각나는 것 없이 그저 답답히 먹을 것만 찾기에 몰랐으나 이렇게 떡이며 밥을 먹고 나니 자신은 법에 걸릴 노릇을 또 한 가지 하였던 것이다.

이 서방은 그제야 알아는 들었으나 뭐라고 설명할 아무것도 없다.

"법이 법이지 뭐냐, 본래 법이란 것이 있느니라."

"그저 본래부터 있는 게나?"

"암! 그렇지! 그저 법이니라."

이 서방은 이 법이란 것이 어떤 사람이 만든 것이 아니라 사람이 나기 전부터 이 세상에는 벌써 이 법이란 있었던 것같이 생각되었던 것이다. 이 말을 들은 첫째는 한층 더 말로 형용할 수 없는 비애를 느꼈다. 동시에 벗어나지 못할 철칙인 이 법! 어째서 자기만이, 아니 그의 앞에서 신음하고 있는 이 서방, 그의 어머니만이 여기에 걸려들지 않고는 못 견딜까? …….

그는 이러한 생각에 그의 온 가슴은 뒤끓기 시작하였다. 그리고 쌀 잃어버린 집에서는 지금쯤 떠들 것이다. 물론 주재소에 가서 도적맞았다는 말을 하였을 터이지…… 순사는 조사하러 떠났는지도 모른다. 보다도 우리 집 문밖에 서 있는지도 모르지? 이렇게 생각을 하며 문 편을 흘금 바라보았다.

바람이 불어도 순사가 오는 것 같고, 이 서방이 뒤쳐만 누워도 누가 문을 열고 들어오는 듯하여 첫째는 그 큰 눈을 둥그렇게 뜨고 흘금흘금 문 편을 바라보곤 하였다.

이렇게 가슴을 졸이면서도, 첫째는 또다시 이 노릇을 하지 않고는 견디지 못하였다. 그래서 밤마다 그는 나가곤 하였다. 이 서방과 그의 어머니는 첫째를 대하여 아무 말도 못하면서도, 날이 갈수록 가슴만은 바짝바짝 타들어왔다.

어떤 날 밤에 첫째가 들어왔을 때 이 서방은 그의 곁으로 바싹 앉았다.

"첫째야! 너 그만 이 동네를 떠나라!"

첫째는 씩씩하며,

"왜?"

"왜는 왜! 떠나야 하지, 여기만 사람 사는 데냐…… 말 들으니, 서울이나 평양에는 공장이라는 것이 있어가지고, 우리같이 없는 사람들이 그곳에 들어가, 돈 받고 일하며 살기 좋다더라, 너두 그런 곳에나 가보렴."

오늘 낮에 순사가 왔다 간 후로 이 서방은 번쩍 더 겁이 났다. 그리고 첫째가 이 밤으로라도 잡힐 것만 같았던 것이다.

"나는 이웨…… 이렇게 병신이니까, 어데를 못 가나 너같이 다리만 성하다면 이 구석에만 박혀 있겠니."

말을 듣고 보니 그 말이 옳은 듯하였다.

"이 서방 꼭 알우? 뭐…… 응…… 공장? 이라는 것이 있는 것을 꼭 알어?"

"내니 똑똑히야 알겠니……마는 서울이나 평양에서 온 동무들이 그렁하두나! 그들도 젊었을 때는 모두 공장에 다니다가 늙으니까 그만두고 나와서 얻어먹누라고 허더라."

"그럼 나가보겠수!"

공장에서 돈 받고 일한다는 말을 들으니 그의 캄캄하던 앞길에는 다시 서광이 환하게 비쳐지는 것을 깨달았다. 그리고 한시라도 이런 곳에 있고 싶지 않았다. 그래서 그는 벌떡 일어났다.

"이 서방, 난 그럼 이번 나가서는 평양이나 서울까지 가보겠수."

이 서방은 그가 불시에 잡힐 것 같아서 이런 말을 하였으나 금방 떠나겠다는 말을 들으니 앞이 아뜩해졌다.

"뭐 그렇게 가?"

"가지! 그럼…… 몰라서 이런 곳에 있지."

그는 밖으로 나가며,

"이 서방 잘 있수. 내 돈 많이 벌어가지고 올게…… 어머이보군 잘자꾸 있수……."

이 서방은 요새 첫째가 만들어준 나무다리를 짚고, 그의 뒤를 따랐다.

"이애 나두 잘 몰라, 공장이라는 것이 있는지 없는지, 그러니 내가 읍에 들어가서, 잘 알아보고 떠나라, 그저 가기만 하면, 어떻게 한단 말이냐."

첫째는 아무 말없이 달아난다. 이 서방은 기가 나서 쫓아간다. 이제 떠나면 다시 볼지 말지한, 첫째! 그는 마지막으로 손이라도 잡아보고 싶은 맘에, 허둥지둥 동구 밖을 벗어났다. 그러나 첫째는 보이지 않았다. 그때 저 산등 위로 그믐달이 삐죽이 내밀었다.

53

함박눈이 소리 없이 푹푹 내리는 십이월 이십오일 아침 용연동네는 높은 집 낮은 집 할 것 없이 함박꽃 같은 눈송이로 덮여졌다.

이윽고 종소리는 뎅그렁뎅그렁 울려온다. 그 종소리는 흰 눈을 뚫고 멀리멀리 사라진다.

"이애, 벌써 종을 치누나."

옥점 어머니는 말큰말큰한 명주옷을 갈아입으며 곁에서 그에게 옷을 입혀주는 선비를 보고 속히 입히라는 뜻을 보였다. 그는 치마를 입히고 나서 저고리를 들었다. 옥점 어머니는 입었던 저고리를 얼른 벗었다. 그의 토실토실한 어깨 위는 둥그렇게 드러났다.

"내 딸 용키는 해! 벌써 내 뜻을 알고 따뜻이 해두었구나."

아랫목에 미리 놓아두었던 것이므로 잔등이 따뜻하였다. 그때 문이 열리며 덕호가 들어왔다.

"당신은 안 가려우?"

덕호는 아랫목에 와서 앉아 담배를 피워 문다.

"사무는 안 보고 갈까?"

"이렇게 기쁜 날 사무 좀 보지 않으면 못쓰우, 뭐."

웃음을 머금고 옥점 어머니는 덕호를 쳐다보았다. 간난이를 내쫓은 후부터는 별로이 싸우지를 않았다.

"오늘 연보[49]를 해야겠는데…… 좀 주려우."

옥점 어머니는 저고리 고름을 매고 버선을 신는다.

"무슨 연보를 또 하나?"

"오늘은 특히 없는 사람…… 저, 걸인들 말이요, 그런 불쌍한 사람들을 구제하기 위하야 연보를 한다우. 좀 주오. 그런데 많이 하는 사람은 특히 이름을 써서 벽에 붙인다우. 하필 믿는 사람만 연보를 하는 게 아니라 구경 왔던 사람들 중에서도 연보하고 싶은 사람은 연보를 한다우. 당신도 좀 가서 한 오 원 내구려……."

덕호는 픽 웃으며

"웬 돈이 있나?"

"글쎄 내 낯을 보아 하는 게지, 뭘 그러시우. 그러지 않아도 면장댁, 면장댁 하는데……."

"아, 저 사람은 뻔히 보면서도 저래. 웬 돈이 있는가."

"글쎄 오늘만 줘요. 내 몫으로 한 이 원 하고 당신 몫으로 한 오 원 해서, 합해서 칠 원만 합시다."

남편의 이름과 그의 이름이 교회당 벽에 가지런히 씌어질 생각을 하며 이렇게 말하였다. 덕호는 담배꼬투리를 재떨이에 팽개치며

"그 정, 어데 살겠기, 자꼬 쓰는 데는 많고 벌지는 못하고 어쩐단 말이……."

덕호는 혼자 하는 말처럼 중얼거리며 조끼 주머니에서 지갑을 꺼낸다. 옥점 어머니는 손을 벌리고 대들었다.

"이 사람, 글쎄 돈은 어디서 낳는가."

십 원짜리 지화를 내쳐 준다. 그는 입을 실룩실룩하였다. 그가 좋아할 때마다, 이런 버릇이 있었다.

"할멈, 어서 가우."

옥점 어머니는 지화를 주머니에 넣으며 소리쳤다. 뒤미처 할멈이 들어왔다.

"그럭허고 갈 테야? 남부끄럽게."

그의 시커먼 저고리를 보며 소리쳤다. 할멈은 머뭇머뭇하였다.

"어서 다른 저고리 갈아입어! 그게 뭐야, 무명 저고리 있지, 왜?"

선비는 냉큼 일어나서, 할멈 방에서 무명 저고리를 가지고 들어왔다. 할멈은 올 가을에 새로 한 이 무명 저고리를 아까워서 입지 못하고 두었던 것이다. 할멈은 선비가 주는 무명 저고리를 받아 입고 나서, 옥점 어머니가 깔고 앉을 방석과 책보며 신 넣을 주머니까지 들고 나섰다. 옥점 어머니는 덕호를 돌아보며

"그럼 저녁엘랑 꼭 가우?"

대답을 듣고야 가겠다는 듯이 말똥말똥 쳐다본다. 덕호는 빙긋이 웃어 보이며

"글쎄 형편 봐서 가지. 나 거…… 예배당에 가면 기도하는 꼴 보기 싫어서 못 가겠두면, 그것 뭐야…… 눈을 감고…… 허허."

옥점 어머니는 또 저 소리가 나오누나 하고 돌아서 나간다. 선비는 나도 가보았으면 하며 늘어놓은 옥점 어머니의 옷을 거두어 착착 개고 있었다. 옆에서 물끄러미 바라보던 덕호는

"너 전날 내가 말한 것은 생각해두었느냐?"

선비는 놀라 덕호를 바라보다 머리를 숙인다. 선비는 말한 지가 오래도록 덕호가 묻지 않으므로 아마 술김에 한 말인 게다 하고 스스로 풀어버리고 말았던 것이다.

선비는 언제까지나 잠잠하였다.

54

"선비야, 내가 곧 묻고자 했으나 사무에 분주해서 그만 잊었구나, 허허. 아무래도 이 겨울이야 되겠니? 오는 봄에 가도 갈 터이니까, 그렇지?

선비야."

그의 말은 몹시도 부드러웠다. 선비는 치미는 감격에 귀밑까지 빨개졌다.

"요새 사람치고 글 몰라서는 시집도 변변한 곳에 못 간다. 내가 너를 기위[50] 내 집안사람으로 인정하는 이상 너 하나의 소원이야 못 들어주겠니…… 자식도 없는 놈이, 허허허허……."

덕호는 언제나 말끝마다 손 없는 것을 넣었다. 그가 넣고 싶어 넣는 것보다도 무의식간에 이렇게 넣게 되는 것이다.

"이애, 어서 말을 해."

덕호는 앉은걸음으로 선비 곁으로 와서 그의 머리를 내려 쓸었다. 선비는 조금 물러앉았다.

"그럼 공부 가고 싶지 않으냐?"

머리를 기웃하여 들여다본다. 그는 너무 어려워서 부스스 일어났다.

"왜 대답이 없어? 허허…… 나는 너를 친딸같이 아는데…… 왜 너는 그렇게 어려워하니? 응 선비야! 거게 앉아서 말을 좀 해."

선비는 얼결에 일어는 났으나 도로 주저앉기도 싫고 그렇다고 나가기도 어려웠다. 그래서 선 채 우두머니 서 있었다.

덕호는 시계를 쳐다보더니 벌컥 일어났다.

"그럼 후일 또 물을 터이니…… 이번에는 똑똑히 대답해…… 어려울 것이 뭐냐, 부모 자식 새 같은 우리 새에…… 글쎄 어려울 게 뭐야, 이애!"

덕호는 선비의 다는 볼을 손으로 가볍게 후려쳤다. 선비는 주춤 물러섰다.

"허허…… 그년, 이전 제법 내우를 하랴고 든다 말이어."

덕호는 이렇게 말하며 문을 열고 나간다. 그의 신발 소리가 중대문 밖을 나갔을 때, 그는 호! 한숨을 쉬고, 두 손으로 얼굴을 비비쳤다. 그때 이제 덕호의 손길이 부딪히던 것을 얼핏 느끼며, 참말 나를 공부시켜주려는 셈인가? 하며 주저앉았다. 후일 또다시 물으면, 뭐라고 할까, 나 서울 가겠소! 그럴까? 아니! 나 공부시켜주! 그러지…… 아버지 나 공부시켜주, 그래야지! 이렇게 입속으로 중얼거리고 나니, 참말 그가 서울로 공부를 가는 듯싶었다. 그리고 그가 철 알면서부터, 입에 올려 보지 못한 아버지를 부르고 나니, 웬일인지 어색한 맛이 있으나, 그러나 아버지를 오랫동안 보지 못하다가 만난 듯한, 그러한 감격에 그의 가슴은 두근거렸다.

아버지가 왜 옥점 어머니 있을 때는, 그런 말을 하지 않을까? 무의식간에 이렇게 생각하고 나니, 옥점 어머니 역시 어머니라고 불러야 될 것 같았다. 그러나 옥점 어머니만은, 그의 진심으로 '어머니!' 하고 선뜻 불러지지를 않았다. 어머니 하면 벌써 돌아가신 그의 어머니가 얼른 생각키며 말할 수 없는 슬픔과 그리움에 잠기곤 하였다.

덕호가 옥점 어머니 없는 곳에서만 선비에게 이런 말을 해주는 것은 옥점 어머니가 이 말을 들으면 으레 반대할 것이므로 이렇게 몰래 말하는 것이라고…… 그는 깨달았을 때 덕호에 대한 감격이 한층 더해지는 것을 느꼈다. 그러나 결국은 옥점 어머니 몰래만은 할 수 없는 일이다. 아마 나중에 나 서울 보내놓고 말을 하려나? 그렇지 않으면 내일 서울을 가게 되면 오늘 밤쯤 이야기하려나? 하고 생각하니 옥점 어머니의 놀라는 표정과 까칠하게 거슬린 눈썹이 시재 보이는 듯하였다. 제 그러면 소용이 있나? 벌써 언제부터 아버지가 나를 공부시키려고 했는데…… 하며 문 편을 흘금 바라보았다.

그가 이때까지 이 집에서 있게 된 것도 덕호가 자기를 끝까지 옹호하여준 것이라고 생각하였다. 그리고 앞으로 자기의 장래까지도 덕호가 돌아보아주지 않으면 안 될 것이라…… 하였다. 보다도 주리라고 그는 믿고 있었다. 그러므로 어떤 때 밤 오래도록 이 생각 저 생각을 하다가는 큰집 영감님이 다 알아서 해줄 터인데…… 하고, 끝막음을 이렇게 막고는 그만 돌아누워서 잠이 들곤 하였던 것이다.

어려서부터 그의 어머니가 덕호를 가리켜 큰집 영감님, 큰집 영감님 하고 불렀으므로 그도 항상 큰집 영감님 하고 불러졌다. 그러나 오늘 아침 처음으로 불러본 아버지! 그는 앞으로 맘먹고 아버지라고 부르리라 굳게 결심하였다.

"아버지! 나 공부시켜주" 그는 다시 한 번 되풀이하였다. 그때 그는 극도의 감격에 눈물이 글썽글썽해졌다.

중대문 소리가 찌꺽 하고 났다.

55

선비는 얼른 눈을 비비치고 유리창으로 내다보았다. 유 서방이 짚신을 삼아가지고 들어온다. 선비는 문을 열고 나왔다.

유 서방은 빙글빙글 웃으며 마루까지 와서

"이거 신어봐라!"

선비는 가는 웃음을 눈썹 끝에 띠며 짚신을 받아 들었다. 어제 유 서방이 그의 발을 재어달라고 하므로 실을 끊어 재어주었던 것이다.

"어서 신어봐. 신어봐서 안 맞으면 또 삼지."

"유 서방두……."

선비는 유 서방을 흘금 쳐다보며 이렇게 말하고는 신어보려고도 하지 않았다.

"이애 신어보라구……."

유 서방은 자기가 정성을 다하여 삼은 것이 선비의 발에 꼭 들어맞는 것을 보고야 안심될 것 같았다. 선비는 신어보려는 눈치를 보이고 허리를 굽혀 그의 발을 들여다보는 순간 그는 갑자기 얼굴이 빨개지며

"후일 신어봐요."

하고 얼른 방으로 뛰어들어 왔다. 그리고 다시 버선을 굽어보며 이게 무슨 필까? 어서 떨어진 게야…… 아이 참 망신을 하려니까…… 별일 다 있어! 하며 버선코 밑에 빨갛게 물들어진 동그란 흔적을 만져보며 들여다보았다. 그것은 김칫물이 떨어져 말라진 자리였다. 그제야 그는 가볍게 한숨을 몰아쉬며 유 서방이 이것을 피로 보았으면 어쩌나? 하며 유리알로 흘금 내다보았다. 유 서방은 눈 위에서 이리 뛰고 저리 뛰는 검정이를 바라보며 빙글빙글 웃고 있다. 검정이는 유 서방의 웃는 눈치를 짐작함인지 혹은 눈이 오니까 좋아서 그러는지 주둥이로 눈을 헤치며 혹은 발로 긁어당기며 이리 뛰고 저리 뛰다는 딩굴딩굴 굴렀다. 그때마다 유 서방은

"잘 논다! 하하…… 잘 논다! 하하."

입 속으로 이렇게 중얼거리며 웃었다.

유 서방에게 있어서는 저 검정이가 유일한 동무였다. 역시 선비도 그러하였다. 웬일인지 검정이는 유 서방과 선비와 할멈을 따랐다. 그것은 막연하나마 검정이에게 밥을 주는 까닭이라고 생각되었다.

한참이나 웃던 유 서방은 유리창으로 흘금 들여다보았다.

"신 맞니?"

선비는 얼른 곁에 놓인 신을 보며

"네."

하였다. 유 서방은 만족한 듯이 중대문을 향하여 나간다. 검정이는 눈을 하얗게 뒤집어쓴 채 그의 뒤를 따라 나간다. 선비는 짚신으로 눈을 옮겼다. 그리고 신어보니 꼭 맞는다. "아이, 곱게두 삼았어" 그는 발을 들여

다보았다. 그때 그는 유 서방이 자기를 생각하여 이렇게 신까지 삼아주는 것이 끝없이 고마웠다. 반면에 그의 장래까지 누가 이렇게 신을 삼아줄 것인가 하며 첫째를 생각하였다. 그는 나갔다지, 나쁜 일을 하다가 나갔다지…… 참 그가 웬일이어, 어미가 그러니 그 속에서 나온 자식인들 온전할 수가 있나. 그는 이렇게 생각하면서도 어쩐지 섭섭하였다. 그리고 나가기 전에 한 번 그의 얼굴이나마 보았더면 하는 아쉬움이 새로 삼은 짚신을 싸고 언제까지나 돌았다. 나는 공부할 터인데 별것을 다 생각해…….

그날 밤 덕호네 집에서는 온 집안이 다 예배당으로 갔다. 오늘 밤은 특히 애들의 재미난 유희가 있다고 해서 유 서방이며 덕호까지도 모두 갔던 것이다.

크나큰 방 안에 선비 혼자 앉아서 낮에 틀던 목화를 틀며 여러 가지 생각을 되풀이하였다. 씨앗에서는 흰 구름 같은 솜이 뭉실뭉실 피어오른다. 마치 선비가 지금 생각하는 여러 가지 생각과 같이 그렇게 꼬리에 꼬리를 물고 피어오른다.

아까 낮에만 하여도 오늘 저녁에는 나도 예배당에나 좀 가보았으면 하였더니, 뜻하지 않는 덕호의 말을 들은 담부터는 혼자 이렇게 앉아 서울 공부 갈 생각을 하는 것이 재미나고 좋았다. 그러므로 옥점 어머니가 할멈은 집이나 보고 자기를 데리고 가려는 것을, 일부러 할멈을 보내었던 것이다.

학교 공부할 생각을 할 때마다 언제나 앞서 생각키는 것은, 수놓는 것을 배우는 것이다. 그가 직접 본 것이란 그것뿐이니까 그러하였던 것이다. 그리고 공부를 하는 학생은 옥점이와 같이, 분과 크림과 베니칠[51]을 하고, 또 양복을 입어야 하는 것 같았다. 따라서 남자들과도 부끄럼 없이 같이 다니고, 같이 밥 먹고, 같이 공부하는 것이라…… 하였다. 그는 이렇게 생각하니, 한편으로는 부끄럽고 괴롭고 그러고도 기쁜 감정이 서로 교착이 되어가지고 삐꺽삐꺽하는 씨앗 소리를 따라 돌아가고 있었다. 그 때 방문이 바스스 열린다.

56

뒤미처 찬바람이 선비의 등허리에 훌씬 끼친다. 그는 놀라 뛰어 일어났다.

"누구요?"

얼결에 소리를 지르며 돌아보니 뜻하지 않은 덕호였다. 선비는 너무 놀란 것이 무안하여 얼굴이 빨개졌다.

"놀랐니?"

덕호는 눈을 툭툭 털며, 아랫목에 앉았다. 그리고 수염을 쓰다듬었다.

"뭐 볼 것 없더라, 웬 잡것들이 그리 많이 왔는지, 구경이 아니라 큰 고생이두구나."

묻지도 않는 말을 덕호는 늘어놓는다. 선비는 씨앗틀을 가지고 일어났다.

"왜…… 왜…… 일어나니?"

"건넌방에 가서 틀래요."

"왜 여기서 틀지…… 이애 이애, 나가지 말아, 나 좀 할 말이 있다."

선비는 씨앗틀을 놓고 앉으며 아마 서울 공부 갈 말을 물으려는 것이구나…… 생각되었다.

"그 씨앗틀은 놓고, 이리 와 앉아, 응 이애."

선비는 씨앗틀도 만지지 않으면 앞이 허전한 것 같아서, 그냥 붙들고 있었다. 덕호는 조금 올라와 앉는다.

"너 정말 공부 가고 싶으냐?"

웬일인지 선비는 가슴이 답답해지며 얼른 대답이 나가지 않았다.

"왜 말을 안 해 이년아, 어른이 물으면 냉큼 대답하는 것이 아니라, 허 허 그년."

선비는 약간 웃음을 띠며 머리를 푹 숙인다. 그의 가슴은 부끄러움과 감격에 교착이 되어 무섭게 뛰기 시작하였다.

"그럼 안 갈 터이냐?"

덕호는 아는 듯 모르는 듯, 선비의 앞으로 조금씩 다가왔다. 선비는 씨 앗틀을 보며

"공부하겠어요……."

겨우 이렇게 말하고 보니, 낮에부터 생각해두었던 아부지가 빠졌다. 그 래서 다시 말할까 하고, 덕호를 흘금 쳐다보았다. 덕호는 빙긋이 웃었다.

"공부하겠어……."

씨앗틀에 가리워 반만큼 보이는 선비의 타는 듯한 볼! 덕호는 참을 수 없는 정욕의 불길이 울컥 내밀치는 것을 깨달았다. 그는 무의식간에 바 싹 다가앉았다.

"가만히 앉었어! 누가 어쩌냐."

꿈칠 놀라 일어나려는 선비의 손을 덥석 쥐었다. 덕호의 손은 불같이 뜨거웠다. 그리고 약간 술내를 섞은 강한 장년 사나이의 냄새가 선비의 얼굴에 컥 덮씌운다. 선비는 어쩔 줄을 몰라 부들부들 떨었다.

"노셔요!"

점점 다가 쥐는 덕호의 손을 뿌리치며 선비는 으악 쓸어나오는 울음을 억제하였다. 그리고 벌컥 일어나렸을 때, 누런 살이 투덕투덕 찐, 늙은 호박통 같은 덕호의 볼이 선비의 볼 위에 힘껏 비비쳤다.

"선비야! 너 내 말 들으면 공부 아니라 그 우엣 것도 네가 하고 싶다는

것은 다 시켜줄게! 응! 이년."

선비는 얼굴을 휙 돌렸다.

"아부지! 이것 노세요."

"허허허 허…… 아부지! 아부지! 이 귀여운 년아, 아부지라면 왜 그렇게 무서워하누, 응 이년 같으니……."

덕호는 이렇게 중얼거리며 진저리가 나도록 선비를 꽉 껴안았다. 선비는 덕호가 취했어도 너무 취한 듯하였다.

"아부지 취하셨에요."

"응 그래 이년, 나 취했다."

덕호는 씩씩하며 그의 입에 닥치는 대로 모조리 빨아 넘긴다. 선비는 덕호가 왜 이러는지? 아뜩하고 얼핏 생각나지 않았다. 그리고 그의 품을 벗어나려고 다리팔을 함부로 놀렸다. 덕호는 생선과 같이 그렇게 매끄럽게 뛰노는 선비를 통째 훌떡 들이마셔도 비린내도 나지 않을 것 같았다. 그래서 그는 씨앗틀을 발길로 차서 밀어놓고 선비를 안고 넘겨졌다. 그리고 치마폭을 잡아당겼다.

"아부지, 아부지, 나 잘못했수! 잘못했수."

무의식간에 선비는 이렇게 중얼거리며 흑흑 느껴 울었다. 그리고 덕호를 힘껏 밀었다.

"이년 가만히 안 있겠니? 나 하라는 대로 안 하면 이년 나가라! 당장 나가!"

덕호는 시뻘건 눈을 부릅뜨고 방금 죽일 듯이 위협을 한다. 전날에 믿고 또 의지했던 덕호! 그리고 돌아가신 그의 아버지와 어머니같이 그의 장래를 돌보아주리라고 생각했던 이 덕호가…… 불과 한 시간이 지나지 못해서 이렇게 무서운 덕호로 변할 줄이야 꿈밖에나 상상했으랴! 선비는 그 무서운 덕호를 보지 않으려고 머리를 돌리며 눈을 감아버렸다.

57

밤늦게 돌아온 신철이는 대문을 가만히 열고 들어왔다. 그리고 그의 방문 앞까지 왔을 때 소곤소곤하는 소리에 그는 멈칫 서서 들었다.

"……저야 뭐…… 신철 씨가 요새 애인이 있는 모양이어요."

옥점의 음성이다.

"아이 그 애가 애인이 뭐유."

그의 의모의 변명하는 소리다. 그는 으흠 하는 아버지의 기침 소리에 안방을 흘금 바라보고 나서 구두를 벗고 방문을 열었다. 그들은 놀라 눈을 둥그렇게 떴다. 그 순간 신철이는 옥점이가 그의 의모와 흡사하다는 것을 새삼스럽게 발견하였다.

"아니, 왜 그리 신발 소리가 없이 다니냐."

신철이는 빙긋이 웃으며 옥점이를 보았다. 그리고 외투를 벽 위에 걸었다.

"오셨수……."

"어데를 그렇게 다니세요? 아마……."

중도에 말을 끊으며 옥점이는 생긋 웃었다. 그의 의모도 따라 웃었다.

"옥점이는 초저녁에 와서, 입때 너를 기다렸다."

"아 그랬수. 실례했소이다."

신철이는 선뜻한 방에 주저앉았다.

"밧두 어지간히 차다."

그의 의모가 밀어놓는 방석을 그는 깔고 앉았다. 그의 의모는 해말쑥한[52] 얼굴에 동그란 눈을 대굴대굴 굴리며 신철이와 옥점이를 번갈아 본다. 그리고 그의 독특한 덧니가 입술 새로 뾰죽 내밀었다. 옥점이는 신철의 빨개진 코끝을 보았다.

"저 집에서 편지 왔는데요."

"편지······."

신철이는 얼핏 선비를 생각하였다. 그리고 선비를 올려보내겠다고 편지를 하였나? 하는 호기심이 당기었다.

"아버지 안녕하시다고 하셨수."

"네····· 그런데 저 선비는 말이우, 오는 봄에 보내겠다구 했구려."

신철이는 다소 섭섭함을 느끼면서,

"좋지요, 더구나 그때 가야 입학하기도 좋지요."

그의 의모는 일어난다.

"난 이전 돌아가우, 놀다가 가시우에."

옥점이는 냉큼 일어났다.

"안녕히 들어가세요."

그의 의모가 뜰 밖을 나갔을 때 옥점이는 한숨을 호 쉬었다. 그리고 멍하니 전등불을 바라보았다. 멀리 택시 소리가 우르르 난다. 그리고 뿡뿡하는 경적 소리가 가는 철사의 울림과 같이 귓가를 스친다.

"요새 어델 그리 다니세요? 아마 애인이 있지요."

신철이를 똑바로 쳐다보았다. 신철이는 양복바지 갈래를 툭툭 털며 입으로 후 불었다.

"글쎄요····· 제게 말입니까?"

"아이, 남의 말은 듣지 않고 딴생각만 하신다니····· 누굴 생각허세요?"

"내가요? 누굴 생각할까?"

머리를 돌려 생각해보는 모양을 보였다.

"참 죽겠네····· 어째서 내 말은 말 같지 않아요? 왜 그러세요, 밤낮······."

유리알같이 빛나는 그의 눈에 눈물이 핑 돌았다. 그는 신철이를 보려고 밤마다 이 집 주위를 돌아서 가던 생각이 얼핏 떠오르며, 저렇게 성의 없는 말을 들으려고 자기가 그랬나 하는 후회가 일어난다. 그는 벌떡 일어났다.

"난 가겠어요!"

"가겠어요?"

신철이는 일어나는 옥점이를 바라보았다. 그리고 빙긋 웃으며

"혼자 가시겠수."

"가지, 못 갈 게 뭐야요!"

장갑을 끼며 목도리를 하였다. 그리고 목도리에 입김이 닿아 후끈하고 그의 볼을 적실 때 그는 울음이 북받치는 것을 깨달았다.

"자, 좀 더 앉아 계시다가 가시유, 그러면 내가 집까지 바래다 올리지유."

그는 옥점이가 일어나니 방 안이 쓸쓸해지는 것 같았다.

"정말?"

바래다주겠다는 말에 그의 가슴에 엉기었던 어떤 뭉치가 절반나마 풀리는 것 같았다.

"참말이지유."

옥점이는 잠깐 무슨 생각을 하더니

"선생님이 날 보고 나무라시겠어요."

하며 흘금 문 편을 바라보다가 다시 신철이를 보았다.

"우리 집 가요. 그러면 내 뭘 사다 줄게."

머리를 갸웃하고 어린애같이 조른다. 신철이는 벌떡 일어났다. 그리고 외투를 입으며 밖으로 나왔다.

58

문밖을 나선 그들은 가지런히 걸었다. 거리에는 버스도 택시도 보이지 않고 오직 골목을 지키고 섰는 가로등만이 희미하게 빛날 뿐이다. 그들은 긴 그림자를 땅 위에 던지며 천천히 걸었다. 그리고 겨울날 산뜻한 바람이 그들의 옷가를 싸늘하게 스친다. 한참이나 말없이 걷던 옥점이는 가로등을 흘금 쳐다보았다.

"내 이 길로 몇 번이나 다녔는지 몰라요…… 나 혼자……."

이렇게 중얼거리며 희미하게 올려다보이는 박석고개를 바라보았다. 그리고 한숨을 호 쉬었다. 신철이는

"저…… 선비가 몇 살이오?"

"열여덟 살인지? 그것 왜 물으세요?"

"글쎄 알 일이 있어서."

"알 일이 무슨 알 일이어요?"

옥점이는 신철이를 쳐다보았다. 그리고 신철이가 선비를 잊지 못함에서 저런 말을 하지 않는가? 하는 의문이 불시에 든다.

"아니 글쎄 그것 왜 물으세요."

"그거요, 이제 봄에 온다면…… 학교에 입학시키려면 나이를 알아야하지요."

신철이는 이렇게 둘러대었다.

"아이…… 참…… 나는…… 왜 호호……."

옥점이는 웃었다. 신철이도 따라 웃었다.

"나이가 많아서 소학교에도 다니지 못하겠구 학원 같은 곳에다 입학시켜야겠구먼요."

"그렇게 되겠지요…… 웬걸 공부야 제대로 하게 되겠수. 그저 신철 씨

말씀대로 올라와서 내 시중이나 좀 들어주다가 서울 구경이나 하고 그러고는 여기서 참한 곳이 있으면 시집이나 주지…… 그나마 촌구석에서는 그 인물이 아까우니."

옥점이는 눈앞에 선비를 그려보았다. 그리고 그런 시골구석에 묻어두기가 아까운 외모만은 가진 것이라…… 다시금 생각되었다.

"저…… 그때 말씀한 사촌동생이라는 이가 참말 시굴 처녀를 얻겠다나요?"

"네! 그 애는 저 역시 공부한 것이 변변치 못하니까…… 배우자도 아주 시굴뚜기를 얻겠답니다."

"그렇지요, 뭐. 상대가 짝이 기울면 길래 살게 되나요. 어찌나 그 애를 올려다가 학원에나 몇 달 보내어 국문이나 배운 후에 그이를 주게 하지요."

"네 글쎄…… 그것은 추후 문제구…… 하여간 서루 만나봐야 알 것이 아닙니까. 그래서 맘에 서루 들면 되는 것이니까요, 허허."

"암! 그게야 그렇지요, 호호. 당자끼리 맘에 들어야 허지우."

옥점이는 이렇게 말하며 신철의 곁으로 바싹 다가서서 걸었다. 그리고 자기들의 결혼도 빨리 성립이 되었으면…… 그만 오늘 밤에 내가 물어볼까? 하고 생각하였다.

어느새 그들은 박석고개를 넘어섰다. 대학병원을 싸고 돈 컴컴한 수림 속으로 불어오는 약간 약내를 섞은 바람이 그들의 코끝을 흔들었다. 그리고 별 밑에 희미하게 보이는 창경원의 앙상한 나뭇가지며 그 주위를 싸고 구불구불 달려 내려온 담은 그나마 이조 오백년의 역사를 회상케 하였다.

"이거 보세요, 난 여기 혼자 다니기가 제일 싫어요."

"싫어요? …… 싫으면 다니지 마시죠."

"아이 참 죽겠네."

옥점이는 신철의 외투 자락을 잡아당겼다. 그리고 이런 으슥한 곳에서는 손이라도 따뜻이 쥐어주었으면 좋을 것 같았다. 신철이는 어찌 보면 감정을 가진 사람 같지 않아 보였다. 그리고 대체 이 사나이가 불구자가 아닌가? 하는 의문도 들었다. 이러한 생각을 하는 새 벌써 옥점의 하숙까지 왔다. 신철이는 우뚝 섰다.

"자 들어가십시오, 여기가 댁이지요."

"같이 들어가요."

옥점이는 길을 막아섰다. 신철이는 이 계집애가 단단히 몸이 단 모양인데…… 하며

"밤이 오랬는데…… 가서 자야 하겠습니다. 그래야 학교에도 가지요……."

"글쎄 잠깐만……."

옥점이는 신철에게 거의 매어달리다시피 하였다. 신철이는 계집이 달려드는 것이 그리 싫지는 않았다. 그러나 그리 좋을 것은 되지 못하였다. 더구나 오늘 독서회에서 여자 교제에 관한 것을 토의하던 것이 얼핏 떠올랐다.

"자 내일 또 오지우."

"오기는 뭘 와요. 그짓말만 하시면서…… 들어가세요."

옥점이는 신철의 손을 잡아끌었다. 신철이는 들어갈까? 말까…… 주저하였다.

59

망설이던 신철이는 자기도 모르게 대문 안에 들어섰다. 그때 신철이는

과오만 범하지 않았으면…… 된다! 하는 결심을 하며 방으로 들어왔다. 책상 위에는 책들이 되는 대로 쌓여 있으며 방바닥에는 사과껍질이 벌여 있었다. 그리고 이불도 둥글둥글 말아 구석에 밀어둔 것으로 보아 누웠다가 그의 집에 왔던 것 같았다. 옥점이는 돌아가며 사과껍질을 모아놓으며 방석을 찾아 밀어놓았다.

"뒤숭숭허지요…… 호호."

이렇게 신철이가 올 줄 알았더라면 깨끗이 소제[53]를 해둘 것을…… 하는 후회가 일며 동시에 신철이가 자기를 게으른 여자라고 볼 것이 곧 두려웠다. 그러나 할 수 없는 일이다. 그는 이런 생각에 얼굴이 화끈 달았다.

신철이는 방석을 깔고 앉으며 돌아가며 치우는 옥점이를 물끄러미 보았다. 그리고 전등갓에 뿌옇게 들어앉은 먼지며 되는 대로 벌여 있는 화장품들이며 구석구석에 밀어놓은 양말을 보았다.

"편지 보시겠어요."

옥점이는 이 모든 것을 물끄러미 바라보는 신철의 눈을 돌리기 위하여 책상 위 편지함에서 푸른 봉투를 꺼내 그를 주었다. 신철이는 봉투 속에서 편지를 꺼내 거듭 읽은 후에 도로 돌렸다. 옥점이는 벌써 그의 앞에 마주 앉아서 배를 깎는다. 첫눈에 그 배 한 개에 사오 전은 주었으리라고 직각되었다. 옥점의 뾰족한 손끝이 깎인 배에 발가우리하게 보였다. 그때 그는 문득 바자 밖으로 넘어오던 그 미운 손! 그리고 호박을 든 그 손이 얼핏 떠오른다. 그게 누구의 손일까? 다시 한 번 그는 생각하였다. 옥점이는 배를 쪼개 그 중 한쪽을 칼끝에 찍어 주었다. 신철이는 받아 들었다. 옥점이는 책상 서랍에서 초콜릿곽을 내놓았다.

"이것도 벗기셔요…… 뭐? 잡수시고 싶어요…… 주인 깨워서 사 오게 할 테니?"

갸웃하여 들여다보는 옥점의 눈은 정이 뚝뚝 듣는 듯하였다.

"아 이거면 좋지유, 여기서 더 좋을 것이 어데 있어요."

"그래두…… 뜨뜻한 것으로 뭘 좀……."

"그만두셔요. 저는 이것이면 만족합니다."

"숯불이라도 피워 오랄까요, 방이 춥지?"

"괜찮아유, 좋습니다."

신철이는 배를 먹고 나서, 이번에는 초콜릿을 벗기었다. 옥점이는 어석어석 배를 씹으며 말똥말똥 쳐다보았다.

"집의 어머님 퍽두 좋은 어룬야요."

"예…… 그렇습니다."

옥점이는 무슨 생각을 하고 생긋 웃는다.

"신철 씨 어데 애인 있지요?"

"글쎄요."

"어머니가 있다고 그러시던데요."

"어머니가? 글쎄 모르겠습니다."

옥점이는 호호 웃으며

"신철 씨는 왜 늘 저를 싫어하는 것 같아요, 그렇지요?"

"옥점 씨를 싫어한다…… 그 못 알아들을 말씀인데요…… 허허."

신철이는 웃음이 나왔다. 옥점이가 자기의 맘을 알아보려는 것이 우스웠던 것이다. 그리고 공연히 쓸데없는 시간을 허비하지 말고 어서 가서 푹 잠을 자야겠다…… 하였다. 신철이는 수건을 내어 입을 씻으며 일어났다.

"잘 먹고 가겠습니다."

"아이, 왜 일어나세요."

옥점이는 놀라 쳐다보았다. 그리고 외투 자락을 힘껏 잡고 늘어진다. 오늘은 좌우간 끝을 내리라고 결심하는 빛을 신철이도 짐작하였다.

"내일 또 와요. 가서 자야 내일 학교에 가겠습니다."

"조금만 더…… 삼십 분…… 아니 이십 분만."

"글쎄, 내일 또 온다니까요."

"싫어요, 내일은 내일이구요."

신철이는 난처하여 조금 망설였다. 옥점이는 외투 자락을 잡고 일어나며 신철이를 아랫목으로 밀었다.

"오늘 못 가요!"

옥점의 숨결은 색색하였다. 그리고 얼굴이 빨개졌다. 신철이는 이것이 우스워서 픽 웃었다. 그리고 속으로는 이제는 대담하게 달려붙기 시작하누나…… 하고 생각하였다.

"왜 웃어요? 흥! 내가 우습지요. 다 알아요! 왜 나를 놀립니까?"

시골집에서 그의 허리를 힘껏 껴안아주던 때를 회상하며, 옥점이는 이렇게 말하였다. 신철이는 멍하니 옥점이를 바라보았다.

60

며칠 후에 신철이가 학교로부터 집에 돌아왔을 때 저녁상을 받은 그의 아버지는 얼굴에 희색[54]을 띠며

"요새도 도서실에서 그렇게 늦게 돌아오냐."

전부터 신철에게 고문 시험 준비를 하라고 말하였으므로 신철이가 시험 준비를 열심으로 하거니…… 생각하였던 것이다. 신절이는 그의 농생인 영철이를 안으며

"네."

"나 미루꾸[55] 주."

영철이가 그의 턱밑에서 말끄러미 쳐다본다. 신철이는 포켓을 뒤져

보았다.

"오늘은 잊고 못 사왔구나. 내일 사다 줄게…… 응."

"또 형두 거짓말하나? 아까아까 사 온다구 했지."

"아이 저애는 하루 종일 그것만 외구 앉았어…… 내 원……."

그의 어머니는 귀여운 듯이 영철이를 바라본다. 신철이는 영철이를 들여다보았다.

"내일은 꼭 사다 주마 응……."

영철이는 그의 까만 눈을 똑바로 떴다. 그때 어멈이 들고 들어오는 화로를 신철의 의모는 받아서 신철의 앞으로 밀어놓았다. 신철이는 양볼 위에 솜털이 까칠하게 일어났다.

"이애 밥 마자 먹어……."

영철이는 그의 어머니 곁으로 와서 안긴다. 그의 아버지는 손을 내밀었다.

"영철아, 이리 와."

"그만두…… 어서 이 국에 밥 멕이게……."

그의 어머니는 영철이를 굽어보았다. 그리고 새물새물[56] 웃어 보인다, 그의 뾰족한 덧니를 내놓고. 신철이는 아버지가 술을 들지 않고 자기를 기다리고 있으므로 그만 밥상 곁으로 다가앉았다. 강한 양념내가 훅 끼친다.

"어서 미루꾸 사다 줘야지……."

영철이가 볼이 퉁퉁 부어서 신철이를 바라보았다.

"그래 오늘은 잊었지만 내일은 꼭 사와, 응. 어서 밥 머……."

"아이 넌 밤낮 미루꾸냐? 어서 밥 먹어. 호호 참 내……."

그들은 영철의 부은 볼을 바라보며 웃었다. 신철이가 밥을 다 먹고 일어섰다.

"이애 거기 좀 앉았거라."

아버지는 숭늉을 마시며 이렇게 말하였다. 신철이는 무슨 말을 하려누? 하는 생각을 하며 그의 의모의 얼굴부터 살펴보았다. 의모도 신철이를 바라보며 웃음을 띠었다. 그의 아버지는 밥상을 물리며

"너 이전 장가도 가야지……."

신철이를 똑바로 쳐다본다. 신철이는 가슴이 선뜻하며 가벼운 부끄러움이 눈가를 사르르 스쳐가는 것을 느꼈다. 그는 머리를 푹 숙였다.

"이전 네 나이 스물다섯…… 또 며칠이 안 가서 학업도 마칠 터이니…… 그만하면 장가도 가야 허지…… 혹시 네 맘에 드는 여자가 있느냐?"

신철이는 어디서 혼인 자처가 있어났는가? 하였다.

"아직 결혼에 대해서는 생각해본 일이 없습니다."

그 순간 신철의 머리에는 국 사발을 든 선비의 모양이 휙 떠오른다. 따라서 용연동네가 시재 눈앞에 보이는 듯하였다.

그의 아버지는 얼굴에 만족한 빛을 띠었다. 그리고 전날 아내에게서 들었던 말이 얼핏 생각킨다. "옥점이가 우리 신철에게 짝사랑을 하나봐! 호호" 그때 그는 자기 아들이 공부에만 열중한다는 것을 가슴이 뜨거워지도록 느꼈던 것이다.

"그럼……."

그의 아버지는 무엇을 생각하는 듯하더니

"여기 늘 오는 옥점이를 어떻게 생각하느냐?"

그 순간 신철이는 전날 밤에 악을 쓰고 매어달리는 옥점이를 사정없이 물리치고 나오던 때를 다시금 되풀이하며 양미간을 약간 찡그렸다. 그의 아버지는 궐련을 피워 물었다.

"뭐, 그 애가 외딸로 자라서 좀 '와가마마 갓데(제멋대로 굴려는)' 한

곳이 있느라……마는 내 보기에는 그 애의 인간됨인즉은 괜찮다고 보았다. 어떠냐?"

신철이는 아버지가 이렇게 옥점이를 변호하는 이면을, 곁에 놓인 화로의 불을 바라보면서 생각하였다. 그리고 이때까지 결백하게 믿었던 아버지에 대한 신념이, 화롯가에 수북이 쌓인 시커먼 숯덩이와 같이 변해감을, 그는 슬픈 듯이 바라보았다. 따라서 그는 이 자리에 더 앉아 있고 싶지 않았다. 그래서 그는 머리를 번쩍 들었다.

"아버지…… 아직 저는 장가가고 싶지 않습니다."

61

신철이는 벌컥 일어났다. 그의 아버지는 얼굴에 위엄을 띠었다.

"가만히 앉았어…… 옥점의 아버지가 올라오신 것 아느냐?"

신철이는 발길을 멈추고

"모릅니다. 언제 올라왔나요."

"그래 오늘 낮차에 왔다구 하면서 아까 집에 오셨다가 가셨다. 좀 가보아라. 온 여름내 폐를 끼치고도 서울 올라오셨는데 가도 안 보면 되겠니…… 가봐."

신철이는 비로소 덕호와 아버지 새에 밀의가 있었음을 깨닫고 더욱 놀랐다. 동시에 덕호가 올라오면서 혹시 선비를 데리고 오지 않았나? 하며 가슴이 설레기 시작하였다.

"네, 가보겠습니다."

신철이는 이렇게 대답을 얼른 하고 밖으로 나왔다.

"형, 나 미루꾸 사다 주 응."

영철이가 문을 열고 머리를 내밀었다. 마루에 불빛이 가로질리며 영철

의 머리 그림자가 동그랗게 떨어진다. 신철이는 구두를 신으며

"오냐."

"응 꼭 사우."

"뭘 좀 사가지고 가게 허지."

그의 아버지가 이렇게 말하였다. 신철이는 선비가 꼭 온 것을 알면 아무것이라도 사가지고 갈 맘이 들었다. 그러나 왔는지 안 왔는지 모르는 지금에 꼭 사가지고 가고 싶은 맘이 없어서 포켓에 손을 넣어 지갑을 만지면서 밖으로 나왔다.

저편으로부터 버스가 뻘건 눈 퍼런 눈을 번쩍이면서 우르르 달려온다. 그리고 늘 보는 버스 걸의 낯익은 얼굴이 차츰 가까워진다. 그는 저 버스나 타고 갈까 하고 몇 발걸음 옮기다가 에라 천천히 걸어가지…… 하며 버스를 등지고 돌아서 걸었다.

이번에는 택시와 버스가 앞서거니 뒤서거니 하며 이리로 달려온다. 신철이는 휘발유 내를 강하게 느끼며 길옆에 비껴 섰다. 그리고 행여나 저 속에 옥점이, 선비, 덕호가 있지 않는가? 나를 찾아오지 않는가? 하는 생각이 그 속에 앉은 젊은 여자를 볼 때마다 들곤 하였다. 그는 천천히 걸으며, 선비, 옥점이 두 여자를 놓고 바라보았다. 그리고 아까 그의 아버지가 하던 말을 다시 곰곰이 생각하였다. 따라서 자기가 지금 결혼을 해야 좋을 것이냐? 안 해야 될 것이냐?를 이론으로 따져보았다. 그는 이때까지 결혼 문제 같은 것은 아직 생각해보지 않았던 것이다.

옥점의 하숙이 가까워질수록 이 여러 문제는 뒤범벅이 되어, 횅횅 돌아가고 있다. 더구나 선비가 이번에 올라왔다면 어쩔까? 하고 그는 우뚝 섰다. 그가 선비를 서울로 올라오게 하려고 별별 수단을 다하여 옥점이를 꾀었으나 기실 선비가 지금 올라왔다고 가정하고 나니 뒷문제 해결할 것이 난처하였다.

"신철 군 아닌가?"

어깨를 툭 치는 바람에, 신철이는 놀라 돌아보았다. 그는 그와 한 학급에 있는 인호였다. 그는 사각모를 팽팽히 눌러쓰고, 대모테[57] 안경을 썼다. 그리고 언제나처럼 궐련을 피워 물었다.

"어데 가나?"

"나? 누가 좀 오라구 해서."

"누가? 아마 러브한테 가는 모양이지……."

그의 안경이 뻔쩍 빛난다.

"글쎄……."

신철이는 빙긋이 웃으며 걸었다. 인호도 따랐다.

"요새 카페 따리아에는 예쁜 계집애가 하나 시굴서 왔는데…… 가보지 않으려나?"

"예쁜 계집애가 시굴서……."

신철이는 이렇게 중얼거리며, 선비의 얼굴을 그려보았다. 그때 강하게 궐련내가 끼치므로 신철이는 머리를 돌렸다. 그리고 이 자가 늘 피우는 시키시마인 것을 신철이는 느꼈다.

"자네 어델 가? 똑바로 말해."

"나 우리 아버지 심부름 갔댔네."

인호를 떨어치려고 이렇게 꾸며대고 보니 기실은 아버지의 심부름에 지나지 않는 것 같았다. 선비가 왔을까? 그는 다시 한 번 생각하였다.

"심부름? …… 에이 이 사람아! 젊은 사람이 그 뭐란 말인가. 자네는 너무 고린내가 나서 틀렸데…… 허허허허."

"고린내가 나, 허허."

신철이는 코 안이 싸하게 찔리도록 시키시마 내를 맡으며, 저편으로 지나가는 야키구리[58] 장수를 바라보았다.

"자 후일 다시 만나세."

인호는 악수를 건네고 나서 절반도 타지 않은 시키시마를 휙 집어 뿌렸다. 길바닥에서 불티가 발갛게 일어난다.

62

용산행 전차를 타려고 뛰어가는 인호를 바라보며 신철이는 저 자가 또 카페로 가는구나…… 하였다. 그리고 무의식간에 예쁜 계집애, 시굴서…… 하고 중얼거렸다.

그가 옥점의 하숙까지 와서는 곧 들어가지 못하고 한참이나 동정을 살폈다. 그리고 뛰노는 가슴을 진정하며 기침을 하였다. 기침 소리에 옥점의 방에서는 누가 나오는 모양이다.

"누구요?"

방문을 빠끔하고 내다보는 것은 옥점이었다. 신철이는 방문 앞으로 다가섰다.

"나외다."

"아니 신철 씨! 우리 아버지 올라오신 것 보셨에요? 이제 댁에 가셨는데요."

"아버지가 오셨에요? 난 못 뵈었습니다."

"아니 그럼 길이 어긋났구먼요…… 어서 들어오세요."

신철이는 방 안에 선비가 앉았는가 하여 얼굴이 화끈 다는 것을 느꼈다. 그는 구두를 벗고 방 안을 얼른 살펴보았다. 그 순간 그는 이 방 안에 아무도 없는 것을 보았다.

"어서 들어오세요."

머뭇머뭇하고 섰던 신철이는 비로소 방 안에서 옥점을 발견한 듯하였다. 그는 그만 돌아서 가고 싶었다. 그리고 신철이를 바라보며 생글생글 웃는 옥점이조차 원망스럽게 보였다.

신철이는 안 들어가는 발을 억지로 몰아넣었다. 그때 가벼운 약내가 방 안에 떠도는 것을 느꼈다. 그리고 옥점이가 누웠다 일어난 듯한 아랫목에 깔아놓은 자리를 보았다. 옥점이는 면경 앞으로 가서 얼굴을 비추어 보며,

"난 세수도 안 했어요. 아이 숭해라."

머리를 매만지며 얼굴을 약간 찡그렸다. 그때 신철이는 옥점 어머니가 선비를 나무랄 때 찡그리던 얼굴임을 얼핏 발견하였다. 그리고 선비는 안 데리고 온 모양이지…… 하고, 방 안을 휘둘러보았다.

"난 입때 앓았어요."

"어데를?"

옥점이는 얼굴이 붉어지며,

"그날 밤부터……."

그들의 머리에는 전날 밤 일이 휙 떠오른다. 신철이는 빙긋이 웃었다. 그리고 지금 덕호가 그의 아버지와 결혼 문제를 걸어놓고, 이야기할 것을 얼핏 깨달았다.

"아버지 혼자 오셨나요? 왜 옥점 씨 어머니도 같이 오실 것이지요."

신철이는 선비가 안 왔음을 뻔히 보면서도, 그래도 이렇게까지 묻지 않고는 견디지 못하였다.

"글쎄요…… 난 어머니를 오시라고 했더니만, 아버지 혼자 오셨구면요."

신철이는 어떤 실망이 저 빛나는 전등을 싸고도는 것을 느꼈다.

"난 도무지 안 오실 줄 알았어요. 이전 다시는 신철 씨를 뵈옵지 못하고 죽는 줄…… 알았지요."

옥점이는 머리를 숙이며, 울먹울먹한다. 신철이는 그의 발그레한 볼 위로 흐르는 눈물을 보니 그도 따라서 속이 언짢아졌다.

그리고 자기도 시원하게 울어봤으면…… 하였다. 동시에 자기가 선비를 사랑하는 셈인가? 하며…… 아까 아버지가 맘에 드는 여자가 있느냐고 묻던 것이, 또다시 들리는 듯하였다. 옥점이는 깜박 잊었던 것이 생각난 듯이 일어나더니, 고리를 열고 사과, 배, 감, 밤, 떡…… 이런 것들을 차례로 꺼내놓았다.

"잡수세요…… 아버지가 지금 집에도 가져갔어요, 이게 다 아버지가 가져온 게야요…… 호호."

눈물 괸 눈에 웃음을 띠었다. 신철이는 멍하니 바라보며,

"자그마한 잔채 차림만이나 합니다그려."

"아이 잔채에 이까짓 것이 뭐겠어요."

옥점이는 신철이를 바라보며 이렇게 말할 때 어서 우리도 결정하고 결혼식을 굉장히 합시다 하는 말이 거의 입 밖에까지 나오는 것을 참아버렸다.

"어느 것이나…… 잡수시고 싶은 것으로 택하세요. 요거? 요거? 요거요."

옥점은 손가락을 내밀어 꼭꼭 짚어가며 물었다. 그러나 웬일인지 신철이는 먹고 싶지 않았다. 그리고 속이 뒤숭숭한 것이 마치 자기가 항상 가지고 있던 어떤 물건을 잃어버린 것도 같고 누구한테 몹시 속았을 때의 기분 같기도 하였다.

"그럼 이것을 잡수시겠어요?"

책상에서 전날 밤 먹던 초콜릿곽을 내려놓았다. 그리고 그 중 한 개를 정성스레 벗겨서

"자 입 벌리고 받으세요. 내 여기서 팡개[59] 칠 터이니."

옥점이는 얼굴이 빨개지며 신철이를 보았다. 신철이는 약간 얼굴을 찡그리다가 웃어 보였다.

63

"자 이리 주세요."

신철이는 손을 쑥 내밀었다. 옥점이는 원망스러운 듯이 힐끗 쳐다보고 나서 초콜릿을 들여다보았다. 그리고 귀밑까지 빨개진다. 신철이는 초콜릿곽을 당기어 한 개 꺼내 벗기는 체하다가 신발 소리가 나므로 그만 놓고 말았다.

"아버진가 몰라……."

이렇게 중얼거릴 때 문이 열리며 덕호가 들어온다. 신철이는 성큼 일어났다. 그리고 머리를 숙여 보였다.

"아, 이 사람 여기 왔구먼…… 난 이제 댁에 갔댔지…… 그새 공부나 잘 했는가."

덕호는 외투를 벗어놓았다. 그리고 딸을 흘금 돌아보고 나서 다시 신철이를 보며 눈가로 가는 주름을 잡히고 웃는다.

"글쎄, 저 애가 아프다고 허기에 만사를 전폐하고 올라왔구먼…… 이애 어서 뉘."

아까 같아서는 방금 죽는 줄 알았더니 지금 보니 아무렇지도 않은 듯이 앉아 있다. 덕호는 한편으로 딸의 병이 중하지 않은 것이 맘이 놓이나 반면에 신철이와의 결혼을 어떻게 하든지 하루라도 속히 결정하여야겠다는 것이 염려가 되었다.

"그래 자네 이번 졸업이라지?"

"네."

"자…… 이거 변변치는 않지마는 좀 자셔보지…… 졸업하구는 또 무슨 시험을 친다구……?"

신철이는 자기 아버지에게서 무슨 말을 들었구나…… 직각하자 불쾌하였다.

"글쎄요…… 아직 분명치 않습니다."

"음…… 어쨌든 성공만 바라네…… 난 급하니 내일 차로 그만 내려가겠네. 사무 보던 것을 그냥 버리고 와서 맘이 놓여야지……."

그때 신철이는 전날 옥점에게서 들은 말이 얼핏 생각났다. 그리고 이자가 면장이 되었다더니 저렇게 값비싼 양복까지 입었구나…… 하였다.

"그런데 넌 어떻게 하겠느냐? 보아하니 병은 그리 되지 않은 모양인데…… 나하고 내려가련? 여기서 그렁저렁 치료하겠느냐? 바로 말해라."

옥점이는 눈을 굴려 생각해보더니,

"우리 시굴 가시지 않겠어요?"

신철이를 바라본다. 신철이는 선비를 생각하며, 내려가볼까 하는 생각이 부쩍 든다. 그러나 그 순간 자기가 맡은 사명을 깨달으며, 동시에 이번에 내려가면 결혼하지 않고는 견디어 배기지 못할 것을 알았다.

"저야 뭘 가겠습니까, 그때도 우연히 몽금포 가는 길에 옥점 씨를 만났으니, 가서 폐를 끼쳤습니다마는……."

덕호는 신철의 말을 일언일구 새겨들으니, 다소 불안도 없지 않아 듣게 되었다. 그때 자기들은 신철이와 옥점이 새에 의심 없이 내약이 있는 것으로 알고, 한방에서 뒹구는 것을 묵과하였는데 지금 자기 앞에서 저렇게 말하는 것을 들으니 발을 빼기 위한 변명 같기도 하였던 것이다. 그러나 오늘 신철의 아버지를 만나본 결과 혼인은 다 된 혼인 같았다. 그는 스스로 안심하고,

"지금이야 갈 형편도 되지 않겠지만…… 봄에 졸업이나 하고 날이나

따뜻해지면…… 그때는 우리 저년의 몸도 쾌차해질 터이니…… 함께 다녀가게나…… 우리 집사람은 저년보다도 자네를 더 보고 싶다고 야단일세……."

"천만에……."

신철이는 머리를 숙여 보였다. 그리고 눈을 내리뜨며 무릎 위에 그의 큰 손을 올려놓았다. 옥점이는 그의 남자답고도 의젓한 얼굴과 그 손! 아버지만 아니면 덥석 쥐어보고 싶게 가슴이 울렁거렸다. 덕호는 물끄러미 신철이를 바라보며 어딘지 모르게 신철이가 옥점이에게 짝이 좀 지나치는 것 같았다. 사윗감인즉은 훌륭한데…… 하며 신철이를 다시금 바라보았다.

아까 옥점의 말을 들어보건대 신철이가 옥점이를 사랑은 하면서도 너무 점잖고 수줍어서 이때까지 노골로 드러내지를 않는다는 뜻이었던 것이다. 그러나 이렇게 마주 앉고 보니 그럴 사나이 같지도 않았다. 보다도 신철이가 옥점이를 눌러보는 데서 이때까지 침묵을 지키고 있지 않은가? 그렇지 않으면 둘 새에 벌써 육적 관계까지 되어가지고 지금은 싫증이 나니깐 그러는 것이 아닐까? 어쨌든 이 두 문제 중에 어느 것 하나가 꼭 맞으리라…… 하니 더욱 불안이 일어나며 따라서 이번에 결혼 문제도 정식으로 낙착하지 않으면 안 될 것 같았다.

"서울 올러오신 바에는 좀 노시다가 가시지요."

"글쎄 맘인즉은 자네 부친님과 함께 며칠이든지 놀고 싶네마는…… 어디 사정이 그런가…… 내가 없으면 면의 일이 다 틀리네그리."

신철이는 아까 인호에게서 들은 말이 얼핏 생각난다. "자네는 고린내가 나서 틀렸데" 신철이는 속으로 웃으며 일어났다.

"또다시 와서 뵈겠습니다……."

64

식당에서 가케우동 한 그릇을 먹은 신철이는 여전히 도서실로 들어왔다. 도서실 안을 휘 둘러보니, 식당으로 가기 전보다 인수가 좀 줄어진 듯하였다. 나도 어디로나 가볼까 하며, 포켓에서 시계를 꺼내 보니 여섯 시 십 분…… 그는 의자에 걸어앉으며, 엉덩이가 아픈 것을 새삼스럽게 깨달았다. 그는 하루 종일 이 도서실에 앉아서, 강의 시간에도 강당에 들어가지 않았던 것이다. 그는 다시 일어나서 자세를 바르게 해가지고, 도로 앉았다. 그리고 가방 속에 집어넣어 두었던 책을 꺼내어 펴 들었다.

책을 펴 드니, 아까와 같이 또다시 여러 가지 생각에 머리가 띵하였다. 아침 학교에 올 때 그의 아버지는, 오늘은 좀 일찍 오너라…… 하던 말이, 또다시 가슴에 쿡 맞찔린다. 필연 오늘은 결정적으로 그의 대답을 들으려고 하는 모양이다. 어젯밤 덕호와 아버지는 단단한 의논이 있었던 모양이다. 그러니 오늘은 그 하나를 두고, 여럿이 강박하다시피 대답을 요구할 것 같았다.

어쩐담……? 그는 이렇게 중얼거리며, 팔로 머리를 괴었다. 그의 아버지는 말할 것도 없이, 옥점이가 재산가 집 외동딸임에, 이렇게 서두르는 것이 뻔한 일이다. 돈…… 돈! 그 돈 때문에 자기 아버지는 환장이 되어, 아들의 일생을 망치려고 덤벼드는 것 같았다.

신철이는 눈을 꾹 감았다. 그의 머리에는 옥점이가 보인다. 그리고 선비기 띠오른다. 네기 선비를 사랑한다 하고 선뜻 대답이 나오지는 않았다. 따라서 선비와 결혼까지 하기도 그의 마음이 허락지를 않았다. 그것은 왜 그런지는 몰라도, 어쩐지 그렇게 생각이 된다. 그러면 왜 내가 선비를 잊지 못하는가? 그것도 역시 꼭 집어 낼 수 없었다. 그러나 최대 원인은, 선비가 자기가 좋아하는 타입의 미를 구비한 것이며 그리고 그의 근실성! 그것뿐이다. 그 위에 두 달 동안이나 한집에 있으면서도, 말 한 마디 건네보지 못한 것이, 자신으로 하여금 이렇게 생각나게 하는 것 같았다.

만일에 선비도 옥점이와 같이 그렇게 여지없이 놀았다면, 역시 지금 자기가 옥점이를 대하는 것과 같은, 그러한 감정으로 선비를 대할는지도 모른다.

여기까지 생각하고 나니 그가 이때까지 맞당해본 여성이 그리 적은 수가 아니나 그렇게 꼭 맘에 드는 여성이 하나도 없음을 깨달았다. 그나마 억지로 골라내라면 역시 선비일 것이다.

처음부터 옥점에 대해서는 그렇게 생각하였지마는 옥점이야말로 여행 중에나 잠시 사귀어 심심풀이나 할 여성에서 지나지 않는다. 그러한 여자와 결혼을 하라…… 그는 픽 웃어버렸다. 그리고 자기 아버지에 대한 이때까지의 신념이 산산이 부서지는 것을 느꼈다. 동시에 자기 아버지 역시 박봉을 받아가지고 너무 생활에 쪼들려 이젠 돈이라면 물불을 헤아리지 않고 덤벼들게 된 것 같았다.

오늘 저녁에 집에 가면 아버지는 늦게 왔다고 불호령이 내릴 것이다. 그리고 또다시 결혼 문제를 꺼내놓을 터이지…… 흥 나 싫은 것이야 어떻게 한담…… 이렇게 생각하며 덕호가 오늘 내려갔는가? 아직 있는가? 그는 다시 덕호와 마주 앉기도 싫었다. 그러나 내려가기 전에 덕호를 만나 선비를 꼭 오는 봄엘랑 올려 보내도록 꾀었으면……도 하였다. 그런데 이것은 옥점이와의 결혼을 승낙하기 전에는 도저히 불가능한 일이다. ……안 되면 말지…… 내…… 일개 여자로 인하여 머리를 썩일 내가 아니니까…… 이렇게 생각을 하였으나…… 그러나 선비만은 꼭 한 번 만나고 싶었다. 그리고 그의 음성을 듣고 싶었다.

옥점이와의 결혼을 그가 거절한다면 이 선비와의 앞길도 막히는 것이 무엇보다도 섭섭한 일이다. 그래서 이 여러 문제가 일어나기 전에 선비를 서울로 올려오게 하려던 것이 그만 실패되고 말았다. 이 겨울 지나 봄만 되어도 선비를 어디로 출가시키고 말는지도 모르지…… 그는 무의식간에 책을 덮어놓고 멍하니 전등불을 바라보았다. 빛나는 전등? 검은 사마귀? …… 그때 중얼중얼하는 소리에 신철이는 휘끈 돌아보았다. 병식이가 육법전서를 가슴에 붙안고 눈을 찌그려 감았다. 그리고는 일백삼십일 조…… 일백삼십일 조…… 일백삼십일 조…… 일백삼십일 조…… 응 일백삼십일 조…… 하고 외우고 있다. 그의 얼굴은 폐병 초기를 지난 것 같고 그의 독특한 이마는 전등불에 비치어 한층 더 툭 솟아나온 듯하였다. 그는 생각지 않은 웃음이 픽 나왔다. 지금 저들은 사무관이나 판검사를 머리에 그리며 저 모양을 하고 있을 것이다. 그는 불시에 이 도서실이 싫어졌다. 그래서 그는 가방을 들고 벌컥 일어났다.

65

밖으로 나온 신철이는 푸떡푸떡 떨어지는 눈송이를 얼굴에 느꼈다. 그는 눈이 오는가…… 하며 바라보았다. 가로등에 비치어 떨어지는 눈송이는 마치 여름날 전등불을 싸고 날아드는 하루살이 떼 같았다. 그가 어정어정 걸어 정문까지 나왔을 때 도서실에서 흘러나오는 폐실閉室 종이 땡그땡그 울렸다. 그는 벌써 아홉 시로구나! …… 하며 휘끈 돌아보았다. 컴컴한 공간을 뚫고 시커멓게 솟은 저 건물, 저것이 조선의 최고학부다! 그는 우뚝 섰다. 그리고 자기가 삼 년 동안 하루같이 저 안에서 배운 것이란 무엇이었던가? 하는 커다란 퀘스천마크(?)가 눈이 캄캄해지도록 그의 앞에 가로질리는 것을 똑똑히 바라보았다.

도서실에서 흩어져 나오는 학생들의 말소리를 들으며 그는 다시 걸었다. 그가 그의 집까지 왔을 때 아버지의 으흠 하고 기침하는 소리가 전날 같이 무심히 들리지를 않았다.

"신철이냐?"

신철이가 그의 방문을 열 때 아버지의 이러한 말이 그의 뒷덜미를 후려치는 듯이 높이 나왔다.

"네."

"왜 일찍 오라니까 늦게 오느냐? 어서 저녁 먹게 하여라."

신철이는 잠잠히 들어와서 가방을 책상 위에 놓고 책들을 가방 속에서 끌어내어 차례로 혼다테[60]에 꽂아놓았다. 맘은 부절히 분주하지마는 이렇게 착착 정리하지 않고는 맘에 걸리어 그는 견딜 수가 없었다. 그래서 다시 책상 위를 정돈하고 걸레로 훔쳐낸 후에 벽을 기대어 아버지가 또 뭐라고 하는가? 하며 귀를 기울였다.

신발 소리가 콩콩 나더니 그의 의모가 방문을 열었다.

"어서 들어와 저녁 먹어."

"난 먹었수."

"어데서?"

"저 누가…… 동무가 한턱내서."

의모는 말끄러미 그의 눈치를 채더니 방 안으로 들어온다.

"왜 일찍 나오지…… 안 나왔니?"

"왜? 나와서 할 일 있수?"

의모는 생긋 웃었다. 그리고 다가앉으며

"아까 아버지와 옥점의 아버지가 너를 기다렸다. 아마 결혼을 아주 결정하랴나 부더라…… 어떠냐 아주 재산이 많다지?"

신철이는 멍하니 그의 의모의 나불거리는 입술만 바라보기에 무슨 말을 했는지 몰랐다.

"이애 어서 오늘 저녁 결정하게 하여라…… 좀 좋으냐! 사람이 결점 없는 사람이 몇이나 있는 줄 아니? 아버지는 꼭 마음에 있어서 그러시는데…… 넌 그러니?"

신철이는

"내가 뭐라우?"

"아 글쎄 말이야…… 그럼 됐지, 어서 안방으로 건너가자. 이제 좀 있으면 옥점 아버지가 오실지 모르니……."

"뭐 오늘 안 갔수?"

"아이 그 일 때문에 못 갔지…… 이 밤차로 나려가랴다가 어데 네가 오더냐? 하루 종일 와서 기다렸다."

신철이는 픽 웃었다. 그때

"신철아!"

하고 아버지가 부른다. 신철이는 무슨 생각을 잠깐 하고 나서 벌컥 일어났다. 그의 의모는 또다시

"이애, 아버지 속 태우지 말구 얼른 대답해…… 응."

신철이가 방으로 들어오니 아버지는 안경을 벗어놓으며

"어서 저녁 먹게 하지."

아내를 바라보며 밥상 차리라는 뜻을 보였다.

"먹구 왔다우…… 어느 동무가 한턱을 내서."

"응……."

그의 아버지는 신철의 숙인 머리를 바라보면서 한참이나 무슨 생각을 하더니

"너 옥점이와의 결혼에 대해서 별 이의가 없을 터이지……?"

신철이는 머리를 들며

"싫습니다!"

의외로 명확한 대답에 아버지의 얼굴은 순간으로 변하여진다.

"어째서?"

"별 깊은 이유는 없습니다."

그는 이렇게 뚝 잘라 말하며 다시 머리를 숙였다. 신철의 아버지는 조금 다가앉았다.

"이유 없이 싫다? …… 그럼 네 맘으로 정해둔 여자가 있느냐?"

그 순간 신철이는 선비를 멀리 바라보았다. 그러나 그 환영은 순간으로 희미하게 사라졌다.

"없습니다."

"그러면 이번에 정하고 말아! 무슨 잔말이냐."

그의 아버지는 이렇게 말하였다.

66

그의 아버지는 평상시의 신철의 성격을 미루어서 자기의 말이라면 아무리 그의 비위에 다소 틀리는 점이 있다고 하더라도 묵과할 것만 같아서 이렇게 명령하듯이 말하였다. 신철이는 아버지의 이러한 말을 듣고 적지 않게 놀랐다. 자기의 일생에 관한 중대사를 당자의 의사는 무시하고 저렇게까지 덤벼들게 상식이 없는 아버지라고는 생각지 않았기 때문이다. 그저 다소 권해보다가 싫다면 말겠거니…… 하였던 것이다.

"이제 옥점의 아버지가 올 터이니 너는 잔말 말고 쾌히 승낙해라…… 글쎄 그런 자리가 쉽겠느냐…… 생각해봐라. 너는 지금 쓸데없는 공상에 들떠서 모르지마는 현실사회란 그렇지 않은 게야. 나두 한때는 공상에서 대가리만 커서 한동안 감옥생활까지 해보았다마는…… 그래서 지금 이렇게 달달 꾀어 돌아간다. 그러니 시재라도 내가 저게서 나오게 되면 생활도 딱하지 않으냐? …… 네가 이 봄에 졸업하고 고문 시험이나 패스되면 걱정 없지만…… 그래도 뒤에서 후원이 상당해야 네가 출세하기도 힘이 들지 않는 게다…… 알아들었니? 이번 결혼만 되게 되면 네 앞길은 아주 유망하다. 그러니 아비는 너의 장래를 생각해서 그러는 게야."

그의 아버지는 음성을 낮추어가지고 이렇게 간곡히 말하였다. 신철이는 처음부터 아버지의 뜻을 모른 것은 아니나 이렇게 맞당해서 그의 간곡한 말을 들으니 아버지의 그 머리로써는 이렇게밖에 더 생각할 수가 없으리라…… 하였다. 지금 이 집의 유일한 후계자는 자기라고 아버지는 생각할 것이다. 동생인 영철이가 있으나 아직 그는 어렸고 더구나 영철이는 항상 앓아가지고 있으니 장차 생존 여부조차도 믿지 못할 만큼이었다. 그렇다고 그는 아버지의 말대로 고문 시험을 패스하고 재산가 집 사위가 되고 또 이 집의 후계자로만 그칠 생각은 추호도 없었다. 더구나 결혼 상대가 맘에 들지 않으니 그것은 두말할 여지가 없었다.

"아버지, 상대는 맘에 있거나 없거나 재산만 보고 결혼을 하랍니까."

신철이는 아버지를 정면으로 바라보았다. 그의 아버지는 아들이 이렇게까지 노골로 대어들 줄은 몰랐다가 적이 놀랐다.

"음…… 상대가 맘에 없다? 그러면 왜 옥점의 집에 가서 근 석 달이나 같이 있었냐? 그리고 날마다 함께 몰려다니구?"

신철이는 딱 쏘아보는 아버지의 시선을 약간 피하였다.

"총각의 몸으로서 처녀의 집에 가서 하루 이틀도 아니요, 두세 달씩이나 있었으니 누가 평범하게 본단 말이냐? 응 어데 말해봐."

"……"

신철이는 대답에 궁하여 가만히 있었다.

"그럼 네가 색마란 말이냐? 며칠 데리고 놀았으니 싫증이 난단 말이지……."

이 말에는 신철이도 참을 수가 없었다. 그리고 반항의 불길이 확 일어남을 깨달았다.

"아버지! 너무하십니다. 동무로 인정하는 이상 얼마든지 함께 다니고 함께 있을 수도 있지 않습니까. 그것은 아버지의 봉건적 선입관으로 남자와 여자는 함께만 있으면 서로 관계가 있는가? 하고 생각하는 데서 하시는 말씀이시지…… 어데 그럴 수가 있습니까. 그리고 그때만 해두 아버지의 제자란 명칭하에서 간곡히 권하니 그저 하루 이틀 물린 것이 그렇게 되었지…… 절대로 옥점이를 배우자로 인정함은 아니었습니다."

"이애, 이애 듣기 싫다. 봉건적이니 무어니 해두 사내와 계집이 함께 몰려다니면 별수가 있니? 네가 이제 와서 결혼을 하지 않겠다면 젤단 내가 낯을 들 수가 없게 되었다. 그리고 너…… 네 책상에는 그게 다 뭐 하는 책들이냐? 아비가 담배 한 갑을 맘 놓고 사먹지 못하고 애쓰는 줄은 모르고 쓸데없는 책만 사들여다 보구는 봉건적이니 무슨 적이니 하고 애비 대답만 기성스레 해? 이놈! 그런 버르장이를 얻다 대고 하니? 대학까지 다녔다는 놈이……."

아들의 말 나오는 것을 들으니 그의 아버지는 이때까지 자식에게 취하여왔던 희망이 졸지에 전부가 부서지는 것을 느꼈다. 동시에 참을 수 없는 분이 머리털 끝까지 치미는 것을 깨달았다.

"고문 시험 칠 게나 보지…… 이놈! 별 책 다 사다 보더니……."

"그 책들이 나의 교과서외다…… 아버지는 고문 시험을 치라지요? 내 이때껏 노골로 말을 안 했지만 고문 시험은 쳐서 뭘 하는 겝니까!"

"이애, 잘한다…… 허허 이놈아! 무슨 개소리를 치고 앉았냐! 썩 나가지 못하겠냐?"

그의 아버지는 달려들어 신철의 따귀를 후려쳤다. 그리고 그의 앞가슴을 움켜쥐고 문밖으로 내몰았다.

"너와 나와 아무 상관없다. 남이다. 우리 집에 있을 턱이 없어! 나가!"

67

신철의 의모는 남편을 붙들며,

"아이 망령이시네, 이거 왜 이러세요."

"나가! 난 네 아비 될 것 없고, 넌 또 내 아들 될 것이 없어."

신철이는 허둥허둥 건넌방으로 건너와서 몇 권의 책과 몇 벌의 양복가지를 가방 속에 넣어가지고, 뛰어나왔다. 그의 의모는 안방에서 달려 나왔다.

"이애, 너 미쳤구나, 오늘 네가 웬일이냐, 아버지가 다소 꾸지람을 하시기로 너 이게 웬일이냐."

신철의 외투자락을 잡고 늘어졌다. 신철의 아버지는 벼락 치듯 문을 열고 나와서, 아내를 끌고 들어간다.

"어서 나가! 나가지 못하는 것도 아주 비겁한 놈이야, 응 어서, 어서."

자던 영철이가 문소리에 놀라, 으아 하고 울며 나온다. 그의 아버지는 신철이가 이렇게 극단으로 나갈 줄까지는 꿈에도 생각지 못하였다. 더구나 나가란다고 신철이가 가방을 들고 나오는 것을 보니 앞이 아뜩하여지며, 전신이 사시나무 떨리듯 하였다.

신철이는 영철의 우는 소리를 들으며 문밖을 나섰다. 눈은 아까보다 더 퍼붓는다. 삽시간에 그의 옷은 눈에 허옇게 되었다. 그가 박석고개까지 왔을 때, 뒤따르는 신발 소리가 흡사히 그의 의모의 신발 소리 같아, 휘끈 돌아보았다. 그는 어떤 낯선 부인이었다. 순간에 신철이는 말할 수 없는 쓸쓸함을 느끼는 동시에 새삼스럽게 돌아가신 어머님이 눈물겹게 떠올랐다.

그는 천천히 걸으며 어디로 가나? 하며 생각해보았다. 암만 생각해보아도 갈 곳이 없다. 그는 이런 생각 저런 생각을 하며 종로까지 왔다. 종로도 이젠 적적한 감을 주었다. 간혹 사람들이 다니기는 하나, 자기와 같이 갈 곳이 없어 헤매는 사람들 같지 않았다. 모두 활개를 치며 분주히 걸었다. 그리고 카페에서 흘러나오는 재즈 레코드 소리만이 요란스럽게 들린다.

그는 파고다공원 앞까지 와서 우뚝 섰다. 그리고 "그 동무의 집에라도 가볼까?" 이렇게 중얼거렸다. 전날 밤에 이 파고다공원에서 만났던 동무의 생각이 얼핏 났던 것이다. 그는 조선극장 앞을 지나 안국동 네거리로 들어섰다. 그때 비창한 어떤 결심이 그의 전신을 뜨겁게 하였다. 그리고 다시는 집에 발길을 들여놓지 않으리라…… 하였다. 그나마 자기 뒤를 따라 의모가 나오거니…… 나오거니…… 생각했다가 이 안국동 네거리에 들어서면서부터 아주 단념이 되고 말았던 것이다.

의모가 그의 뒤를 따라와서 집으로 끈다 하더라도 이미 나온 신철이라, 다시 집으로 들어가지는 않겠으나 그러나 웬일인지 자꾸 의모가 그의 뒤를 따르는 것만 같았던 것이다.

보성전문학교 앞을 지나칠 때

"이게 누구요?"

손을 내민다. 그는 놀라 자세히 보니 그가 찾아가던 동무였다.

"아 동무! 난 지금 동무를 찾아가던 길이오."

"나를?"

의심스럽다는 듯이 말끄러미 쳐다본 그는 얼굴빛이 희며 눈까풀이 엷다. 그리고 몸이 호리호리하면서도 키가 작다. 그러나 툭 솟은 그의 앞가슴과 올백으로 넘긴 그의 머리카락이 밤송이같이 까칠하게 일어선 것을 보아, 누구나 그의 담력을 엿볼 수가 있다. 그래서 그런지 그를 대하면 다정해 보이기도 하고 또 쌀쌀해 보이기도 하였다.

한참이나 훑어보던 동무는

"웬일이오? 이 트렁크는 왜 밤중에 가지고 다니우?"

신철이는 주저주저하다가

"동무, 난 우리 집에서 아주 나왔소이다."

"아주 나왔다?"

동무는 무슨 말인지 잘 알아듣지 못하고 이렇게 되풀이하며 신철이를 똑바로 쳐다보았다. 신철이는 묵묵히 동무를 바라보다가,

"왜, 아주 나온 것이 안 되었소?"

"아니, 어떻게 하는 말인지…… 동무가 집에서 아주 나왔어요?"

"예……."

신철이는 쓸쓸한 웃음을 웃었다. 동무는 무슨 일인가? …… 생각하며 눈이 둥그레서 쳐다보았다.

"그런데 동무는 어델 가댔수?"

한참 후에 신철이는 물었다.

"나요? 지금 저녁 얻어먹으러 떠났소, 허허."

동무는 어깨의 눈을 툭툭 털었다.

"그럼 나와 가오."

68

우동 한 그릇씩 먹은 그들은 빵 몇 개를 사가지고 동무의 집까지 왔다.

"자, 빵이오. 손님이오."

신철의 앞을 서서 문을 열고 들어가는 동무는 웃으며 이렇게 말하였다. 육 촉밖에 안 돼 보이는 컴컴한 전등을 가운데 두고 마주 앉아 셔츠를

벗어들고 이[蝨] 사냥을 하던 그들은 놀라 셔츠를 입으며 눈이 둥그레 바라보았다. 그리고 동무의 내쳐주는 빵을 들고 뚝뚝 무질러 먹는다.

신철이는 무슨 고리타분한 냄새를 후끈 맡으며 방으로 들어앉았다. 불은 언제 때봤는지? 안 때봤는지? 마치 얼음덩이 위에 앉는 것 같았다.

"이 동무는 유신철이라는 동무요."

동무는 그들에게 소개하였다. 그들은 빵을 씹으며 서로 인사를 하고 픽 웃었다. 그들의 입모습에는 일종의 비웃음이 떠돌았다.

"우리 셋이서 자취 생활을 하였소. 이제부터 동무도 우리와 같이 고생을 하여야 하오, 하하."

동무는 그 밤송이 머리카락을 흔들며 웃었다. 그리고 새카만 내의를 입고 추워서 웅크리고 있는 그들을 바라보며

"오늘 굶지 않을 수가 나려니…… 별일이 다 있거든! 이 동무가 나를 찾아온단 말이어, 하하."

"그러니 내일 아침 먹을 것이 걱정이지……."

얼굴 둥근 기호라는 사람이 말하였다.

"무슨 내일 일까지 걱정하고 있어…… 그래도 사람은 살아나가는 수가 있는지라……."

동무는 신철이를 돌아보았다. 신철이는 멍하니 그들을 바라보며 이 밤을 여기서 지낼 것이 난처하였다. 무엇보다 이 토굴 같은 방에서 자리도 없이 더구나 살을 에어내는 듯한 찬 방에서 지낼 것이 기가 막혔다. 그리고 내일 아침부터라도 신철의 가방이며 외투까지…… 그가 몸뚱이 하나를 내놓고는 다 전당포로 들어가야 할 것을 절실히 느꼈다. 그는 앞이 아뜩하였다. 그가 집에서…… 아니! 책상머리에서 생각하던 바와는 너무나 현실이 무서움을 깨달았다. 동시에 이제 앞으로 닥쳐올 현실! 그것을 상상하여볼 때, 그의 앞은 아무것도 보이지 않고 캄캄하였다.

그 밤을 고스란히 새운 신철이는 지갑을 톡톡 털어 동무를 주었다. 그는 쌀과 나무를 사왔다. 그래서 한 사람은 쌀 일고 한 사람은 불 때고 이렇게 서둘러서 밥을 지어놨다.

"이애, 이거 오늘은 상당하구나!"

밤송이머리에 재티[61]가 뿌옇게 앉았다. 신철이는 빙긋이 웃었다. 그리고 동무의 만족해하는 모양을 바라보며 오냐 나도 견디자! 이렇게 굳게 결심하였다.

밥을 다 먹고 난 그들은 저마다 설거지를 하라고 내밀다가 나중에는 각기 한 그릇씩 들어다 부엌 구석에 몰아두었다.

"여보게, 오늘은 안 간 모양이지."

일포가 눈을 끔쩍하며 앞문을 바라보았다.

"어제 야근 아니어? …… 그러니 오늘은 한 시부터야 출근하실 터이지…… 오늘은 좀 가서 만나보기나 하자."

기호가 맞장구를 친다. 동무는 신철이를 바라보고 소리를 낮추며

"무슨 말인지 알아듣겠나? 저 건넌방에 말이지…… 방직공장에 다니는 미인이 있단 말이어…… 그러니 저놈들이 저마큼 연애를 걸어보려누면……."

"이애 이놈아, 누가 연애를 걸랴냐. 실은 네놈이 몸이 백 퍼센트로 달지 않았냐."

그들은 일시에 웃었다.

이튿날 신철의 동무는 신철이와 함께 있는 것이 재미적다고 생각해서 둘이서 의논한 끝에 동무는 다른 곳으로 옮기게 되었다. 그리고 부득이 만날 일이 있어야 혹간 오곤 하였다.

그 후로부터 신철이는 자취생활에 익숙해져서 밥도 짓고 내의도 빨아 입곤 하였다. 그리고 밥해 먹고 나서는 돌아앉아 이 사냥으로, 양말 뚫어

진 것을 깁기에 분주하였다. 더구나 신철이는 차근차근하게 무엇이든지 잘하므로 그는 주부 역을 맡았다.

일포나 기호는 이미 감옥생활을 거친 사람들로서 지금은 그저 픽픽 웃기만 하고 여기도 저기도 가담하지 않았다. 그리고 하루 종일 누구는 어떻고…… 어떻고 하면서 비웃기로 소일을 하고 있었다. 더구나 여자 말이라 하면 기를 쓰고 덤벼들었다.

"여보게 신철 군! 어젯밤 이 앞 다리에서 그 미인과 마주쳤구먼…… 그런데……."

앞방 여직공을 가리켜 그 미인이라 하였다.

69

피아노를 뚱뚱 치고 있던 옥점이는 창문으로 쏘아 들어오는 달빛을 쳐다보며 한참이나 무슨 생각을 하더니 머리를 돌려 선비를 바라보았다.

"선비야, 너 그날 밤에 신철이가 뭐라고 하지 않던?"

문 앞에서 낮에 따온 오이를 다듬던 선비는 오이를 든 채 멍하니 옥점이를 바라보며 그게 무슨 말인가? 하였다. 옥점이는 성을 발칵 내었다.

"넌 이따금 혼이 나가는 모양이두나. 그게 뭐야, 어따 좋다!"

선비가 돌려 생각할 새도 없이 옥점이는 이렇게 비웃었다. 선비는 "그날 밤 신철이가 뭐라고 하지 않던? 그게 무슨 말이야? ……" 하고 입 속으로 외어보나 도무지 그의 기억에서 찾아낼 수가 없었다. 그가 하필 이 말귀만을 못 알아들은 게 아니라 종종 그러하였다. 웬일인지 몰랐다. 언제부터인지 모르나 그의 머리에는 뭐라고 형용하기 어려운 안타깝고 초조함이 저 바구니에 오이가 들어 있는 것보다도 더 가득히 들어찬 것을 그는 새삼스럽게 깨달았다. 동시에 그가 언제부터 옥점의 말과 같이 정

신이 나갔는지 몰랐다. 어쨌든 그의 맑고 선명하던, 그 무엇인지는 모르
나 그것이 확실히 자신에게서 떠나간 듯하였다. 그는 칼로 오이꼭지를
자르며 한숨을 가볍게 쉬었다.

"그래 아직도 생각 안 나?"

한참 후에 선비는 머리를 들며

"안 나."

"아이 저런! 바보가 어디 있나? 참 죽겠네! 아 작년 여름에 서울서 왔
던 손님 말이어……."

"손님이 뭘?"

"아이구 저걸 어째! 쟤가 저러다 정말 바보가 되랴나봐. 에이 모르겠
다, 어서 오이나 다듬어서 김치나 담거! 네게 말하느니, 쇠귀에 경을 읽
어야 낫겠다, 그게 뭐야…… 참."

옥점이는 횡 돌아앉는다. 그리고 다시 피아노를 치며, 그 소리에 맞춰
무슨 노래인지 슬프게 부른다. 선비는 물끄러미 그의 모양을 바라보았
다. 그리고 그 노래를 들었다. 그 노래는 선비의 모든 것을 비웃는 듯, 조
롱하는 듯하였다. 그리고 창문으로 쏘아 들어오는 무지개 같은 달빛에
비치어 그의 백어 같은 손길은 가볍게 뛰놀았다.

"이애 선비야! 그 방에 불 켜노려무나."

옥점 어머니가 밖으로부터 들어오며, 이렇게 소리쳤다. 선비는 깜짝
놀라 일어났다. 언제나 그는 옥점 어머니의 음성만 들으면 가슴이 후닥
닥 뛰며, 그담 말에는 자기를 나무라지 않으려나? 혹은 이년 더러운 년!
나가라! 하지 않으려나? 하는 불안에 도무지 마음을 진정할 수가 없었던
것이다.

"그만둬라…… 어머이, 난 이대로가 좋아. 저 달빛이면 그만이지……
불은 켜서 뭘 해…… 아이, 난 죽으면 좋겠어, 어머이."

방 안을 들여다보는 그의 어머니를 쳐다보았다. 옥점 어머니는 딸이 죽고 싶다는 말에, 앞이 아뜩해서,

"그게 무슨 말이냐? 소위 배웠다는 년의 입에서 그런 말이 나오냐? 다시는 그런 말 내 앞에서 내지 말아!"

옥점 어머니는 목이 메어 할 말이 아직 많은데, 그만 그치고 말았다.

"넌 무슨 오이를 아직도 다듬냐? 어서 그걸랑 들여다 두고 안방에 불도 켜고, 자리도 펴고, 이 방에도 그렇게 해! 원? 어쩐 일로 계집년이 점점 느릿느릿하냐, 그나마 그 할멈을 그냥 두었으면 좋을 것을……."

옥점이가 졸업하고 내려오니 선비가 할멈 방으로 쫓겨나게 되었다. 그바람에 덕호가 할멈을 내보냈던 것이다.

"어머이! 나…… 참…… 저…… 온정서 말이야…… 할멈을 만났지! 그런데 자꾸 울겠지! 불쌍해!"

"아 글쎄, 네 아비라는 물건짝이 기어코 할멈을 내보냈구나! 내야 할멈이 불쌍해서…… 그냥 두려고 했지……."

그 순간 옥점 어머니는 오이 바구니를 들고, 부엌으로 들어가는 선비를 흘금 보며, 전부터 마음속에 깊이 자라오던 질투의 불길이 그의 젖가슴을 따갑게 스치는 것을 느꼈다.

"그것도 다 저년 까닭이지…… 글쎄……."

할멈과 함께 있으면 어드래서 할멈을 내보냈겠니? 아무래도 네 아비가 수상하니라…… 하고 말이 나오는 것을 그만 꾹 눌러버렸다.

옥점이는 피아노에 엎디며,

"참, 이상해……."

하며 젖가슴을 꾹 쥐었다. 옥점 어머니는 신이 나서 들어온다. 그리고 옥점이를 들여다보았다.

"너두 이상하게 생각했니?"

70

옥점이는 어머니를 말똥말똥 쳐다보았다.

"글쎄 늙은 첨지가 뭐겠니? 아무래도 수상하지?"

옥점이는

"아이 참 죽겠네…… 어머니는 뭘 그래? 뭘 수상하단 말이어? 호호호."

옥점 어머니는 그제야 딸이 딴 말을 한 것을 잘못 알아들은 것으로 눈치 채었다. 동시에 말할 수 없는 노염이 치받쳤다.

"넌 그게 무슨 웃음소리냐."

"어마이는 그게 무슨 말이오."

옥점 어머니는 부끄러운 생각이 들어 그만 휙 돌아섰다. 안방에서는 성냥 긋는 소리가 막 났다. 뒤미처 불이 빨갛게 켜진다. 옥점 어머니는 안방으로 들어왔다. 그리고 자리를 펴는 선비를 노려보았다.

"좀 똑바루 펴라!"

선비는 벌써 가슴이 진정할 수 없이 뛰었다. 그리고 손끝이 가늘게 떨렸다. 동시에 그는 눈 한번 맘 놓고 뜨지 못하고, 자리를 펴놓은 후에 마루로 나왔다. 옥점이는 여전히 의자에 앉아 머리를 숙이고 있다. 자는지, 혹은 무슨 생각을 하는지 몰랐다. 선비는 아까 옥점이가 불 켜는 것이 싫다고 한 것만은 기억하고, 건넌방 문 편에 비껴 앉아, 그의 동정만 살피고 있었다. 불 켜리? 하고 묻고 싶으나 옥점이가 또 뭐라고 알아듣지 못할 말을 하고 비웃을 것만 같아서, 그는 우두커니 앉아 있었다.

"내일 그만 경성에나 갈까?"

자는 듯이 엎디어 있던 옥점이는 벌컥 일어나며, 이렇게 중얼거렸다. 그리고 의자에서 물러나며

"이애 불 켜! 왜 그러고 앉았니? 이 바보야! 에크! 뭣이 쏟아졌나 봐!"

옥점이는 물바리를 쏟아치고, 이렇게 소리쳤다. 선비는 얼른 뛰어 들어가며, 불을 켜놨다. 물바리의 물이 전부 쏟아졌다.

"아니, 넌 불을 켤 것이지, 그럭하고 앉아서, 이런 일이 나게 헐 탁이 뭐냐? 아이구! 참 죽겠네! 저런 꼴 보기 싫어서 난 더 속이 상한다니…… 얼른 펄펄 치워놔라."

옥점이는 냉큼 안방으로 건너간다. 그리고 모녀가 주거니 받거니, 무슨 말인지 하고 있다. 선비는 걸레로 방을 훔쳐낸 후에, 빈 바리를 들고 할멈 방으로 나왔다. 그가 방 안에 들어서면서야, 아이 내 이 빈 바리는 부엌에 들여다 두자고 한 것을 가지고 왔네…… 이렇게 생각을 하며, 도로 문밖으로 나오다가, 에라 내일 아침에 들어가지…… 하고 주저앉았다.

그는 불도 켜지 않은 채 우두커니 앉아 있었다. 너무도 하루 종일 들보여서 어리뻥뻥할[62] 뿐이고, 아무런 생각도 나지 않았다. 그저 창문으로 새어드는 달빛을 보며 저 달빛을 따라 이 집을 벗어나고 싶은 생각만이 시간이 지나갈수록 농후해짐을 느꼈다. "어떻게 하누?" 그는 한숨 섞어 이렇게 중얼거렸다.

그는 밤마다 저 창문을 바라보며 그 몇 번이나 이 집을 벗어나겠다고 결심하였다가도 막상 나가려고 봇짐을 들고 나서면 갈 곳이 없다. 그래서 그는 할 수 없이 주저앉곤 하였다. 그는 무심히 이제 들고 들어온 빈 바리를 어루만지며 오늘 밤엘랑 아주 단단한 맘을 먹고 나가볼까? 나갈 때는 이 바리도 가지고 가지…… 할 때 옥점 어머니의 성난 얼굴이 휙 지나친다. 그는 진저리를 치고 바리를 저편으로 밀어놨다. 그러나 그 바리만은 웬일인지 놓고 나가기가 아까웠다. 보다도 섭섭하였다. 동시에 부엌 찬장에 가득히 들어 있는 바리 사발이며 탕기, 대접, 접시, 온갖 그릇들이 그의 눈에 뚜렷이 나타나 보인다. 그가 하루같이 알뜰히도 만지는 그 그릇들! 꽃무늬에 짐승무늬를 돋쳐 동그랗게 혹은 네모나게, 크고 또는 작게 만든 그 그릇들! 그가 그나마 이 집에 정붙인 곳이 있다면 이 그 릇들일 것이다.

그는 다시 바리를 끌어당기어 가슴에 꼭 붙여 안았다. 그리고 창문을 멍하니 바라보았다. 그때에 불시, 이 방 안을 떠나고 싶은 맘이 들어 가만히 일어났다. 그리고 그의 봇짐을 쥐어보며…… 가면 어디로 가나? 만일 밖에 나갔다가 덕호보다도 더 무서운 인간을 만나면 어쩌나? 하는 불안에 봇짐을 슬며시 놓고 물러났다. 그러나 아무리 돌려 생각해도 이 집에서는 오래 있지 못할 것 같았다.

덕호가 들어오기 전에 어디로든지 가야 할 터인데…… 하고 선비는 우선 사랑에 덕호가 있는지? 없는지? 알고자 하여 밖으로 나왔다. 사랑에는 불도 켜지 않고 문 위에 달빛만이 환하게 드리웠다. 그는 가볍게 한숨을 몰아쉬며 그의 방으로 도로 들어왔다.

71

방으로 들어온 선비는 몇 번이나 봇짐을 들어보다가 아무래도 대문 밖에 덕호가 섰는 것 같고 그가 나가다가 길거리에서라도 만날 것 같아서 그만 봇짐을 놓고 한참이나 망설거리다가 우선 밖에 누가 있지 않나? 보려고 문밖을 나섰다. 중문 밖을 나서니 유 서방의 방에 불이 발갛다. 그는 멈칫 섰다가 대문 밖으로 쫓겨나오는 듯이 나와버렸다.

대문 밖을 나선 그는 휘휘 돌아보았다.

그러나 아무도 보이지 아니하였다. 그는 누가 볼세라 하여 바자 곁에 착 붙어 서서 조금씩 조금씩 앞으로 나왔다. 그가 나간대야 너 이년 어디 가니…… 하고 붙들 사람조차 없는 것 같은데 그는 이렇게도 나가기가 무서웠다. 그래서 그는 이렇게 숨어 걷지 않고는 견디지 못하였다.

한참이나 나오던 그는 멈칫 섰다. 읍으로 들어가는 새로 닦은 신작로가 달빛에 뚜렷이 바라다보였다. 그는 언제나 이 길을 바라볼 때마다, 그가 이 길로 외롭게…… 쓸쓸하게 나가게 될 날이 멀지 않으리라…… 하였다. 그렇게 막연하게 생각은 들면서도 마침 나가려고 단단히 맘을 먹고 이 길 위에 올라서면 멀리 바라보이는 컴컴한 솔밭과 솔밭 새로 뿌옇게 사라져간 이 길 저편에는 덕호보다도 몇 배 더 무서운 사나이가 눈을 부릅뜨고 자기를 기다리는 것 같았다. 그는 전신에 소름이 오싹 끼쳐지며 무의식간에 휙 돌아섰다. 그의 앞에 나타나 보이는 이 용연동네! 보다도 함석창고를 보아란 듯이 앞세우고 즐비하게 들어앉은 덕호의 집! 다시 그 집으로 들어갈 생각을 하니, 뭐라고 형용할 수 없이 온 가슴이 쓰리고 아팠다. 그는 다시 돌아서며 솔밭 길을 바라보고 몇 발걸음을 옮기다가는…… "어쩌나? 난! 난 어째!" 이렇게 중얼거리며 저 달을 쳐다보았다. 달은 언제나처럼 저편 하늘가를 향하여 슬슬 달음질쳤다.

그때 그는 얼핏 생각나는 것이 있었다. 그것은 간난이였다. 그가 덕호에게 유린을 받기 전만 하여도, 간난이를 아주 몹쓸 여자로 알았지마는, 그가 한번 그리 된 후에는 웬일인지 꿈에도 간난이를 종종 만나보고, 서로 붙들고 울기까지 하곤 하였다. 그리고 이렇게 나갈까 말까 하고 망설일 때마다, 문득 그의 머리에는 간난이가 떠오르는 것이다. 그가 어디라던가? 가서 돈벌이를 잘한다지…… 편지나 좀 할 줄 알면 해보았으면…… 하고 생각할 때, 그의 발길은 어느덧 간난네 집을 향하여 옮겨졌다. 그는 몇 번이나 간난이의 소식을 알고자, 달밤이면 이렇게 찾아오곤 하였다. 그러면서도 차마 들어가지는 못하고, 바자 밖으로 어슬어슬 돌아다니다가는, 에라 후일 알지, 간난이 어머니라도 나를 수상히 보면 어쩌나 하는 불안에 돌아서 오곤 하였다. 그때마다 그는 '간난아!' 이렇게 목이 메어 입속으로 부르면서, 그와 자기가 어려서 놀던 생각을 하였다.

그리고 간난이가 여기 있을 때 어째서 자기는 그의 맘을 이해해주지 못하였던가? 따라서 다만 한마디라도 그를 붙들고, 위로나마 해주지 못하였던가…… 하니, 기가 막혔다.

그는 이러한 생각을 되풀이하는 새, 벌써 간난네 집까지 왔다. 그는 멈칫 서서, 이번에는 꼭 들어가서, 그의 소식을 알아가지고 가리라…… 굳게 결심하였다.

그는 안에 누구들이 마을이나 오지 않았는가를 살폈다. 그담엔 간난이 아버지가 집에 있는가 하고 동정을 보았다. 그러나 안은 괴괴하였다. 그리고 어슴푸레한 불빛만이 문 위에 비치어 있을 뿐이고, 그리고 누구의 기침 소리인지 쿨룩쿨룩…… 하는 소리가 들렸다. 벌써들 다 자는 모양인가. 그만 갔다가 내일 낮에 올까…… 하고 돌아서다가, 에라 들어가 보자 하고 안 들어가는 발길을 힘껏 들이몰았다. 신발 소리에 안에서는

"누구요?"

간난이 어머니의 음성이 흘러나온다. 선비는 멈칫 서서 주저하다가 방문이 열릴 때에야 하는 수 없이 앞으로 나갔다.

"저여요."

간난이 어머니는 나와서 선비를 자세히 들여다보더니.

"난 누구라고…… 네가 어찌 우리 집엘 다 왔느냐."

간난이의 어머니는 선비의 손을 붙들고 방 안으로 들어왔다. 그리고 이 애가 어떻게 우리 집엘 왔을까? 혹은 덕호란 그 죽일 놈이 간난이가 서울 가서 돈벌이를 잘한다니까 알아보려고 보내지는 않았나? 하는 생각이 불시에 든다. 그러나 또 한편으로는 이 애 역시 간난이와 같은 경우를 당하지 않았나? 하였다. 그래서 간난이 어머니는 눈을 둥그렇게 뜨고 눈치를 살폈다.

72

"너 본 지가 얼마만이냐. 어머니 상사 났을 때 보고는 여직 못 봤지…… 그새 넌 퍽이나 고와졌다."

풀기 없이 앉아 있는 선비를 보며 간난이 어머니는 이렇게 말하였다. 그리고 선비 입에서 무슨 말이 나오기를 기다렸다.

선비는 이렇게 들어오기는 하고서도 옥점 어머니나 혹은 덕호가 자기의 뒤를 따라와서 문밖에 섰는 것 같고, 그리고 자기가 이 집 문밖만 나서면 너 이년, 여기는 뭐하러 왔느냐고 달려들 것만 같아서 말 한마디 맘놓고 할 수가 없었다. 그래서 그는 문 편만 흘금흘금 바라보면서 가만히 있다. 간난이 어머니는 그의 태도를 이상하게 바라보았다. 그리고 딸이 서울 가기 전에 밤잠을 못 자고 돌아다니다가 들어와서는,

"어마이, 아무래도 덕호가 선비를 얻으려나부야! 날 버리고……."

이렇게 한숨 섞어 하던 말이 방금 귀에 들리는 듯하며 이 계집애가 역시 우리 간난이와 같이 배척을 받지 않았는가? 하는 생각이 시간이 오래 질수록 차츰 농후해졌다. 따라서 한편으로는 너 이년 우리 간난이의 맘을 그렇게 아프게 하더니, 잘되었다! 하였다. 그러나 반면에 선비의 풀기 없는 것을 바라볼 때 흡사히 자기 딸이 앉아 있는 것 같고, 그래서 그의 눈에는 간난이의 모양이 뚜렷이 보이는 듯하였다.

한참 후에 선비는,

"어마이, 지금 간난이가 어디 가 있수?"

"왜. 그것은 알아 뭘 하랴고?"

덕호가 보내어 묻는 것만 같아서, 간난이 어머니는 이렇게 쏘는 듯이 반문하였다. 선비는 다시 물을 용기가 나지 않았다. 그래서 그는 또다시 잠잠하고 고름 끝만 돌돌 말고 있었다. 간난이 어머니는,

"글쎄, 그 애 간 곳은 알아 뭘 하겠다디? 남의 딸의 일생을 망쳐놓고,

또 무엇이 부족해서 그런다더냐?"

간난이 어머니는 나오는 줄 모르게 이렇게 지껄였다. 선비는 몹시 쥐어박힌 것처럼 얼얼한 것을 느끼며 안 올 데를 왔다…… 하는 후회까지 일었다. 그리고 자기의 일생이란 것도 덕호로 인하여 망치개 되었다는 것을 명확히 깨달아졌다. 동시에 참을 수 없는 분이 울컥 내밀치며 그나마 간난이는 부모라도 있으니 저렇게 분해서 그렇지마는 자기의 배후에는 저렇게 분해해줄 사람조차 없는 것을 또한 발견하였다. 그는 얼결에 눈물 섞어,

"어머니!"

하고 불렀다. 간난이 어머니는 머리를 번쩍 들었다. 그리고 선비를 뚫어지도록 바라보며 무슨 말을 하려누…… 하였다. 선비는 얼결에 이렇게 불러놓고 보니 할 말이 없다. 그리고 자기가 부르는 그 어머니가 아닌 것 같고, 어찌 보면 자기가 부른 어머니 같아서 갈피를 잡을 수가 없었다. 그는 한참이나 멍하니 바라보다가 문바람에 꺼질 듯하는 등불로 시선을 옮겨버렸다. 그의 눈에는 눈물이 샘솟듯 하였다. 간난이 어머니는 이 순간 저것이 확실히 간난이와 같은 경우를 당하였다는 것을 무언중에 깨달았다. 동시에 저것의 맘이 오죽하랴! 아, 죽일 놈, 저놈이 내 생전에 벼락을 맞지 않으려나…… 하느님은 참 무심하다! 하고 그는 맘속으로 덕호를 눈앞에 그리며 이렇게 부르짖었다.

"선비야! 너 왜 그렇게 덜 좋아하니……."

말끝에 간난이 어머니는 목이 메어 머리를 숙이며 치맛귀를 당겨 눈을 씻었다. 선비는 간난이 어머니가 우는 것을 보니 참을 수 없이 울음이 응응 쓸어나오는 것을 입술을 꼭 깨물며,

"어머니 간, 간…… 간난이가…… 어디 있수."

"너두 그 애 있는 데 가보련?"

"네."

간난이 어머니는 일어나더니 농문을 열고 편지봉투를 꺼내가지고 선비 앞으로 왔다.

"서울, 아이 어데라던가? 난 늘 들으면서도 모른단니, 네 이것 봐라. 여기에는 그 애 있는 곳이 쓰여 있다고 하더라…… 죽일 놈, 그놈의 원수를 어떻게 해야 갚겠니. 너의 어머니가 살아 계셨더면 오작이나 하시겠니! 아이구 가슴 아파라!"

간난이 어머니는 가슴을 툭툭 친다. 선비는 봉투를 쥐며 간난이 어머니가 덕호와 자기 새를 눈치 챈 것을 느끼자 덕호에 대한 증오심과 함께 부끄러운 생각이 그의 전신을 잡아 흔드는 듯하였다. 그는 떨리는 손으로 봉투를 쥐고 들여다보니 워낙 불도 희미하여 잘 보이지 않지마는 그가 국문이나 겨우 아는 터라 이런 한문으로 쓴 것은 알 수가 없었다. 그는 봉투를 쥔 채 일어났다.

73

일어나는 선비를 바라본 간난이 어머니는

"그 봉투는 이전 다 보았겠지…… 이리 다오."

선비는 서서 한참이나 주저하더니

"어머니 이걸 나를 주시오."

"못한다! 만일에 덕호가 보면 자미없는 것 아니냐."

"어머니두 내가 뭐 그렇게 하겠기…… 그래요."

"그럼 꼭 간수했다가 가져오너라. 부디 그놈 보여서는 못쓴다. 응 이애."

문밖을 나서는 선비의 뒤를 따라 나오는 간난이 어머니는 재삼[63] 부탁

하였다. 선비는 봉투를 가슴 속에 집어넣었다가 덕호의 손이 그의 젖가
슴을 어루만지는 생각이 얼핏 들자 봉투를 꺼내 들었다. 동시에 이 봉투
하나도 감출 곳이 없이 자신의 비밀이 여지없이 그 늙은 덕호에게 **빼앗**
긴 생각을 하니 금방 푹 엎뎌 죽고 싶도록 안타까웠다.

그는 간난이 어머니를 작별하고 역시 아까와 같이 바자와 바자 곁으로
붙어 서서 덕호의 집까지 왔다. 이 봉투는 어떻게 할까? 한참이나 주저
하던 그는 버선 속에다 쓸어넣고 나서 대문을 가만히 열었다. 이젠 유 서
방의 방문까지도 컴컴하였다. 그리고 처마 끝 그림자가 뚜렷이 드리웠
다. 그리고 사랑은 여전하다. 그는 가슴을 설레며 덕호가 나 없는 새 방에
들어와 있지나 않나? 하는 불안으로 중대문까지 와서는 한참이나 주저하
였다. 그러나 사방이 죽은 듯이 고요하므로 그는 소리 없이 대문을 닫고
들어와서 그의 방문을 열었다. 맞받아 나오는 듯한 이 어두움! 그는 잠깐
주저하며 덕호가 술이 취하여 저 안에 누웠는 것만 같았다. 그는 휙 돌아
서 어디로든지 달아나고 싶은 충동이 강하게 일어나는 것을 느꼈다. 동시
에 버선 갈피에 들어 있는 그의 유일한 비밀을 다시 한 번 생각하였다.

마침내 방 안에 아무도 없는 것을 알자 선비는 들어갔다. 그리고 오늘
은 이 문을 열어주지 않으리라 결심을 하며 문을 힘껏 잡아당겨 걸고 자
리도 펴지 않은 채 누워버렸다. 누우니 일만 가지 생각이 뒤끓어 마치 환
등을 보는 것 같았다. 그리고 저 문밖에서 덕호가 문을 잡아당기는 것만
같았다.

한참 후에 참말 문이 바짝하였다. 에그 또 왔구나…… 하고 눈을 꼭 감
아버렸다. 그러나 가슴만은 못 견디게 벌렁거렸다. 또다시 바짝바짝하였
다. 덕호가 전날을 미루어서 자기가 자지 않을 것을 뻔히 알 것이다. 그
런데 이렇게 문을 안 열어주면 덕호가 자기를 미워할 것만은 사실이나
상에 쫓겨나기밖에는 더 하겠니? 하고 가만히 있었다. 문은 점점 더 바

짝거렸다. 그러다 어떻게나 하는지 짝짝 하는 문창지 찢는 소리가 들리더니 문고리가 절걱 벗겨진다. 선비는 그냥 누워 자는 체하였다. 덕호는 씩씩하여 문을 걸고, 선비의 곁으로 오더니 발길로 그의 엉덩이를 내려밟았다.

"이년의 계집애, 왜 문을 안 열어, 건방진 놈의 계집애, 저를 예뻐하니까…… 아주 버틴단 말이어…… 어디 보자!"

선비는 이제야 깨어나는 듯이 부스스 일어앉았다.

"이제 문 열리는 것 들었지?"

"못 들었세요."

"이놈의 계집애."

선비를 끌어안은 덕호에게서, 항상 그에게서 많이 맡을 수 있는 독특한 냄새가 후끈 끼친다. 선비는 덕호의 품에 오래 안겨 있으면 모르나, 이렇게 처음 안기게 될 때마다, 이러한 강한 냄새를 느끼곤 하였다. 그는 머리를 돌렸다. 그리고 그의 품을 벗어나려고, 몸을 꼬며 내려앉으려 하였다. 덕호는 더욱 쓸어안았다.

"이년, 너 내가 싫은 모양이지…… 딴 계집 얻으리? 응, 이애, 말을 좀 들어보자."

덕호는 씩씩하며, 선비의 귀에다 입을 대고, 이렇게 수군거렸다. 선비는 소리치게 간지러움을 느끼며, 물러앉았다.

"너 이년, 딴 사내가 있는 게로구나…… 그렇지 않으면 그럴 수야 있나? 계집이란 것이 사내가 들어오도록 잠을 자지 않다가 사내가 들어오는 것을 맞받아들여야 허는 게고, 또는 아양도 떨어서 사내의 환심을 사도록 하여야 허는 게지…… 그게 뭐냐. 잔뜩 자빠져서 자고 있어? 에이 고약한 년 같으니, 내 저를 예뻐하니까 버릇이 사나워졌단 말이어…… 너 이달 월경은 어찌 되었냐?"

선비는 옥점 어머니가 밖에 섰는 것만 같아서, 그의 조그만 가슴이 달랑달랑하였다. 그리고 덕호의 지껄이는 말이 하나도 귀에 거치지 않았다. 언제나 선비는 덕호가 들어올 때마다 이러하였다.

74

"이애 대답을 해."

덕호는 선비의 배를 어루만진다. 선비는 대답을 안 하려니 자꾸 여러 말을 늘어놓는 것이 싫어서

"아직 안 나……."

"음…… 이번에는 무슨 수가 있나부다. 뭐 먹고 싶은 게 있으면 꼭꼭 말해. 감추어놓고 우물쭈물 말도 하지 않고 있지 말구…… 뭐 먹고 싶으냐?"

선비 볼에다 입술을 들이대고 슬슬 핥으면서 이렇게 말하였다. 선비는 구역이 금방 나오는 것을 참으며 내려앉았다.

"갈비나 한 짝 떠오라?"

"아이 참, 듣기 싫어요."

"어…… 그년 듣기 싫다고만 하면 되나. 이 속에 내 아들의 생각을 해야지."

덕호는 선비를 껴안으며 진저리가 나도록 선비의 귓가를 빨았다. 그리고 지갑에서 돈을 꺼내 선비에게 들려주었다.

"이것 가지고 너 쓰고 싶은 데 써라, 그리고 뭐 먹고 싶은 게 있으면 날 보고 말해, 응."

선비는 돈을 쥐며, 버선 갈피의 봉투를 생각하였다. 그리고 이것이 얼마인지는 모르나, 이것을 여비로 간난이한테 가야지…… 하는 맘을 단단

히 먹었다.

"어서 들어가세요, 어머이가 나와요."

"나오면 어떠냐? 네가 이전 제일이야, 이 속에 내 아들이 있는데……
그까짓 년이 뭐기 그러냐, 걱정 없다, 너 이제 두 달만 지나면 완전히 알
것 아니냐, 그러면 저년은 내보내구…… 너를 아주 내 정실로 삼겠다. 알
았니?"

"가만가만히 하세요. 누가 듣겠어요."

"들어도 일이 없어, 네가 이전 이 집안에서는 제일이야, 그런데 이애!
애가 배면 신 것이 먹구 싶다는데…… 넌 그렇지 않으냐?"

선비는 아이에 미쳐 덤비는 덕호가 한층 더 밉살스러웠다. 반면에 이
때까지 월경이 나오지 않은 것이 덕호의 추측과 같이 참말 임신이 아닌
가? 하였다. 따라서 차라리 이렇게 몸을 더럽힌 바에는 아들이라도 하나
낳아서 이 집안의 세력을 모두 쥐었으면…… 하는 생각도 이렇게 덕호와
마주 앉을 때마다 어느 구석엔가 모르게 자라오는 것을 그는 깨달았다.
그는 마침내 구역질을 욱 하고 하였다.

덕호는 놀라면서 선비의 입술 밑에 손을 대었다. 선비는 머리가 지끈
아프고 그 손끝에서 한층 더 그 내가 나는 것을 느끼자 머리를 돌렸다.

"이애 너 정말 임신이구나. 구역질이 언제부터 나느냐."

선비는 그의 무릎에서 물러앉으며

"어서 들어가세요. 난 몸이 아주 괴로우니…… 제발 오늘만은 어서 들
어가세요."

"음, 몸이 괴로워…… 필시 잉태 중이다. 애 배었다! 밥맛이 없지? 과
실이나 좀 사다 주랴?"

"싫어요, 어서 들어만 가주세요."

밖에서 옥점 어머니가 이 말을 다 엿듣는 것만 같았던 것이다.

"오냐, 그러면 내 들어갈 것이니, 이 배를 잘 간수해라, 그리고 내일은 갈비를 떠 올 터이니…… 배껏 먹어! 응? 이 귀여운 년아! 넌 내 아들 배였지?"

덕호는 선비를 힘껏 껴안아보고 나서, 밖으로 나갔다. 선비는 가볍게 한숨을 몰아쉬며, 손에 쥔 지화가 얼마짜리인지 몰라, 애가 쓰였다. 밖으로 나간 덕호는 이제야 큰대문 소리를 찌꺽 내며 쿵쿵하고 중대문을 들어선다. 언제나 그가 이렇게 선비의 방에 들어왔던 날은 소리 없이 밖으로 나가서, 저 모양을 하는 것이다. 으흠 하는 덕호의 기침 소리와 함께 중대문 거는 소리가 덜그렁하고 난다. 그러고는 안방을 향하여 총총 들어가는 신발 소리가 뚜렷이 들렸다. 그때 선비는 웬일인지 가벼운 한숨과 함께 질투 비슷한 감정을 확실히 느꼈다. 선비는 안방 문이 열렸다 닫히는 소리를 들으면서야, 다시 그의 손에 지화가 들어 있는 것을 깨달았다. 그리고 얼마짜리인지 알고 싶은 궁금증에 등 아래를 어루만져 성냥을 가만히 그어 보았다. 성냥불에 비치는 지화, 그것은 똑똑히는 몰라도 옥점의 지갑에서 늘 볼 수 있는 십 원짜리 같았다. 선비는 불꽃만 남기고 꺼지는 불을 바라보며, 이것과 어머님 살아 계실 때 준 것과 합하면, 십 원하고 오 원이나? 그럼 얼마나 되는 셈일까, 백 냥하고 또 쉰 냥하고…… 하니까…… 일백쉰 냥이나? 그러면 항용 부르기는 십오 원이라지? 그는 난생에 처음으로 십오 원을 불러보았다. 이걸 가지면 서울을 갈지 몰라? 그는 지화를 꼭 쥐었다. 그리고 아는 듯 모르는 듯이, 그는 안방으로 귀를 기울였다. 어떤 불쾌한 생각과 아울러, 자기도 모를 감정에 떠돌고 있는 것을 깨달았다.

75

여름철이 잡힌 그 어느 날 저녁이었다.

하루 종일 흐려 있는 하늘을 쳐다보면서 선비는 부엌으로 나왔다. 옥점 어머니는 요새 확실하게 눈치를 챈 모양인지 어젯밤에도 자지 않고 덕호와 밤새도록 싸웠다. 그리고 아침도 안 먹고 점심도 면소사를 시켜서 국수를 사다 먹고서는 사뭇 앓는 사람 모양으로 머리를 동이고 누워 있었다. 선비는 그들과 같이 어젯밤도 고스란히 새웠으며 지금까지도 부엌문으로 바라보이는 저 하늘과 같이 그의 맘은 캄캄하게 흐리고 걷잡을 수 없는 불안에 가만히 앉아 있을 수가 없었다. 그는 쌀을 일어서 솥에 해 안치고 나서는 무엇을 해야 좋을지 몰라 한참이나 왔다 갔다 하다가 광에 가서 쌀을 퍼내오고 생각을 하니 금방 솥에 쌀 일어 해 안친 것을 깨달으며 그는 우뚝 섰다. 내가 왜 이래…… 그는 시렁을 붙잡고 좀 마음을 진정하려 하였다.

그러나 그것은 쓸데없었다. 옥점 어머니가 그 일을 알았어! 글쎄 모를 리가 있나…… 아니야, 아직도 몰랐어! 알았으면야 내가 견뎌낼 수가 있나? 어젯밤으로 당장 쫓겨났지…… 무엇이 자끈하므로 그는 깜짝 놀라 굽어보았다. 그의 손에 든 쌀 담은 바가지가 내려지면서, 그 아래 놓아둔 개숫물 자배기[64]가 깨어졌다. 물이 와르르 흘러지며, 바가지 역시 깨어져서 쌀이 물과 같이 흘러내린다. 그는 숨이 차서 쌀을 주워 모았다. 신발 소리가 쿵쿵 났다.

"저년이 무슨 지랄을 저리 벌여! 이년아!"

머리를 갈래갈래 헤친 옥점 어머니가 마루로부터 뛰어 내려와서 선비의 머리끄덩이를 움켜쥐었다.

"이애 이 계집애야, 우리 집에 있기 싫거든 나가지, 그릇은 왜 짓모고 있어! 이 주리를 틀 년의 계집애, 나가라!"

무슨 흠을 잡지 못해서 애쓰던 차라 옥점 어머니는 선비의 머리채를 움켜쥐고 소리가 나도록 쥐어뜯었다. 선비는 반항하려고도 하지 않고 그저 얼굴이 새까맣게 질려가지고 그가 하는 대로 가만히 있었다. 옥점이가 눈이 둥그레서 나왔다.

"왜들 이래…… 아이거…… 저 꼴…… 호호호호."

선비의 옷이 쏟아진 물에 적시우고 흙에 이겨진 것을 보매 옥점이는 이렇게 웃었다. 그리고 그날그날에 아무 새로운 일이 없이 밥 먹고 피아노 치고 잠자고 이렇게 단순하게 되풀이하던 그로서는 이렇게 싸우는 일도 한 새로운 일이므로 일어나는 흥분과 함께 통쾌감을 느꼈다. 그리고 막연하나마 신철이가 자기보다 선비를 더 생각하였거니 하는 질투심에서 항상 밉게 보던 선비라 그도 달려가서 어디든지 쥐어박고 싶은 충동까지 일어났다. 옥점 어머니는 흑흑 하면서 양과 같이 아무 반항이 없는 선비를 누쳤다 닥쳤다 하면서 부엌 바닥에 굴렸다. 선비는 처음에는 아프기도 하고 쓰리기도 하였지마는 시간이 오랠수록 의식이 몽롱해지며 아픈 것도 아무것도 몰랐다. 그리고 이 매 맞은 끝에 그만 죽어버렸으면 이 부끄럼, 이 고통을 면할 수 있으려니…… 보다도 무서운 이 집을 벗어날 수가 있으려니…… 생각하니 오히려 이런 매를 맞기 전보다 맘의 고통은 좀 덜리는 것 같았다.

옥점 어머니가 기운이 진하여 물러나며 머리를 매만진다.

"이년 당장에 나가라, 내 너를 친딸과 같이 길렀지…… 너두 생각이 있으면 알겠구나. 그런데 이년…… 내가 가만히 있어도 너의 연놈들의 일을 다 알아, 응 이년, 이 죽일 년의 계집애."

"어머니 남부끄럽소! 설마한들 그따위 짓이야 아버지가 했겠소? 그러나 저 계집애 맘으로는 그렇지 않을 게야…… 그때도 신철이와 밤에 마주 서서 어쩌구 어쩌구…… 하는 것을 잡아다니…… 그때 신철이 놈은 저 계집애와 무슨 관계가 있었는지 몰라. 저년이 겉으로는 바보같이 가만히 있으나 속으로는 한몫 더해……."

옥점이는 어느 때나 신철이를 잊지 못하는 반면에 그만큼 더 미웠던 것이다. 그래서 별별 추측도 다 해보곤 하였던 것이다. 옥점이는 달려들어 피가 흐르는 듯한 선비의 볼을 철썩 후려쳤다. 선비는 부엌 구석에 박히며 어서 죽어지면 하였다.

그때 덕호가 들어왔다.

"왜들 이러냐?"

옥점이는 아버지를 돌아보며

"아버지 내 입때 말 안 했지만…… 저 계집애와 신철이와 아마 관계가 있었나봐."

"뭐? 신철이와……."

덕호는 의심스럽다는 듯이 눈을 크게 떴다.

76

"네가 꼭 아냐?"

"알구 말구요. 달밤인데 저 계집애와 신철이가 마주 서서 무슨 얘기를 자미나게 하더라니요. 그리고 서울 가서도 신철이가 저놈의 계집애를 올려오지 못해서 한동안 애쓰지 않았수? 그때는 몰랐지만 지금 생각하니 저 계집애와 상관이 되어가지고 그런 것을 내가 몰랐다니."

옥점이는 다시 돌아섰다.

"너 참말 신철이와 관계되었지? 말 안 하면 이년의 계집애 죽이고 말겠다!"

옥점이는 대들었다. 덕호는 눈을 무섭게 뜨고 선비를 노려보았다. 무엇보다도 간봄에 어린애를 밴 줄 알고 가지각색으로 사다 먹인 생각을 하니 분하기 이를 데 없었다. 선비는 덕호를 보니 이때껏 불이 붙는 듯하던 눈에 눈물이 핑 돌았다. 그나마 덕호만이야 그의 억울함을 알아주려니 하였던 것이다. 덕호는 선비 앞으로 조금 다가섰다.

"네 정말 신철이와 관계가 있었냐? …… 저 계집애를 둬두기 때문에 애매한 헌 명덕[65]만 나까지 쓰게 되었단 말이어…… 하, 거정 자네 나를 의심하지마는 재보고 물어보라구. 아 신철이 녀석과 벌써부터 관계가 있어가지고 서울 가랴고 애쓰는 계집애가 내 말을 들을까? 응 이 사람아, 사람을 의심해도 분수가 있지…… 응, 이 사람? 오늘 뭐 좀 먹어봤나? 아까 면소사 국수 가져온 것 먹어봤나?"

덕호는 선비와 마주 섰기가 거북해서 옥점 어머니의 손을 끌고 방으로 들어간다. 옥점이는

"이 계집애 당장 나가라. 우리 집에 이전 못 있어."

소리를 치고 나서 그들의 뒤를 따랐다. 선비는 나가야 할 것을 절실히 느꼈다. 그나마 믿었던 덕호까지도 저런 시뻘건 거짓말을 하는 것을 들으니 이젠 다시는 선비를 가까이하지 않고 내보내려는 심산인 것을 깨달았다. 잘되었다! 선비는 이렇게 속으로 생각하며 그의 방으로 들어왔다. 그리고 악이 치받쳐서 부들부들 떨릴 뿐이지 눈물 한 방울 나오지 않았다. 그는 봇짐 위에 칵 엎어지며 어서 밤 되기를 기다렸다.

그날 밤! 선비는 봇짐을 옆에 끼고 덕호의 집을 벗어났다. 사방은 먹칠을 한 듯이 캄캄하였다. 그리고 낮에부터 쏟아질 줄 알았던 비는 쏟아지지 않으나 바람만 슬슬 불기 시작하였다. 선비는 읍으로 가는 신작로에 올라섰다. 선들선들한 바람이 그의 타는 볼 위에 후끈후끈 부딪히고 지나친다.

저편 동쪽 하늘에는 번갯불이 번쩍 일어서 한참이나 산과 산을 발갛게 비추어주었다. 그때마다 우르르…… 타는 소리가 들린다. 선비는 전 같으면 이런 것들이 무서우련만 이 순간 그에게 있어서는 아무것도 두려울

것이 없었다. 그는 죽음으로써 모든 것을 당하리라고 최후의 결심을 굳게 하였던 것이다.

길가 좌우로 빽빽이 들어선 수숫대며 조대는 바람결을 따라 시르르 쏴르르 소리를 내었다. 그 소리는 물결처럼 멀리 흩어졌다가는 또다시 밀려오곤 하였다. 그 물결을 타고 넘실넘실 넘어오는 듯한 피아노 소리! 뚱뚱! 어찌 들으면 곁에서 듣는 것 같고 또다시 들으면 꿈속에서 듣는 것처럼 희미하였다. 그러나 그 소리는 확실히 선비의 가슴 복판을 찔러주었다. 선비는 눈앞에 옥점의 피아노 치는 것을 그리며 귀를 막았다.

그때 낑낑하는 소리가 나며 선비의 앞을 막아서는 무엇이 있으므로 선비는 놀라서 물러섰다. 다음 순간 그것은 자기가 항상 밥을 주던 검둥이임을 알았을 때 선비는 와락 검둥이를 쓸어안으며 머리털 끝까지 치받쳤던 악이 울음으로 변하여 쓸어나왔다. 검둥이는 꼬리로 선비의 얼굴을 툭툭 치며 한층 더 낑낑거렸다. 그리고 주둥이로 그의 볼을 핥았다.

"검둥아!"

선비는 검둥이의 목에다 볼을 대며 길에 펄썩 주저앉았다. 멀리 마을에서 깜박여오는 저 불빛! 붉은 실타래같이 갈가리 찢기어 그의 눈에 비쳐진다. 그 순간 그는 그 불빛이 그의 어머니를 숨지어놓고 바라보던 그 등불과 흡사함을 느꼈다.

"어머니!" 그는 무의식간에 이렇게 부르짖었다. 그리고 어머니가 묻힌 산 편으로 얼굴을 돌렸다. 그때 얼핏 떠오른 것은 소태 뿌리였다. 뒤미처 눈이 둥그렇게 큰 첫째의 눈방울이 뚜렷이 떠올랐다. 그는 머리를 푹 숙였다. 그때의 일이 번개같이 그의 머리를 싸고도는 것이다. 덕호가 주는 돈은 이불 속에 넣고 첫째가 캐온 소태나무 뿌리는 윗방 구석에 내어던지고…… 그는 이렇게 생각하였다.

"검둥아! 너 나하고 같이 가련?"

번갯불이 환하게 일어났다 꺼진다.

77

"이 사람아, 잠을 자도 분수가 있지, 이게 무슨 잠이람."

신철이는 깜짝 놀라 깨었다. 벌써 동무들은 일어나서 세수까지 한 모양인지 이맛가가 반들반들하였다. 기호는 신철이를 들여다보았다.

"오늘 조반 할 것이 없네그리, 어서 자네 일어나서 좀 변통하여야겠네……"

"가만히 있어. 나 조금만 더 자구."

"어서 일어나게. 해가 중낮이나 되었네. 아침은 못 먹는다더라도 점심이나 저녁이나 그 어느 한 끼는 먹어야지…… 긴긴 해에 이렇게 굶고야사는 수가 있나? 허허, 참."

신철이는 벌떡 일어났다. 햇빛이 산뜻하게 방 가운데 떨어졌다.

"이거 물어 살겠기…… 어데."

신철이는 내의를 훌떡 벗었다. 그리고 보리알 같은 이를 잡아내기 시작하였다. 일포가 문 곁에 바싹 붙어 앉아 그나마 돈푼이나 있을 때 사다 먹고 내친 담배꼬투리를 붙여서 한 모금 쑥 빨았다. 콧구멍으로 내뿜는 연기야말로 제법 길게 올라간다. 그리고 건넌방을 흘금흘금 내다보는 것을 보아 건넌방 미인이 오늘은 집에 있는 것을 짐작할 수가 있었다.

일포는 언제나 저렇게 뚱뚱한 채 살 폭이 좋았다. 시재 먹을 것이 없고 땔 것이 없어도 그는 한 번도 초조한 빛을 남에게 보이지 않는다. 그리고는 아침만 되면 일어나서 저렇게 문 곁에 앉아가지고 담배를 피우지 않으면 코 안을 우벼내고 발새를 우벼내어 그 손을 코에 대고 흥흥 맡아보면서 건넌방을 흘금흘금 내다보는 것이다. 신철이는 이 모든 것을 못 본

체하고 곁눈질도 해보지 않는 것이다. 그러나 기호만은 일포가 발새를 우벼서 흥흥하고 맡아볼 때마다

"이 사람아! 저…… 또 저 짓이야. 그 왜 사람이 그렇게 고리타분해! 그래 맡아보니 맛이 어떤가?"

일포는 못 들은 체하고 있다가 여전히 또 우벼내서 맡아보곤 하였다. 그러고는 손끝은 으레 양말짝에 비벼치는 것이 그의 늘 하는 버릇이다.

오늘은 다행히 담배꼬투리나마 있으니 그것을 빨면서 발새를 우벼내지 않았다.

"오늘은 자네 좀 구해보지 못하겠나?"

기호는 일포를 바라보았다. 일포는 역시 못 들은 체…… 하고 열심으로 담배꼬투리만 얻는다. 그가 흥이 나서 지껄이는 것이란 건넌방 미인 이야기와 누구의 험담밖에 아무것도 없었다. 그러나 쌀이나 나무를 구해오라든지 발새와 콧구멍을 우벼낸다고 기호가 벌컥 뒤집고 웃어도 그저 못 들은 체하였다. 일포는 담배꼬투리를 얻어가지고 빙긋이 웃었다. 신철이는 이를 다 잡고 나서 내의를 입었다. 그리고 무엇이든지 전당 잡힐 것이 없는가 하고 두루두루 생각해보았다.

그나마 그의 전 재산이다시피 한 책권까지도 다 갖다 잡혔으니 이제야말로 세 몸뚱이밖에 남은 것이 없었다. 신철이는 밤송이 동무한테나 가서 또 물어볼까? 하였다. 요새 밤송이 동무는 어떤 신문사의 배달부로 들어갔기 때문에 돈푼이나 좋이 있었다.

그래서 신철이는 늘 그에게서 십 전, 오 전 얻어서는 빵이나 쌀을 사오곤 하였던 것이다. 신철이는 세 사람의 출입옷으로 정해 있는 그의 양복을 입고 나왔다.

"꼭 구해가지고 오게…… 정 할 수 없거든 자네네 댁에 가서라도 좀 변통해가지고 오게나. 배고픈 데야 무슨 염치를 보겠나. 허허…… 그렇

지 않은가."

"암! 그렇지."

이 말에는 비위가 당기는지 일포는 이렇게 동을 단다. 신철이는 빙긋이 웃으며 대문 밖을 나섰다. 그는 일포의 둥근 얼굴과 건넌방으로 추파를 건네는 그의 긴 눈을 눈앞에 그리며, 일편으로는 그 배짱 실하게 구는 모양이 밉살스럽기도 하나, 콧구멍과 발가락을 우벼내서 맡아보곤 하는 것을 생각하니 웃음이 혼자 픽 나왔다. 일포야말로 전락된 인텔리의 전형적 인물과 같이 생각되었던 것이다. 자신도 인텔리라면 인텔리층으로 꼽힐 것이나 그러나 요새 신철이는 인텔리에 대한 싫증을 극도로 느꼈다. 그리고 어딘지 모르게 일포가 발새를 우벼내서 맡아보는 듯한 그러한 고리타분한 냄새를 피우는 것이 인텔리의 특징인 듯싶었다.

그는 이러한 생각을 하며 바라보니 벌써 풀에는 사람들이 많이 모여서 와와 떠들고 있다. 그리고 햇빛에 번쩍이는 물 위로 헤엄쳐 돌아가는 빨간 모자, 파란 모자가 그의 눈에 선뜻 띄었다. 그는 작년 여름에 옥점이와 같이, 그 넓은 서해에서 뛰놀던 생각이 얼핏 들었다. 따라서 용연동네가 떠오르며 선비의 고운 자태가 눈앞에 보이는 듯하였다.

78

어느덧 신철이는 뜨거운 햇볕을 잔등에 느끼고 그의 배에서는 꼬르륵…… 하는 소리가 들려왔다. 그는 천천히 삼청동 비탈길을 내려오기 시작하였다. 거기서 구하지 못하면 또 어디 가서 구한담…… 너무 돌아가면서 몇 십 전씩 취해놔서 이젠 달라고 할 염치도 없었다. 그러나 지금은 아직 이르니까 배가 덜 고파서 그렇지 한 결만 지나면 그때야말로 아무 동무에게나 가서 다리아랫소리[66]를 하지 않고는 견디지 못할 것이다.

신철이는 관철동 밤송이 동무의 집까지 왔다. 그러나 마침 동무는 금방 나갔다고 하였다. 그는 입맛을 쩍쩍 다시고 돌아 나왔다. 그리고 종로까지 나와서는 우두커니 섰다. 동소문을 향하여 닫는 버스가 먼지를 뿌옇게 피우며 지나친다. 그는 집이 그리웠다. 그리고 누구보다도 나 미루꾸 주…… 하고 손 내밀던 영철이가 그리웠다. 보다도 빨간 고추장에 두부와 고기를 넣어 끓여서 마늘 양념을 푹 쳐서 상에 놓아주던 그 두부찌개가 그리웠다. 그는 이런 생각을 하며 어정어정 걸었다. 배는 현저히 고파왔다. 이놈이 어델 갔을까? 갈 만한 곳을 짐작해보아도 알 수가 없었다. 조간은 벌써 배달했을 터이고 석간은 아직 멀었고…… 그놈이 어델 갔어? …… 그는 이렇게 생각을 해가며 종로를 한 바퀴 돌아 황금정으로 향하였다. 윙 달려오고 달려가는 전차는 끊이지 않았다. 그리고 수없는 버스며 택시가 서로 경쟁을 하여 달려오고 달려간다. 신철이는 목구멍이 알알하도록 먼지를 먹으며 아스팔트 위를 힘없이 걸었다. 차츰 햇볕은 강하게 내리쬐었다. 신철이는 아직도 겨울 중절모를 그냥 쓰고 있었다. 그는 누가 볼세라…… 하여 더구나 아버지나 의모라도 나왔다가 만날세라 하여 모자를 푹 눌러쓰고 발끝만 굽어보며 걸었다.

학교 갈 때마다 닦던 이 구두도 약이 없어서 닦아본 지가 언제인지 몰랐다. 코끝이 희뜩희뜩 벗겨지고, 먼지가 부옇게 오른 구두는 말쑥하게 닦은 때보다 발이 달고 한층 더 무거웠다.

"이 사람아, 오늘 얼마나 팔았는가?"

"오늘은 밑천이나 건졌지…… 자네는?"

"나두 역시 한 모양일세."

신철이는 머리를 돌렸다. 그들은 지게를 지고 갈서서[67] 가면서 이런 말을 하였다. 그때 신철이는 나도 저 지게꾼이나 해볼까…… 그래서 뭐든지 지고 다니면서 팔지. 지금 흔한 배추 같은 것이나, 기타 아무것이라도…… 이렇게 생각되었다. 그러나 차마 지게를 지고 이 거리를 저들과 같이 활보할 수는 없을 것 같았다. 왜? 무엇 때문에? 그것은 역시 일포가 발새와 콧구멍을 쑤시고 앉아 고스란히 굶어 있을지언정 선뜻 나가서 하다못해 저런 지게꾼 노릇이라도 못하고 있는 것과 조금도 다름이 없는 그런 고리타분한 까닭이라고 막연히 생각되었다.

여기 일은 딴 동무에게 맡기고 난 시골 같은 데로 전임이 되었으면…… 좋겠는데. 그러면 땅도 파보고 농부들과 함께 아무것이라도 배워가면서 할 것 같았다. 그러나 이 서울에서만은 차마 그런 일을 할 것 같지 않았다. 자기 낯을 아는 사람이 많고 더구나 아버지, 의모가 있고, 아는 여자가 많고…… 아스팔트 위에 그들의 비웃는 눈매가 또렷또렷이 나타나 보인다.

어느덧 신철이는 발길을 멈추고 우뚝 섰다. 흘금 쳐다보니 미쓰코시[68]였다. 저기나 또 들어가 보자…… 하고 몇 발걸음 옮겨놓을 때 저 안에 혹은 나 아는 사람들이 무엇을 사러 오지나 않았는지? 하며 주저하였다. 그는 언제나 여기 올 때마다 그러한 생각을 하며 그의 초라한 모양을 다시 한 번 굽어보곤 하였다.

미쓰코시를 향하여 들어가고 나오는 사람은 모두가 말쑥한 신사고 숙녀였다. 자신과 같이 이렇게 초라한 양복에 중절모를 아직까지 쓴 사람은 하나도 발견하지 못하였다. 모두가 햇빛에 반짝반짝 빛나는 여름 모자였다. 그리고 여름 양복을 시원스레 입었다. 그는 다시 한 번 주저하였다. 그러나 신철이는 그나마 여기 아니면 곤한 다리를 쉴 곳조차도 없었다. 남산에나 가야 할 터이니 그곳까지 가자면 덥고 우선 여기 들어가서 쉬어가지고 가리라…… 하고 발길을 옮겼다.

엘리베이터를 타고 미쓰코시 상층까지 올라온 신철이는 의자에 걸어앉아 멍하니 분수를 바라보았다. 곁의 의자에 앉은 어떤 남녀는 빙수를 청하여 놓고 먹으면서 무슨 이야기를 재미나게 하다가는 호호 웃었다. 그때마다 신철이는 그들이 자기의 초라한 모양을 바라보고 웃는 듯하여 한참이나 그들을 노려보다가 휙 돌아앉았다. 그리고 그는 도리어 그들을 대하여 떳떳한 길을 밟지 못하고 있는 인간들아! 하고 소리쳐주고 싶은 생각을 억지로 해보았다.

79

곁에서 빙수를 마시며 호호…… 하하…… 하는 두 젊은 남녀의 웃음소리에 비위가 상해서 신철이는 그만 돌아앉았으나 그들의 시선이 그의 잔등과 뒷덜미를 향하여 여지없이 쏟아지는 것을 깨달았다. 동시에 햇볕이 못 견디게 내리쪼인다. 그는 포켓에서 수건을 내어 이마를 씻었다. 수건 역시 이것이 마지막이다. 집에서 나올 때 사오 개 가지고 나왔지마는 동무들에게 하나하나 빼앗기고 그나마 해어진 것 이것이 있을 뿐이다. 그는 곁에서 빙수를 먹는 여자의 음성이 차츰 옥점의 그 음성과 흡사하였다. 옥점이는 어디로 출가했는가? 아직도 나를 생각하고 있는가? 이런 생각이 내리쪼이는 햇볕과 같이 강하게 일어나는 것을 깨달았다. 그는 픽 웃어버렸다. 그리고 그 생각을 묻어버렸으나 웬일인지 그때가 그리운 듯하였다. 아니! 확실히 그리워졌다. 그나마 그때가 자신에게 있어서는 얼마나 행복스러운 시절이었는지 몰랐다. 그는 그만 벌떡 일어났다. 그 생각이 마치 일포가 콧구멍을 우벼내고 발가락을 우벼내는 것보다도 더 고리타분하게 생각되었던 때문이다.

그는 달려가고 달려오는 전차—또 전차를 바라보았다. 그리고 끊일 새 없이 뒤를 이어 오는 택시며 또 버스를 눈이 아물아물하도록 바라보았다. 따라서 그가 바라보면 바라볼수록 자기가 이 높은 데서 그것들을 아득하게 바라보는 것과 같이 전차며 택시며 버스가 그렇게도 자기와 거리가 멀어진 것을 그는 가슴이 뜨겁게 깨달았다. 생각해보아도 저 전차를 타고 한강에 나가본 것이 작년 여름에 옥점이와 함께 나갔던 기억밖에는 찾아낼 수가 없었다. 물론 그가 그 후에도 몇 번이나 전차를 탔을 것만은 분명한데 도무지 그 기억은 몽롱하고 오직 옥점이와 같이 전차를 타고 혹은 택시를 타고 드라이브하던 기억만이 뚜렷하였다.

그는 불쾌하였다. 빙수 먹는 계집으로 인하여 이런 불쾌한, 아니 비열한 생각을 하게 된 것이라고 생각되었기 때문이다. 신철이는 어정어정 걸으며 어제저녁에 밤송이 동무에게서 얻어두었던 신문을 포켓에서 꺼내 들었다. 그는 신문을 펴들자 정치면부터 보기 시작하였다. 그는 뚜렷이 드러난 미다시[69]를 죽 훑어보며 약간 양미간을 찡그렸다. 점점 더 못 견디게 배가 고파오고 그리고 골머리가 띵하니 아팠던 것이다.

그는 눈결에 보니 남녀는 저편 화초 진열장으로 들어간다. 그는 다시 의자에 주저앉았다. 사이렌이 난 것을 짐작하여 아마 오후 세 시나 두 시 반은 넉넉히 되었으리라고 하였다. 사람들은 부절히 이 상층에 올라왔다 내려가곤 하였다. 그러나 이제는 정신을 차려 그들을 볼 수가 없이 배가 몹시 고파온다. 입에서는 침조차 나오지 않고 배는 등에 붙은 것 같다. 그는 눈을 감고 의자에 기대었다. 돌아가신 어머님이 계셨으면 자기가 뛰어나온다고 하더라도 뒤미처 따라와서 자기를 집으로 데려갔지 아직까지도…… 아니 이렇게 배가 고파 운신을 하지 못하게까지 내버려두었으랴! 하였다. 그는 아버지가 원망스러웠다. 그리고 의모는 더 말할 여지가 없었다. 따라서 아무 철없는 영철이까지도 원망스러웠다. 그러나 그것은 비겁한 생각이라…… 하였다.

단 오 전만 가졌으면 이렇게 배는 고프지 않으련만…… 오 전! 오 전! 그의 눈에는 오 전짜리 백동전이 뚜렷이 나타나 보인다. 십 전보다도 좀 작은 듯한…… 그리고 좀 얇은 듯한 그 오 전! 그것이 없어서 자기는 이렇게 배를 곯는 것이다! 그는 이러한 생각을 하며 휘돌아보았다. 행여나 그 남녀가 빙수 값을 치르다가 그 오 전을 떨어치지 않았는가? 하여 보고 또 보나 아무것도 발견치 못하였다.

남녀는 앵무새를 사가지고 나왔다.

"곤니찌와……."

계집이 조롱[70]을 들여다보며, 이렇게 말하였다. 그러고는 호호…… 하하…… 웃었다. 신철이는 저것에 오 전짜리를 몇 개나 주었을까? 생각을 하며 그 오 전을 멍하니 헤어보았다. 남녀는 이젠 집으로 가는 모양이다. 신철이는 그들의 모양을 흘금 바라보며 내가 옥점이와 결혼을 하였다면 아마 지금쯤은 저런 것이나 사러 다니겠지…… 하였다.

그들이 사라진 후에 신철이는 그놈이 들어왔을까? 어서 가야지…… 석간 돌리러 가겠으니까…… 하고 일어났다. 앞이 아뜩해지며 휭 잡아 돌리는 듯하여 그는 의자를 붙들고 멍하니 서 있었다. 그때 그의 머리에는 이러한 것을 생각하였다. 누구든지 돈 오 전만 주면서 너 여기서 저 아래까지 뛰어내려라 하면 그는 서슴지 않고 뛰어내릴 것 같았다. 그렇게 생각하고 나니 그런지 이 꼭대기와 저 아래 땅과의 거리가 차츰 가까워지는 것을 그는 보았다.

80

엘리베이터를 타고 하층으로 내려온 신철이는 저편으로부터 아는 여자가 마주 오는 것을 보고 그만 당황하였다. 그래서 식당 편으로 피하였다. 그리고 진열대에 진열한 상품을 보는 체하면서 그 여자가 어서 상층으로 올라가기만 고대하였다. 그러나 그 여자는 돌아가며 무엇을 부지런히 찾고 있다. 신철이는 초조한 맘으로 얼굴을 돌리니 유리알 속으로 빛나는 카레라이스, 다마고돈부리[71], 스시 등의 요리 표본이 보기 좋게 진열되어 쓸쓸히 말라가고 있을 뿐이었다. 순간에 그는 참을 수 없는 식욕을 느끼며 휙 돌아섰다.

"아니? 신철 씨 아니세요?"

마침내 그 여자는 신철의 앞으로 다가왔다. 신철이는 얼결에 중절모를 벗어 움켜쥐고 뒷짐을 졌다. 그리고 해어진 구두를 보이지 않으려고 진열대 앞으로 바싹 다가섰다.

"네, 참 오래간만입니다."

"왜 놀러 안 오세요."

"네…… 네…… 뭐 그저 바뻐서……."

식당 곁에 섰느니만큼 한층 더 어려웠다. 그리고 어서 이 여자가 물러났으면 하나 좀처럼 물러나지 않을 모양이다. 그는 하는 수 없이 이편으로 슬슬 뒷걸음질하였다.

"자, 저는 먼저 갑니다."

그 여자는 이상한 듯이 신철의 아래위를 훑어보았다.

"네 안녕히 가세요. 그리고 놀러 오세요."

"예…… 예."

신철이는 도망하듯이 미쓰코시 문밖을 나섰다. 그는 한숨을 후 내쉴 때 땀방울이 등허리를 씻어 근질근질하게 흘러내리는 것을 느꼈다. 동시에 이가 무는 것같이 등허리가 가려우나 지나가고 오는 사람들의 눈이 어려워서 서서 긁지도 못하고 걸어가려니 땀만 부진부진 더 났다.

그는 본정으로 들어섰다. 좌우 상점에서 울려 나오는 레코드 소리며 아스팔트 위를 걸어 오고가는 게다 소리, 각 상점에서 상품을 사고파는 부산한 소리, 이 모든 소리가 교착이 되어가지고 흐르고 또 흐른다. 그리고 그 새를 물고기같이 헤엄쳐 나가고 오는 사람의 홍수! 그들은 모두가 앞가슴을 불쑥 내밀고 생기 있게 팔과 다리를 놀렸다.

신철이는 더욱 어깨가 늘어지고 잔등이 몹시 가려웠다. 그때 포마드 향유내가 물큰 스치므로 얼른 바라보니 그의 앞으로 다가오는 어떤 젊은 일인은 유카타를 서늘하게 입었으며 머리에서는 향유가 빛났다. 그리고 새로 목욕이나 하고 나오는 듯이 그의 얼굴은 윤택하였다. 순간에 신철이는 자신의 몸에서 발산하는 악취를 느끼며 다리는 천근이나 만근이나 무거운 듯하였다.

그는 영락정을 거쳐 황금정을 건너서 수표교까지 왔다. 그때 얼른 샅에 손을 넣고 잔등에 팔을 돌려 시원히 긁고 나서 이놈이 이젠 신문사에 들어갔기 쉬운데…… 혹시 지금쯤 배달하러 나오지 않는가…… 하였다. 그리고 중국인 거리를 총총히 지나서 종로까지 나왔다. 확실히 이 종로는 횅 빈 듯한 느낌을 그에게 던져주었다. 간혹 전차가 달려오고 달려가나 그 안은 몇 사람이 탔을 뿐이고 쓸쓸하였다. 그는 밤송이 동무의 집까지 왔으나 그를 만나지 못하였다. 그래서 그의 배달 구역을 향하여 걸었다. 마침 저편으로부터 방울 소리가 나며 밤송이 동무가 이리로 오다가 신철이를 보고 눈을 껌벅하며 오라는 뜻을 보였다. 신철이는 그를 따라 골목으로 들어갔다. 밤송이 동무는 좌우를 휘휘 돌아본 후에 소리를 낮추어

"자네 인천으로 가게 되었네. 오늘 저녁차로나 내일 아침까지 곧 떠나게."

"인천? 좋지! 나 역시……."

신철이는 땀을 씻으며 쓸쓸한 웃음을 입모습에 띠었다. 밤송이 동무는 지갑을 꺼내어 일 원짜리 지화 석 장을 그에게 주었다.

"이것으로 여비와 기타 비용을 쓰도록 하게. 인천 가면 아마 노동시장

에 직접 나가야 허리…… 그런데 인천 가서 이 주소를 찾아가게."

그는 종잇조각과 연필을 내어 신철에게 무엇을 써서 보였다. 신철이는 한참이나 들여다보다가 고개를 흔들어 보인다. 밤송이 동무는 그 종잇조각을 입에 넣고 씹으며 좌우 골목을 살펴보고

"자, 그러면…… 안녕히……."

밤송이 동무는 껑충껑충 달아났다. 신철이는 돈 삼 원을 쥐어서 그런지 아까보다 발길이 거분거분해진 것을 깨달으며 위선 우동이나 한 그릇 사 먹으리라…… 하고 그 골목을 빠져나왔다. 그리고 밤송이 동무가 써서 뵈던 종잇조각을 다시 생각해보았다. '인천부 외리 삼번지 김철수.' 신철이는 입속으로 다시 외어보았다.

81

신철이는 우미관 앞에서 오 전짜리 우동 두 그릇을 사 먹고 나서야 기운이 났다. 그리고 봉투쌀과 빵 몇 개를 사가지고, 그의 집까지 왔을 때, 일포와 기호는 타월로 머리를 동이고 누워 있다가, 신철이를 보고 벌떡 일어났다. 그리고 빵을 저마다 빼앗아들고, 맛있게 뚝뚝 무질러 먹었다.

"이거 웬일이야? 오늘은 빵 사 오고, 쌀 사 오고, 횡재수가 났지 아마?"

기호는 빵 한 개를 다 먹고 나서야 이런 말을 하며, 신철이가 무엇이든지 배부르게 먹고 늘어왔다는 것을 깨닫는 동시에, 서놈의 포켓에 돈이 좀 들어 있는 모양인가 하고, 눈치를 살피고 있다. 일포는

"나 오전 한 닢만 주게, 막걸리 한잔 먹겠네, 이게야 어디 살겠나."

눈가가 뻘게서, 아편쟁이의 손같이 핏기 없는 손을 내밀었다.

"이 사람아! 나무도 없는데 술만 처넣겠다? 어서 돈 내게. 나무사다가

밥해 먹세."

두 놈이 손을 저마다 내밀었다. 신철이는 술값으로 십 전, 나무 값으로 삼십 전을 주고 나서 양복을 활짝 벗어던졌다. 그리고 중절모를 방바닥에 들어 메치었다.

일포와 기호는 기가 나서 밖으로 나간다. 그는 땀에 젖은 내의를 벗어 밖에 내다 널며 다시는 그런 비겁한 생각을 하지 않으리라…… 결심하였다. 자기가 아버지 앞을 떠날 때부터, 아니! 그전부터 모든 것을 각오해 온 바가 아니냐. 그런데 지금 와서 약간의 고통이 된다고 다시 옛날을 회상하는 그런 비겁한 자식! 그는 입속으로 이렇게 자신을 꾸짖으며 인천의 월미도를 얼핏 생각하였다.

인천만 가면 그는 모든 이 비겁성을 홱 풀어 던지고 아주 노동자의 씩씩한 참동무가 되리라고 굳게 결심하였다. 그리고 오늘 밤차로 내려갈까? 철수! 외리 삼번지, 그는 이렇게 되풀이하며 방으로 들어왔다. 기호는 장작을 사가지고, 약간의 반찬감도 산 모양이다.

"여보게, 우리는 자네 기다리느라 아주 죽을 뻔했네…… 나 거 일폰가, 그 자식 보기 싫어서, 그저 발가락 새만 하루 종일 쑤시고 앉았데그리."

기호는 웃어가며 발가락 우벼내는 모양을 흉내낸다. 신철이는 빙긋이 웃었다. 그리고 이 동무들이 그나마 자기가 인천으로 가면 어쩔 셈인가? 하였다. 그리고 차라리 저러고 있을 바에는 시골집으로 내려가서 아내가 하는 농사일이나마 뒷배[72]를 보아주었으면 좋으련만 그 고생을 하면서도 그래도 이 서울 구석에 붙어 있으려는 그들의 심리가 생각수록 우습고도 맹랑하였다.

그들의 유일의 희망은 어떤 자본가를 붙잡아가지고 무슨 잡지나 신문사를 경영해볼까 하는 그런 심산이었다. 어쨌든 민중의 지도자가 되는 동시에 그들의 이름을 적으나마 전선적으로 휘날리는 데는 반드시 중앙에

인간문제

228

앉아가지고 그런 잡지나 신문사를 경영하는 데서만이 가능한 것으로 인정하는 모양이다. 저렇게 배고플 때에는 아무 말이 없다가도 배만 부르고 나면 어느 신문이 어떻고 어느 잡지가 어떻고 시비를 가려가며 비평을 하곤 하였다. 한참 떠들 때에 보면 모두가 일류 논객이었다.

신철이는 이러한 봉건적 영웅심리에서 나온 야욕과 가면을 몇 겹씩 쓰고 회색적 행동을 하고 앉은 그야말로 고리타분하고 얄미운 소부르주아지의 근성을 철저히 버려야 할 것을 그는 일포나 기호를 바라볼 때마다 절실히 느끼곤 하였다. 그러나 자신도 역시 그들의 근성을 어딘가 모르게 끼고 다니는 것을 오늘 일을 미루어 생각하면 뚜렷이 드러난다.

이튿날 아침 신철이는 그들에게 어디 잠깐 다녀온다고…… 말하고 나왔다. 그가 종로까지 나와서 상점 시계를 보니 거의 차 떠날 시간이 되었으므로 전차를 탈까 혹은 버스를 탈까? 하였다. 어제만 해도 오 전짜리가 큰돈 같더니 막상 돈푼이나 지갑 속에 있으니 정거장까지 걸어가기가 싫었다. 에라! 전차나 오래간만에 타보자 하고 달려가는 전차를 따라가서 올라섰다. 전차는 윙 하고 달아난다. 벌써 화신상회 앞을 지나 황금정으로 달아난다. 황금정에서는 용산으로 가는 듯한 월급쟁이들이 가득 들이몰리었다. 신철이는 좁은 자리에 끼여 불편함을 느꼈다. 보다도 월급쟁이들의 시선과 마주칠 때마다 저 가운데는……? 하고 가슴이 선뜻해지곤 하여 머리를 돌려버렸다.

그때 조선은행 앞 저리로부터 오는 인력거 한 채가 보인다. 인력거에 앉은 색시는 웬일인지 인력거를 처음 탄 듯하게 몸가짐이 어색하게 보여 그는 자세히 바라보는 순간 자기도 모르게 "아!" 소리를 지르고 벌떡 일어났다. 그리고 사람들의 틈을 뻐개려고 애를 쓰나 뻐개는 수가 없었다.

82

어느 날 새벽에 일어난 신철이는 철수 동무가 갖다준 잠방이 적삼을 입고 각반을 치고 지카타비[73]를 신고 밖으로 나왔다.

아직도 인천 시가는 뿌연 분위기 속에 잠겨 있었다. 그리고 전등불만이 여기저기서 껌벅이고 있다. 신철이는 어젯밤 동무가 세세히 말해준 대로 다시 한 번 되풀이하며 거리로 나왔다. 인천의 이 새벽만은 노동자의 인천 같다! 각반을 치고 목에 타월을 건 노동자들이 제각기 일터를 찾아 가느라 분주하였다. 그리고 타월을 귀밑까지 눌러쓴 부인들은 벤또를 들고 전등불 아래로 희미하게 꼬리를 물고 나타나고 또 나타난다. 나중에 알고 보니 이 부인들은 정미소에 다니는 부인들이라고 하였다.

신철이는 우선 조반을 먹기 위하여 길가에 늘어앉은 국밥집을 찾아 들어갔다. 흡사히 서울의 선술집 모양이다. 벌서 노동자들은 밥에다 김이 펄펄 나는 국을 부어가지고 먹는다. 그리고 어떤 사람은 부어놓은 탁배기를 선 채로 들이마시고 있다. 일변 저편에서는 끓는 국을 사발에 떠서 날라준다. 노동자들은 문에 불이 나게 드나든다.

신철이는 나무판자에 걸어앉았다. 어떤 노동자는 날라주는 것이 성이 차지 않아서 자작 그릇을 가지고 국솥 앞에 가서 국을 받아왔다. 신철이는 국을 훌훌 마시며 곁눈으로 보니 그의 곁에 앉은 노동자 하나는 그와 같이 들어와서 앉았는데 벌써 밥을 거의 다 먹어간다. 그의 밥술을 보니 끔찍하였다. 원 저렇게 먹고야 소화가 될 수 있나? 신철이는 이렇게 생각하며 다시 보았을 때 그는 술을 놓고 나서 부어놓은 막걸리를 쭉 들이마신다. 그러고는 주먹으로 두어 번 입가를 씻더니 신철이를 흘금 바라보며 벌떡 일어나 나간다. 신철이는 그 밥을 못다 먹고 그만 일어나 나왔다. 막걸리 뒷맛이 씁쓸하였다. 그는 천석정을 향하고 걸었다. 천석정에는 대동방적 공장을 새로 건축하므로 하루에 노동자를 사오백 명을 부린다고 하였다.

차츰 밝아오는 인천의 시가를 걸으면서, 그리고 저 영종섬 뒤로 부옇게 보이는 하늘에 닿는 듯한 수평선을 바라볼 때 용기가 부쩍 나는 것을 깨달았다. 동시에 전날 전차 속에서 바라본 뜻하지 않은 인력거 위에 어색하게 앉은 선비의 그 모양이 다시금 떠오른다. 따라서 그가 미친 듯이 전차에서 뛰어내려 인력거의 행방을 찾아 한결이나 헤매던, 무책임하고도 미련이 많은, 그렇게도 의지가 연약한 자신을 얼굴이 뜨겁도록 깨달았다. 다음 순간 나는 이젠 노동자다! 입으로만 떠드는 그러한 인텔리는 아니다. 더구나 여자 꽁무니를 따라 헤맬 자신이 아니라는 것을 그는 있는 용기를 다하여 부인하여보았다.

그가 천석정까지 오니 벌써 수백 명의 노동자는 '시루시반텡[74]'을 입은 일인 감독을 둘러싸고 제제히 일표를 타느라고 법석하였다. 신철이도 그 틈에 섞여 한참이나 돌아가다가 겨우 일표를 얻었다. 그는 일표라는 조그만 나무쪽을 들여다보니 60번이라는 번호가 씌어 있었다.

"어서 빠리빠리 하라."

감독의 고함치는 소리를 따라 일표를 얻은 노동자들은 흥이 나서 감독의 지정하는 대로 일을 붙잡았다. 그나마 일표를 얻지 못한 노동자들은 실망을 하고 그들을 부럽게 바라보면서 머리를 빠뜨리고 돌아선다.

"이리 와서 이것들 저리로 가져가."

여러 사람이 밀려가는 틈에 섞여 신철이도 따라갔다. 시멘트 포대를 시멘트 가루 개는 곳으로 나르라는 것이다. 노동자들은 황지포대에 넣은 시멘트를 어깨 위에 올려놓고 펄펄 뛰어 달아난다. 신철이 차례가 오므로 그는 메어주는 시멘트 포대를 어깨에 메었다. 그 순간 그는 어깨에서 우쩍 하는 소리가 들리는 듯하였다. 그리고 다음에는 가슴을 내리눌러

숨을 통할 수가 없었다. 그가 노동자들이 메는 것을 바라볼 때에는 이렇게까지 무겁지 않으리라 하였는데, 그리고 시멘트 포대가 밀가루 포대보다 조금 클까 말까 하므로 가볍거니 하였던 것이다. 그러나 막상 메고 보니 이것이 돌가루가 되어서 이렇게 무겁다는 것을 깨달았다. 신철이는 메기는 겨우 멨으나 발길을 잘 떼놓는 수가 없었다.

"이 자식아! 빨리 가거라!"

십장[75]의 호통 소리에 신철이는 앞으로 나갔다. 숨이 가빠오고 가슴이 죄어오고 어깨 위가 부서지는 것 같다. 신철이는 죽을힘을 다하여 시멘트 포대에 볼을 꽉 붙이고 비틀걸음으로 오십 간 가량이나 와서 쾅 하고 내려놨다.

83

신철이는 시멘트 포대와 함께 넘어졌다가 일어났다. 곁에서 삽을 가지고 물을 쳐가며 시멘트 가루를 벅벅 벅벅 벌뻘 갈기듯이 개는 노동자들을 멍하니 바라보았다. 그들은 일하기가 조금도 힘들어하는 것 같지 않았다. 눈 깜박할 새에 시멘트 가루를 개곤 하였다. 신철이는 그들을 부럽게 바라보며 돌아설 때 다시는 그 시멘트 포대를 멜 것 같지 않았다. 그러나 일표는 탔으니 하루만 참자, 설마한들 죽겠냐, 해보자! 이렇게 생각하며 천근이나 만근이나 한 다리를 옮겨놨다.

이번에는 벽돌을 나르라고 하였다. 노동자들은 철사를 두 겹으로 길게 굽혀가지고 그 새에다 벽돌을 두 겹으로, 한 겹에 열셋, 잘지는 노동자는 열다섯, 열여섯까지 올려놓았다. 그러고는 그 철사 끝에는 마대[76]를 베어서 달아가지고 한 번 동인 후에 낑 하고 졌다. 물론 등에는 섬피[77]를 대고 벽돌을 지는 것이다. 신철이는 지는 데 혼이 나서 이 벽돌을 손으로 나르리라 하고, 열 장을 포개 들고 날랐다. 몇 번 나르고 나니 손이 마치 가시로 찌르는 듯이, 따가우므로 들여다보니, 열 손가락에 피가 배어 빨개졌다. 그리고 다시 벽돌을 옮기려고 쌓아놓을 때, 전신에 소름이 오싹 끼치며, 온몸에 벽돌이 안 가 닿는 곳이 없는 듯하였다. 그리고 그 벽돌에 돌가시가 무섭게 돋아 있는 것을 그는 깨달았다.

"여부슈, 손으로 나르면, 손이 아파서 못합니다. 당신 일 처음 해보는 구리."

신철이는 얼핏 바라보니 아까 국밥집에서 한자리에 앉아먹던 그 노동자였다. 외눈만이 쌍까풀진 그의 눈에 약간 웃음을 띠었다. 그리고 이리로 와서, 신철의 등에 섬피를 대어주었다.

"이렇게 대구서, 벽돌을 지시우. 그러면 손으로 나르는 것보담 낫지유, 자 지시우."

신철이는 지다가 다리가 휘청하며 푹 꺼꾸러졌다. 그의 다리는 사시나무 떨리듯 부들부들 떨렸다. 그리고 경련이 여기저기서 불쑥불쑥 일어났다. 그는 아픈 손을 입에 물고 어린애같이 울고 싶은 충동을 느끼며 흐트러진 벽돌을 다시 쌓아놓고 그가 지워주는 대로 졌다.

"저 이거 보슈. 이거 이렇게 지면 힘듭니다. 이것을 이 섬피에 꾹 달라붙게 지며 몸을 이렇게 허시유."

외눈까풀이는 허리를 구부려 보인다.

그때 뒤에서

"이놈의 자식들, 빨리 날라라!"

"흥! 저놈 또 야단이군."

외눈까풀이는 입속으로 이렇게 중얼거리며 자기도 벽돌을 지고 신철이와 가지런히 걸었다.

"당신 미두[78]에 손해봤구려."

인간문제

233

미두에 손해본 사람들이 갑자기 객리에서 어쩔 수는 없고, 또는 가산을 탕진하여놓고 먹을 것 없으니 하는 수 없이 노동시장으로 나오곤 하였던 것이다. 그래서 여직 해보지 않던 일을 하려니 물론 노동자들과 같이 일이 손에 익지 못하고 서툴러서 애쓰는 것을 많이 보았던 것이다.

신철이는 땀을 뻘뻘 흘리면서 숨이 차서 대답도 못하였다. 그리고 자꾸 꺼꾸러지려고만 하였다. 외눈까풀이는 뒤에서 벽돌을 받들어주었다. 신철이는 그만 이 짐을 벗어 던지고, 달아나고 싶었다.

점심 먹는 시간 사십 분 동안을 내놓고, 아침 여섯 시부터 저녁 여덟 시까지 일을 마친 신철이는, 전신에 맥이라고는 다 끊어진 듯하였다. 신철이는 외눈까풀이의 뒤를 따라, 이번에는 돈표를 타러 갔다. '바라크' 식으로 지은 임시 사무소 앞에는 노동자들이 들이몰리어 저마다 돈표를 타려고 덤볐다. 사무실에서는 몇 번호, 몇 번호 하고 번호를 불렀다. 거의 한 시간이나 기다려서, 신철이는 돈표라는 종잇조각을 타가지고 이번에는 돈과 바꾸는 사무실로 달려갔다.

거기에서 비로소 돈 사십육 전을 쥔 신철이는, 하루의 품값이 오십 전임을 알았다. 그리고 사 전은 돈 바꿔주는 중간 착취배가 또 하나 나타나서 오십 전에 사 전을 벗겨 먹는 것임을 알았다. 그는 한숨을 후유 내쉬고 돌아보니, 인천 시가는 또다시 전등불로 장식되었다. 외상값을 받으러 온 국밥 장수들이며, 남편을 찾아서 이 저녁거리를 사려는 노동자의 아내들까지 몰리어 뒤끓었다.

신철이는 외눈까풀이를 잃어버리고 한참이나 찾다가, 그만 나와 버렸다. 그는 수없이 깜박이는 저 전등을 바라보며 잉여노동의 착취! 하고 생각하였다. 그가 책상에서 『자본론』을 통하여 읽던 잉여노동의 착취보다, 오늘의 직접 당하는 잉여노동의 착취가 얼마나 무섭고 또 근중[79]이 있는가를 깨달았다.

84

집까지 온 신철이는 자리에 쓰러지고 말았다. 그때 노동시장으로부터 돌아온 철수가 들어왔다.

"동무, 몹시 힘들지유."

신철이는 머리를 들며,

"동무 왔소! 난 어려워서 일어나지 못하우."

"예 좋습니다, 저 코피가 흐릅니다!"

"내가요?"

신철이는 그제야 자기 코에서 피가 흐르는 것을 느꼈다. 철수는 냉수와 걸레를 가지고 들어왔다. 신철이는 일어나려니, 전신이 무거워서 꼼짝하는 수가 없었다. 그리고 마치 벽돌 질 때와 같이 힘이 쥐어지고 전신에서 경련이 무섭게 일었다. 그는 철수가 손질해주는 대로 맡겨버리고 말았다.

"동무, 노동 못하겠수."

신철이는 이렇게 전신이 녹아오는 듯하면서도 철수의 이 말에는 자기를 모욕하는 듯한 기분을 느꼈다. 그는 눈을 꾹 감고 으흠 하고 신음을 하였다. 눈을 감으면 감을수록 무섭게 벽돌 지던 광경이 그치지 않고 보인다. 그리고 긴장이 되고 어깨가 무거워지며 금방 자신이 벽돌을 지고 걸어가는 듯하였다.

"뭐 좀 자셔봤수."

"예, 국밥을……."

"좌우간 동무는 노동은 그만두고 그저……."

중도에 말을 그치며 신철이를 바라보았다. 신철이는 눈을 뜨고 철수를 올려다보다가 벽으로 시선을 옮긴다. 철수는 일어났다.

"난 아직 저녁을 못 먹었는데 가서 먹구 오리다."

"예, 뭐 오실 것 없지요. 곤하신데 지무서야지요."

철수는 부두에 나가서 하루 종일 노동했을 것만은 틀림없는데 별로 곤해하는 기색을 보이지 않았다. 신철이는 누워서 철수를 보내고, 벽을 향하여 돌아누웠다. 아! 소리를 지르도록, 전신의 뼈가 저마다 노는 듯하였다.

잉여노동의 착취! 그는 벽을 바라보며, 입속으로 되풀이하였다. 그의 입속에서 돌아가는 잉여노동이란 그것은, 그 얼마나 무게가 있는가를 다시 한 번 생각하였다. 그리고 그 속에는 노동자의 피와 땀이 섞여 있는 까닭에, 아니 그들의 피와 땀의 결정물인 까닭에, 그렇게도 무게가 있다는 것을 오늘에야 절실히 느꼈다.

이렇게 무게가 있고, 깊이가 있는 잉여노동을, 말하기 좋아하는 자칭 논객들과 자칭 민중의 지도자들은, 아무 무게 없이 아무 생각 없이, 한 행세거리로 한 술어로밖에 부르지 못하는 것이다.

그는 두 번 부르기가 어려운 무게가 있음을 알았다. 동시에 수없는 벽돌이 잉여노동의 착취란 문구를 싸고, 그의 가슴을 압박하여 그는 견딜 수가 없었다. 그는 눈을 똑바로 뜨며 내가 무슨 환영을 보는 셈인가······ 하였다.

그는 그 생각을 하지 않으려고 하였다. 그리고 그것을 피하기 위하여 일부러 옛날을 회상해보았다. 따라서 인력거에 앉아 서울의 번잡한 도시를 향하여 달려오던 선비를 눈앞에 그려보았다. 그가 뭘 하러 서울에 오는가? 혹은 남편을 얻어 오는가? 남편을 얻어 오면 그래 마중 나간 사람들이 있겠지? 혹 어떤 몹쓸 놈에게 유인이나 받지 않았는지? 덕호가 선비를 공부시키기는 만무할 터인데······ 필경 옥점이가 중매를 해서 서울로 시집 온 것이겠지? 옥점이! 옥점이, 옥점이! 신철이는 웬일인지 옥점의 그 손! 그 눈이 생각되었다. 여직 선비를 어느 구석엔가 잊지 못하고 생각해온 것을 미루어, 더구나 전날 아침, 길거리에서 선비가 지나친 것을 봤으니 당연하게 선비를 그리워하여야 할 터인데 그저 몽롱하게 온갖 의문만 선비를 싸고돌 뿐이지 호기심은 언제 어디서 새어 빠졌는지 몰랐다. 그리고 도리어 옥점의 그 활발하게 뵈던 그 눈! 그 손! 그 얼굴이 금방 눈앞에 보이듯 하였다.

옥점이, 그는 시집을 갔을까? 그렇게 나를 못 잊어하더니…… 내가 너무 과했어! 그의 눈에는 요령부득[80]의 눈물이 괴었다.

그리고 옥점이가 초콜릿을 벗겨가지고 자기를 바라보면서, 입을 벌리라고 하며 빨개지던 그 얼굴이 지금 와서는 귀엽게 나타나 보인다. 만일 지금 이 자리에 있으면…… 할 때 그는 눈을 크게 뜨며 "에이 비굴한 놈!" 하고 그는 자신을 향하여 소리쳤다.

그때 멀리 들리는 택시의 경적 소리가 뿡빵 하고 들려왔다. 그리고 안방 시계가 열한 시를 땅! 땅! 쳤다. 그는 잠을 들려고 눈을 꾹 감아버렸다. 벽돌, 벽돌이 보인다.

85

며칠 후에 신철이는 철수를 만나 또다시 노동시장에 나가보겠노라고 하였다. 철수는 빙긋이 웃었다.

"동무 이번에 나가면 곱질러 십여 일이나 앓으리다. 그만두시오."

애써 노동을 해보겠다는 신철의 생각만은 좋으나, 그러나 노동에 세련되지 못한 그의 육체가 난처해 보였던 것이다. 신철이는 철수를 따라 웃으면서도 맘속으로는 불쾌하였다. 그리고 철수와 자신을 비교해본다면 위선 신체의 장대함이라든지 어느 모로 보나 철수에게 떨어질 것은 없다고 생각되었다. 오직 자신이 노동에 단련되지 못한 까닭이니 어느 정도의 고개만 넘으면 별로 힘들 것이 아니리라고 생각하였다. 오냐! 철수가 하는 일을, 아니 인간이 하는 노동을 나라고 못할 까닭이 있느냐? 하자! 죽도록 해보자! 요즘 동무들이 노동을 하여 벌어다 주는 밥을 앉아 먹고 있기는 무엇보다도 더 고통이었던 것이다. 철수는 신철의 기색을 살폈다.

"그럼 하루만 또 고생해보시우, 허허…… 내일 아침 나와 부두로 나가봅시다. 그런데 임금이 낮아서 그렇지 실은 벽돌 나르는 것이 제일 헐하리다[81]."

신철이는 약간 눈살을 찌푸렸다가 웃었다. 그리고 머리를 설레설레 흔들었다.

"아니, 벽돌은 싫어."

벽돌 말만 들어도 전신이 오싹해지며 손끝이 따가워짐을 깨달았다. 그리고 아무리 벽돌 나르는 것보다 힘든 노동이라 하여도 지금 같아서는 힘든 그 일을 하지 벽돌은 나르지 못할 것 같았다. 보다도 벽돌은 두 번 바라보기도 싫었다.

그 밤이 오래도록 부두노동의 몇 가지 종류를 철수에게서 자세히 들은 신철이는 그 이튿날 새벽에 철수를 따라 부두로 나오게 되었다. 그들이 세관 앞을 지나 섰을 때 벌써 몇 십 명의 노동자가 백통테 안경을 둘러싸고 십장님! 십장님! 하고 덤볐다. 철수는 둘러선 사람을 뻐개며 들어섰다.

"십장님! 저 하나 주시우."

백통테 안경은 안경 너머로 철수를 보더니 손에 들었던 붉은 끈을 봐라 하듯이 내쳐준다. 철수는 얼른 받아가지고 돌아보았다.

"이 끈이 일표입니다. 이걸 손목에다 꼭 동이시오."

철수가 동여주는 붉은 끈을 들여다보는 신철이는 벌써 속이 두근두근함을 느꼈다.

"난 정거장으로 짐 메러 가니…… 하루 또 고생하시우."

철수는 말 마치기가 무섭게 뛰어간다. 신철이는 어제 철수에게 붉은 끈들이 하는 노동을 자세히 들었으나 철수가 저렇게 자기 앞을 떠나가는 것을 보니 도무지 두서를 찾을 수가 없었다. 그래서 손목에 붉은 끈 동인 사람들만 주의해 보고 그들의 뒤를 슬금슬금 따라 섰다.

조선의 심장지대인 인천의 이 축항은 전 조선에서 첫손가락에 꼽힐 만큼 그 규모가 크고 또 볼 만한 것이었다. 축항에는 몇 천 톤이나 되어 보이는 큰 기선[82]이 뱃전을 부두로 가로 대고 열을 지어 들어서 있었다. 그리고 검은 연기를 뭉실뭉실 굵은 연돌[83] 위로 피어 올라온다. 월미도 저편에 컴컴하게 솟은 섬에는 등대가 허옇게 바라보이고 그 뒤로 수평선이 멀리 그어 있었다.

노동자들이 무리를 지어 쓸어나온다. 잠깐 동안에 수천 명이나 되어 보이는 노동자들이 축항을 둘러싸고 벌떼같이 와와 하며 떠들었다. 그들은 지게꾼이 절반이나 넘고 그 외에 손구루마를 끄는 사람, 창고로 쌀가마니를 메고 뛰어가는 사람, 몇 명씩 짝을 지어 목도로 짐을 나르는 사람, 늙은이, 젊은이, 어린애 할 것 없이 한 뭉치가 되어 서로 비비며 돌아가고 있다.

백통테 안경은 기선 갑판 위에 올라섰다.

"이 자식들아! 여기 어서 다리를 놓아!"

호통 소리를 따라 붉은 끈들은 달려가서 시멘트 콘크리트로 된 부두와 기선 새에 나무를 건너지르고 그 위에 넓은 나무판자를 척척 올려놔서 다리를 만들었다. 그리고 기중기 옆에 붉은 끈이 하나가 서서 손잡이를 놀리니 기중기가 왈랑왈랑 소리를 지르며 쇠줄이 기선 밑의 화물 창고를 향하여 내려간다. 갑판 위에는 감독이라는 일인이 서서 들어가는 쇠줄을 들여다보며 손짓을 하다가 뚝 멈추니 기중기 운전수도 역시 그 군호를 따라 손잡이를 눌러 멈추었다. 한참 후에 감독이 손을 젖혀가지고 손짓을 하니 운전수가 또다시 손잡이를 제끼었다. 기중기는 다시 왈랑왈랑 소리를 지

인간문제

르고, 올라오는 쇠줄에는 집채 같은 짐짝이 달려 있었다. 이편 부두에 빠듯이 둘러선 노동자는 짐짝을 쳐다보며 한층 더 아우성을 쳤다.

86

기중기에 달린 몇 백 관이나 되는 짐은 마침내 와르르 하고 부두에 쏟아졌다. 서로 밀거니 하며 섰던 노동자들은 일시에 달려들어 저마다 짐을 붙들고 붉은 끈들에게로 대어들었다. 붉은 끈들은 분주히 돌아가며 짐짝을 쇠갈고리로 대어서 지게 위에 실어주었다. 신철이는 철수가 준 갈고리를 사용하려니 쓸 줄을 몰라 쓸 수가 없었다. 그래서 그는 할 수 없이 갈고리를 꽁무니에 차고 붉은 끈과 마주 서서 쉴새없이 손으로 짐짝을 올려놓곤 하였다.

짐은 뒤를 이어 와르르 하고 부두에 쏟아졌다. 신철이는 차츰 숨이 차오고 팔이 떨어져오는 듯하였다. 짐은 큰 상자며 철판이며 대두박[84]이며…… 이런 종류였다.

"이놈들아, 빨리 짐을 메어줘라!"

백통테 안경은 눈알을 구루마 바퀴 굴리듯 하며 호통을 하였다. 신철이는 언제 손끝이 상하였는지 피가 줄줄 흐른다. 그는 흐르는 피를 어찌는 수가 없어서 그의 잠방이에 북 씻고 나서 연달아 오는 노동자들에게 짐을 메어준다.

"여보! 갈쿠리를 써야지, 손 아파 못하우!"

마주 선 붉은 끈은 웃으며 소리쳤다. 신철이는 꽁무니에 찼던 갈고리를 빼어가지고 짐을 끼워 들다가 잘못하여 짐꾼의 얼굴을 내다 쳤다. 짐꾼은 얼른 머리를 돌렸다.

"이 자식아! 미쳤니? 남의 얼굴은 왜 후려…… 하마트면 눈이 꿰질 뻔혔다. 이 자식! 정신 채려!"

눈을 부릅뜨고 대든다. 신철이는 참았던 눈물이 핑 돌았다. 그는 아무 말없이 머리를 돌리어 저 퍼런 물을 바라보았다. 그 순간에 신철이는 저 퍼런 물에라도 뛰어들어서 이 자리를 벗어나고 싶었다. 그들의 무뚝뚝한 말과 행동은 마치 그의 상한 손에 사정없이 맞찔리는 철판과 상자 귀에 박힌 못과 무엇이 다르랴!

"여보! 어서 들어유!"

신철이는 풀풀 떨리는 팔로 큰 상자를 들려니 자꾸 내려만 오고 올라가지는 않았다. 마침내 그는 상자에 푹 거꾸러졌다.

"이그…… 왜 이래 바쁜데. 넘어질랴거든 저리 가!"

마주 선 붉은 끈은 차라리 신철이가 물러났으면 좋을 것 같았다. 신철이가 도리어 맞들어주기는 고사하고 그의 짐이 되었던 것이다. 신철이는 겨우 정신을 차려 일어났다. 차라리 넘어질 바에는 아주 어디가 콱 상하였으면 그것을 핑계로 이 자리를 벗어나고 싶었다. 그러나 돌아보니 아무 데도 상한 곳은 없는 듯하였다.

짐에서 떨어지는 먼지며 바람결에 불려오는 먼지가 수천 명의 노동자의 몸부림치는 바람에 가라앉지를 못하고 공중에 뿌옇게 떠돌았다. 그리고 사람을 달달 볶아 죽이고야 말려는 듯한 지독한 볕은 신철의 피부를 벗기는 듯하였다. 그는 숨이 콱콱 막히며 입 안에 침기라는 것은 조금도 없이 먼지만 들여쌓이는 듯하였다. 물, 물, 물이 먹고 싶다! 그러나 잠시라도 몸을 빼어낼 수가 없었다. 따라서 그는 그의 주위를 싸고도는 수없는 사람들 중 어린애까지도 자기와 같이 무능하고 연약한 육체를 가진 사람은 하나도 없는 것 같았다.

멀리 재목 공장에서는 기계로 재목 가르는 소리가 짜아짜아 하고 유달리 새어 들려온다. 그리고 마주 건너다보이는 부두에는 산더미 같은 석

탄이 여기저기 쌓인 것을 보아 그 편에 댄 기선에서는 석탄을 푸는 모양이다.

"이애 이놈들아, 저게 가서 실컷 싸우라!"

신철이와 마주 선 붉은 끈이 이렇게 소리치며 바라보므로 신철이도 흘금 돌아보았다. 저마다 짐을 잡아당기다가 마침내 서로 주먹으로 쥐어박기 시작한다. 나중에는 짐짝은 버리고 두 놈이 데뭉데뭉 굴렀다. 그 틈에 그 짐짝은 딴 놈이 메고 달아난다. 그때 싸우던 놈들은 부스스 일어나서, 짐짝을 다우쳐가서는 또 쌈이 벌어진다. 그러고는 세 덩이, 네 덩이가 되어 싸우는 것이다.

그중에 한 사람이 외눈까풀임을 알자, 신철이는 달려가서 말리고 싶은 생각도 있었으나 맘뿐이지 그의 몸 하나도 건사하기가 큰일이었던 것이다. 더구나 이곳에서는 싸우면 싸웠지, 누가 눈 한 번 거들떠보는 사람이 없었다. 저희들끼리 실컷 싸우다가, 진하면 툭툭 털고 일어나는 것이다.

전깃불이 와서도 한참이나 되어 신철이는 임금을 타려고 붉은 끈들과 함께, 백통테 안경을 따라 섰다. 그때 뒤에서 휘파람 소리가 나므로 돌아보니, 외눈까풀이가 지게를 지고, 맥 빠진 걸음새로 천천히 이리로 온다. 그도 무던히 피로한 모양이다.

87

"이 동무!"

외눈까풀이가 신철의 앞을 지나칠 때 이렇게 불렀다. 외눈까풀이는 우뚝 서서 누가 불렀는지 몰라 두리번두리번하였다.

"내가 찾었수."

외눈까풀이는 그제야 신철이를 흘금 쳐다보더니

"여기 또 왔구레."

그의 곁으로 다가온다. 신철이는 그가 낮에 싸우던 생각을 하며

"오늘 돈 얼마나 벌었소?"

"돈이 다 뭐유, 쌈만 했수."

"왜 쌈은 했수."

"괜히 싸우지우."

외눈까풀이는 머리를 벅벅 긁었다.

"우리 집에 놀러 오시우."

"집이 어데유?"

"사정으로 올라가노라면 천주교회당이 있지우."

"천주? …… 뭐유." 생각 안 난다. "천주 담엔 뭐라고 했는지요?"

신철이는 손으로 십자가를 그어 보였다.

"이렇게 된 것이 지붕 위에 뾰죽하니 솟아 있는 집이오."

"네, 성당 말이구리. 알았슈."

"그 집을 지나 공동변소가 있지우."

"네, 네."

"그 우에는 장작 패어 파는 집이 있습니다. 바루 그 우에 조그만 초가
집이 있지우."

"네, 알았슈."

"그 집 뒷방이 바루 나 있는 방이오."

"네, 네, 그렇쉬까! 가지유."

"꼭 오시우."

"예."

외눈까풀이는 인사도 없이 성큼성큼 걸어간다. 신철이는 그의 뒤꼴을
물끄러미 바라보며 저러한 놈이 의식이 제대로만 들었으면 훌륭한

데…… 하였다.

백통테 안경은 어떤 여관으로 쑥 들어갔다. 뒤따르던 붉은 끈들은 멈 칫 서서 그가 나오기를 기다렸다. 그리고 신철이를 돌아보며 킥킥 웃었 다. 신철이는 그들이 낮에 자기가 노동하던 것을 흉내 내며 웃는 것임을 알았을 때 불쾌하고도 뭐라고 형용 못할 쓸쓸함을 느끼며 으흠 하고 나 오는 줄 모르게 신음을 하였다. 그리고 땅에 펄썩 주저앉아 붉은 끈들이 서 있는 반대 방향을 바라보았다. 못 견디게 전신이 무거웠던 것이다.

저편으로 보이는 시멘트로 바른 벽에는 깅바아(キンバー)라고 쓴 금자 가 전등불에 빛났다. 그는 웬일인지 눈물이 핑 돌았다. 그리고 자기의 초 라한 모양을 굽어보았다. 순간에 그는 세상에서 버림을 받은 듯한 고적 함을 깨달았다. 자기는 노동자의 동무가 되려고 필사의 힘을 다하여 노 동시장에 나왔거늘 그들은 저렇게 자신을 비웃고 조그만 동정을 기울이 지 않는다.

아니다! 내 뒤에는 수많은 동지가 있지 않으냐! 그는 이렇게 부르짖었 다. 그러나 자기를 싸고도는 환경만은 이렇게 쓸쓸하고 고적만 하였다. 그 때 저리로부터는 모던 걸, 모던 보이가 어깨를 나란히 하여, 마치 댄스하 듯이 발걸음을 맞춰 이리로 온다. 그는 벌떡 일어나 벽에 몸을 기대었다.

남녀는 오루지날의 향내를 후끈 던지고 지나친다. 그는 얼핏 옥점이를 생각하였다. 그리고 옥점이와 자기가 바닷가에서 낙조를 바라볼 때 펄펄 일어나는 불길을 향하여 선 것처럼 그 불과 그 옷이 빛나던 광경이 떠오 른다. 그는 얼결에 한숨을 푹 쉬었다. 그리고 못 견디게 옥점이가 그리워 졌다. 혹시 월미도에나 놀러 오지 않았나? 아직도 나를 생각해서 그 조그 만 가슴이 아프지나 않나? 내가 왜 그리했나! 그는 이렇게 생각하였다.

반면에 무슨 더러운 생각이냐 하고 무엇이 뒷덜미를 툭 치는 듯하였 다. 그는 머리를 번쩍 들었다. 그는 여전히 쓸쓸하게 벽을 기대고 선 것을 발견하였다. 동시에 잠깐 잊었던 아픔이 그의 전신을 못 견디게 습격하였다. 그는 또다시 주저앉았다. 저들이 아니면 잠깐이라도 여기에 눕고 싶었다. 그는 벽을 기대고 으흠 하는 신음을 하며 오늘 신문에나 무슨 특별한 소식이 실렸는가? 하였다.

그가 재학 당시만 하여도 신문을 대할 때마다 목전에 정세가 흔들릴 것 같고 무슨 일이 곧 되는 것 같아 가슴이 조마조마하더니 막상 이렇게 뛰어나오고 보니 일 년 전 그때나 지금이나 별한 이상이 없었다. 이 현상대로 몇 십 년을 지날지 혹은 몇 백 년을 지날지? 하는 막연한 생각이 아는 듯 모르는 듯 그의 가슴 한편에서 떠나지 않았다.

백통테 안경이 나왔다.

88

여기저기 벌려 있던 붉은 끈들은 백통테 안경을 중심으로 둘러앉았다. 그리고 손목에 동였던 붉은 끈과 점심 값 5전을 제한 95전과 바꾸었다.

신철이는 95전을 타가지고 일어섰다. 헤어지는 그들은 신철이를 흘금흘금 돌아보며 킥킥 웃었다. 신철이는 그나마 하루 종일 같이 일을 했으니, 작별의 인사라도 건네고 싶었으나, 그들이 이렇게 픽픽 웃는 데는, 그만 입이 꽉 붙고 말았다. 그는 어정어정 발길을 옮겨놨다. 그리고 웬일인지 노동자와 자기 사이에는 언제부터인가 짐작할 수 없는 그때부터, 어떤 보이지 않는 간격이 꽉 가로막혀서 있음을, 그는 설실히 느꼈다. 농시에 자신은 좌우편을 가까이할 수 없는 그러한 입장에 서 있는 듯하여, 그는 불쾌하였다.

마침 어떤 노동자가 지게에 한 되나 들어 보이는 쌀자루와 소나무 한 단을 올려놓고 그 위에 약간의 찬거리까지 곁들여가지고 그의 앞을 총총히 걸어간다. 그도 역시 부두에서 돌아오는 모양이다. 오늘 일을 미루어 보건대 하루 종일 그 먼지판에서 쌈을 해가며 짐을 져야 겨우 오륙십 전이나 벌까 말까 하였다. 그나마 부두노동에 있어서는 신철이가 맡았던 붉은 끈이 제일 임금이 많은 듯하였다.

그는 길가 국밥집에서 국밥을 한 그릇 사 먹은 후 집으로 돌아왔다.

그 후부터 신철이는 노동시장에 나갈 생각을 단념하고 말았다. 그리고 철수가 벌어다 주는 것으로 그날그날을 겨우 살아갔다.

어떤 날, 밤이 퍽이나 오랜 후였다.

"있수."

굵은 음성과 함께 외눈까풀이가 성큼 들어왔다. 신철이는 밤송이 동무에게 편지 쓰던 것을 얼른 뒤로 밀어놓고 손을 내밀었다.

"아 이거! 반갑소. 그동안 난 동무를 기다리다 안 오기에 아마 나를 잊은 것으로 알았구려…… 자, 앉으시오."

신철이는 진심으로 반가워서 그의 꿋꿋한 손을 잡아 흔들었다. 외눈까풀이는 빙긋이 웃으며 신철이가 주저앉히는 대로 앉아서 방안을 휘 둘러보았다.

"어데 앓았수?"

뚫어지도록 들여다본 신철이는 외눈까풀이가 기색이 전만 못한 것 같아서 이렇게 물었다.

"아니유."

외눈까풀이는 그의 머리를 내려쓸며 약간 머리를 숙였다. 그의 오래 깎지 않은 듯한 좋은 머리카락에 먼지가 뿌옇게 앉았다. 그리고 그의 턱 밑으로는 굵단 수염이 삐죽삐죽 나와 있었다. 신철이는 그가 말하지 않아도 오늘 노동시장에서 얼마나 피로해진 몸임을 직각하는 동시에 자신이 쇠철판을 들려고 애쓰던 생각이 들며 금방 팔이 쩔쩔해오는 것을 깨달았다. 그래서 신철이는 머리맡에 놓인 몇 권의 책을 척척 덧놓아서 밀어놓았다.

"여기 좀 누, 동무 대단히 곤하지우?"

외눈까풀이는 신철이를 흘금 바라보더니 조금 물러앉았다.

"아니유……."

"누시오, 어서 누시오."

신철이는 바짝 다가앉았다. 땀내와 함께 고리타분한 냄새가 훅 끼친다. 그는 무의식간에 약간 눈살을 찌푸리다가 얼른 웃어보였다. 그리고 그의 옷이 땀에 배어 어룽어룽하니 말라진 것을 보았다. 외눈까풀이는 신철이가 그의 곁으로 다가올수록 어려운 빛을 얼굴에 띠고 점점 더 물러앉는다. 그리고 머리만 벅적벅적 긁었다.

"왜 올라가시우, 좀 누라니까…… 오늘도 일하러 가셨지요?"

"네."

"어데로 가셨소, 또 부두로? ……."

"아니유. 왜? 월미도 앞 개천 메우는 데 있지우. 거기로 갔댔슈."

"그것은 하루의 임금이 얼마입니까."

외눈까풀이는 머리를 들며 머뭇머뭇하였다. 신철이는 그가 임금이란 말을 잘 알아듣지 못하였나? 하며 동시에 자신이 이후부터 노동자들이 쓰는 말부터 배워야 하겠다는 것을 절실히 느꼈다.

"저…… 품값 말입니다."

"예, 예…… 그거 잘하면 칠팔십 전, 못하면 사오십 전 되지우."

"예…… 평안히 앉아서 우리 맘 놓고 이야기합시다. 왜 그리 힘들게 앉아 계시우. 그런데 참 우리 사귄 지는 오래되 피차에 이름만은 모르지 않소…… 난 유신철이라 하오. 동무는?"

신철이는 외눈까풀이를 똑바로 보았다.

89

"나유? …… 첫째유."

"첫째…… 그 이름 좋습니다. 고향은?"

첫째는 속으로 고향을 말할까 말까 망설였다. 그러나 고향을 말하는 것이 재미없을 듯하여 눈을 내려떴다.

"나 고향 없어유."

"고향이 없어요……."

신철이는 이렇게 중얼거리며, 고향 없다는 그 말이 이상하게도 그의 가슴을 찡하니 울려주었다. 그리고 첫째와 같은 그런 사람에게 있어서는 그 말이 진심에서 나오는 말일지 몰랐다.

고향 말이 나니 첫째는 이 서방과 어머니가 머리에 떠오른다. 지금쯤은 죽었는지? 혹은 살아서 자기가 돈 벌어가지고 돌아오기를 기다리는지? 할 때, 이때껏 무심하던 가슴이 갑자기 어수선해졌다. 그가 집을 떠날 때는, 돈을 벌어가지고, 이 서방과 어머니를 데려오려고 생각했지만 그가 생각했던 바와 같이 돈을 벌 수도 없지만 그의 몸이 항상 분주한 가운데 이렁저렁 지나니 어머니와 이 서방도 그의 머리에서 차츰 희미하게 사라졌던 것이다.

"좀 누시오. 일하기 힘들지유?"

신철이는 첫째의 손을 물끄러미 보며 자기의 손과 비교해보았다. 그때 그는 부끄러운 생각과 함께 무쇠 같은 팔뚝을 가진 첫째가 얼마나 부러워 보였는지 몰랐다. 동시에 자기가 이때까지 배웠다는 것은 자기로 하여금 이렇게 연약한 몸과 맘을 가지게 한 것밖에 더 없는 것 같았다.

"동무는 일하기 힘들지 않소?"

"아침에는 괜찮유. 그래두 해질 때쯤 가서는 좀 어려워유."

"네, 그래요? 동무는 어려서부터 노동일 하셨소?"

"아니유. 김매다가 노동을 했수……."

신철이는 꾸밈없는 그의 말과 굵은 음성이 퍽이나 좋았다. 동시에 어딘가 모르게 믿는 맘이 차츰 강해짐을 느꼈다.

"동무, 난 일하는 데는 도무지 모르니, 이후부터 종종 와서 나에게 일하는 것 가르쳐주."

"일두 뭐 가르쳐주나유, 그저 하면 되지유, 허허."

첫째는 가르쳐달라는 말이 우스웠다. 더구나 전날 벽돌 나르면서, 애쓰던 신철의 모양을 생각하였던 것이다. 신철이는 그가 웃는 것을 보니, 한층 더 그에게 맘이 쏠리었다.

"그런데 거…… 부두에서 말이오, 짐짝이나, 쌀가마니 나르는 것은 어떻게 품값을 회계하오."

"그거유. 무게에 따라 다르지우. 쌀 한 가마니에는 오 리 아니면 육 리 하고 대두박은 사 리, 기타 짐짝은 오 리지유."

"그럼! 쌀 백 가마니를 날라야 오십 전 아니면 육십 전이구려!"

신철이는 눈살을 찌푸리며 쌀 백 가마니를 나를 생각을 해보았다. 따라서 부두에서 그 먼지를 뒤집어쓰고 일하던 몇 천 명의 노동자를 생각하였다. 동시에 그는 뜻하지 않았던 한숨이 푹 나왔다. 그리고 자기의 사명을 그는 강하게 느꼈다.

"동무, 전날 돈 얼마나 벌었수? 그날 말이유."

"몰라유. 잊었지유."

"아 그 쌈하던 날 말이오. 왜 짐짝을 서루 뺏으랴고 쌈하지 않았수."

"글쎄 몰라유."

"그런데 동무 이후부터 쌈하지 마시오. 쌈해야 서로 손해만 나지 않우. 쌈할 곳에 가서는 끝까지 싸워야겠지만 서로 동무들끼리 싸워서야 피차에 손해가 나지 않소……."

"그래두 그놈이 남의 맡아논 짐을 제가 지고 가랴니께 싸우지유……
그런데 왜? 노동일을 하시우?"

"나요? 노동을 해야 벌어먹지유……."

"당신 같으신 어룬은 면서기나 순사도 꽤 허시겠지유."

아까 이 방에 들어설 때 신철이가 글을 쓰는 것을 보았고, 그리고 벽에
걸린 그의 옷이라든지 등 아래로 놓인 약간의 책권을 보니 신철이가 노
동일이나 할 사람 같아 보이지 않았던 것이다. 신철이는 웃음을 참으며

"면서기나 순사가 좋아 보이시우?"

"그럼 좋지유."

"난 당신들이 하는 노동일이 부럽소."

첫째는 허허 웃었다. 그리고 순서와 면서기를 부르고 나니 고향서 보
던 면서기와 순사들이 그의 앞에 나타나 보였다. 그리고 가슴이 뜨거워지
며 신철이를 대하여 무엇인지 모르게 묻고 싶은 충동을 강하게 느꼈다.

"저…… 순사는 말유……."

첫째는 무슨 말을 하려다가 말끝을 잊었다. 신철이는 그를 똑바로 보
았다.

"네, 순사가 뭘……?"

"저, 저…… 어떻게 해야 법에 안 걸리우? 법에 안 걸리게 좀 가르쳐
주……."

90

밤늦게 돌아온 간난이는 잠들었다가 깨어나는 선비를 보며 생긋 웃
었다.

"빈대 물지 않니?"

"왜 안 물어, 물지…… 어데를 갔었니?"

"나, 저게…… 누가 좀 만나자고 해서."

간난이는 나들이옷을 훌훌 벗어 벽에 걸고 나서 선비 곁으로 바싹 다가앉았다.

"이애, 지금 인천서는 말이야, 아주 큰 방적공장이 낙성되었는데 그곳에는 지금 내가 다니는 방적공장과 달리 여직공을 많이 쓴다두나…… 근천여 명의 여직공을 쓴대……."

선비는 눈졸음이 홀랑 달아났다. 그리고 빛나는 눈에 이상한 광채를 띠었다.

"난 그런 곳에 못 들어갈까?"

"들어갈 수 있지—나두 거게로 갈 생각이다! 우리 둘이서 그리로 가자…… 응 선비야."

간난이는 생긋 웃었다. 그리고 그의 머리를 매만지며 빠져나오려는 핀을 다시 꽂는다. 멍하니 바라보는 선비는 얼굴이 빨개졌다. 그리고 간난이에게서 들었던 방적공장의 온갖 기계들이 얼씬얼씬 나타나 보이었다.

"내가 그런 것을 할지 몰라…… 그러다 잘못하면 내쫓나?"

간난이는 선비의 얼굴을 바라보며 그가 처음 서울에 올라와서는 아무 것도 모르고 그저 무섭고 부끄럽기만 하던 생각을 하였다.

"왜 네가 그런 것을 못하겠니, 배우면 잘할 터이지…… 너만 못한 애들도 많이 들어와서 배워나면 곧잘 하더라야. 걱정 마라."

선비는 한숨을 가볍게 쉬었다. 그리고 웃었다.

"그래서 선비야! 난 오늘 방적공장을 나오기로 했단다……."

"그럼 언제 가니?"

"곧 가지…… 그런데 볼일이 있어 아무래도 한 이틀은 지체될 듯하다."

간난이는 아까 태수가 전해주던 밀령을 다시금 생각하며, 유신철이…… 인천부 사정 5번지 하고 외어보았다.

"인천이라는 데는 이 서울 안에 있니?"

간난이는 얼른 선비를 보며 호호 웃었다.

"아니야. 여기서 한 백여 리 차 타고 가야 한다더라."

선비는 한층 더 얼굴이 화끈 달며 간난이는 언제 누구한테 배워서 말도 자기가 알아듣지 못할 유식한 말을 늘 하고 또 모르는 곳이 없이 저렇게 잘 아는가…… 하였다. 그리고 자기는 언제나 저 애처럼 되나…… 하였다.

그때 맞은편 방에서는 웃음소리가 하하 하고 흘러나왔다. 그들은 말을 그치고 흘금 문을 바라보았다.

"오늘은 굶지들은 않았나봐…… 저렇게 웃음이 터질 때에는……."

선비는 일어나서 자리를 펴놓으면서

"그 사람들은 뭘 하는 사람들이어?"

선비는 방문을 맘 놓고 열어놓을 수가 없이 거북한 것을 느낄 때마다 뭘 하는 사내들이 해종일 어디도 가지 않고 저렇게 방구석에만 들어 있는가? 하는 의문이 들곤 하였던 것이다. 그리고 간난이가 공장에 간 후에는 무서워서 앞문을 닫아걸고 있었다.

"그 사람들, 그저 실업자지…… 뭐겠니."

실업이란 말을 또 무슨 말인가? 하며 선비는 묻고 싶은 것을 그만 눌러버렸다.

"얼굴들이야 좀 잘생겼디…… 그래도 이 사회에서는 그들에게 직업을 안 주니…… 어떻게 하니……."

간난이는 등불을 멍하니 바라보며, 사정 5번 유신철…… 이 번지와 이름을 잊을까 하여 그는 이렇게 되풀이하였다. 그리고 태수가 하던 말을 곰곰이 생각하였다. 선비는 간난이가 저렇게 늦게 돌아올 때마다 무엇을 깊이 생각하는 것이 수상스러웠다. 그리고 자기가 시골 있을 때 밤마다 덕호에게 당하던 것을 생각하며 무의식간에 그는 진저리를 쳤다. 따라서 간난이 역시 그러한 일을 저지르지 않는가? 하는 불안과 의문에 슬금슬금 그의 눈치를 살폈다.

"선비야! 네가 서울 올라온 지가 오래두 내가 바빠서 너를 구경도 못 시켜주었지. 내일 우리 남산공원에 가볼까?"

"남산공원? 그게는 뭘 하는 데야."

"우리 동네 왜 원소 위에 잿등이라고 있지 않니? 그런 산이지…… 뭐야, 거게 우리들이 밤낮 올라가서 싱아를 캐 먹었지…… 참 우리 어머님 보고 싶다!"

그때 선비의 머리에는 그의 눈등을 아프게 찌르던 첫째의 시커먼 손이 문득 떠오른다. 그리고 간난에게 너 첫째를 혹시 만나본 일이 있니 하고 묻고 싶은 충동을 강하게 느꼈다. 그러나 선비는 간난이 모르게 가슴을 쥐며, 첫째가 이 서울에 있는지 몰라…… 선비는 머리를 숙였다.

91

이튿날 그들은 창경원을 둘러서 남산까지 왔다.

"저기 조선신궁이라는 게다."

간난이가 들여다보이는 조선신궁을 가리켰다. 선비는 머리만 끄덕일 뿐, 무슨 말인지 알아듣지 못하였다. 그리고 이제 올라온 놀층계가 부섭게 그의 앞에 아찔아찔하게 나타난다.

"이따 갈 때도 저리 가니?"

선비는 돌아서서 돌층계를 가리켰다.

"왜?"

"딴 길 없나?"

그제야 그가 선비의 눈치를 살피고 생긋 웃었다.

"에이 시굴뚜기년 같으니, 거기서 떨어져 죽을까 겁나니? 그럼 다른 길로 가자꾸나."

그들은 호호 웃으며 조선신궁 앞을 지나 솔밭으로 내려와서 가지런히 앉았다.

우수수 하는 바람결에 나뭇잎이 그들의 치맛가를 가볍게 스치고 천천히 떨어진다. 선비는 무심히 나뭇잎을 쥐었다.

"벌써 가을이야! 세월두 어지간히 빠르지."

간난이는 선비의 손에 쥐어진 나뭇잎을 바라보며, 이렇게 말하였다. 선비는 휙 머리를 돌려 간난이를 바라보다가, 빙긋이 웃었다. 간난이가 자기의 생각한 말을 하였기 때문이었다.

그들은 저 앞을 바라보았다. 붉고도 흰 벽돌집은 저마다 높음을 자랑하느라 우뚝우뚝 솟았고 북악산 밑 백악관은 몇 천만 년의 튼튼함을 보여주는 듯이 앉아 있다. 그 뒤로 게딱지 같은 집들이 오글오글 쫓겨서 몰려들어 간다.

윙 달려오는 전차 소리, 택시 소리…… 그들이 시선을 옮기니, 옛날의 비밀을 혼자 말하는 듯한 남대문이 컴컴하게 솟아 있다. 그곳을 중심으로 수없이 얽혀나간 거미줄 같은 전선이며, 각 상점 간판이 어지럽게 빛나고 있다.

"저 집이 다 사람 사는 집일까?"

간난이는 옆에 선비가 있는 것을 느끼며, 돌아보았다.

"그럼 사람이 살지, 뭐가 살겠니…… 호호."

그가 처음 돌연히 선비를 만났을 때에도 선비의 미모에 놀랐지마는, 몇 달을 지난 오늘에 보니 그때는 오히려 파리해졌던 것을 짐작할 수가 있었다. 비록 반찬 없는 밥을 먹으나 서울 온 후로부터 그가 저렇게 살이 오르는 것을 보니 간난이는 기뻤다. 그리고 저 애를 어서 가르쳐서 계급 의식에 눈을 띄어주어야겠는데…… 하였다.

"선비야, 너 덕호가 밉지?"

선비는 얼굴이 빨개진다. 자기가 덕호와의 관계를 말하지 않았어도 간 난이는 벌써 짐작한 듯하였다. 그러므로 선비는 고향 말만 간난이의 입 에서 떨어지면 불쾌하고도 겁이 나서 가슴이 울울하곤 하였다.

"내가 조용할 때 널 보고 하고 싶은 말이 많다. 아직까지 널 보고 조용 히 말할 짬도 없었지마는…… 우선…… 너 덕호라는 놈을 어떻게 생각하 니? 그것부터 내게 말해라."

선비는 귀밑까지 빨개지며 머리를 숙인다. 그리고 손에 쥔 나뭇잎만 바삭바삭 소리가 나도록 손끝으로 누른다. 간난이는 선비를 바라보며 선 비가 아직도 덕호를 못 잊어 하는가? 하는 의문도 들었다. 그것은 자기 의 과거를 미루어서 그렇게 짐작되었던 것이다. 간난이가 태수를 만나 지도받기 전에는 그나마 덕호를 잊지 못하였다. 그래서 그런지 꿈에도 덕호를 만나 영감님! 나는 월경을 건넜세요! 아마 애기 있지요…… 하고 목이 메어 울다가는 깨곤 하였다. 그뿐이랴! 그가 상경하기 전에 덕호가 선비에게 사랑을 옮기는 것을 샘하여 밤중에 돌아다니다가 어떤 놈이 다 오치는 바람에 질겁을 해서 달아나다 개똥이네 집으로 들어갔던 어리석 은 자신을 다시금 그는 굽어보았다. 따라서 선비가 더 불쌍하게 보였다. 선비는 머리가 눌리는 듯한 부끄러움에 얼굴을 들지 못하고 언제까지나 가만히 있었다. 그리고 덕호의 그 얼굴이 무섭고도 느글느글하게 떠올라 서 어서 간난이가 화제를 돌렸으면 좋을 것 같았다.

간난이 역시 덕호의 얼굴이 떠올라서 불쾌하였다. 그래서 그는 선비에 게서 시선을 옮겨 저 앞을 바라보았다. 저 번화한 도시에도 얼마나 많은 덕호가 들어 있을까? 하는 생각이 번개같이 그의 머리에 떠올랐다.

그때 요란스러운 소리에 그들은 머리를 돌렸다. 소나무 아래로 작은 게다 큰 게다가 뒤섞여서 비탈길을 올라가고 있다. 게다를 따라 시선을 옮기니 푸른 솔밭 위로 화강석으로 깎아 세운 '도리이[鳥居]⁸⁵'가 반공중에 뚜렷하였다.

92

이틀 후에 인천으로 내려온 간난이와 선비는 우선 간난이가 공장에서 사귄 어떤 동무 집에서 유하게 되었다. 그리고 그 동무의 주선으로 대동방적공장에 들어가게 되었으며 경찰서에서 신원보증까지 헐하게 맡게 되었다. 동시에 대동방적공장에서는 사숙을 허하지 않고 전 여공을 기숙사에 수용한다는 것이 한 철칙이 되어 있다는 것도 알았다. 내일은 세 동무가 일시에 기숙사로 들어가기로 생각을 하고 월미도로, 만국공원으로 해가 질 때까지 돌아다녔다.

저녁을 맛있게 먹은 그들은 상을 물리고 앉아서 이런 이야기 저런 이야기를 주고받았다. 간난이는 일어났다.

"인숙아, 나 잠깐 저기 다녀올게."

인숙이를 바라보고 선비를 보았다.

"어데를…… 응 너 아까 묻던 그 사람 찾아갈래?"

아까 만국공원에 갈 때 서울서 어떤 동무의 부탁으로 그의 오빠를 찾아봐야겠다고 말하여 사정을 돌아다니며 신철이가 있는 번지를 간난이는 알아놓고도 찾지 못한 체하고 밤에 찾아본다고 하며 말았던 것이다.

"너 혼자 가서…… 번지도 똑똑히 모른다면서 찾겠니?"

"글쎄…… 뭘, 가서 좀 찾아보다가 오겠다야. 그 애의 말값으로 찾아나 봤으면 되는 것 아니냐. 난 정신없어서 큰일 났다니! 번지를 …… 아이 몇 번지라던가…….”

“아이구! 이 바보야, 번지도 모르면서 찾겠대…… 어디 찾아봐라.”

“좌우간 내 나가서 오래 있으면 찾아간 줄로 알려무나. 그리고 곧 들어오면 말할 것 없고.”

간난이는 빙긋이 웃으며 밖으로 나왔다. 그리고 사면을 휘휘 둘러본 후에 사정으로 향하였다.

사정 5번지까지 온 간난이는 좌우를 또다시 살펴본 후에 대문 안으로 들어섰다. 그리고 신철이가 어느 방에 있을까 하고 돌아보았으나 안방 이외는 방이 없는 듯하였다. 그래서 그는 잘못 찾아왔는가 하여 도로 나와서 주저하다가 다시 들어갔다.

“말 좀 물읍시다.”

뒤미처 안방 문이 열리며 부인이 내다본다. 간난이는 잠깐 망설이다가

“저 여기 하숙하는 손님 방…….”

말이 끝나기 전에 부인은 마루로 나왔다.

“이리로 들어가 물어보시오.”

부엌 뒷골목을 가리킨다. 간난이는 컴컴한 골목을 빠져서 조그만 문 앞에 섰다. 차츰 가슴이 두근거리며 숨이 가빴다. 안에는 누가 혼자 있는 모양이다. 문에 그림자가 얼씬하며 신문 뒤적이는 소리가 들린다.

“여보세요!”

간난이는 이렇게 찾아보았다. 그때 방문이 열리며, 어디서 많이 본 듯한 사나이가 나타난다.

“유신철 동무입니까.”

신철이는 누군가? 하여 방문을 열었다가, 어떤 젊은 여자가 이 밤에 문 앞에 서서, 자기 이름을 부르는 데는 놀랐다. 그러나 다음 순간 철수

한테서 통지 받은 생각이 얼핏 들자,

"예! 그렇습니다. 들어오시지요……."

간난이는 방으로 들어가서야, 신철이가 자기가 있던 앞방에서 자취를 해가며 고생하던 청년임을 알았다. 신철이 역시 간난이를 보자 곧 알았다.

"경성서 늘 뵈우시던 동무 아닙니까, 바루 우리 자취하던 앞방에 계셨지요."

"네! 참 우습습니다. 호호……."

"허허, 곁에다 동무를 두고도 몰랐습니다그려, 언제 나려오셨습니까."

신철이는 간난이가 이렇게 속히 올 줄은 몰랐던 것이다. 그리고 자기가 경성 있을 때에는 한낱의 방적여공으로밖에 그의 눈에 비치지 않던 그가 오늘 이렇게 마주 앉고 보니 새삼스럽게 용감하고도 씩씩해 보였다. 더구나 화장하지 않은 그의 얼굴이 전등불빛에 불그레하니 타오른다.

"어제 낮차로 왔습니다. 동무는 얼마나 고생을 하셨습니까?"

간난이는 말끄러미 신철의 눈치를 살피었다. 그리고 그의 입에서 무슨 말 나오기를 기다렸다.

"네, 뭐…… 고생이 무슨 고생이겠습니까. 여기 무슨 볼일이 계십니까, 혹은 아주 사시랴고 오셨습니까?"

신철이 역시 간난이가 먼저 말하기 전에는 아무러한 눈치도 간난이에게 보이지 않을 모양이다. 간난이는 한참이나 무엇을 생각하다가,

"저는 여기 방적공장에 취직하러 왔습니다. 혹 먼저 아셨는지요?"

93

그 밤을 자고 난 세 동무는 드디어 대동방적공장 안에 있는 기숙사로 들어오게 되었다. 새로 회벽을 한 한 간이나 되는 방에 역시 세 동무가

함께 있게 되었다. 그들은 백여 간이나 넘는 듯한 기숙사를 둘러보고 공장 안을 살펴보았다. 서울 T문 밖에 있는 제사공장은 여기에 대면 아무것도 아니었다. 우선 기숙사며 공장은 내놓고라도 그 안에 설비된 온갖 기계가 서울서는 보지도 못하던 것이었다. 대개 발전기라든가 제사기라든가 흡사한 것이 일부일부에 없지는 않으나 서울의 것보다는 아주 대규모적이었다.

고치를 삶는 가마도 서울서는 대개 세숫대야만 하고 와꾸[86](자새)도 하나였는데 여기 것은 가마가 장방형[87]으로 길게 되었으며 서울 가마의 십 배는 될 것 같았다. 그리고 와꾸도 한 사람 앞에 십여 개 내지 이십 개까지 쓰게 된다고 하였다. 선비는 처음이니 아무것도 모르나 간난이와 인숙이는 입을 쩍쩍 벌렸다.

한겻[88]부터 간난이와 인숙이는 제오백번, 제오백일번이라는 번호를 타가지고 공장으로 들어가 일을 하게 되었다. 그러나 선비만은 아무 처음이라고 해서 간난이가 맡은 오백 번호에 곁들여서 실켜는 법을 배우게 되었다.

저편 발전소에서 일어나는 소음과 돌아가는 와꾸의 소음이 합쳐서, 공장 안은 정신 차릴 수가 없이 소란하였다. 선비는 멍하니 서서, 간난이가 실켜고 있는 것을 보고 있다. 간난이는 늘 해보던 것이 되어서 모든 것을 손 익게 하였다.

우선 남직공이 갖다주는 초벌 삶은 고치를 펄펄 끓는 가마 속에 들이붓고 조그만 비로 돌아가며 꾹꾹 누른다. 그러니 실 끝이 모두 비에 묻어나왔다. 처음에 나쁜 실 끝은 비로 끌어내어 가마 좌우에 꽂힌 못에 걸어놓고 나서 다시 비를 넣어 실 끝을 끌어 올리었다. 이번에는 약간 누런색을 띤 정한 실 끝이었다. 간난이는 실 끝을 왼손에 걸어 쥐고 나서 바른손으로 실 끝을 하나씩 끌어 사기바늘에 붙였다. 그러니 실이 술술 풀려 올라간다.

서울 공장에서는 이 사기바늘이 한 개 아니면 혹 두 개까지는 있었으나 이렇게 수십 개씩 되지는 않았다. 간난이는 세 개의 사기바늘에 실을 붙였다. 우선 능해지기까지 세 개를 사용하다가 차차로 늘릴 모양이다.

공장 남쪽 벽은 전부가 유리로 되었으며 천장까지도 유리를 달았다. 그리고 제사기도 두 줄씩 마주 놓고 그 가운데는 길을 내었으며 그리로는 감독들이 왔다 갔다 하고 있다. 서울서는 감독이 다섯 사람이었는데 이곳은 감독이 삼십 명은 되는 모양이다.

오백 번호가 나왔건만 여기서도 아직도 수백 번호가 나가리만큼 아득해 보였다. 선비는 얼굴이 뻘게서 가마에서 뽑혀 나오는 실 끝을 들여다보았다. 벌써 간난이의 손은 끓는 물에 익어서 빨갛게 타오른다. 그리고 손끝은 물에 부풀어서 허옇게 되었다.

"간난아! 내 좀 하리!"

선비가 그의 귀에다 입을 대고 말하였다. 간난의 귀밑으로는 땀이 빗방울같이 흘러내린다. 간난이는 생긋 웃어보이며 머리를 흔들었다. 그리고 여전히 실을 골라 사기바늘에 붙인다.

"처음 와서도 아주 잘해."

바라보니, 감독이란 자가 마주 서서 들여다본다. 그리고 선비를 바라보며

"어서 잘 배워야 해…… 그래서 빨리 일을 해야 돈을 벌지."

선비는 가만히 섰는 자신이 끝없이 부끄럽게 생각되었는데, 또 이런 말을 들으니 기가 막혔다. 감독은 선비의 숙인 볼을 곁눈질해 보며, 그들의 앞을 떠나지 않았다.

그때 전깃불이 환하게 들어왔다. 선비는 놀라 전등불을 바라보며, 그리고 그의 눈앞에 벌려 있는 온갖 기계며, 여직공들을 볼 때, 자기는 어

떤 딴 세계에 들어왔는가? 하리만큼 그의 주위가 변하는 것을 느꼈다.

"선비야, 너 좀 해봐."

간난이가 물러난다. 선비는 실 끝을 쥐니, 손이 떨리며 손발이 후들후들 떨려서 맘대로 손을 놀리는 수가 없었다.

"가마이! 실이 끊어졌구나!"

간난이가 발판을 꾹 눌렀다 놓으니, 기계가 정지되었다. 간난이는 실 끝을 사기바늘 속으로 넣어서 저편 끝과 꼭 비비치며,

"실이 끊어지면 이렇게 실 끝을 맺는다, 봐라, 선비야! 그리고 정지시키랴면 이렇게 하면 돌던 기계가 멎는다."

그때 사이렌 소리가 우렁차게 일어난다. 선비는 눈이 둥그레서 둘러본다.

94

"선비야! 저 사이렌이 울면 우리는 나가고 야근할 동무들이 들어와서 다시 일을 계속한단다."

말도 채 마치지 못하여 야근할 여공들이 우르르 밀려들어 온다. 간난이는 얼른 기계를 정지시킨 후 실 감긴 와꾸를 뽑아 들고 공장 밖을 나와 감정실 앞에 늘어선 여공들 뒤에 가 섰다.

"선비야, 넌 먼저 가거라."

선비는 공장 문밖에 나와 서 있었다. 공장 안에서는 여전히 기계가 요란스럽게 소리를 발하고 있다. 간난이가 돌아오는 것을 보고 신미는 길었다. 벌써 식당에서는 종소리가 울려 나왔다.

"어서 가자! 저게 밥 먹으라는 종인가부다, 아마……."

간난이도 기숙사 생활을 하느니만큼 모든 것이 분명하지를 않았다. 그들이 식당까지 왔을 때는 몇 백 명의 여공들이 가득 들어앉았다. 식당은

기숙사의 맨 하층으로 지하실이었다. 장방형으로 된 방 안에 밥 김이 어리어 훈훈하였다. 그리고 기단 나무판자를 네 줄로 이편 끝에서부터 저편 끝까지 이어놓았으며 그 위에는 밥통이며 공기가 보기 좋게 정리되어 있었다. 그들은 밥을 보자 식욕이 버쩍 당기어 술을 들고 한참이나 퍼먹다가 보니 쌀밥은 틀림없는 쌀밥인데 식은 밥 쪄놓은 것같이 밥에 풀기가 없고 석유내 같은 그런 내가 후끈후끈 끼쳤다. 간난이는 술을 들고 멍하니 선비와 인숙이를 번갈아 보았다. 그들도 역시 그랬다.

"이게 무슨 밥일까?"

저편 모퉁이에서는 이런 말을 주고받았다. 그나마 반찬이나 맛이 있으면 먹겠지만 반찬 역시 금방 저린 듯한 소금덩이가 와그르르한 새우젓인데 비린내가 나서 영 먹을 수가 없었다. 그들은 식욕이 일어 배에서는 꼬르륵꼬르륵 소리가 났다. 그러나 입에서는 당기지를 않아서 술을 들고 저마다 멍하니 바라보다가는 마침 몇 술 떠보는 체하다가 눈물이 글썽글썽해서 술을 내치고 식당을 나가는 여공들이 대부분이었다. 그때 먼저 이 공장에 들어와서 이 밥에 낯익힌 여공들은

"너희들이 배고픈 맛을 못 봐서 그러누나! 여기 들어와서는 이 안남미[89] 밥을 먹어야 한단다! 백날 굶어보렴! 안남미가 없어질까? 흥!"

그들도 처음 며칠은 이 밥에 배탈을 얻어 십여 일이나 설사까지 하고도 할 수 없이 이 밥을 먹게 되었던 것이다. 그러나 먹어나니 이젠 배를 앓거나 또는 처음 먹을 때처럼 석유내가 몹시 나지는 않았다. 그래서 그들은 사람이 배고픈 것처럼 무서운 것은 없다고…… 하였다. 시재 못 먹을 것이라도 배만 고프면 먹지 못할 것이 없으리라…… 하였다.

식당에서 올라온 지 한 시간이 되었을까 말까 한데 기숙사 종이 댕그렁댕그렁 울렸다.

"이게 뭐 하란 종이우?"

간난이가 놀러 온 여공에게 물었다.

"아이 모루우? 이게 야학종이라우…… 어서들 준비하우."

"안 가면 안 되우?"

"그럼 안 되구 말구. 별일 있수. 어쩌나 배우는 게야 좋지 않우? 어서들 가요."

그는 종종걸음을 쳐 나간다. 간난이는 입모습에 어느덧 비웃음을 띠고 인숙이와 선비를 돌아보았다. 그들은 배가 고파서 창문에 맥없이 기대어 저 밖을 내다보고 있다.

"간난아! 우리가 오늘 아침 집에서 너무 잘 먹어서 그 밥이 맛이 없나 봐."

"글쎄…… 그 쌀이 안남미라고 하지?"

"안남미?"

"그래……."

"응, 그러니 석유내 같은 내가 나누나! 야! 그게야 어디 먹을 것이더니? ……."

"흥, 그래두 먹으라고 삶아놓는 데야 어쩌란 말이야! 자 여러 말할 것 없이 야학에나 가보자! 무엇을 가르치나……."

선비는 배가 좀 고프나 야학이라는 말에 귀가 띄어서 부스스 일어났다. 그때 그는 덕호가 공부시켜주겠다는 것을 미끼 삼아 그의 정조를 유린하던 장면이 휙 떠오른다. 그는 다리가 후들후들 떨리는 것을 진정하며 그들을 따라 강당으로 들어앉았다.

단상에는 낮에 간난이를 칭찬하던 감독이 대모테 안경을 시커멓게 쓰고 서서 들어오는 여공들을 흘금흘금 바라보았다. 눈 가장자리가 퍼릇퍼릇한 감독에 있어서는 그 안경이 유일한 미안제[90]가 되었다. 여공들이 다 모인 후에 감독은 이렇게 말하였다. 오늘은 신입 여공들이 많으니 공부는 그만두고 공장 내의 온갖 규칙에 대하여 말하겠다고 하였다. 그는 기침을 하고 휘 돌아본 후에 말을 꺼냈다.

95

"이 공장은 다른 작은 공장과 달리 직공들의 장래와 편의를 생각해주는 점이 많습니다. 그것은 여러분이 눈앞에 보는 바와 같이 이 기숙사라든지 또 야학이라든지 기타 여러분이 소비하기 위한 일용품까지 배급하는 설비라든지 다대한 경비를 들여 맨들어놓지 않았소? ……."

감독은 장한 듯이 상반신을 뒤로 젖히고 배를 내밀며 장내를 한 번 돌아본다.

"여러분이 늘 쓰는 화장품이나 양말이나 기타 일용품을 시가에 나가 산다고 합시다. 값이 비쌀 뿐 아니라 속기도 쉽습니다. 그러니 여러분이 필요한 경우에는 이 공장에서 원가대로 배급해주는 시설이 있습니다. 이 시설은 전혀 여러분을 위함이니 공장 측에서는 도리어 손해를 봅니다."

이때 긴장하였던 여공들은 한숨을 내쉬었다.

"그리고 에…… 이 공장에는 여러분의 장래를 생각하여 저금제도를 맨들었소. 저금은 인생의 광명이오! 그러니 여러분들은 노동만 하면 공장에서 밥을 먹여주고 일용품을 대주고 나머지는 저금을 시켜주니 여러분의 맘에 따라 얼마든지 벌 수가 있지 않소. 여러분은 그저 저금통장만 가지고 있다가 삼 년 후 나갈 때 그것으로 결혼 비용에 쓸 수도 있지 않소? 허허……."

감독은 입모습에 야비한 웃음을 띠었다. 여공들도 따라 웃는다.

"그러니 삼 년만 꾹 참고 일하면 그때는 이 공장을 나가 안락한 가정도 이루어 아들딸 낳고 잘살 수가 있소. 여러분이 여게 들어올 때 삼 년을 계약 맺고 들어왔으나 그 삼 년이 절대로 긴 세월이 아닙니다. 그때 가면 더 있겠다고 할 것이오. 이 공장은 이같이 우대를 하느니만큼 들어올 때 경찰서에서 일일이 보증까지 받아가지고 들어온 것이 아니오? 그래서 여러분들은 많은 사람들 중에서 뽑혀 들어온 것이니 큰 행복이 아닙니까. 어데 또 이렇게 좋은 곳을 본 일이 있소? 밖에서는 일할 데가 없어서 돌아다니는 사람이 얼마나 많은지 아오?"

여공들은 자기들이 시골에서 조밥도 잘 못 먹고 김매던 생각을 하니 가슴이 벅차도록 행복을 느꼈다. 감독의 안경은 불빛에 번쩍하였다. 그는 수염을 꼬고 나서

"이 공장에서는 여공의 장래를 그르칠까봐 풍기를 엄밀히 감독하는 까닭에 개인의 외출을 불허하느니만큼 여러분은 퍽 밖이 그리울 것이오. 그러나 매해 춘추로 좋은 음식을 맨들어가지고 산보를 가오. 오는 봄에는 여러분에게 구두를 원가로 배급하야 신기고 월미도에 가서 원유회를 할 계획을 지금 사무실에서 하고 있는 중이오……."

여공들의 눈에는 희망과 환희의 빛이 떠올랐다. 이때 간난이는 벌떡 일어나서 감독의 말을 일일이 반박하고 싶은 흥분을 가슴이 뜨겁도록 느끼었다.

"또 이 공장에서는 삼 주일에 한 일요일은 휴일로 정하고 그날은 앞의 운동장에서 운동과 유희를 시키오. 이것은 여러분의 건강을 위하여 하는 일이니, 참 이 공장의 특전이오. 마지막으로 이 공장을 내 공장으로 생각하고 소제를 깨끗이 하며 또 일의 능률을 내어서 임금 외에 상금도 많이 타도록 하오. 그러나 게으른 사람에게는 도리어 벌금이 있을 터이니 특별히 주의하여야 하오."

그들은 일시에 일어나 감독에게 경례를 하고 강당에서 몰려나왔다.

또다시 종이 울렸다. 이 종은 자라는 종이라고 그들은 소변, 대변을 보고 나서 방 안의 전깃불을 껐다.

간난이는 곤하던 차라 한잠 푹 자고 나서 벌떡 일어났다. 사방은 고요하다. 다만 공장에서 들려오는 기계 소리만이 요란스레 들릴 뿐이다. 그는 창문 곁으로 와서 우두커니 밖을 내다보았다. 어젯밤 신철의 앞에 있을 때에는 기운이 버쩍버쩍 나더니 오늘 이렇게 혼자 앞으로 할 일을 생각하니 앞이 캄캄하다. 물론 밖에서 동지들의 끊임없는 조력이 있을 것은 아나 시커먼 저 담 안에 갇힌 자신은 몹시도 고적해 보였다. 유리문 밖에 운동장을 거쳐 높이 솟은 저 담! 간난이는 아까 이 기숙사에 들어오면서부터 저 담이 몹시 걱정이 되었다. 행여나 그 담 밑으로 어떤 구멍이라도 발견할까 함이었다. 그러나 벽돌로 까맣게 올려 쌓고 그 밑으로 몇 길이나 시멘트 콘크리트를 한 그 철벽 같은 담에서는 바늘구멍만 한 것도 하나 얻어볼 수가 없었다.

그는 가만히 일어나서 문을 열고 나왔다. 복도 저편 끝에 달빛이 길게 떨어져 흡사히 사람이 섰는 듯하였다. 그가 멈칫 서서 좌우를 휘휘 돌아보았을 때 어디서 문소리가 나는 듯하여 벽에 붙어 섰다.

96

간난이는 숨을 죽이고 문소리 나는 곳을 바라보았다. 여공 하나가 신발 소리를 죽이고 감독 숙직실 편으로 가는 듯하여 간난이는 뜻밖에 호기심이 당기어 그의 뒤를 살금살금 따라 섰다.

숙직실 앞에서 그는 발길을 멈추고 머뭇머뭇하더니 문을 열고 들어간다. 간난이는 거 누굴까? 하고 생각해보았으나 짐작하는 수가 없었다. 어쨌든 여공이 감독과 밀회하러 들어간 것만은 틀림없었다. 그때 간난이는 어젯밤 신철이가 하던 말을 다시금 되풀이하며 이대로 두면 이 공장 내에서 일하는 수많은 순진한 처녀들이 감독의 농락을 어느 때나 면하지 못할 것 같았다. 따라서 어리석은 저들의 눈을 어서 띄워주어야 하겠다는 것을 깨닫는 동시에 하루라도 속히 천여 명의 여공들이 한몸이 되어 우선 경제적 이익과 인격적 대우를 목표로 항쟁하도록 인도하여야 하겠다는 책임을 절실히 느꼈다. 옛날에 덕호에게 인격적 모욕을 감수하던 그 자신이 등허리에서 땀이 나도록 떠오른다. 그는 한참이나 서서 이런 생각을 하다가 숙직실 문 앞에까지 가서 귀를 기울였다. 아무 소리도 들리지 않았다. 그는 중대한 그의 사명이 없다면 당장에 이 문을 두드리고 이 공장 안이 벌컥 뒤집히도록 떠들어 이 사실을 여공들 앞에 폭로시키고 싶었다. 그때 유리문이 우르릉 소리를 내며 나뭇잎 떨어지는 그림자가 얼씬얼씬 비친다. 그는 얼른 뒷문 편으로 몸을 피하였다.

공장에서 기계 소리는 요란스레 울려 나온다. 그는 이 순간에 비창한 결심이 그의 조고만 가슴을 벅차게 하였다. 그는 단숨에 밖으로 나왔다. 그리고 담 밑으로 돌아가며 구멍을 찾았다. 아무리 둘러봐도 차디찬 벽돌만 그의 손에 만져질 뿐이고 조고만 구멍도 발견치 못하였다. 다만 담 밑에 수챗구멍[91]으로 낸 구멍만이 몇 개 있을 뿐이다. 이 구멍은 겨우 손이나 들어갈는지 물론 사람은 나들 수가 없었다. 더구나 이 구멍은 누구의 눈에나 띄는 구멍이니 이리로 연락을 취하다가는 위험천만이다. 그러나 다시 돌려 생각하면 오히려 누구나 다 알고 있는 이 구멍이 어떤 점으로 보아서는 그들로 하여금 무관심하게 보일는지 모른다. 그는 이렇게 생각하며 우선 며칠 더 적당한 구멍을 찾아보다가 결정하리라 하고 들어오고 말았다. 강당의 시계가 세 시를 땅땅 친다. 그가 자리에 누울 때 선비가 돌아누웠다.

"어데 갔었니?"

"응, 너 안 잤니?"

"아니 잤어…… 이제 깨보니 네가 없기에."

"변소에 갔댔지."

"응."

"그런데 선비야, 너 아까 감독이 한 말을 다 곧이들었니?"

그는 이 경우에 어떻게 대답할지 몰라 한참이나 망설이다가,

"그건 왜 물어? 갑자기."

"아니 글쎄…… 감독의 한 말이 참말일까."

"난 몰라, 그런 것……."

"선비야! 그런 것을 몰라서는 안 된다. 저 봐라, 지금 야근까지 시키면서도 우리들에게 안남미 밥만 먹이고, 저금이니 저축이니 하는 그럴듯한 수작을 하야, 우리들을 속여서 돈 한 푼 우리 손에 쥐어보지 못하게 하고 죽도록 우리들을 일만 시키자는 것이란다. 여공의 장래를 잘 지도하기 위하야 외출을 불허한다는 둥, 일용품을 공장에서 저가로 배급한다는 둥, 전혀 자기들의 이익을 표준으로 하고 세운 규칙이란다. 원유회를 한다느니, 야학을 한다느니, 또 몸을 튼튼케 하기 위하야 운동을 시킨다는 것도, 그 이상 무엇을 더 빼앗기 위하야 눈 가리고 아웅하는 수작이란다……."

선비는 간난이가 어째서 이런 말을 하는지 알 수가 없었다. 그렇게 그른 줄을 아는 바에는 첨부터 공장에 들어오지 말 것이지 왜 서울서 그만두고 이리로 오고서는 하루도 지나기 전에 이런 불평을 토하는가? 하였다.

"선비야! 우리들을 부리는 감독들과 그들 뒤에 있는 인간들은 덕호보담도 몇 천 배 몇 만 배 더 무서운 인간이란다."

간난이는 여공이 들어가던 말까지 하려다가 이런 말은 좀 더 기다려서 해주리라 하였다. 선비는 그렇지 않아도 수염을 올려붙인 호랑이 감독이

자기에게로만 눈꼬리를 돌리고 웃는 모양이 무섭고도 보기가 싫었는데 간난이의 말을 듣고 나니 그 눈매가 곧 눈앞에 나타나 보였다. 그리고 그 감독이 덕호로 변하여지는 것을 그는 가슴이 울울하도록 느꼈다.

"선비야! 너 지금 내 말이 무슨 말인지 분명하지 않지? 좀 지나면 다 안다."

간난이는 선비의 허리를 껴안으며 이렇게 중얼거렸다. 그리고 감독의 방으로 들어가던 여공을 다시 한 번 생각하였다.

97

며칠 후에 간난이는 공장 뒷담 밑에 뚫린 수챗구멍으로 긴 나무 쪽 끝에 새끼를 매어 밖으로 밀어 내놓았다.

그 후로는 여공들이 아침에 일어날 때마다 자리 밑에서나 방 한구석에서 이상한 종잇조각을 발견하곤 하였다. 그 종이에는 전날 밤 야학에서 감독이 연설한 것을 한 조목 한 조목씩 띄어 쓰고는 그에 대한 해설이 알기 쉽게 써 있었다.

그들은 이 종잇조각을 발견할 때마다 머리를 맞대고 재미나게 읽어보았다.

"이애, 이 종이를 누가 들여보내 주는지는 모르겠으나 여기 써 있는 글이 꼭 맞는다야! 감독이 왜 그때 하루에 이십 전씩 상금을 준다고 하더니 어디 상금 주디? 말만 상금이야!"

기숙사 상층 4호실에서는 여공들이 자리에 누우며 이런 말을 하였다.

"그래 혜영이는 그렇게 일을 잘해두 말이어, 상금 타보지 못했대…… 아이 참 어쩌면 그런 그짓말을 하는지 몰라!"

"그래두야, 아이 인물 고운 저 7호실에 있는 신입생은 벌써 상금을 탔다더라……."

"상금을 탔대? 거 누구여."

웃기 잘하는 여공이 이렇게 물었다.

"이애는 누구 듣겠구나! 좀 가만히 말하렴."

웃기 잘하는 여공은 킥킥 웃으며 이불 손으로 손을 넣어 꾹 찔렀다.

"누가 듣기는 누가 듣니? 이 밤에."

"이애 봐라! 너 감독이 밤마다 순시 돈다. 너 그런 줄 모르니?"

"순시 돌면 어때! 이불 속에서 하는 소리가 밖에 나갈까. 좌우간 누구
여…… 아, 요새 갓 들어온 예쁜이 말이구나."

기숙사에서는 선비를 예쁜이라고 별명을 지었다.

"이애 말 마라. 혜영이가 그러는데 말이야, 바루 혜영이 앞에 신입 여
공이 있지 않니? 그런데 그 앞에서 감독이 떠나지를 않고, 자꾸만 싱글
싱글 웃더래! 아이 참 죽겠어! 그 꼴 보기 싫어! 왜 그때는 용녀를 그렇게
허지 않았니? …… 네……."

"흥! 용녀보다 신입 여공이 더 고우니 그렇지, 사실 곱기는 고와요! 내
가 남자라도 반하겠더라. 그 눈이며 코를 봐라 네."

"곱기는 뭣이 고와. 그 손이 왜 그러냐. 난 손을 보니 무섭더라."

가는귀 어두운 여공이 이렇게 말하였다.

"아따, 이 귀머거리! 뭘 좀 들었나베…… 히히…… 후후…… 이 손, 이
손 히히."

가는귀 어두운 여공이 귀에다 손을 대고 듣는 것을, 웃기 잘하는 여공
이 손으로 더듬어보고 이렇게 웃었다.

"이애 웃지 마라, 어따! 잘 웃는다, 얼씨구 쟤가 왜 저래?"

가운데에 누운 여공이 웃기 잘하는 여공의 입을 틀어막았다.

"그런데 이애 효순아, 이 종이가 어디서 누가 이 방에 갖다줄까? 다른

방에도 오는지 몰라…… 아무래도 그렇지 않으면, 이 기숙사 내에 있는 여공이 그렇게 허는 게야, 필시. 어쨌든 우리는 이 종이에 써 있는 것과 같이, 이 공장 내에 있는 여공들이 합심해서…….”

여기까지 말한 가는귀 어두운 여공은 가슴이 벅차는 듯하여, 이불을 조금 벗으며 숨을 돌리었다.

“이애 말 마라, 나두 서울서 미루꾸 공장에 있을 때, 글쎄 감독 놈이 하도 밉꼴스레 굴고, 품값도 잘 안 주어서, 우리들이 동맹파업인지를 일 쿠려 안 했니, 그랬더니 그중에 몇 계집애가 싹 돌아서서 글쎄 감독에게 고해바쳤구나, 그래서 모두 쫓기어났단다. 그때 나는 다행히 쫓기어나지는 않았으나, 감독 놈이 미워서 견딜 수가 없어야, 그래 나오고 말았다. 뭘 그래. 다 그런데…….”

“그런 계집애들은 모두 죽여버려! 흥! 그런 것들은 말이다, 감독 놈과 연애하는 계집애들이어…….”

“이거 봐라. 일은 죽도록 하구서는 손에 돈도 쥐어보지 못하구 우리는 그래 이게 무슨 꼴이냐. 어머니 아버지 앞에서 고이 자라가지고 이 모양을 해! 난 오늘 이 손이 하마터면 와꾸에 끼여 잘라질 뻔하였다! 들어올 때는 누가 이런 줄 알았니?”

그는 손을 볼에 대며 진저리를 쳤다. 핑핑 돌아가는 와꾸를 금방 보는 듯하였다.

“이 종이 갖다주는 사람을 만나봤으면 좋겠어! 어디 우리 지켜볼까?”

“그러다가 아지 못할 남자면 어떡허니?”

그들은 갑자기 부끄러움과 함께 무시무시한 생각이 그들의 젖가슴을 사르르 스쳐가는 것을 느끼었다.

“아, 무서워!”

무의식간에 그들은 꼭 부둥켜안았다.

98

인부들은 철사 주머니에 돌멩이를 쓸어 넣어서 해면에 둑을 쌓으며 한편으로는 흙을 날라다가 감탕밭[92]에 쏟았다. 첫째도 그들 틈에 섞여 흙을 날랐다. 그는 흙을 나르면서도 어젯밤 밤새도록 신철이와 자유노동자의 조직에 대하여 토의하던 것을 생각하였다.

그가 신철이를 만나본 후로는 세상에 모를 것이 없는 듯하였다. 그가 반생을 살아오면서 막히고 얽혔던 수수께끼는 바라보이는 저 신작로같이 그렇게 뚫려 보였다. 그리고 그가 걸어갈 장차의 앞길까지도 저 길과 같이 훤하게 내다보였다. 동시에 칼칼하던 그의 가슴은 햇빛에 빛나는 저 바다같이 그렇게 희망에 들떴다.

"여보게, 저거 보게나. 오늘이 무슨 날이기에 학생들이 통 떨어났는가."

첫째는 얼른 돌아보았다. 수백 명의 여학생들이 행렬을 지어 이리로 왔다. 그때 첫째의 머리에는 어제 대동방적공장에서 나온 보고서를 신철이가 보고 그에게 이야기해주던 생각이 떠올랐다. 그들이 아닌가? 신궁에 참배인가를 하러 가느라 구두까지 새로들 지어 신었다지…… 하며 어정어정 걸었다.

"이놈들아, 어서 일들이나 해라. 뭘 보느냐!"

벌떡벌떡 일어나던 인부들은 감독의 소리에 놀라 도로 허리를 굽히며

"사람 죽인다! 저게 모두 계집이구먼."

"이애 이 자식아, 하나 데리고 도망가라, 하하……."

그들은 이렇게 농을 하며 흘금흘금 곁눈질을 하여 지나치는 행렬을 보았다. 그들은 일제히 검정 치마에 흰 저고리를 입었으며 검정 구두까지 신었다. 첫째는 흙을 지고 낑낑하며 오다가 참말 여공들이나 아닌가? 하는 의문과 무어라고 형용 못할 반가움에 흘금 바라보았다. 그때 첫째는

마주치는 시선과 함께 깜짝 놀랐다. 그리고 무의식간에

"선비?"

하고 중얼거렸다. 상대 여자도 비상히 놀라는 빛을 띠고 멈칫 섰다가 거의 끌리어가는 듯이 차츰차츰 앞으로 나간다. 그 순간 첫째는 흙짐을 벗어던지고 따라가서 그가 참말로 선비인가 아닌가를 알고 싶었다. 그리고 그의 발길은 무의식간에 몇 발걸음 나아갔다.

"이놈의 자식아, 어서 일해라!"

첫째는 말할 수 없는 섭섭함을 꾹 누르며 감독을 돌아볼 때 가슴이 뛰는 것을 깨달았다. 그리고 무거운 발길을 옮겨놓으며 선비? 선비가 여기를 올 수가 있나? 혹은 덕호가 공부를 시켜? 아니 덕호가 공부를 시켜줄 수가 있나? 그래도 알 수 없어. 선비가 고우니까, 혹시는 야욕을 채우기 위한 수단으로 공부를 시키는지 아나? 아니어 내가 잘못 본 게지, 선비가 여기를 뭘 하러 온담. 벌써 시집 가서 살 터이지…… 하고 다시 한 번 그들을 바라보았다. 그때 저들이 방적 여공들이 아닌가? 하는 생각이 어젯밤 신철의 말을 다시금 생각하며 불쑥 일어난다. 그러면 선비가 방적공장에 다니는가? 그는 여러 가지 생각이 뒤범벅이 되어 일어난다. 그는 감탕밭까지 와서 흙을 쏟으며 다시 바라보니 벌써 그들의 행렬은 월미도 어귀에서 까뭇까뭇 사라져간다. 선비? 여공들? 참말 저들이 여공인가? 하여간 기다려보자! 이 뒤로 여공들이 또 지나칠지 모르니까…… 하였다. 첫째는 그들의 옷차림이 암만해도 여공들 같지는 않았던 것이다.

빤히 건너다보이는 월미도 고팅[93]의 붉은 지붕을 바라보는 첫째는 여공들이냐? 선비냐? 이 두 문제를 몇 번이나 되풀이하였다. 그리고 뒤로 그런 행렬이 또 오는가 하여 주의를 게을리하지 않았다.

"아따! 이 사람아, 뭘 그리 생각하나? 이제 여직공들을 보니 맘이 싱숭생숭……."

"여직공! 자네 여직공인 줄 꼭 아는가?"

"에이! 미친놈아! 여직공이지 그게 뭐들이냐."

"공부하는 학생들이 아니어?"

"아따, 이놈아? 꿈을 꾸나베…… 인천에서 몹쓸기로 이름난, 수염이 빠딱한 호랭이 감독 지나가는 것도 못 봤구나……."

첫째는 그의 말을 들으며 또 월미도를 바라보았다. 여공들…… 과연 그가 선비인가 하였다. 그들을 여공들이라 단정하고 나니, 역시 아까 본 선비같이 보이던 그 여자도 확실한 선비 같았다.

"이놈? 단단히…… 하하…… 그러니 이게 있어야지, 이놈아."

동무는 손가락을 동그랗게 굽히었다. 첫째는 흙짐을 지고 낑 하고 일어나며, 멀리 대동방적공장의 연돌을 바라보았다. 여전히 검은 연기가 풀풀 흘러나온다.

99

하늘을 찌를 듯이 올라간 저 연돌! 그는 바라보기만 하여도 아뜩하였다. 그가 대동방적공장이 낙성할 때까지 거의 매일 인부로 채용이 되었다. 그때 그는 그 공장 건축만은 아무러한 위험을 느끼지 않으나 저 연돌을 쌓아 올라갈 때 벽돌 나르던 생각을 하면 지금도 앞이 아찔아찔하고 핑핑 도는 듯하였다.

벽돌 삼십 장씩 지고 휘청휘청하는 나무판자 다리로 올라갈 때 나무판자가 금방 부러지는 듯하여 굽어보면 몇 십 장이나 되어 보이는 아득아득한 지하가 마치 깊은 호수를 들여다보는 듯이 핑핑 돌았다. 동시에 그의 다리가 풀풀 떨리며 머리털 끝이 전부 하늘로 올라가는 것을 느꼈다. 그리고 앞이 캄캄하여 한참씩이나 정신을 가다듬어 올라가노라면 그 연돌이 움실움실 확실히 움직이는 것이다. 그것은 그가 그만큼 위험을 느끼는 데서 그런지는 모르겠으나 연돌의 높이가 높아갈수록 명확하게 움직이는 것을 보았다. 그때마다 그는 이 연돌이 금방 쓰러지는 듯하고 그가 연돌과 함께 저 지하에 떨어져 죽을 것만 같았던 것이다.

그렇게 위험을 느끼면서도 그는 아침이면 번번이 그 나뭇길을 다시 올라가곤 하였다. 그때마다 에크! 내가 여기를 또 왔구나! 하고 새삼스럽게 깨닫곤 하였던 것이다.

그는 이러한 생각을 할 때 그가 지금 연돌 위에 올라선 듯하여 무의식간에 우뚝 섰다. 그리고 등에 진 흙짐이 흡사히 벽돌 같아 등허리에서 땀이 버쩍 났다. 따라서 손발이 가늘게 떨리므로 그는 사면을 휘 돌아보고 눈을 감아 겨우 정신을 진정하였다. 그는 그의 목숨이 끊어질 때까지 그 연돌만은 그의 머리에서 빼낼 수가 없음을 이 자리에서 발견하였다. 보다도 요즘 꿈속에 그 연돌을 보는 것이 아주 질색이다. 그리고 어떤 때는 그 연돌에서 떨어지는 꿈을 꾸는 것이다. 저 연돌! 바라보기만 해도 무시무시한 저 연돌! 그때! 저 연돌에서 떨어져 죽은 동무도 몇몇이었던가? 하루의 임금에 몸뚱이와 내지 생명까지 그들에게 맡기어버리지 않을 수 없는 우리들! ……

첫째는 또다시 여공들과 선비를 생각하였다. 이렇게 해종일 선비를 머리에 그리며, 아까 본 것이 선비냐? 선비가 아니냐? 하고 다투며 일을 끝내고, 그는 늦어서야 인천 시가로 돌아왔다. 그가 국밥집까지 왔을 때 그들의 동무들은 벌써 노동시장으로부터 돌아와서, 국밥을 먹으며, 혹은 막걸리를 들이마시며, 농을 주고받았다. 그들에게 있어서 가장 위안을 얻는 곳이란 이 국밥집이며, 동시에 막걸리나마 얼근히 먹고 나서 농지거리나 하는 것이다.

첫째는 우선 막걸리 한 잔을 마시고 나서, 펄펄 끓는 국밥을 단숨에 먹었다. 그리고 슬금슬금 돌아보았다. 그는 신철이를 알면서부터, 웬일인지 이렇게 사람이 많이 모인 곳에 오게 되면, 벌써 저들 중에 스파이가 섞여 있지나 않나? 하는 불안이 들곤 하였던 것이다. 그리고 거리로 나오게 되면 양복이나 말쑥하니 입은 사람을 보면, 또한 이러한 생각이 들곤 하였다. 어쨌든 신철이와, 자기와 함께 노동시장에서 노동하는 동무 약간을 제하고는, 모두가 그의 눈에 그렇게 비쳐졌던 것이다.

한참이나 둘러본 그는 비로소 안심하고, 방으로 들어왔다. 그는 뜨뜻한 이 방에서 한잠 자고 그의 숙박소로 돌아가고 싶었던 것이다. 방 안은 쩔쩔 끓었다. 그리고 술내가 가는 연기처럼 떠돌았다. 그는 아랫목으로 가서 목침을 얻어 베고 누우니, 아까 낮에 본 여공들의 긴 행렬이 떠오르며, 선비가 나타난다. 그가 참말 선비인가? 하며 눈을 감았다. 그때 밖으로부터 그의 동무가 무어라고 떠들며 들어오는 것을 알았다.

"아따! 이놈 보게, 벌써 자네. 이애 이놈아!"

첫째의 궁둥이를 발길로 차는 바람에 첫째는 눈을 번쩍 떴다.

"이놈아! 좀 가만히 있어라! 나 좀 자자."

동무는 술이 취하여 비칠비칠하며 첫째를 흘겨보았다.

"이놈, 요새 한턱도 안 내구, 오늘 돈 얼마 벌었냐. 술 한잔 사내라. 이놈 돈 내, 돈."

머리를 기울기울하더니 펄썩 주저앉았다. 그의 옷 갈피서는 가는 모래가 부슬부슬 떨어진다.

"허허…… 이 자식아! 공장 계집애들! 아 그게 다 계집이어…… 이애, 사람 죽인다. 허허……

오동동 추야에
달이 동동 밝은데
임의 동동 생각이

저리 둥둥 나누나.

가을 하니 달이 밝거던. 에이 이놈아 임이 없단 말이어! 허허…… 이애
너 장가 가보았니?"

100

첫째는 말없이 그의 얼굴을 바라보았다. 주기에 불그레한 그의 눈에
이성을 생각하는 빛이 뚜렷이 보였다. 그는 얼핏 선비를 눈앞에 그리며
이상스러운 감정에 가슴이 뒤설레었다. 그래서 그는 일어나고 말았다.
동무는 일어나는 첫째를 바라보았다.

"이 자식, 왜 대답이 없니?"

첫째는 대답 대신에 픽 웃어 보이고는 부엌으로 나왔다. 국밥집 부인
은 부엌에서 분주히 돌아가다가 첫째가 나오는 것을 보고

"아재, 오늘 돈 좀 줘야겠수."

첫째는 멈칫 서서

"얼마유? 모두."

"오십 전이지."

납작한 얼굴을 쳐들고 첫째의 눈치를 살살 본다. 저편 밥상에는 아직
도 노동자들이 죽 둘러앉아 훅훅 하고 국밥을 먹고 있다.

"옜수, 위선 삼십 전만 받우."

"내일 또 오겠수?"

"봐야 알지유, 좌우간 나머지는 곧 드리겠수."

"예……."

국밥집 부인은 이십 전을 마저 주었으면 하는 눈치를 뻔히 보였다. 첫

째는 방 안에서 동무가 나오는 것을 보며,

"이놈아 취했다, 거게 누워 자라!"

"이놈 술 한잔 안 사주겠니?"

"훗날 사줄라, 오늘은 돈 없다."

"이 자식 보게, 돈이 없다?"

달라붙는 동무를 물리치고 첫째는 밖으로 나왔다. 그리고 언제나 저들도 계급의식에 눈이 뜰까? 하였다. 첫째 역시 신철이를 만나기 전에는 돈만 생기면 술만 먹었다. 술 먹지 않고는 맥맥하고 답답해서 못 견딜 지경이다. 남들은 그나마 어려운 살림이나, 계집 있고 어린것들이 있어 일하고 돌아오면 '아빠, 아빠', '여보, 돈 내우, 쌀 사 오게.' 이런 말에나마 위안을 얻지만 그는 답답하게 벽만 바라보고 앉았을 뿐이다. 그러니 화가 나서 술집으로 달려오곤 하였던 것이다. 그러나 신철이를 만나본 그는 술을 끊고 담배를 끊었다. 그리고는 전같이 실없은 말도 하지 않고 그저 가만히 무엇을 깊이 생각하였다. 그래서 동무들은

"이 자식이 웬일이야? 술도 안 먹고, 어데 계집을 얻어 두었나베."

이렇게 놀리곤 하였다. 그는 어정어정 걸으며 사면을 휘휘 돌아보았다. 그리고 스파이 같은 것이 그의 뒤를 따르지 않나? 하는 불안에 골목골목을 주의하며 주인집까지 왔다.

전등불도 켜지 않은 채 그의 방은 쓸쓸하게 그를 맞아주었다. 그는 웬일인지 갑갑함을 느끼며 신철이한테라도 가볼까 하였으나 그가 지금 집에 없을 것을 짐작하며 벽을 기대었다. 그는 언제나 전등불을 켜지 않은 채 자고 만다. 그가 어려서부터 캄캄한 방에서 자란 까닭에 이렇게 캄캄한 가운데 앉은 것이 퍽이나 좋았다. 만일 어쩌다 불을 켜면 도리어 답답하고 눈등이 거북해서 못 견디었던 것이다.

선비? 그가 참말 선비인가? 그러면 내가 날마다 전해주는 그 종이도

보겠지. 그가 글을 아는가? 아마 모르기 쉽지! 참, 공장에는 야학이 있다지. 그러면 국문이나는 배웠을는지 모르겠구면…… 하였다. 이렇게 생각하고 나니 자기 역시 국문이라도 배워야만 될 것 같았다. 어디서 배울 곳이 있어야지! 신철이보고 가르쳐달랄까? 그는 빙긋이 웃었다. 삼십에 가까워오는 그가 이제야 국문을 배우겠다고 신철의 앞에서 가갸 거겨 할 생각을 하니 우스웠던 것이다. 보다도 필요와 여유도 없었던 것이다.

그는 한잠을 푹 자고 부스스 일어났다. 그는 기운이 버쩍 남을 느꼈다. 그가 방문을 소리 없이 열고 나서니 옆집에서는 시계가 새로 두 시를 친다. 그는 언제나 저 시계가 두 시를 칠 때 이 문밖을 나서는 것이다.

번화하던 이 거리도 어느덧 고요하고 전등불만이 이따금 껌벅이고 있다. 그는 한참이나 서서 주위를 살피며 말할 수 없는 흥분과 감격을 느꼈다. 그때 멀리 들리는 기선의 기적 소리가 우웅 하고 인천 시가를 은근히 울려주었다. 그는 슬금슬금 걷기 시작하였다. 그리고 주의를 게을리하지 않았다. 그가 신철의 하숙까지 왔을 때 신철이는 반가이 맞아주었다. 그는 일을 마치고 이제야 돌아온 눈치다. 그의 긴 눈에는 피곤한 빛이 뚜렷이 보였다. 신철이는 눈을 비비치고 첫째를 바라보았다. 첫째의 시커먼 얼굴에는 긴장한 빛과 아울러 어떤 위엄이 씩씩히 빛나고 있었다.

101

신철이가 처음 첫째를 만났을 때는 다만 순직한 노동자로밖에 그의 눈에 비치지 않던 그가…… 보다도 순직함이 도수를 지나 어찌 보면 바보 비슷하게 보이던 그가, 불과 몇 달이 지나지 못한 지금에 보면 아주 딴 사람을 대한 듯이 되었다. 그리고 이런 때에 마주 보면 신철이는 어떤 위압까지 느껴진다. 신철이는 묵묵히 앉은 첫째를 바라보며 이런 생각을

하다가,

"그런데 동무, 주의하시오. 지금 경찰서에서는 삐라를 단서로 대활동을 하는 모양이니 조심하지 않으면 안 되겠소."

첫째는 눈을 번쩍 뜨며 신철이를 바라보다가 시선을 떨어뜨렸다. 그리고 자기들이 가까운 시일 안에 붙잡힐 것 같았다. 그리고 붙들릴 바에는 자기와 같이 중요한 역할을 하지 못하는 무식한 사람들만 그리 되었으면 하였다. 만일에 신철이 같은 중요한 인물이 붙들리게 되면 바야흐로 계급의식에 눈떠오려던 인천의 수많은 노동자들의 앞길은 암흑천지로 변할 것 같았다. 보다도 자기들이 붙들리게 되면 어떠한 무서운 매라도 넉넉히 맞고 견디어내겠으나 신철이같이 저렇게 부드럽고 희맑은 육체를 가진 그들이 그 매에 견디어낼까? 그것이 무엇보다도 의문이요, 걱정이다.

신철이는 첫째와 마주 앉아 말할 때마다, 그리고 중요한 심부름을 시킬 때마다 우리들은 이렇게 하여야 하오! 하고 언제나 우리들이라고 노동자를 가리켜 불렀다. 그러나 첫째의 귀에는 신철이만은 자기들과는 무엇으로 보든지 딴 사람 같았다. 그래서 신철이가 말할 때마다 저가 우리들을 생각하여 우리들의 눈을 밝혀주려고 애쓰거니…… 하는 일종의 말할 수 없는 감격이 치밀곤 하였던 것이다.

"이제부터는 일 개월에 한 번으로 정하였으니 오는 달 십오일에 또 오시오. 하여튼 조심해야 하오. 그리고 동무를 주의하며 술과 계집 같은 것은 물론 삼갈 것으로 아니까 더 말하지 않으나……."

신철이는 첫째의 눈치를 살핀다. 첫째는 씩씩하며 앉아 있다. 마치 말 잘 듣는 소 모양으로 그렇게 충심되는 반면에 움직일 수 없는 그 무엇을 은연중에 발견할 수가 있었다.

"자! 그럼 갔다 오시우!"

신철이는 일어났다. 첫째는 그의 뒤를 따라 밖으로 나왔다. 신철이는 손 빠르게 격문[94] 뭉텅이를 그의 손에 힘 있게 들려주었다.

"조심하시오!"

첫째는 얼른 받아 바짓가랑이 속에 쑥 집어넣고 나서 신철이의 손을 힘 있게 흔들었다. 그리고 도리우치[95]를 푹 눌러쓴 후에 대문 밖을 나섰다.

이제 신철에게서 그런 말을 들어서 그런지 그의 신경은 날카로워진다. 그리고 그의 정신은 수없는 눈과 귀로만 된 듯하였다. 그는 이렇게 가슴을 졸이며 대동방적공장까지 왔다. 우선 한 바퀴를 돌았다. 그리고 어디서 사람이 숨어 엿보지는 않는가? 하여 구석구석 살펴보았다. 공장에서는 발전기 소리가 우렁우렁하고 흘러나온다. 그리고 까맣게 쳐다보이는 연돌에서 나오는 연기가 달빛에 희게 굽이친다.

그는 다시 이편 골목으로 와서 한참이나 보았다. 그러나 인기척이라고는 발견할 수 없으며 고요하였다. 그는 이번에는 살살 기어서 동북편 담 모퉁이를 향하였다. 그는 담 밑에 착 붙어 섰다. 그리고 바짓가랑이 속에서 뭉텅이를 내어 얼른 구멍 속에 쓸어 넣고 돌아섰다. 그는 숨이 가쁘게 이편 집 모퉁이로 와서 한참이나 그곳을 바라보았다. 그때에 그의 머리에 떠오른 것은 낮에 본 여공들의 긴 행렬이었으며 그중에 섞여 있던 선비였다. 선비! 그는 자기도 모르게 이렇게 중얼거렸다. 선비가…… 참말 그 선비였던가? 그리고 저 안에서 지금 실을 켜고 있는가? 혹은 잠을 자고 있는가? 그도 나를 확실히 본 모양인데…… 나를 알아보았을까?

선비도 자기가 넣어주는 그 종이를 보고 똑똑한 선비가 되었으면…… 하였다. 과거와 같이 온순하고 예쁘기만 한 선비가 되지 말고 한 보 나아가서 씩씩하고도 지독한 계집이 되었으면…… 하였다. 그때야말로 자기가 믿을 수 있고 같이 걸어갈 수가 있는 선비일 것이라…… 하였다.

그는 이러한 생각을 하며 걸었다. 인간이란 그가 속하여 있는 계급을 명확히 알아야 하고 동시에 인간 사회의 역사적 발전을 위하여 투쟁하는 인간이야말로 참다운 인간이라는 신철의 말을 다시 한 번 생각하였다.

102

야학을 마치고 3호실로 돌아온 선비는 입은 채로 자리에 누웠다. 7호실에서 간난이와 같이 있을 때는 야학만 마치고 돌아오면 이불 속에 엎디어 밤 가는 줄을 모르고 이야기를 하였는데 3호실로 옮아온 후부터는 아직도 한방에 있는 그들과 친해지지를 않아서 그런지 마치 남의 집에 나들이로 온 것 같고 방 안이 맘에 들지 않았다. 그놈의 감독 놈이 무슨 짓이어? 나를 이 방에다 끌어다두면 제가 어떻게 하겠단 말이어…… 아무래도 수상하지. 간난이의 말과 같이 그놈의 간난이의 눈치를 채음인가? 그렇지 않으면 내 생각대로 그놈이 나한테 반한 셈인가? 하였다. 그렇게 생각을 하고 나니 또다시 첫째의 얼굴이 떠오른다. 그리고 자기들이 월미도를 향하여 가던 그때 그 해변 돌길에서 눈결에 본, 아니 똑똑히 바라본 첫째, 그가 참말 첫째인가.

뜻하지 않은 곳에서 첫째를 눈결에 지나친 후로 선비는 밤마다 첫째를 생각하였다. 그리고 옛날에 그가 나물하러 잿등에 올라갔다가 첫째를 만나 싱아를 빼앗기고 울면서 내려오던 그때 일을 다시금 회상하여보곤 하였다. 동시에 그의 어머니가 가슴을 앓아 돌아가실 때 어느 새벽에 갖다주던 소태나무 뿌리! 지금 생각하면 그때에 자기는 너무나 첫째를 몰라본 것 같았다. 지금 같으면 그 소태 뿌리가 얼마나 귀한 것이며 얼마나 고마운 것이랴! 첫째의 결백한 순정의 전부가 그 싱싱한, 그리고 아직도 흙이 마르지 않았던 그 소태 뿌리에 은연중에 들어 있던 것을 그는 몰라보았다. 그렇게 고마운 것을…… 밤을 새워가며 캐온 듯한 그의 정성을 대표한 소태나무 뿌리를 윗방 구석에 팽개친 자기! 생각하면 생각할수록 그는 자기의 그때 행동에 대하여 분하고도 부끄러웠다.

단 한 번이라도 좋아! 그를 꼭 만나볼 수가 없을까? 선비는 돌아누우며 한숨을 푹 쉬었다. 그의 뜨거운 숨결은 그의 볼에 따끈따끈하게 부딪힌다. 그때 그는 씩씩하며 자기를 껴안아주던 덕호가 떠오른다. 그는 진저리를 쳤다. 그리고 자기는 첫째를 만나볼 그 무엇을 잃은 듯하였다. 그는 안타까웠다. 분하였다. 이십 년이나 고이 싸두었던 그의 정조를 늙은 호박통같이 생긴 덕호에게 빼앗긴 생각을 하니 그는 생각할수록 분하였던 것이다. 그때에 자기는 반정신은 나가서 분한 것도 아무것도 몰랐으나 지금 이렇게 누워서 눈감고 생각하니 그때에 자기는 덕호에게 일생을 망친 것이다. 여기까지 생각한 선비는 얼굴이 화끈 달았다. 그리고 첫째의 얼굴을 다시 그려보았다. 자기를 보고 놀라는 듯한 첫째의 표정을 보아 그도 역시 선비 자신을 알아본 듯하였다. 따라서 잠시간이나마 첫째가 자기를 어느 구석에 잊지 않고 이때까지 생각해왔다는 것을 알 수가 있었다.

그것은 선비 자신이 흥분이 되어 그를 바라본 까닭에 그렇게 그의 눈에 비치어졌는지 모르나 어쨌든 첫째가 자기를 얼른 알아본 것만은 사실인 듯하였다. 그때 선비의 가슴은 뭐라고 말할 수 없는 감회와 슬픔, 그리고 반가움이 교착이 되어가지고 그의 조그만 가슴을 잡아 흔들었다. 동시에 언제까지나 그의 앞을 떠나고 싶지 않았다. 그러나 뒤에서 밀고 앞에서 재촉하는 무서운 현실! 번개같이 만나자 번개같이 들었던 일만 가지 감회를 쓸어안은 채, 선비는 그 현실에 순응하지 아니하지 못하였던 것이다.

몰라보리만큼 꺽센 첫째의 몸집, 그리고 거칠고 거칠어진 그의 얼굴에 그나마 옛날 싱아를 빼앗아 먹으며 빙긋빙긋 웃던 그 눈만이 아직도 혁혁히 빛나고 있는 것을 볼 수가 있었다. 그러나 그 눈 역시 세고에 부대

끼어 전과 같은 순진하고 맑은 기운은 약간 보이고, 반면에 무서우리만큼 강하게 빛나는 그의 눈동자! 그라야만 덕호에 대한 자기의 원을 풀어줄 것 같았다.

그때 그는 간난이가 일상 하던 말을 얼핏 깨달으며 세상에는 덕호와 같은 우리들의 적이 많은 것이다, 그것을 대항하려면 우리들은 단결하지 않으면 안 될 것이라던 그 말을 그는 다시 생각하였다. 선비는 어떤 힘을 불쑥 느꼈다. 그리고 간난이가 가르쳐주는 그대로 하는 데서만이 선비는 첫째의 손목을 쥐어보리라 하였다. 흙짐을 져서 괄해진 첫째의 등허리! 실을 켜기에 부르튼 자기의 손끝! 그리고 수많은 그 등허리와 그 손들이 모여서 덕호와 같은 수없는 인간과 싸우지 않으면 안 될 것이라…… 하였다. 보다도 선비의 앞에 나타나는 길은 오직 그 길뿐이다. 으음 하는 기침 소리에 그는 흠칫했다.

103

선비는 놀라 숨을 죽이고 들었다. 또다시 기침 소리가 들릴 때 그는 그 기침 소리가 숙직실에서 나오는 감독의 기침 소리인 것을 깨달았다. 벽을 새로 감독과 그가 마주 누운 것이 직각되자 불쾌하였다. 그리고 간난이에게서 들은 용녀의 이야기를 다시금 되풀이하며 이를테면 나도 용녀 모양으로 그렇게 지내자는 심중에 이 방으로 옮기게 하였으나 내가 왜 말을 듣나. 만일 용녀같이 그렇게 농락하려고 그가 덤벼들면 망신을 톡톡히 시켜놓고 나는 나가지. 이 공장 아니면 딴 공장은 없을까. 이렇게 그는 결심은 하나 그러나 그의 앞에는 불길한 예감만 그의 머리를 자꾸 싸고돌아 어쨌든 불쾌하였다. 이런 때 간난이가 곁에 있으면 어떠한 말을 하여서든지 자기의 맘을 시원하게 해주는 것이다. 그는 간난이를 찾아가서 덤벼드는 감독을 대항할 방침을 문의하고 싶었다. 벌써부터 이런 생각을 가졌으나 용이하게 기회를 타는 수가 없었다. 낮에는 바쁘고, 하루 건너서 야근을 하고, 시간이 좀 있다더라도 그 틈을 타서 옷 해 입기에 눈코 뜰 짬이 없었다. 그러므로 이런 밤에나 기회를 만들지 않으면 몇 달 내지 몇 해를 간다더라도, 마주 앉아 말 한마디 할 틈이란 바늘 끝만치도 없었다.

그러나 지금 감독이 기침한 것을 보아 아직도 잠이 안 든 모양인데 문소리를 내면 필시 쫓아 나올 것 같았다. 그래서 그는 에라 후일 간난이를 만나지! 오늘만 날인가? 하였다.

그때 문소리가 난다. 선비는 얼른 문 편을 바라보았다. 그의 방문이 열리는 것이 아니라, 숙직실 감독의 방문이 열리는 듯하였다. 뒤미처 신발 소리가 가늘게 났다. 선비는 몸이 한줌만 해지며, 참말 자기의 몸에 위기가 박두한 것을 느꼈다. 그는 이불을 막 쓰고 숨을 죽이었다. 신발 소리는 들리지 않았다. 그러나 선비는 감독이 저 문밖에 서서 이 방 사람들이 자는가 안 자는가를 엿보는 듯싶고, 그리고 금방 감독이 들어와서 그에게 덤벼드는 듯하여 가슴이 울렁울렁 뛰놀았다. 따라서 철모르고 자는 옆의 동무를 깨울까 말까 망설이었다.

한참 후에 선비는 가만히 이불을 벗으며 신발 소리와 문소리를 들으려 하였다. 그때 옆의 동무도 역시 머리를 내놓고 있다가 선비를 바라보며

"이제 문소리 났지?"

선비는 너무 반가워서 바싹 다가 누웠다.

"너도 깨었니?"

"그래, 그 무슨 문소리어…… 감독의 방 문소리가 아니어?"

"그런 것 같애……."

옆의 동무는 선비의 귀에다 입을 대었다.

"저 요새 말이어…… 감독이 저렇게 자지를 않고 순시를 돌아. 그런데 넌 그 이상스러운 종잇조각을 보지 못하였니?"

선비는 얼른 종잇조각이 떠오른다. 그러나 그는 시치미를 떼고

"몰라…… 무슨 종이냐?"

"딴 방에는 안 그런가 모르거니와 우리 방에는 요전에는 날마다 아침에 일어날 때 보면 무슨 종잇조각이 떨어져 있는데 그것에는 우리 공장 안의 일을 모두 썼겠지. 네 전날 우리 월미도에 가면서 구두를 신고 가지 않았니? ……."

"그래."

"그런데 그 구두도 말이어…… 이애 후일 말하자."

동무는 문 편을 바라보며 말을 끊었다. 선비는 미리 간난에게서 들었던 말이므로 더 추궁하여 묻지 않았다. 더구나 감독이 저 말을 듣지나 않나? 하는 불안에 가슴이 한층 더 졸이었다가, 잘되었다 하였다. 따라서 수없는 여공들의 수수께끼인 그 종잇조각은 아무래도 간난이가 어떻게 든지 해서 돌리는 것 같았다. 간난이가 말하지 않아도 그의 하는 말이며, 동작이 아무래도 그 수수께끼의 주인공인 듯싶었다. 그리고 그의 이면에는 어떤 사람들이 있는 듯하였다. 간난이가 자기에게는 무엇이나 숨기는 비밀이 없으나, 오직 그 일만은 숨기는 듯하였다. 그것이 무슨 일이며, 누구들이 뒤에서 조종하는지 모르나 어쨌든 그 비밀은 말하지 않았다. 그래서 선비는 처음에는 수상하게 생각되었으나, 시일이 지날수록 그 일이 무슨 일이라는 것이 막연하게 짐작은 되었다. 확실하게 자기가 짐작하는 그런 일이라고는 꼭 말할 수 없으나, 그저 막연하고 분명하지 않은 생각이었다.

그때 별안간 문이 바스스 열리며, 회중전등이 쏴 하고 비쳤다.

104

그들은 얼른 이불을 막 쓰고 잠든 체하였다. 문이 가만히 닫히며 신발 소리가 가까워진다. 선비는 두 손을 가슴에 부둥켜안고 머리를 베개 아래로 내리며 숨을 죽였다. 그러나 가슴은 무섭게 뛰었다. 무엇보다도 이제 자기들이 한 말을 문밖에서 다 듣고 뭐라고 나무라려고 쫓아 들어온 것만 같았던 것이다.

한참 후에 선비는 그의 이불에 감독의 손이 닿는 것을 알자 이불이 벗겨진다. 선비는 몸을 흠칫하며 머리를 숙이었다.

"왜들 이때까지 잠을 안 자?"

감독의 무거운 음성이 방 안을 울려주었다. 선비는 가만히 있었다.

"잠을 푹 자야 내일 일하기가 힘들지 않지."

감독의 손길이 선뜻하고 선비의 볼에 부딪히므로 선비는 무의식간에 손으로 내밀었다. 그리고 이불을 끌어 덮으며 안으로 미끄러져 들어갔다.

"이 방에는 종이가 떨어지지 않았더냐. 떨어진 것이 있으면 내놓아라."

이번에는 선비의 머리를 툭툭 쳤다. 선비는 옆에 동무가 잠든 줄을 알면 대단히 무서울 것이나, 그러나 잠들지 않은 것을 뻔히 아는 고로 한결 무섭기가 덜하였다. 그러나 그만큼 감독이 그의 얼굴을 쓸어보고 머리를 툭툭 치는 것을 옆에 동무가 알 것이 부끄럽고 안타까웠다. 그리고 맘대로 하면 일어나며 감독의 쌍통[96]을 후려치고 싶었다. 그러나 역시 맘뿐이지 손가락 하나 까딱하는 수가 없었다. 그때 그는 덕호에게 그의 처녀를 유린 받던 장면을 다시금 회상하며 부르르 떨었다.

한참이나 우두커니 섰던 감독은 이불을 끌어당겨서 푹 씌워주었다.

"잡생각들 말고 잠자."

말을 마치며 감독은 돌아서 나간다. 선비는 그제서야 숨을 몰아쉬며 베개를 베고 제대로 누웠다. 그러나 감독의 손길이 부딪힌 그의 볼에는 벌레가 지나간 것처럼, 그렇게 불쾌한 감상이 오래 사라지지 않았다.

며칠 후에는 선비는 감독에게 부름을 받아 사무실에 들어가게 되었다. 감독은 의자에 걸터앉아서 격문 조각을 자세히 들여다보다가 흘금 쳐다보았다.

"거기 앉아……."

책상 곁에 있는 의자를 가리켰다. 선비는 주저주저하였다.

"이런 것 선비에게도 있지?"

감독은 선비의 속까지 뚫어보려는 듯이, 눈 한 번 깜박이지 않고 똑바로 쳐다보았다. 선비는 얼굴이 빨개졌다.

"없어요."

"없는 게 뭐야, 거짓말 말어. 이 기숙사 안에는 안 간 방이 없는데, 선비에게라구 안 갔을 탁이 되나? 바루 말해."

선비는 약간 얼굴을 숙이며, 버선 갈피 속에 깊이 넣어둔 종잇조각을 생각하였다. 그리고 감독이 혹시 그것을 미리 보고서 하는 말이 아닌가? 하는 불안이 들었다.

"이리 가까이 와."

감독은 올백으로 넘긴 머리를 쓰다듬며 의자를 가지고 조금 다가왔다.

"이거 봐, 이런 종이를 만일 선비도 가졌다면 찢어버리고 이런 말에 귀를 기울이지 않아야 해. 선비만은 내가 잘 알아. 온순하고 얌전하지, 허허…… 그런데 한 고향서 왔다는 간난이가 혹 밤에 나가는 것을 보지 못하였는가?"

선비는 놀랐다. 한방에 있는 자기도 확실하게 눈치 채지 못한 것을 감독이 어떻게 짐작하였는가? 하였다. 그리고 간난이가 그 일로 인하여 불행히 쫓기어 나가게나 되지 않으려나 하는 걱정이 들며 어떻게 감독을 꿇리어서라도 그러한 의심을 풀어버리게 하여야겠다고 생각되었다. 그것은 감독이 그에게만은 절대 호감을 가진 것을 아느니만큼 선비가 변호를 하면 아직 확실한 증거가 드러나지 않은 이상 가능하리라는 것이다.

"그런 일 없어요."

선비는 용기를 내어 이렇게 대답하였다. 감독은 입모습에 웃음을 띠며 조금 다가앉았다.

"한 고향서 왔으니 변호하는 셈인가? …… 거게 좀 앉아! 응 자."

선비는 갑자기 무서운 생각이 흠씬 끼쳐진다. 그리고 그가 처음 덕호에게 유린받던 그날 밤 같아서 몸이 한줌만해졌다. 그래서 그는 조금 뒤로 물러섰다.

감독은 선비의 눈치를 슬금슬금 보면서 궐련을 피워 물었다.

"선비, 금년에 몇 살?"

감독은 권련 재를 털며 물었다. 선비는 가슴이 답답함을 느끼며 어서 나오고 싶었다.

105

선비의 초조해하는 양을 바라보는 감독은 다소 위엄을 띠었다.

"누가 뭐라는가, 어서 거게 좀 앉았어. 뭐 물을 말이 많아. 응 거기……."

의자를 가리켰다. 선비는 당황하였다. 그리고 그의 신변에 위기가 박두한 것을 느끼며 어떡해서라도 이 자리를 벗어나지 않으면 안 될 것 같았다. 그리고 숨이 가빠오며 방 안의 공기가 자기 하나를 둘러싸고 육박하는 듯하였다. 그때 선비는 덕호에게 유린받던 경험을 미루어 감독이 어떻게 어떻게 할 것이 선뜻 떠오른다.

"저 난 일하던 것을 놓고 들어, 들어…… 왔세요."

"응 무슨 일?"

선비의 불그레한 얼굴을 곁눈질해 보는 감독은 귀여운 듯이 빙긋이 웃었다.

"저, 저고리를……."

"저고리를? …… 돈 잘 벌어서 삯 주지, 허허허허. 그런데 말이어, 이런 종이에 혹해가지고 만에 일이라도 그릇 생각을 하면 안 되어. 이 공장은 여러 여공들을 위하야 온갖 이익과 편리를 도모하는데 그러한 은혜를 모르고 이따위 말이나 곧이들으면 되는가. 후일 선비에게도 이런 종이가 가거던 내게로 가져와…… 응, 그러겠나?"

선비는 화제를 돌린 것만 다행으로 생각하고 얼른 대답하였다.

"네."

"그런 것을 써서 돌리는 것은 벌이 없는 놈들이 남 벌어먹는 것이 심술이 나서 그러는 게야. 선비는 그런 데 떨어지지 말고 나 하라는 대로만 잘 순종하면 매일 상금을 줄 테야. 또는 이 기숙사에 있는 여공들을 맘대로 부리는 감독을 하게 할 테야. 이를테면 내 대리 격이지. 알아들었어?"

감독은 만족한 듯이 웃었다. 선비는 발끝만 굽어보았다.

"내가 선비는 아주 참하게 보았으니 내 말만 들으면 그러한 권리를 줄 테야."

선비는 어서 말이 끝나기를 기다리나 감독은 이런 부실한 말만 자꾸 늘어놓는다. 그리고 가만히 보니 별로 할 말도 없고 그를 세워놓고 저런 말이나 언제까지나 되풀이할 모양이다. 선비는 머리를 번쩍 들었다.

"저는 나가서 일 마자 하겠습니다."

"어 그런데 저……."

돌아서서 나오는 선비에게 이러한 말이 치근치근하게 뒤따른다. 선비는 못 들은 체하고 밖으로 나왔다. 그가 방으로 들어오니 간난이가 와서 그의 하던 일을 하고 있었다. 그때 사무실 문소리가 요란스레 나며 감독이 아래층으로 내려가는 구둣발 소리가 들린다. 그들은 다행으로 숨을 몰아쉬며 선비의 입에서 무슨 말이 나올까 하고 쳐다보았다. 선비는 그들을 대하니 반갑고도 다소 부끄러웠다. 한참 후에 간난이가

"우리 방에 가서 일할까?"

"그래."

간난이는 주섬주섬 일감을 걷어서 선비를 준다. 선비는 받아가지고 간난이의 뒤를 따랐다.

"이 애들 모두 어데 갔니?"

선비가 방 안에 들어서면서 물었다. 그리고 속으로는 좋은 기회를 만났다 하고 생각하였다.

"야근하러들 갔지…… 그런데 뭐라던?"

선비는 얼굴이 붉어지며 무슨 생각을 하였다.

"저 감독이 말이어, 너와 가까이하지 말라구 하두나. 그러구 저……."

간난이의 귀에다 입을 대고 선비는 한참이나 수군거렸다. 간난이는 머리를 끄덕이며

"흥, 나두 짐작은 하였다…… 선비야!"

간난이는 갑자기 정색을 하고 불렀다. 선비는 무슨 일인가 하여 눈이 둥그레졌다. 간난이는 이렇게 선비를 불러놓기는 하고도 말은 꺼내지 못하였다. 그리고 이렇게 선비를 바라보는 때에 아직도 선비가 그의 확실한 친구가 되지 못하는 것이 안타깝게 생각되었다. 만일 선비기 확실히 계급의식에 눈이 떴다면 감독을 그의 손 가운데 넣고 농락해가면서 얼마든지 일을 할 수가 있는 것이다. 그리고 언제든지 급한 일이 생기면 저 선비에게다 모든 중대사를 밀어 맡기고 자기는 마음 놓고 이 공장을 벗어날 수가 있도록 되었으면 좋을 것 같았다. 무엇보다도 간난이는 그가 오래 이

공장 안에서 일하지 못할 것을 슬프게 깨달았던 것이다. 그래서 선비에게 이러한 뜻의 말을 미리 비추려고 얼결에 불러놓고 보니 아직도 선비는 시일을 좀 더 지나지 않으면 안 될 것을 간난이는 알았던 것이다. 선비는

"뭘? 어서 말하려마."

간난이는 눈등이 불그레해졌다.

"후일, 응 후일!"

106

인천의 새벽.

검푸른 회색빛을 띠고 산뜻하고도 향기로운 공기가 무언중에 봄소식을 전해주는 그 어느 날 새벽이다.

부두에는 벌써 몇 천 명의 노동자가 **빽빽**하니 모여들었다. 그들은 장차 새어오려는 동편 하늘을 바라보면서 다시금 굳은 결심을 하였다.

백통테 안경은 붉은 끈을 가지고 머리를 휘두르며 여전히 눈알을 굴리어 노동자를 바라보았다. 전 같으면 저마다 붉은 끈을 얻으려고 대가리 쌈을 하고 덤벼들 것이나 오늘은 백통테 안경이 붉은 끈을 봐란 듯이 팔에다 걸고 그들의 앞으로 왔다 갔다 하여도 그들은 눈 한 번 깜박하지 않는 듯하였다. 백통테 안경은 이상스러운 반면에 뭐라고 형용할 수 없는 무서운 생각이 들었다. 그러나 그는 시치미를 떼고 그중 친한 노동자를 불렀다.

"이리 와! 일끈을 줄 테니."

그때 전깃불이 꺼뭇하고 꺼져버렸다.

"일 안 하겠수!"

백통테는 머리를 벅벅 긁으며, 갑판으로 갔다.

축항에는 기선이 죽 들어와서 부두에 대었다. 그러나 노동자들은 손발 하나 까딱하지 않고, 바라만 볼 뿐이었다. 그때 노동자 몇 사람은 그들의 대표로, 요구조건을 제출하려고, 해륙운수조합 사무실로 들어갔다. 그들은 그들의 대표 노동자들이 무슨 소식을 전하기까지 깜짝하지 않고 사무실만 바라보고 정렬하여 서 있었다.

축항의 기선은 연기만 풀풀 토하고 있다. 그리고 선원들이 죽 나와서, 이상한 듯이 그들을 바라보았다. 전 같으면 지금쯤은 짐을 푸느라고, 벌떼같이 덤빌 터인데, 오늘은 이 축항이 쓸쓸하였다.

그리고 눈을 구루마 바퀴 굴리듯 잠시도 제대로 두지 못하던 백통테 안경도 오늘만은 날개 부러진 새 모양으로 머리를 푹 숙이고 한편 모퉁이에 서 있었다.

해가 벌겋게 타올랐다. 그들은 저 해를 바라보면서 단결의 힘이란 얼마나 위대함을 깨달았다. 그리고 오늘의 저 햇발은 그들의 이 단결함을 보기 위하여 저렇게 씩씩하게 솟아오르는 듯하였다. 그들은 저 햇발에 비치어 빛나는 저 바다 물결을 온 가슴에 안은 듯하였다. 그리고 그들의 눈에 비치는 모든 만물은 새로움을 가지고 그들을 맞는 듯싶었다. 동시에 무력하고 성명없던 자기들이 오늘 이 순간에는 이 우주를 지배하는 모든 권리란 권리는 다 가진 듯이 생각되었다. 자기들이 단결함으로써 이러하고 있으니 기세를 부리던 백통테 안경을 위시하여 기선의 기중기며 선원들까지 아주 동작을 잃어버리고 깜짝하지 못하였다.

"이애 지금 정미소 여공들은 무섭다더라. 저이들끼리 싸이렌을 울리고 막 폭행을 하는데 야단이더래!"

한 노동자가 이렇게 말하되 첫째를 돌아보았다. 첫째는 상대를 바라보며 빙긋이 웃었다.

"그런데 우리두 말이다, 우리들의 요구조항을 들어주지 않으면 그저 이러케들 앉아 있어!"

주먹을 불끈 쥐고 첫째를 향하여 겨눈다. 첫째는 그를 바라보며 눈을 껌뻑하였다. 그때 저리로부터 정복 순사들이 우루루 밀려왔다. 그래서 한 패는 해륙운수조합 사무실을 에워싸고 한 패는 이리로 달려와서 군중을 경계하였다. 그들은 경관들을 보자 어떤 반항의 몸짓이 욱하고 치밀었다. 그러나 아직도 사무실에 들어간 동무들이 무슨 소식을 가지고 나오기까지 답답한 대로 참아야 될 것 같아 꾹 참고 있었다.

경관들은 눈을 밝히고 군중 틈을 뚫으며 행여나 선동자를 발견할까 하여 주의를 게을리하지 아니하였다.

인천의 시민들은 종래에 없던 부두노동자들의 단결을 구경하기 위하여 골목골목에 나와 섰다. 그리고 끊임없이 경관들은 오토바이를 타고 달려온다. 그래서 축항을 둘러싸고 무서운 대지로 공기가 팽팽히 긴장되어 있는 것을 누구나 느낄 수가 있었다.

짐 실은 기선은 하나둘 자꾸 몰려들어 와서 우두커니 맹랑하게 서 있었다. 그때 요구조건을 제출하려고 해륙운수조합으로 들어갔던 노동자들은 경관들에게 호위되어 나왔다.

"우리들의 요구조건은 틀렸소!"

"카이상[97]!"

보고가 끝나기도 전에 길에 섰던 금줄 많이 두른 경관의 입에서 해산의 명령이 떨어졌다. 그때 욱 하는 무서운 움직임이 들려왔다.

107

군중은 분기하여 인천 시가를 시위 행렬까지 하려다가 다수한 검속자를 내었다. 첫째가 집에 돌아오니, 주인 할멈이 맞받아 나왔다.

"저 누가 아까 찾아왔어!"

첫째는 아직까지도 숨이 가쁘게 뛰었다. 그래서 숨을 돌려 쉰 후에,

"누가? 어떻게 옷을 입은 사람이유?"

첫째는 얼핏 형사? 신철이를 번갈아 생각하였다. 할멈은 빙긋이 웃었다.

"글쎄, 어떻게 옷을 입었던가? …… 자세히 생각나지 않어…… 하여튼 곧 또 오겠다구, 어데 가지 말고 기다리라고 하두면……."

"기다리라고? ……."

첫째는 때가 때니만큼 퍽이나 불길한 생각을 하며, 눈살을 찌푸렸다. 그리고 할멈보고 무슨 말을 더 물어보려다가 그만 돌아서서 방으로 들어갔다. 누가 왔댔을까? 신철이가 무슨 급한 일이 있어 오지 않았나? 하며 망설일 때 문이 버썩 열린다. 첫째는 깜짝 놀라 바라보았다. 부두에서 낯익히 본 사나이였다. 더욱 신철의 집에서 몇 번 보기도 하였다.

"동무가 첫째 동무요?"

그는 방 안으로 들어오며, 이렇게 물었다. 첫째는 어떤 영문인지 몰라 두리번하다가,

"예……?"

첫째가 그의 내미는 손에 악수를 건네자,

"동무 큰일 났소!"

첫째는 무슨 말인가? 하여 그를 자세히 바라보았다.

"아까 새로 한 시쯤 해서 신철 동무가 잡혔수!"

첫째는 그제야 눈을 크게 떴다.

"잡혔어유? 어데서?"

"집에서 잡혔는데, 지금 그 집 주위에는 경계가 심하오. 동무도 이 집을 곧 옮겨야겠수. 위선 내가 집 하나를 얻어놨으니 그리 옮겼다가 다시 또 적당한 데로 옮기오. 어서 빨리 일어나시유."

방 안을 휘 둘러보며 일어났다. 첫째는 신철이가 잡혔다니 앞이 아뜩하였다. 물론 신철이 아니라도 자기들의 배후에는 자기가 알지 못하는 수없는 동무들이 있을 것을 뻔히 아나, 그러나 신철의 지도를 받아오던 첫째는 마치 어린애가 어머니를 떨어진 듯한 그러한 형용할 수 없는 감정에 안타까웠다. 더구나 저 일이 끝도 나기 전에 잡혔으니…… 하며 첫째는 머리를 숙였다. 그는 첫째의 귀에다 입을 대고 뭐라고 수군수군하고 나가버렸다. 첫째도 그 뒤를 따라 동무가 얻어났다는 집으로 옮아오고 말았다. 낯선 방 안에 홀로 앉아 있는 첫째는 일만 가지 생각에 가슴이 뒤설레었다.

어느덧 날도 저물어진 모양이다. 첫째는 벌렁 누워버렸다. 부두노동자들의 움직임이 자꾸 눈에 어른거리고, 그리고 신철이의 결박당한 모양이 떠오른다. (10행 가량 삭제)

이렇게 생각하다가 바라보니 벌써 밤이 이 방 안을 찾아왔다. 첫째는 벌떡 일어났다. 그때 문이 부스스 열리며,

"왜? 불도 안 켜시우."

"동무유……."

첫째는 딴 놈이면 한 대 붙이려다가 주저앉았다. 웬일인지 누구와 실컷 몸부림을 쳐가며 싸웠으면 이 안타까운 맘이 풀어질 것 같았다.

"어찌 되었수, 부두노동자들은?"

첫째는 가만히 말하였다. 동무는 전등불을 켜놓고 나서 사온 빵을 가지고 첫째 곁으로 왔다.

"자시우! 그런데 부두노동쟁의는 딴 동무들이 맡아 보기루 했으니 가만히 앉아 있수!"

첫째는 빵을 들어 무질러 먹으며 머리를 끄덕이었다. 그들의 시선이 마주칠 때마다 뜨거운 사랑이 무언중에 알려진다.

"어서 다 자시유."

동무는 일어난다. 첫째는 인사도 없이 동무를 보낸 뒤에 전등불을 죽이고 빵을 다 먹었다. 그리고 우두커니 앉아서 부두노동자들의 장래 승리를 생각하며 빙긋이 웃었다. 그리고 대동방적공장을 눈앞에 그리며, 그것들은 왜 가만히 있어? 답답해서 원! 선비가 정말 그 선빈가? 하였다. 그도 눈이 떠주었으면…… 할 때 신철이 잡힌 생각이 다시 떠오르며 가슴이 뜨거워지고 머리가 화끈 달기 시작하였다.

108

공장에서 야근 교대를 마치고 나오는 선비는 얼핏 그의 손에 무엇인가 쥐어지는 것을 느끼며 돌아보니 간난이가 시치미를 뚝 떼고 옆으로 지나친다. 그는 간난이를 보고야 그의 손에 쥐어진 것이 무엇이라는 것을 짐작하며 꼭 쥐었다. 그리고 함께 밀려나오는 효애의 눈치를 살폈다. 효애는 여전히 뭐라고 소곤소곤 이야기를 하였다. 선비는 그의 말은 한마디도 알아듣지 못하고도

"응, 응, 그래……."

하였다. 효애는 그의 방으로 들어가며

"그럼 내일 꼭 그래?"

선비는 무슨 말끝인지 알아듣지 못하였으나 다시 묻지는 못하고 돌아섰다. 그리고 상층으로 부리나케 달려 올라와서 ㄱ이 방으로 들어왔다. 마침 동무들은 아직 돌아오지 못했다. 그는 가슴을 울렁거리며 줌 안의 조그만 종이를 펴보았다.

"밤 세 시쯤 해서 밖의 변소로 나와다고."

선비는 누가 볼세라 하여 얼른 종이를 입속에 넣어 씹었다. 그때 위층

으로 올라오는 신발 소리가 요란스레 들리었다. 선비는 자리를 펴기 시작하였다. 그때 문이 열리며 동무들이 들어왔다.

"선비는 참 빨라! 벌써 왔어."

동무 하나가 이렇게 말하며 웃는다.

"아이구 고마워라. 내 자리까지 펴주네!"

나중에 들어오는 동무가 선비를 쳐다보며 주저앉는다.

"이애! 오늘 너 실 얼마나 감았니?"

그들은 옷을 훌훌 벗고 자리에 누우면서 이렇게 서로 묻는다. 선비는 못 들은 체하고 이불을 막 쓰며 무슨 통지가 또 들어온 모양이군 하였다. 그리고 뒤이어서 낮에 감독 놈이 마주 서서 싱글벙글 웃던 것을 다시금 생각하며 그놈 참 죽겠어! 남부끄럽게 내 앞에만 와서 그 모양이야! 하였다.

숙직실 시계가 한 시를 치는 것을 듣고, 어렴풋이 잠들었던 선비는 놀라 일어났다. 그리고 베개를 자리 속에 집어넣어서 마치 사람이 누운 것처럼 꾸미고 그는 문밖을 벗어났다. 그가 이 층에서 내려와서 큰 문을 소리 나지 않게 잘 비틀어서 열고 나왔다.

기숙사 큰 문 위에 환하게 켜놓은 전등 불빛이 그의 온몸을 분명히 나타내준다. 그는 깜짝 놀라 어둠 속으로 얼른 몸을 피하였다. 그는 다시 사방을 둘러보며 혹시 감독이 나와 섰지나 않았는가? 하는 불안에 한참이나 머뭇거렸다. 그러나 아무것도 눈에 비치지 않으니 그는 다시 발길을 옮겼다. 그가 변소까지 오니 간난이는 벌써 와서 있었다.

"기다렸니?"

변소간으로 들어가며 선비는 소곤거렸다. 간난이는 선비 귀에다 입을 대고,

"이제 방금 감독이 이 앞을 지나갔다."

선비는 흠칫하며 감독이 그의 뒤를 따라오지나 않았나 하고 뒤를 흘금 돌아보았다. 그들은 마주 앉고 한참이나 말을 건네지 않았다. 간난이는

"내 잠깐 가서 동정을 보고 올 것이니 여기 있거라."

이렇게 말하며 그는 변소 밖으로 나갔다. 선비는 우두커니 서서 귀를 기울였다. 한참 후에 간난이가 돌아왔다. 그는 숨이 차서 헐떡헐떡하면서

"감독이 기숙사로 들어가는 것을 보고 왔다…… 그런데 선비야, ××의 지령에 의하야 모든 것을 네게 인계하고 나는 오늘 밤 이 공장을 벗어나야 하겠구나!"

간난이는 선비의 손을 꼭 쥐며 희미한 변소간 전등불에 비치는 선비의 얼굴을 뚫어져라 하고 바라보았다. 선비는 너무나 뜻밖의 말에 멍하니 간난이를 보며 어깨가 차츰 무거워오는 것을 그는 깨달았다.

"그렇게 가분작이, 오늘 밤으로, 뭐?"

이때 우수수 하는 소리에 그들은 말을 멈추고 귀를 기울였다. 바람 소리다. 공장에서 흘러나오는 소음은 더욱 요란하다.

"아무턴 긴급한 지령이다. 밖에서 무슨 일이 생겼나보다……."

선비는 두 다리가 후르르 떨리며 가슴이 무섭게 둘렁거린다. 더구나 언니 겸 동무이던 간난이가 그의 앞을 떠나갈 생각을 하니 눈이 캄캄하였다.

"선비야, 우리는 목숨을 바쳐서라도 싸워야 한다! 너도 맹세하였지?"

간난이의 눈은 흥분으로 빛났다. 그리고 선비의 볼에 볼을 맞대었다.

"염려 마라! 나가서 몸조심해라!"

선비는 간난이를 쓸어안았다. 간난이는 선비의 눈물을 씻어주었다.

"선비야! 어떠한 일이 있다더라도 낙심 말고 싸워야 한다. 이렇게 눈물 흘려서는 못쓴다. 대담해라. 어서 난 가야겠다……."

그들은 변소 밖을 나섰다.

109

간난이와 선비는 살살 기어서 담 밑까지 왔다. 그리고 간난이는 바짓가랑이 속에서 밧줄을 꺼내 들었다.

"네 어깨에 올라설 테니 단단히 힘을 써라. 그리고 이 밧줄을 꼭 붙들어 다오."

그때 바람이 휙 몰아온다. 그들은 사람의 신발 소리인가 싶어 휘끈 돌아보았다. 바람은 점점 기세를 더하여 불었다. 그들은 바람 소리로 알았을 때 겨우 안심은 하였으나 가슴이 울렁거리고 숨이 차왔다. 그리고 번번이 바람 소리인 줄은 알면서도 바람이 불 때마다 뒤에서 감독이 칵 내닫는 듯하고 그들의 몸에 어떤 손이 감기는 듯하여 등허리에서 땀이 버쩍 나곤 하였다.

선비는 담 밑에 붙어 앉았다. 간난이가 선비 어깨에 올라서자 선비는 담을 붙들고 일어나려 하였다. 선비의 양 어깨가 빠지는 듯만 했지 아무리 힘을 들이나 일어날 수 없었다. 선비는 몇 번 만에 겨우 일어났다. 간난이는 후들후들 떨리는 다리를 겨우 일어 세우며 담 위를 붙들기는 했으나 몸을 솟구는 수가 없었다. 그는 손에 든 밧줄을 입에 물고 두 팔로 담 위를 꼭 붙든 후에 다시 몸을 솟구었으나 힘만 들 뿐이고 손에는 땀이 나서 손이 미끄러워 떨어질 듯하였다.

간난이가 몸을 솟구려고 움찔하는 바람에 선비가 푹 거꾸러졌다. 요란스러운 소리를 내고 간난이까지 떨어져 굴렀다. 선비는 얼른 간난이를 일어 세우며 뒤를 돌아보았다. 여전히 바람만 지동 치듯 불 뿐이었다. 이런 때에 그 바람 소리는 자기들을 위하여 부는 듯하여 다행하였다.

"내가 나간 담에 이 신을랑 넘겨다우!"

선비는 머리를 끄덕이며 여전히 담에 손을 대고 앉았다. 간난이가 선비의 어깨에 올라서서 다시 담 위를 붙들었을 때 휙 하는 휘파람 소리가 나는 듯하므로 간난이는 놀랐다. 그러나 선비는 어깨에 힘을 쓰기 때문에 그 소리는 듣지 못한 모양이다. 간난이는 이 소리가 담 안에서 나는 소린지, 담 밖에서 나는 소린지, 혹은 바람 소리가 그렇게 들리는지 하여 숨을 죽이고 가만히 들었다. 그 휘파람 소리는 어떻게 들으면 담 안에서 나는 것 같고, 또다시 들으면 담 밖에서 나는 듯하였다. 간난이는 몸을 솟구지도 못하고 어찌할 줄을 몰랐다. 봄바람이 되어 그 기세가 무서웠다. 간난이는 바람에 흔들리지 않으려고 머리까지 담에 꼭 붙이고 휘파람 소리를 분간하여 들으려 하였다.

한참 후에 그 소리는 바람 소리인 것을 짐작하며 간난이는 힘껏 몸을 솟구었다. 그러나 솟구어지지 않았다. 한참 후에 간난이는 선비의 어깨만은 벗어났으나 아직도 담 위까지는 못 올라왔다. 아래서 선비는 발돋움을 하고 손으로 간난이의 밑을 받들어주었다. 이렇게 애쓰기를 거의 한 시간이나 넘어서 간난이는 비로소 담 위에까지 올라왔다. 선비는 밧줄을 꼭 붙들었다. 밧줄이 몇 번 잡아 쓰이우더니 담 위에 올라섰던 간난이는 보이지 않았다. 선비는 얼른 신을 밧줄에 동여서 올려 치쳤다. 북북 소리를 바람결에 이따금 던지며 밧줄조차 어둠 속에 감추어졌다. 선비는 이마에 땀을 씻으며 사면을 살폈다. 그리고 한숨을 푹 쉰 후에 불행히 간난이가 어디 상하지나 않았는지? 하는 불안에 담 밑에 붙어 서서 간난의 신발 소리를 들으려 하였다. 반면에 이편 담 안에는 누가 숨어서 이 모든 것을 보지나 않았는가 하여 역시 주의를 하여 살펴보았다. 공장의 소음을 섞은 바람만이 그의 타는 듯한 볼에 후끈거릴 뿐이고 아무 소리도 발견할 수 없었다. 그러나 아까보다 무서운 생각이 한층 더하였다. 그리고 그의 방까지 갈 것이 난처하였다. 어둠 속 저편에는 감독의 그 눈알이 선비를 노려보는 듯하고, 그리고 그의 신발 소리가 뚜벅뚜벅 들리는 듯하였다. 그는 담을 붙들고 서서 한참이나 망설이다가 발길을 옮겼다.

그는 그의 방까지 아무 변동 없이 잘 들어와서 자리에 누웠다. 베개 위에 볼이 선뜻하고 닿을 때 뜻하지 않은 눈물이 주르르 흘러내리는 것을 그는 느꼈다. 그는 이렇게 무사히 방까지 들어와서 누웠으나 바람결에 유리 창문이 흔들릴 때마다 누가 방문을 열지나 않나? 그리고 너희년 네가 간난이를 내보냈지 하고 위협하는 것만 같았다. 동시에 간난이가 저무서운 바람을 안고 지금 어디로 분주히 갈 터이지! 하였다.

"간난아! 간난아!" 선비는 몇 번이나 입속으로 간난이를 불렀다. 웬일인지 선비는 간난이를 다시는 만나보지 못할 것만 같았다. 더구나 앞으로 일해갈 것이 난처하였다. 지금 생각하니 그에게 묻고 싶은 것이 얼마든지 많았다.

110

이튿날 아침 기숙사에서는 무슨 큰일을 만난 듯하였다. 간난이와 함께 있던 여공들은 감독이 불러다가 위협을 하다하다가, 나중에는 때리기까지 했단 말이 돌았다. 그래서 이 모퉁이를 가도 수군수군, 저 모퉁이를 가도 수군수군하였다.

선비는 감독이 그를 부를 터이지 하고, 하루 종일 가슴이 두근거렸다. 그리고 일이 손에 붙지를 않고 툭하면 실이 끊어지곤 하였다. 평시에 간난이와 친하던 동무며, 간난이의 방 옆에 있는 여공들까지 다 불러 가나, 웬일인지 선비는 부르지 않았다. 그러니 선비는 한층 더 가슴이 설레었다. 간난이와 그가 친하다는 것은 온 기숙사가 다 아는 터이고, 물론 감독까지도 잘 알 터인데, 그러므로 누구보다도 선비를 먼저 부를 줄 알았으나 해가 지도록 아무 소식이 없으니 도리어 선비는 겁이 나고 이상하게 생각되었던 것이다.

"이애 뭘 잘했지! 여기 있으면 뭘 하니."

"잘하기야 열 번 스무 번 잘했지만, 글쎄 어떻게 나갔는지, 참 귀신이 놀랄 일이 아니냐."

"사랑하는 남자가 있었는지 뉘 아니? 그래서 데려 내간 게지……."

"사랑하는 사람이 있다드라도 하여간 그 높은 담을 넘지는 못했을 터이고 어데로 나갔겠니? ……."

식당에서 밥을 먹는 여공들은 이렇게 하늘이 무너져도 못 나가는 것으로 알았던 그들에게 비상한 센세이션을 일으키었다.

"선비야, 넌 알겠지? 그러니 너보고야 말하고 나갔겠지, 그렇지?"

선비와 마주 앉은 농 잘하는 여공이 선비를 보며 웃음 섞어 말하였다. 선비는 그가 미리 알고 말하는 것 같아서, 다소 얼굴이 붉어지려는 것을, 머리를 숙여 그를 피하였다. 그리고 밥에 돌을 고르는 체하다가 머리를 들며 빙긋이 웃었다.

"간난이가 나가면서야 나두 나가자고 하는 것을 나는 이 공장에서 일하기가 퍽 좋아서 안 나갔단다."

그들은 허허 호호 웃었다.

"사실이지 나갈 수만 있다면 나두 나가겠다. 그까짓 것 여기 있어 뭘 해."

"이애 간난이가 요새 선비하고 덜 좋아했단다. 내 말을 하리?"

눈까풀 얇은 여공이 선비를 말끄러미 쳐다보며 입을 오물오물 놀렸다. 선비는 무슨 말인지를 알아들으면서 전 같으면 얼굴이 붉어질 것이니 지금에 있어서는 여공들이 그렇게 해석해주는 것이 도리어 다행하였다.

"말할까? 말까?"

눈까풀 얇은 여공은 웃음을 띠고 물었다.

"이애 넌 무슨 말을 하랴면 속 시원하게 얼른 하지, 고 버릇이 무슨 버룻이냐, 주리 틀게 눈치만 살살 보면서 무슨 말이기에 그 모양이야? 극상해야[98] 감독이 선비를 고와한단 말이겠구나. 그까진 말에 그리 얌통을 부릴 게 없지 않니? 왼 기숙사가 다 아는데……."

얼굴 긴 여공은 이렇게 말하며 시치미를 뚝 떼고 밥만 푹푹 퍼 넣는다. 선비는 왼 기숙사가 다 아는데…… 하는 그의 말에는 다소 불쾌하였다. 그러나 이 자리에서 여러 말 하기는 선비의 가슴이 너무나 복잡하였다. 그래서 그는 억지로 웃어 보이고 말았다.

선비가 식당에서 올라왔을 때

"선비!"

하고 사무실에서 감독이 불렀다. 선비는 가슴이 쿵 내려앉는 것을 확실히 느꼈다. 그리고 감독이 물으면 대답하려고 어제 밤새도록 준비하였던 말이 어디로 달아나버리고 말았다. 선비는 어쩔 줄을 몰라 멍하니 서 있었다.

"죄 없으면 일없지, 무슨 걱정이야."

옆에서 바라보는 동무가 이렇게 말하였다. 선비는 다리가 가늘게 떨렸다.

"방에 선비 없어!"

재차 부르는 소리를 듣고야, 선비는 발길을 떼었다. 그가 문밖을 나서며, 다는 얼굴을 비비쳤다. 그리고 떨리는 가슴을 진정하였으나, 자꾸 뛰놀았다. 선비는 안타까웠다. 그래서 그는 한 발걸음에 주저하고, 두 발걸음에 망설였다. '내가 이래가지고야 앞으로 일해갈 수가 있나? 나는 대담해야 한다, 그리고 그들 앞에 거짓말을 곧잘 해야 한다!' 선비는 속으로 이렇게 부르짖으며, 사무실 문을 열고 들어섰다.

감독은 궐련은 피워 물고 들어오는 선비를 바라보자, 빙긋이 웃었다. 선비는 마음껏 용기를 내어, 가만히 서 있었다. 감독은 기침을 하고 말을 꺼냈다.

111

"요새 어디 앓았는가?"

선비는 뜻밖의 물음에 무슨 말인지 잘 알아듣지 못하였다. 그래서 머리를 조금 들고 감독을 바라보았을 때 보기 싫게 눈을 흘금거리는 호랑이 감독이 아니라, 공장 안에서 까불이라고 별명이 있는 고 감독이었다. 선비는 다소 맘을 가라앉히었다. 고 감독은 체가 적으니만큼 까불기는 하나 눈치가 빨라서 여공들이 가장 친하게 대하는 감독이었던 것이다.

"왜 얼굴이 전만 못하구면. 몸 간수 잘해야 해."

감독은 기침을 칵 하고 나서 선비의 숙인 얼굴을 똑바로 보았다. 요새 동료들 중에 암투의 초점인 이 계집! 언제도 새로운 미를 또다시 그에게서 발견하게 되는 것이다. 장차 저 계집은 누구의 손에 쥐어질지 모르나 어쨌든 지금 동료들끼리 맹렬한 알력을 계속하고 있는 것만은 틀림없었다. 그래서 그들은 제각기 기숙사 당번을 즐겨하고, 집에 나가기를 싫어하였다. 그리고 서로 질시가 심하니, 누구나 적극적으로 선비에게 대들지는 못하고, 다만 선비의 호의만 사려고들 애썼던 것이다.

"여기 좀 앉아, 응 자."

까불이는 의자를 버쩍 들어 옮겨 놔주었다. 선비는 의자에 주저앉으며, 그의 치마 주름을 내려쓸고 있었다. 그리고 감독의 입에서 어서 간난이의 말이 나와서, 얼른 대답을 한 후에 감독 앞을 벗어나고 싶었다. 선비는 감독만 대하게 되면 어쩐지 어렵고, 덕호를 대하는 듯한 불쾌함이 그를 싸고도는 듯하였던 것이다.

"선비, 이번 나간 간난이와 한 고향이라지?"

"예."

"나가기 전에 선비보고 무슨 말이든지 하던 말이 없던가?"

약빠른 까불이 감독이 그의 모든 것을 미리 알고, 저렇게 묻는 듯싶어 얼굴이 활짝 달아왔다. 그리고 어떻게 대답할까 하고 두루두루 생각하다가,

"그저…… 무심히 대하였으니, 지금 특별히 생각나는 것이 없습니다."

까불이는 눈을 깜박깜박하고 나서,

"별다른 말이 아니라…… 말하자면, 공장에서 일하기 힘든다든지 어느 감독이 몹시 군다든지, 그러한 불평을 말하지 않던가?"

"잘 생각나지 않습니다."

"음."

까불이는 선비의 임금빛[99] 같은 두 볼을 바라보면서, 저 계집을…… 하고 안타깝게 생각되며 몸이 달았다. 그래서 단박에 달려들어 그를 쓸어안고 싶었다. 그러나 자기들의 동료 중에 그 어느 누가 알든지 하면, 두말도 없이 상부에 보고되어 생명줄이 떨어질 것이 무서웠다.

"간난이가 저렇게 나간 것을 선비는 어떻게 보는가?"

까불이는 선비의 태도를 보아, 그리고 그의 의젓한 성격을 미루어 그를 의심하지 않았다. 더구나 딴 방에 있었으니 선비는 모를 것이라…… 하였다. 그러나 선비와 이렇게 마주 앉고 이야기하기 위하여 일부러 불러놓고는 이리저리 묻는 것이다. 동시에 선비가 어느 정도로 자기에게 호의를 가졌는가? 하여 눈치를 살살 보았다.

"잘못된 행실이지요."

선비는 맘에 없는 말을 겨우 빼었다. 감독은 빙그레 웃었다.

"암! 잘못된 행실이구말구. 계집이 혼자 나갈 수는 없고 어떤 놈과 짜구 나갔을 게야. 제가 혼자서야 어디로 나가? …… 이 감독이 자네보고 하는 말 없던가?"

이 말을 미루어 감독 자기네끼리도 의심하는 모양이다.

"없어?"

다시 한 번 채쳐 물었다. 선비는 입에 손을 대고 기침을 가볍게 하였다. 그리고 감독이 자기를 의심하지 않는 것을 짐작하며 가볍게 숨을 몰아쉬었다.

"응 왜? 대답이 없어. 뭐라고 말하지 않아?"

"예!"

"덮어놓고 예, 예만 하니까 알 수가 있나? 이번 일에 대하야 선비에게 뭐라고 묻지 않아?"

치근치근한 이 감독의 성질에 선비를 불러다 놓고 뭐라고 물었을 것이 틀림없는데 선비가 이 감독과 벌써 무슨 약조가 있는 새가 되어서 저렇게 숨기나? 하는 의문이 들었던 것이다. 그때 선비는 간난이가 일상 하던 말이 문득 생각키었다. "감독을 만나면 너는 뾰루퉁해만 있지 말고 더러 웃는 체도 해 보이렴. 그래서 네 태도를 저들이 분간하지 못하도록 하여라" 선비는 간난이의 말이 우스워서 빙긋이 웃었다. 그때 층계를 올라오는 구두 소리…….

112

감독은 정색을 하였다.

"아주, 간난이가 나간 일에 대하여서는 모른단 말이지…… 나가!"

선비는 말이 떨어지자 곧 나왔다. 그리고 그의 방까지 왔을 때 감독의 방에서 두런두런하는 이야기 소리가 들려왔다. 그의 동무들은 선비가 무슨 말을 할까 하고 그의 입술만 말똥말똥 쳐다보다가

"뭐라던?"

선비는 자리를 내려쳤다.

"뭐라기는 뭐래, 그저 그 말이지."

"왜 야학에 안 가련?"

"몸이 좀 아프구나."

"어데가?"

"글쎄…… 맥이 없어."

그들은 풀기 없는 선비를 보며 감독에게서 단단한 나무람을 들은 듯하였다. 그리고 자기들도 감독에게 불림을 받을까? 하는 불안에 눈에 겁을 머금고 밖으로 나갔다.

선비는 언제부터인지는 알 수 없으나 이렇게 맥을 놓으면 몸이 오슬오슬 추우면서도 이마에는 땀이 척척하게 흐르곤 하였다. 이런 때마다 그는 따뜻한 온돌방이 그리웠다. 그의 어머니와 단둘이서 살던 그 초가! 나무 반 단만 넣으면 잘잘 끓던 그 아랫목! 그 아랫목에서 이불을 막 쓰고 땀을 푹 내었으면 그의 몸은 가뿐해질 것 같았다.

그가 한참 자고 어느 때인가 눈을 번쩍 뜨니 유리창에 달이 둥글하였다. 그는 이마에 척척하게 흐른 땀을 씻으며 달을 향하여 누웠다. 아까 감독이 묻던 말을 다시금 생각하니 그는 감독이 그를 의심하지 않는 것을 짐작할 수가 있었다. 그러니 그 일 때문에 졸이던 맘은 좀 풀리나, 그러나 어깨가 무겁도록 짊어진 이 사명을 어떻게 하여야 잘 이행할 것이 난처하고도 답답하였다. 간난이가 가르쳐주던 공장 내부 조직 방침, 밖의 동지들과 민활하게 연락 취할 것, 그리고 밖에서 들어오는 문서며 삐라 등을 교묘하게 배부할 것들이, 그의 머리에 번갈아 떠오른다. 한참이나 생각하던 선비는, 좀 더 있다가 간난이가 나갔으면 내 이렇게 답답하지 않을 것을…… 하며, 그가 무사히 나갔는가 하였다. 그리고 밖에서 무슨 일이 있어났기에, 그렇게 갑자기 간난이를 불러냈는가? …… 그들이

혹 잡히지나 않았는지? 할 때, 적지 않은 불안이 일었다. 동시에 미지의
동지들이 모두 어떤 사람들인가? 첫째와 같은 그런 사람인지도 모르지?
혹 첫째도 그들 중에 한 사람인 것을 자기가 모르는가…… 하였다. 그러
나 그때 월미도 가는 길에서 첫째를 만났을 때 일을 미루어 생각하니, 첫
째는 어떤 공장 내에 있지 않고, 그날그날 품팔이를 하는 것 같았다. 그
러니 웬걸 지도자를 만났으리…… 아직도 그는 암흑한 생활 속에서, 그
의 나갈 길을 찾지 못하고 동분서주만 하는 것 같았다. 이렇게 생각하고
나니 선비는 첫째를 꼭 만나보고 싶었다. 그래서 무엇보다도 먼저 계급
의식을 전해주고 싶었다. 그러면 그는 누구보다도 튼튼한, 그리고 무서
운 투사가 될 것 같았다. 그것은 선비가 확실하게는 모르나 그의 과거 생
활이 자신의 과거에 비하여 못하지 않은 그런 쓰라린 현실에 부대끼었으
리라는 것이다. 그는 아직도 도적질을 하는가……? …… 지금 생각하니
어째서 그가 도적질을 하게 되었으며 매음부의 자식이었던 것을 그는 깊
이 깨달았다. 그러니 선비는 어서 바삐 첫째를 만나서 그런 개인적 행동
에 그치지 말고 좀 더 대중적으로 싸워야 한다는 것을 가르쳐주고 싶었
다. 그가 인천에나 있는지? 혹은 딴 곳으로 갔는지? 왜 나는 시골 있을
때 그를 무서워하였던가? 이렇게 생각하고 나니 그가 소태나무 뿌리를
캐어 들고 새벽에 찾아왔던 기억이 떠오르며 소태나무 뿌리를 윗방 구석
에 던지던 자기가 끝없이 원망스러웠다. 그리고 그 느글느글한 덕호가
주던 돈을 이불 속에 넣던 자신을 굽어볼 때, 등허리에서 땀이 나도록 분
하고 부끄러웠다. 그뿐이랴! 마침내는 그에게 정조까지 빼앗기고 울던
자신! 몇 번이나 죽으려고 했던 자기! 얼마나 유치하고 어리석었는가! 그
리고 그 덕호를 보고 아버지! 아버지! 하며 부르던 그때의 선비는 어쩐지
지금의 자기와 같지 않았다. 여기까지 생각하니, 이때껏 의문에 붙였던
그의 아버지의 죽음이 얼핏 떠오른다. 옳다! 서분 할멈의 말이 맞았다!

그는 무의식간에 벌떡 일어났다. 그때 손끝이 몹시 아파왔다. 그래서 손끝을 볼에 대며 덕호를 겨우 벗어난 자신은, 또 그보다 더 무서운 인간들에게 붙들려 있다는 것을 강하게 느끼며, 오늘의 선비는 옛날의 선비가 아니라……고 부르짖고 싶었다.

113

　아버지와 면회를 하고 돌아온 신철이는 감방 문 닫히는 소리를 가슴이 울리게 느끼며 맥없이 주저앉았다. 그가 처음으로 이 방에 들어올 때 저 문 닫히는 소리란 기가 막히게 그의 자존심을 저상[100]시켰으며 반면에 비창한 결심까지 나도록 반발력을 돋아주었는데, 오늘의 저 닫히는 소리는 그의 자존심이 이때까지 허위요, 가장이었다는 것을 느끼게 하였다. 그는 머리를 움켜쥐고 얼굴을 찡그렸다. 아버지의 그 초라한 모양이 안타깝게 떠오른다. 아버지는 그로 인함인지 혹은 생활난으로 인함인지 이태 전과는 아주 딴 사람을 대하는 듯하였다. 아버지의 그 옷 모양이며 뼈만 앙상하게 남은 그 얼굴! 아들을 대하자 아무 말도 못하고 눈가가 뻘게서 바라만 보던 그 눈! 그때의 아버지의 심정이야말로 말하지 않아도 너무나 그의 가슴속에 뚜렷하였다. 일 초, 이 초 지나는 동안에 부자는 언제까지나 입을 열지 못하였다. 한참 후에 신철이는,

　"영철이 잘 있나요?"

　그때 아버지는 눈물이 그득해지며

　"응, 응."

하고 어리뻥뻥하게 대답을 하면서 머리를 돌려버렸다. 아버지의 모호한 그때의 대답을 들 때 신철이는 가슴이 선뜻해지며 그놈이 죽지나 않았나? 하는 생각이 번개같이 들었던 것이다.

"미루꾸 사주!"

하던 그 음성도 이젠 다시 듣지 못할 겐가? 하며 신철이는 벽에 의지하여 눈을 꾹 감았다. 아버지는 마지막으로,

"너 박 판사를 만나보았니? ……박 판사의 말대로 하여…… 응, 공연한 고집 부리지 말고……."

말을 마치자 면회는 끝나고 말았던 것이다. 아버지의 그 떨리는 음성! 그것은 거의 애원이었다. 그리고 이때까지 그 어느 구석에 숨어 있던 그의 그 어떤 생각을 정면으로 찔러주는 듯하였다. 어떻게 하나? 어제 만나본 병식의 말대로 해버릴까?

병식이는 그가 최후로 도서실에서 어리석고 비열하게 보았던, 육법전서를 안고 외던 학생이었다. 그는 벌써 예심판사가 되었던 것이다.

병식이를 만나는 첫 순간, 신철이는 적이 놀라면서도 반면에 그의 자존심이 강하게 동하였다. 보다도 억지로 그의 자존심을 불러일으켰던 것이다. 그래서 그런지 그때에는 그가 권고하는 말에 귀를 기울여 듣지도 않았지만 일단 그와 마주 앉아 있기가 왜 그리 불쾌하였는지 몰랐다. 그러므로 신철이는 머리를 돌린 채 그의 묻는 말에 한마디도 대답치 않았다. 그러나 병식이는 그의 직무상 옛날 동무로서의 우정을 생각해서 그랬는지 어쨌든 간곡히 말하였던 것이다.

지금 생각해보니 그의 아버지가 병식이를 찾아가서 간곡한 부탁이 있은 것만은 틀림이 없다. 그렇게 깨닫고 나니 병식이가 열심히 지껄이던 말이 그의 머리에 명랑하게 떠오른다.

"위선 나부터도 이 자본주의 사회제도를 전부가 다 옳다고 긍정할 수는 없네. 따라서 이 제도를 부인하고 새로운 사회를 건설해보겠다는 용감한 투사들이 일어나는 것도 당연한 일이야! 그러나 이 제도를 없이 하려면 상당히 오랜 역사를 요구하게 될 것이 아닌가. 즉 장구한 시일과 다수

한 희생이 있어야 될 것은 자네가 더 잘 알 것일세. 그러나 이 같은 떳떳한 일을 위해서는 나 개인 하나는 희생한다고…… 하는 것이 남아로서 장쾌한 일이라고 하는 생각도 없지 않아 있게 되나 다시 한 번 돌이켜 생각하면, 나 혼자가 더 그랬댔자 오늘낼로 곧 혁명이 될 것도 아니요, 또 안 그랬댔자 될 혁명이 안 될 것도 아니니, 이 세상에 한 번 나서 어찌 나 개인을 그렇게도 무시할 수가 있는가? 더구나 자네나 나는 집안 형편이 딱하게 되지 않았는가…… 자네나 내가 없으면 집안 식구는 내일부터라도 문전걸식할 형편이니, 지금부터 이 감옥에서 십 년이 될지, 몇 해가 될지 모르는 그 세월을 희생할 생각을 해보게…… 요즘 일본에서도 ××당의 거두들이 전향한 것도 잘 알 터이지. 그들도 많은 생각이 있었을 것일세, 자네는 이 말에 대해서 어떻게 생각하는가?"

병식이는 얼굴에 비창한 빛을 띠고 신철이를 바라보았다. 신철이는 그의 타산에 밝은 개인주의적 그 이론으로 자기를 설복시키려는 것이 우습기도 하고 일종의 모욕도 느꼈다. 그래서 그는 아무 대답도 아니 하였다. 이 눈치를 챈 병식이는

"그러면 돌아가서 깊이 생각해보게, 나는 나의 직무를 떠나 옛날의 우정을 가지고 진심으로 권하네……."

그때 옆에 섰던 간수는 호령을 하였다.

"일어서!"

114

오늘 아버지의 애원을 듣던 그때, 그리고 아버지의 파리해진 얼굴을 바라보는 그 순간에 자신의 그 비창한 결심이란 얼마나 약한 것이었던가? 신철이는 한숨을 후 쉬었다. 그때 이 형무소에 같이 들어온 밤송이

동무며 그 밖에 여러 동지의 얼굴들이 번갈아 떠오른다. 특히 인천에 있는 첫째의 얼굴이 무섭게 확대되어가지고 그의 앞에 어른거려 보인다. 신철이는 그 얼굴을 피하려고 눈을 번쩍 떴다. 어젯밤만 해도 첫째의 얼굴을 머리에 그려보며 그리워하였는데 이 순간에는 어쩐지 첫째의 그 얼굴이 무섭게 보였던 것이다.

창문으로 쏘아 들어오는 붉은 실타래 같은 햇발이 벽 위에 아로새겨졌다. 유리, 철창, 굵은 철망, 가는 철망의 네 겹을 뚫고 들어오는 저 햇빛! 그에게 있어서는 유일한 동무가 되는 것이다. 그리고 간수가 '미하리[101]' 구멍으로 들여다볼 때마다 시간을 물어가지고 그 햇빛을 따라 벽 위에 가는 금을 그어놓았다. 그래서 시간을 짐작하곤 하였던 것이다. 신철이는 저 햇발을 바라보면서 지금 열한시 반이나 되었을 것을 짐작하였다. 그리고 아버지가 지금 집에 돌아가셔서 몹시 번민하시겠지…… 하였다. 아버지의 모양을 보아 말하지는 않아도 그나마 학교에서도 나온 것임을 알 수가 있었다. 몇 식구가 오직 아버지만 바라보고 있던 터에 아버지마저 학교에서 나왔다면 그 생활의 궁함이야말로 보지 않아도 능히 짐작할 수가 있었다.

어떻게 한담? 그의 집안을 돌아보아서 여기서 꼭 나가야 하겠고, 보다도 자신의 약한 육체를 보아서 여기서 벗어나지 않으면 안 될 것 같았다. 그때 그는 경찰서에서 고문 받던 생각을 하고 소름이 쭉 끼쳤다. 두 번은 못 당할 노릇이었다. 그리고 모르고나 당할 노릇이지 지금과 같이 그 맛을 뻔히 알고서는 넓죽 죽으면 죽었지 그 노릇은 다시 당하지 못할 것 같았다.

확실히는 모르나 미결에서 기결로 옮아가게 될 것도 일이 년은 걸릴 듯하였다. 그리고 다시 기결에 들어서는 십 년이 될지? 십오 년이 될지? 그것은 짐작할 수가 없었다. 그러나 십 년 밖이지 십 년 내로는 될 것 같지는 않았다. 그러니 일생을 이 감옥에서 보내지 않으면 안 될 것이었다. 생각만 해도 앞이 아뜩해졌다. 그때 그는 병식이를 생각하였다. 그리고 그의 하던 말을 곰곰이 되풀이하였다. 어제 병식이의 앞에서는 그의 말에 구역증이 나고 듣기도 싫더니 불과 하루를 지난 오늘에는 그 말이 그럴듯하게 생각되었다. 그렇다고 해서 병식이 앞에서 머리를 굽혀 보이기는 그의 자존심이 아직도 강하였다. 그는 한숨을 푹 쉬고 무심히 발끝을 굽어보았다. 그때 발가락에 개미 한 마리가 오르고 내리는 것이 보였다. 신철이는 반가운 생각이 들어 개미를 붙잡아 손바닥에 놓았다. 개미는 어쩔 줄을 몰라 발발 기어 달아난다. 달아나면 또 붙잡아다 놓고서 멍하니 들여다보았다.

그가 개미를 들여다보면 볼수록, 자신이 이 개미와 같이 헛수고를 하는 듯싶었다. 개미야말로 모르고서나 이 감방에를 찾아들어온 것이지 아무 먹을 것이 없는 이 쓸쓸한 감방에 들어올 까닭이 없었다. 오늘 이 개미는 먹을 것도 얻지 못하고, 자기에게 붙잡혀서 고달플 것밖에 없었다. 마찬가지로 이 몸은 아무 소득도 없는 고생을 이때까지 해오다가, 또다시 여기까지 들어온 것 같을 뿐 아니라 앞으로 몇 십 년을 지나고, 다행히 목숨이 붙어서 밖에 나간댔자, 벌써 자신은 그만큼 뒤떨어져서, 여기도 저기도 섞이지 못하고, 결국은 일포나 기호 같은 그런 고리타분한 전락된 인텔리밖에 될 것이 없을 것 같았다.

그렇다고 이 자리를 벗어날 것인가? 신철이는 머리를 설레설레 흔들었다. 그러나 그의 머리는 강하게 흔들리지를 않고 아주 약하게 흔들리는 것을 그는 깨달았다.

마침 버들피리 소리가 끊어질 듯 질 듯하게 들리므로 그는 벌떡 일어났다.

115

신철이는 얼른 '미하리' 구멍부터 돌아보았다. 그리고 어디서 간수의 신발 소리가 나는가 하여 귀를 쫑긋 세우며 창 앞에 다가섰다. 창의 높이는 신철의 턱을 지나쳐 입술과 거의 맞닿았다. 신철이는 한숨을 푹 쉬면서 인왕산을 바라보았다. 따스한 햇볕을 안고 반공중에 뚜렷이 솟은 저 인왕산…… 그때 가까이서 새소리가 나므로 시선을 옮겼다.

창밖에는 조그만 못이 있고 그 옆에는 그리 작지도 크지도 않은 수양 버드나무가 마치 여인의 풀어 헤친 머리카락처럼 가지가지가 척척 휘어 늘어졌다. 그리고 버들잎이 파릇파릇하였다. 신철이가 처음 여기 와서 저 버드나무를 볼 때에는 앙상한 가지만이 봄바람에 휘날리더니 어느덧 벌써 잎이 저렇게 좋아졌다. 하루에도 몇 번씩이나 바라보는 저 버드나무! 바라볼 때마다 그는 새로운 느낌을 가지고 대하곤 하였다. 그리고 용연의 원소가 떠오르고 선비가 눈결에 지나쳤다. 그러나 그 선비는 옛날의 그 선비와는 어딘지 모르게 거리가 먼 것을 느끼곤 하였다. 지금 그의 머리에 떠나지 않고 있는 것은 반대로 옥점이었다. 옥점이! 그는 다시 한 번 옥점이를 불러보았다. 아직까지도 그가 시집 가지 않고 나를 기다릴까? 그렇지야 못하겠지? 벌써 어떤 사람의 아내가 되었겠지! 그러나 나를 아주 잊지는 못하리라…… 하고 멍하니 못을 바라보았다. 못 속에는 버들가지 그림자가 파랗게 떨어져 깔리었다. 그의 가슴 속에 옥점의 얼굴이 파묻힌 것처럼…….

그때 잠깐 끊어졌던 버들피리 소리가 이우아우 하고 들려왔다. 그가 어려서 과부의 넋두리라고 하며 버들피리 끝에 손을 대고 마디마디를 꺾어 불던 그 곡조였다. 신철이는 머리를 번쩍 들어 피리 소리 나는 곳을 찾았다. 봄을 만난 인왕산…… 어린애들이며 청춘 남녀가 가지런히 갈서서 올라가는 것이 보인다. 그리고 애들의 떠드는 소리가 푸른 하늘가에서 재재거리는 종달새 소리같이 그렇게 명랑하게 들리었다. 그가 동무들과 저 산에 올라가던 그때가 엊그제 같건만…… 그는 이러한 생각을 하니 발버둥을 치고 싶게 안타까웠다. 그리고 차라리 아버지의 말씀대로 하였더면 하는 후회까지 절실히 일어난다. 그는 이러한 생각이 아주 비열하고 더러운 생각이라고 하면서도 어쩔 수 없었다. 그리고 이 꽃다운 청춘기를 그가 이 철창 속에서 이러한 망상과 공상에서 썩힐 생각을 하니 기가 막혔다. 그러니 나 혼자만 무의미한 희생이지…… 그는 인왕산에 오른 남녀를 바라보면서 이렇게까지 생각하였다. 그러나 맘은 보채었다. 안타깝게 보채었다. 이렇게 번민과 쓰림을 당하는 것이 자기만이 아니고 이 안에 들어 있는 수없는 인간들인 것을 그는 깨달았다.

피리 소리는 차츰 가늘어진다. 그의 안타까운 이 가슴의 굽이굽이를 바늘 끝으로 꼭꼭 찌른다고 할지? 예리한 칼끝으로 심장의 일부는 살짝살짝 저민다고나 할지? …… 저 푸른 하늘 아래 가는 연기와 같이 떠도는 저 피리 소리! 신철이는 어느덧 머리를 움켜쥐었다. 그리고 그의 눈에 시커멓게 가로질러 나간 철창을 노려보았다. 그리고 물 먹고 싶듯이 저 세상이 그립다. 저 세상의 푸른 공기를 맘껏 들이마시고 싶다.

그때 절그럭하는 소리에 신철이는 깜짝 놀라 펄썩 주저앉았다.

"이놈아!"

간수의 호통 소리에 그는 가슴은 푸르르 떨렸다.

"이리 와 앉아!"

신철이는 하는 수 없이 이편으로 와서 주저앉았다.

"내다보면 못써. 이 담엔 벌이 있을 테야!"

신철이는 울분이 목구멍까지 치받치는 것을 꾹 참았다. 그는 기가 막혀서 묵묵히 앉았을 뿐이다. 간수는 한참이나 서서 신철이를 노려보다가 절그럭하고 '미하리' 구멍을 닫는다. 그는 벽에 비스듬히 기대어 앉아 땅이 꺼지게 한숨을 내쉬었다. 그리고 손을 펴보니 개미는 어디로 갔는지 몰랐다. 개미 동무를 잃어버린 그는 곁에 놓인 『법화경法華經』을 끌어당기어 펴 들었다.

116

입맛이 당기지를 않아서, 저녁도 먹지 않은 선비는 여러 동무와 같이 공장으로 들어왔다. 이날 선비는 야근할 차례였던 것이다. 여공들은 누구나 다 밤일은 싫어하였다. 그래서 제각기 야근 차례만 돌아오면, 얼굴을 찡그리고 머리를 흔들었다. 그러나 남직공과 친해진 여공들은 야근하기를 좋아했다. 물론 밤에도 감독이 감독을 하지마는, 감독들은 하룻밤에도 몇 번씩이나 교대를 하였다. 그러므로 교대하는 그 틈마다, 고치통을 들고 들어오는 남직공과 눈을 맞추었다. 그리고 밤이니, 감독들은 낮과 같이 그렇게 심하게 보지를 않았다. 그래서 그들은 밤에 남직공을 틈틈이 만나보려고 애를 쓰곤 하였던 것이다.

요새는 남직공과 여직공들이 배가 맞아서 나간 것이 하나둘이 아니었다. 그러니 감독들이 눈을 밝히고 감독은 한다면서도 어쩐지 그런 일이 자꾸 일어났다.

선비는 육백삼 호인 가마 곁으로 와서 동무의 어깨를 가볍게 쳤다.

"이젠 나가세요. 제 시간이어요."

동무는 가마 소제를 하다가 휘끈 돌아본다.

"내 수지하지요."

"아슴찮아라[102]…… 참, 아픈 것 낫소?"

동무는 손 빠르게 와꾸를 뽑아서 통에 넣어가지고 돌아서 간다.

선비는 솔을 들고 가마를 얼핏 가신 후에 낡은 물을 내뽑고 새 물이 들어오게 하였다. 이렇게 기계를 소제하는 동안에도 기계의 운전은 쉬지 않았다. 그래서 선비는…… 아니 이 공장 안의 여공들은, 이 기계란 쉴 줄 모르는 것으로 알고 있다. 그리고 그들은 기계에 머리카락이나 혹은 옷이 끼일까봐 무서워서 머리에 수건을 막 쓰고 검은 통옷을 만들어서 위에서부터 아래까지 시커멓게 내려 입었다. 전에는 이런 일이 없었으나 간봄에 여공 하나가 머리카락이 와꾸에 끼여서 마침내는 기계에 말려들어 무참하게도 죽었던 것이다. 공장에서는 이것을 극비밀에 붙이고, 거기에 대한 이야기도 못하게 하나, 곁에서 이 참경을 본 몇몇의 여공들이 있으므로, 아는 듯 모르는 듯, 그 말이 전 공장 안에 좍 퍼졌던 것이다. 그 후로 이 공장에서는, 여공들에게 이런 작업복과 수건을 쓰라고 엄명하였다. 물론 공장에서 내준 것이 아니고, 여공들 스스로 해 입게 하였던 것이다.

선비는 남직공이 갖다주는 삶은 고치를 가마에 들어부었다. 끓는 물소리가 와스스 하고 나며, 고치는 가마 물속에서 핑핑 돌아간다. 그때 어깨 위가 오싹해지며, 오슬오슬 추워왔다. 그리고 기침이 연달아 칵칵 일어난다. 그는 기침을 안 하려고, 입을 꼭 다문 후에 숨을 쉬지 않았다. 그러나 기침은 안타깝게 목구멍에서 간지럼을 태우며, 올라오려고 애를 썼다. 선비는 이렇게 기침을 참아가면서, 조그만 비를, 들고 끓어오르는 고치를 꾹꾹 눌러가며, 비 끝에 묻어나는 실 끝을 왼손에 감아쥐었다. 가마에서 끓어오르는 물김에 그의 얼굴이 화끈화끈 달며, 벌써 손끝이 짜르르해왔다. 그러나 반대로 등허리는 오싹오싹 오한이 난다. 선비는 간봄부터 확실하게 이러한 것을 느끼면서도 그저 일시 일어나는 몸살이거니…… 하였다. 그러나 여름철이 닥친 지금까지도, 이 추운 증세는 떨어지지 않고 기침까지 곁들였다. 그래서 그는 슬그머니 걱정이 되었으나, 그러나 의사에게 보이고 싶지는 않았다.

선비는 비를 놓고, 왼손에 쥔 실 끝을 한 오라기씩 돌아가며 사기 바늘에 번개 치듯 붙인다. 그러나 바늘 하나에 여러 번 붙이면, 실오라기가 너무 굵어지니, 사기바늘 하나에 다섯 번 이상은 못 붙이는 것이다. 사기바늘을 통하여 뽑히는 실 끝은, 마치 재봉틀 실 끝이 용쇠를 통하여 올라가는 것처럼, 비틀비틀 꼬여져서, 와꾸를 향하여 쭉쭉 올라가서 감긴다. 와꾸 옆에는 유리 갈고리가 공중에 매어 달려서 와꾸에 실이 고루 감기도록 실 끝을 물고 왔다 갔다 한다.

전등불이 낮같이 밝은데 그 위에 유리창문과 유리천장에 반사가 되어 눈이 부시게 휘황하였다. 그리고 발전기 소음 때문에 귀가 막막하게 메어지는 것 같았다. 선비는 기침을 칵칵 해가면서 자리를 붙지 못하고 몸부림을 쳤다. 그것은 이십 개나 되는 와꾸를 혼자서 조종하려니 그러지 않고는 도저히 불가능하였던 것이다. 오슬오슬 춥던 것은 이젠 반대로 뜨거운 열이 되어 옷이 감기도록 땀이 흘렀다. 이마에서는 땀방울이 사뭇 빗방울같이 흘러서 어쩌는 수가 없었다. 그리고 숨이 차와서 흑흑 느끼었다. 손끝은 뜨거움이 진해서 차츰 무신경 상태에 들어간다. 그래서 남의 손인지 내 손인지 분간할 수가 없었다.

117

마침 실이 여기저기서 끊겼다. 선비는 발판을 꾹 눌렀다 놓아 기계를 정지시킨 후에 손 빠르게 실 끝을 쥐었다. 그때 옆에서 감독이 소리쳤다.

"얼른 이어! 요새 선비가 웬일이어?"

감독은 들었던 채찍으로 와꾸를 툭 쳐 기계를 돌리었다. 그러니 실 끝은 채 이어지지 못한 채 와꾸는 핑글핑글 돌았다. 선비는 울고 싶었다. 오늘 밤새도록 일한 것이 헛수고였던 것이다. 감독이 이렇게 와꾸를 돌리게 되면 으레 이십 전 벌금을 물게 되는 것이다. 선비는 어쩔 줄을 몰라서 돌아가는 와꾸를 바라보며 실 끝을 찾으려고 애를 썼다. 그리고 앞이 아뜩아뜩해지며 기침이 자꾸 기어 나오려고 하였다.

"무슨 딴 생각을 하는 게야! 이렇게 일에 성의가 없이 할 때에는, 응 그러하지?"

선비는 가슴이 뜨끔해지며 정신이 바짝 들었다. 그리고 이자들이 눈치를 채지나 않았는가? 하였다. 따라서 요새는 거의 날마다 선비를 나무라는 이유가 그것 때문인가? 하였다. 그래서 선비는 한층 더 가슴이 떨리고 다리가 허둥거렸다.

한참 후에 선비는 겨우 실 끝을 이었다. 벌써 감독은 수첩에 무엇인가 쓰고 있다. 그리고 선비를 흘금흘금 곁눈질해 보며 수첩을 포켓에 집어넣고 그의 앞을 떠났다. 선비는 비로소 한숨을 후 쉬었다. 기침이 야무지게 칵 나왔다. 그는 감독이 그의 기침 소리를 들었을까 하여 얼른 감독의 뒷모양을 바라보았다. 감독은 요새 갓 들어온 여공 앞에 서서 무어라고 웃으며 이야기하였다. 그리고 그의 실팍한 궁둥이를 툭 쳤다.

"일 잘해! 그래야 상금을 타지."

여공은 몸을 꼬며 애교를 피웠다. 그리고 감독의 눈을 슬쩍 맞추고 눈을 스르르 감으며 웃었다. 이 여공의 특색은 웃으면 저렇게 눈이 되곤 하는 것이다. 선비는 요새 감독이 그의 앞을 떠나 신입 여공에게 저렇게 구는 것이 잘되었다고 생각은 되면서도 그것으로 인하여 그의 맡은 사업이 속히 드러날 위험을 느끼었다. 그리고 전에는 이따금 상금을 주었을망정 이렇게 와꾸를 돌리며 나무라지는 않았는데 신입 여공이 감독의 비위를 맞추어주면서부터는 감독의 태도가 아주 냉랭해졌다. 그리고 오늘까지 하면 벌금 문 것이 세 번째나 되었다. 선비는 여전히 바쁘게 손을 놀리면서도 한숨을 푹 쉬었다. 그리고 아까보다 몸이 더 괴롭고 기침만 나오려고 가슴이 죄어들었다. 그나마 아까는 다만 몇 십 전의 벌이라도 되거니…… 했다가 그 희망조차 아주 끊어지고 나니 복받치는 것은 아픔과 설움뿐이었다. 그때 그는 간난이가 하던 말을 다시금 생각하고 어느 정도까지 감독의 비위를 맞추어둘 것을…… 하는 후회도 다소 일었다.

선비는 안타깝게 올라오려는 기침을 막기 위해서 얼른 비 끝으로 번데기를 건지려 하였다. 전등불에 비치어 금빛같이 빛나는 가마 물속에서 끊임없이 뽑히어 올라가는 저 실 끝! 하루에도 저 실을 수만 와꾸나 감아 놓는 것이다.

선비는 번데기를 건져 입에 물며 머리를 들어 와꾸를 바라보았다. 번개 치듯 돌아가는 와꾸에 흰 무지개같이 서기를 뻗치며 감기는 저 실! 처음에 그가 저 와꾸를 바라볼 때는 뭐라고 형용 못할 애착을 느끼었으며, 그리고 저것들을 뽑아서 '하꼬[103]'에 담아가지고 감정실로 들어갈 때의 만족이란 말할 수가 없었다. 그러나 지금에 저것을 바라볼 때는 그것들이 그의 생명을 좀먹어 들어가는 어떤 커다란 벌레같이 생각되었다.

감독이 이리로 오는 눈치를 채고 선비는 얼른 머리를 숙였다. 그리고 실 끝을 골라 바짝 쥐고 사기바늘에 붙였다. 이번에는 감독이 눈도 거들 떠보지 않고 지나간다. 선비는 감독이 지나친 것만 다행으로, 하던 생각을 다시 계속하였다.

감독의 소리가 크게 나므로 흘금 바라보니, 곁의 동무의 와꾸를 툭 쳐서 돌린다. 동무는 얼굴이 빨개서, 실 끝을 이으려고 허둥거린다… 그 팔! ㄱ 손끝! 차마 눈 가지고는 바라보지 못할 것이다. 선비는 이마의 땀을 씻으며, 그의 손가락을 다시 보았다. 빨갛게 익은 손등! 물에 부풀어서 허옇게 된 다섯 손가락! 산 손등에 죽은 손가락이 달린 것 같았다. 그는 전신에 소름이 오싹 끼치며, 이 공장 안에 죽은 손가락이 얼마든지 쌓인 것을 그는 깨달았다.

> 와꾸 와꾸 잘 돌아라
> 핑핑 잘 돌아라

발전기 소음을 타고, 이런 노래가 꺼졌다…… 살았다…… 하였다.

118

선비도 어느덧 그 노래에 맞추어

> 와꾸 와꾸 잘 돌아라
> 핑핑 잘 돌아라
> 네가 잘 돌면 상금
> 네가 못 돌면 벌금

겨우 이렇게 입속으로 부른 선비는 눈등이 뜨거워지며 눈물이 주르르 흘러내렸다. 괴롬을 잊기 위한 이 노래! 일에 재미를 붙이기 위한 이 노래도 선비에게 있어서는 아무런 효과를 내지 못했다. 활활 다는 가마 속에 그의 몸뚱이를 넣고 달달 볶는 것 같았다. 목이 타고 가슴이 울렁거리고 코 안이 달고 눈알이 뜨거웠다. 그는 맘대로 하면 이 자리에 칵 엎어져서 몇 분 동안이나마 쉬었으면 이 아픈 것이 좀 나을 것 같았다. 선비는 지나는 감독의 구두 소리를 들으며 몸이 아파서 오늘은 일을 못하겠어요 하고 몇 번이나 말을 하렸으나 입이 꽉 붙고 떨어지지 않았다. 어딘지 전날에도 선비는 감독들만 대하면 이렇게 입이 굳어졌는데 더구나 몸이 아프니 말할 것도 없었다.

선비는 이제야 자기의 병이 심상하지 않음을 알았다. 그리고 기침할 때마다 침에 섞여 나오는 붉은 실 같은 피도 더욱더욱 관심되었다. 내일은 병원에를 가야지! 꼭 가야지! 하였다. 그리고 예금통장에 적혀 있는 돈 액수를 회계하여보았다. 선비가 이 공장에 들어온 지가 벌써 거의 일 년이 되어온다. 그동안 식비 제하고 그리고 구두 값으로, 일용품 값으로 제하고 겨우 삼 원 오십 전 가량 남아 있다. 이제 그것으로 병원에까지 가면 도리어 빚을 지게 될 것이다. 무슨 병이기에 삼 원씩이나 들까? 그저 극상해야 한 일 원어치 약 먹었으면 낫겠지? 하였다.

그는 저편 벽에 걸린 커단 괘종시계를 바라보았다. 새로 두 시 십 분을 가리키고 있다. 선비는 그의 다는 가슴에나마 한 줄기의 희망과 기쁨을 느끼고 있었다.

실이 끊겨져 너풀거리므로 선비는 얼른 실 끝을 이으며 감독의 눈에 띄지 않는가 하여 머리를 들 때 앞이 아득해지며 쓰러지려 하였다. 그 바람에 그의 바른 손이 가마물 속에 미끄러져 들어갔다.

그는

"아!"

비명을 내며 얼핏 손을 챘다. 그때 손은 이미 뜨거운 물에 담기었었으니 아픈지 어떤지 분명하지 않았으나 이윽고 손과 팔이 저리고 쓰리어서 죽을 지경이었다.

"어데 몹시 다았수?"

선비는 머리를 들고 바라보았다. 그 순간에 자기에게 말을 던진 것이 고치통을 들고 온 남직공이라는 것을 알자 첫째의 그 얼굴이 휙 떠오른다. 선비는 눈물을 뚝뚝 흘리며 머리를 돌렸다. 남직공은 멍하니 섰다가 돌아간다. 전 같으면 부끄럼이 앞을 가리었을 터이나 오늘은 온몸이 아프고 팔목까지 데었으니 그런지 부끄럼도 아무것도 모르겠고 그저 남직공에게 무엇인가 호소하고 싶은 충동을 강하게 느끼었다. 그리고 그가 첫째라면 선비는 서슴지 않고 그의 몸에 피로해진 자신의 몸뚱이를 맡기고 싶었다. 선비는 못 견디게 쓰린 팔목을 혀끝으로 핥으며 돌아가는 남직공을 흘금 바라보았다. 눈물이 앞을 가리어 그의 얼굴이 희미하게 보인다. 선비는 아무래도 이 밤을 새워 일할 것 같지가 않았다. 그는 시계를 바라보면서 감독이 이리로 오면 말하겠다 하고 생각하였다.

멀리 서 있는 감독이 그림자같이 눈앞에 희미하게 어른거리므로 그는 정신을 바짝 차리었다. 그때 감독이 그의 앞을 지나치는 듯하여 그는 입을 떼려 하였다. 그 순간 기침이 칵 나오며 가슴에서 가래가 끓어올라 오므로 그는 얼핏 입에 손을 대었다. 기침이 뒤를 이어 자꾸 나오려 하는 것을 참으려고 애를 쓸 때 마침내 그의 입에 댄 다섯 손가락 새로 붉은 피가 주르르 흐르며 선비는 그만 그 자리에 쓰러지고 말았다.

119

어떤 토굴 속 같은 방 안에 첫째는 우두커니 앉아 있었다. 매일같이 노동하던 그가 이렇게 우두커니 앉아 있으려니 이 이상 더 안타까운 괴롬은 또 없을 것 같았다. 그러나 숨지 않으면 안 될 형편이므로 동무들이 전전푼푼 갖다주는 것을 가지고 요새 이렇게 들어앉고만 있었던 것이다.

잡생각이라고는 해본 적이 없는 그도 하루 종일 하는 일이 없으니 별의별 생각이 다 일어나곤 하였다. 그는 요새 신철이를 몹시 생각하였다. 철수를 통하여 신철의 소식을 가끔 들으나 언제나 시원치 않은 소식이었다. 어서 빨리 나가서 다시 손에 손을 마주 잡고 전날과 같이 일을 했으면 좋을 터인데…… 여기까지 생각한 첫째는 월미도를 향하여 가던 긴 행렬을 다시금 눈앞에 그려보았다. 그리고 선비의 놀라던 모양이 문득 생각난다. 참말 선비였던가? 그가 참말 선비라면 어느 때든지 만나볼 것 같았다. 그때 그는 어젯밤 철수에게로 나왔을 대동방적공장의 보고를 듣고 싶은 생각이 부쩍 났다. 그리고 속이 달아 못 견디겠으므로 밖으로 나왔다.

그가 철수의 집까지 오니, 마침 철수는 집에 있었다. 철수는 소리를 낮추어,

"서울서 어떤 동무 편에, 신철의 소식을 알았소⋯⋯."

첫째는 머리를 번쩍 들었다. 그리고 그 커다란 눈을 둥그렇게 떴다.

"불기소가 되어서 나왔대우⋯⋯ 이유는 사상 전환이라우."

"전환? ⋯⋯."

첫째도 무의식간에 그의 말을 받고 나서, 이 말을 믿어야 할까? 믿지 않아야 옳을까? 갈피를 잡을 수가 없었다. 그리고 갑자기 뭐라고 형용할 수 없는 힘이 그의 가슴을 짝 채우고 말았다. 철수는 첫째의 낙심하는 모양을 살피고,

"동무! 신철이가 전향했다는 것이 그리 놀랄 것은 아닙니다. 소위 지식계급이란 그렇지요. 신철이는 나오자 M국에 취직하고 더욱 돈 많은 계집을 얻고 했다우."

취직하고⋯⋯ 돈 많은 계집을 얻구⋯⋯? 이 새로운 말에 첫째는 무엇인가 번개같이 그의 머리를 찔러주는 것이 있었다. 그러나 무엇이라고 꼭 집어대어 철수와 같이 술술 지껄일 수는 없었다.

그때 밖에서 신발 소리가 벼락 치듯 나더니 문이 홱 열리었다. 그들은 벌떡 일어났다.

120

그들은 뒷문 편으로 다가서면 바라보았다.

간난이었다. 철수는 나무라듯이 간난이를 보았다. 간난이는 숨이 차서 한참이나 머뭇머뭇하다가

"지금…… 곧 와주셔야 하겠수, 네? 빨리……."

간난이는 겨우 이렇게 말하고 홱 돌아서 나가버렸다. 그들의 놀란 가슴은 아직도 벌렁거린다. 첫째는 간난이를 바라볼 때, 몹시 낯이 익어 보이는데도, 얼핏 누구인지는 생각나지 않았다. 철수는 첫째를 돌아보았다.

"같이 갑시다…… 아마 죽어가는 모양이오!"

첫째는 철수의 눈치를 살피며 그의 뒤를 따라 밖으로 나왔다. 철수는 급하게 걸으며 앞뒤를 흘금흘금 돌아본 후에 가만히 말을 꺼냈다.

"어젯밤 대동방적공장에서 여성 동무 하나가 병으로 인하여 해고되었는데……."

그때 자전거가 휙 지나치자, 물고기 비린내가 훅 끼친다. 첫째는 물고기 장수를 눈결에 보고 철수의 말을 다시 한 번 속으로 되풀이 하여보았다. 그때 그는 가슴이 묵직함을 느꼈다.

"병인즉은 폐병인데…… 후!"

철수는 그 조그만 눈을 쭉 찢어지게 뜨며 입술을 꾹 다물어보인다. 그때 첫째는 수림 위로 보이는 대동방적공장의 연돌을 바라보았다. 여전히 시커먼 연기를 풀풀 토한다. 첫째는 선비도 그러한 병에나 걸리지 않았는지? 하였다.

그들이 간난의 집까지 왔을 때 간난이는 맞받아 나왔다. 그리고 입을 실룩거리며 무슨 말을 하기는 하나 음성이 탁 갈리어서 무슨 소리인지 알아들을 수가 없었다. 그들은 벌써 눈치를 채고 나는 듯이 방으로 뛰어

들었다. 철수는 병자의 곁으로 와서 들여다보며 흔들었다.

"동무! 정신 좀 차리우, 동무!"

병자의 몸은 벌써 싸늘하게 식었으며 얼굴이 파랗게 되었다. 철수는 후 하고 한숨을 쉬고 첫째를 돌아보았다. 가슴을 졸이고 섰던 첫째가 한 걸음 다가서며 들여다보는 순간

"선비!"

그도 모르게 그는 소리를 지르고 나서 우뚝 섰다. 그의 앞은 아뜩해지며 어떤 암흑한 낭 아래로 채여 떨어지는 것을 느꼈다. 그가 어려서부터 그리워하던 이 선비! 한 번 만나보려니…… 하던 이 선비, 이 선비가 인젠 저렇게 죽지 않았는가! 찰나에 그의 머리에는 아까 철수에게서 들었던 말이 번개같이 떠오른다. "돈 많은 계집을 얻구, 취직을 하구……" 그렇다! 신철이는 그만한 여유가 있었다! 그 여유가 그로 하여금 전향을 하게 한 게다. 그러나 자신은 어떤가? 과거와 같이, 그리고 눈앞에 나타나는 현재와 같이 아무런 여유도 없지 않은가! 그러나 신철이는 길이 많다. 신철이와 나와 다른 것이란, 여기 있었구나!

이렇게 생각한 첫째는 눈을 부릅뜨고 선비를 바라보았다. 어려서부터 그렇게 사모하던 저 선비! 아내로 맞아 아들딸 낳고 살아보려던 선비! 한 번 만나 이야기도 못 해본 그가 결국은 시체가 되어 바로 눈앞에 놓이지 않았는가!

이제야 죽은 선비를 옜다 받아라! 하고 던져주지 않는가.

여기까지 생각한 첫째의 눈에서는 불덩이가 펄펄 나는 듯하였다.

그리고 불불 떨었다. 이렇게 무섭게 첫째 앞에 나타나 보이는 선비의 시체는 차츰 시커먼 뭉치가 되어 그의 앞에 칵 가로질리는 것을 그는 눈이 뚫어져라 하고 바라보았다.

이 시커먼 뭉치! 이 뭉치는 점점 크게 확대되어가지고 그의 앞을 캄캄

하게 하였다. 아니, 인간이 걸어가는 앞길에 가로질리는 이 뭉치…… 시커먼 뭉치, 이 뭉치야말로 인간문제가 아니고 무엇일까?

이 인간문제! 무엇보다도 이 문제를 해결하지 않으면 안 될 것이다. 인간은 이 문제를 위하여 몇 천만 년을 두고 싸워왔다. 그러나 아직 이 문제는 풀리지 않고 있지 않은가! 그러면 앞으로 이 당면한 큰 문제를 풀어나갈 인간이 누굴까?

1 주재소(駐在所) : 일제 강점기에 순사가 머무르던 기관.

2 첨지(僉知) : 나이가 많은 남자를 낮잡아 부르는 말.

3 사명일(四名日) : 사대 명일인 추석, 설, 단오, 동지.

4 싱아 : 중국과 한국 등지에서 분포하는 여러해살이풀로 줄기와 잎을 식용함.

5 눈허리 : [북한어] 코허리. 콧등에서 잘록한 부분.

6 지정(地釘) : 집터 바닥을 단단히 하기 위해 박아놓은 통나무 기둥.

7 봉당(封堂) : 건넌방과 안방 사이의 마루를 두지 않아 생긴 흙바닥.

8 자끈하다 : 단단하고 작은 물건이 세게 부러지거나 깨지는 소리가 나다.

9 울바자 : 갈대 · 대 · 싸리 따위로 엮은 울타리.

10 시재(時在) : 현재(現在).

11 구유 : 소 · 말 따위에게 먹이를 담아주는 그릇.

12 수긋하다 : 고개를 조금 숙이다.

13 거지 : '호주머니'의 방언.

14 산판(算板) : 수판(數板). 셈을 할 때 사용하는 판.

15 남포등 : 석유를 넣은 그릇에 심지를 넣어 불을 붙이는 등.

16 핼금 : 가볍게 곁눈질하여 살짝 쳐다보는 모양.

17 허청간 : 풀이나 퇴비 등을 보관하는 헛간으로 된 집채.

18 땃버리 : '땅벌'의 방언.

19 농립(農笠) : 농립모(農笠帽). 농사일 할 때 사용하는 모자.

20 도지(賭地) : 일정한 대가를 주고 빌려 쓰는 논밭이나 집터.

21 결전(結錢) : 조선 시대에 부족한 재정을 메우기 위해 덧붙여 거두어들이는 돈.

22 자담하다 : 스스로 맡거나 부담하다.

23 미츨하다 : [북한어] 꽃이나 열매가 맺히거나 구부러진 데가 없이 밋밋하고 곧다.

24 좃겨 : 조의 낟알에서 좁쌀을 골라내고 남은 겨.

25 거분거분하다 : 매우 거볍다.

26 그뱅이 : 국화과 누해살이풀. 줄기와 뿌리는 약용하고 잎은 식용함.

27 맥맥하다 : 코가 막혀 숨 쉬기가 답답하다.

28 씨앗 : 씨아. 목화씨를 빼는 기구.

29 우미(優美) : 우아하고 아름다움.

30 짓모다 : 어떠한 물건을 마구 부수다.

31 고리 : 키버들을 이용해 만든 상자 같은 물건으로 옷을 넣어두는 데 사용.

32   울울하다 : 마음이나 심경이 상쾌하지 않고 답답하다.

33   지리하다 : '지루하다' 의 잘못.

34   오활하다 : 세상물정을 모르다.

35   넘성하다 : 무언가를 한 번 넘어다보다.

36   대두(大斗) : 열 되만큼 담을 수 있는 큰 말.

37   입도차압(立稻差押) : 논에 자라고 있는 벼를 미리 압류.

38   도급기(稻扱機) : 벼훑이. 벼 이삭을 넣고 벼의 알을 훑는 기계.

39   단장(短杖) : 짧은 지팡이.

40   세루 조끼 : 모직물로 만든 조끼로 네덜란드 serge를 일본어화한 표현.

41   낟가리 : 낟알이 붙은 곡식이나 나무, 풀 등을 쌓아놓은 더미.

42   볏모개 : 벼의 이삭이 달려있는 부분.

43   육도(陸稻) : 밭벼.

44   걸어앉다 : 높은 곳에 엉덩이를 붙여 앉아 두 다리를 늘어뜨리다.

45   선득선득 : 서늘한 느낌이 드는 모양.

46   가로질리다 : '가로지르다' 의 피동사.

47   궁경(窮境) : 몹시 생활이 어려움.

48   바리 : 바닥에서 아가리 쪽으로 벌어져 올라간 모양의 토기. 주로 음식 그릇으로 사용함.

49   연보(捐補) : 헌금.

50   기위(旣爲) : 이미.

51   베니칠 : 립스틱칠. くちべに[口紅]

52   해말쑥하다 : 살빛이 하얗고 말쑥하다.

53   소제(掃除) : 청소.

54   희색(喜色) : 기쁨이 보이는 얼굴빛.

55   미루꾸(ミルク) : [일본어] 우유.

56   새물새물 : 입술을 내밀며 소리 없이 웃는 모양.

57   대모테 : 거북의 껍데기로 만든 안경테.

58   야키구리(やきぐり) : [일본어] 군밤.

59   팡개 : 논밭에 있는 새를 쫓는 데 사용하는 대나무 토막으로 막대 사이에 흙이나 돌멩이
를 묶어 새에게 던짐.

60   혼다테(ほんたて) : [일본어] 책꽂이.

61   재티 : 불에 타버린 재의 티끌.

62   어리빵빵하다 : 갈피를 잡을 수 없을 정도로 어리둥절하다.

63   재삼(再三) : 두세 번 정도 혹은 몇 번씩.

64   자배기 : 아가리가 넓고 모양이 둥글넓적한 질그릇.

65   멍덕 : 벌통 위를 덮는 뚜껑. 바가지의 모양과 비슷함.

66   다리아랫소리 : 남에게 굽실거리거나 애걸할 때 다리 아래까지 머리를 숙임을 빗대어 쓰는 말.

67   갈서다 : 나란히 서다.

68 미쓰코시(三越) : 일본의 미쓰코시가 명동에 세운 백화점.

69 미다시(みだし) : [일본어] 표제.

70 조롱(鳥籠) : 새장.

71 다마고돈부리(たまごどんぶり) : [일본어] 계란덮밥.

72 뒷배 : 나서지 않고 뒤에서 돌보아주는 일.

73 지카타비(じかたび) : [일본어] 일본 버선 모양의 노동화.

74 시루시반텡(しるしばんてん) : [일본어] 직공이나 점원들이 입는 윗도리.

75 십장(什長) : 일꾼들을 감독하고 지시하는 우두머리.

76 마대(麻袋) : 굵은 삼실로 짠 자루.

77 섬피 : 곡식을 담기 위해 짚으로 엮어 만든 섬의 껍질.

78 미두(米豆) : 쌀의 시세를 이용해 약속으로만 거래하는 투기행위.

79 근중(斤重) : 언행이나 무게 따위가 무거움.

80 요령부득(要領不得) : 글이나 말 따위에 요령을 잡을 수 없음.

81 헐하다 : 일이 힘이 들지 않고 수월하다.

82 기선(汽船) : 증기 기관을 동력으로 움직이는 배. 증기선.

83 연돌(煙突) : 불길이 지나가는 통로. 굴뚝.

84 대두박(大豆粕) : 콩깻묵. 가축의 사료나 비료 따위로 쓰는 콩에서 기름을 짜내고 남은 찌꺼기.

85 도리이(とりい) : [일본어] 일본 신사의 문.

86 와꾸(わく) : [일본어] 얼레.

87 장방형(長方形) : 직사각형.

88 한겻 : '한낮' 의 방언.

89 안남미(安南米) : 인도차이나 반도의 안남지방에서 생산된 쌀.

90 미안제 : 얼굴을 아름답게 하기 위한 것.

91 수챗구멍 : 집 안에서 버린 물이 흘러나가는 수채의 구멍.

92 감탕밭 : 진흙으로 질퍽질퍽한 땅.

93 조탕(潮湯) : 소금기가 있는 온천.

94 격문(檄文) : 여러 사람에게 어떤 일을 알려 부추기는 글.

95 도리우치(とりうち) : [일본어] 차양이 짧고 넓적하게 만든 모자인 헌팅캡.

96 쌍통 : '얼굴' 의 속어.

97 카이상(かいさん) : [일본어] 해산(解散).

98 극상하다 : 수나 양이 정도가 가장 높다.

99 임금빛 : '능금빛' 이라는 말로 '사과빛' 얼굴을 뜻함.

100 저상(沮喪) : 기운을 잃음.

101 미하리(みはり) : [일본어] 망을 봄. 혹은 망을 보는 사람.

102 아슴찮다 : '고맙다' 의 방언.

103 하꼬(はこ) : [일본어] 궤짝이나 상자.

강경애 장편소설 재론

– 페미니스트적 독해에 대한 하나의 문제 제기

1. 문제제기

강경애는 식민지 시대에 활동한 여성 작가 가운데 가장 많이 연구된, 그리고 현재도 활발하게 연구되고 있는 작가 가운데 한 명이다. 물론 짧은 문학적 생애와 그로 인한 제한된 작품 분량도 폭넓은 연구를 가능케 한 조건이었겠지만, 보다 근본적인 이유는 그녀가 일제의 식민지배로 인한 한국 근대사의 파행적 전개를 몸소 겪었던 예외적인 여성 작가였다는 점과, 얼마 되지 않는 그녀의 문학이 일제의 식민지배에 대해 우리 문학이 보여주고 거두어낸 문학(혹은 문학사상)적 응전력을 살펴보는 데 적절한 재료가 되어주었기 때문일 것이다. 그리하여 현재 강경애 문학에 대한 연구는 개인사적 삶의 재구는 물론이거니와 간도 체험과 문학의 상관성의 문제, 그리고 사회주의적 리얼리즘의 문학적 수용 및 여성 비평적 견지에서의 심층적인 해석에 이르기까지 다양하게 이루어지고 있는 것이 사실이다.

그러나 그중에서도 최근의 가장 두드러진 연구 경향이 이른바 여성주의적 연구 혹은 여성 비평적 연구라는 것에 이견을 제기할 사람은 그다지 많지 않을 것이다. 작가 자신이 식민지 시대 예외적으로 작가로 활동했던 여성이라는 사실과 그녀의 주요한 작품들이 식민지 치하에서 여성 인물들이 겪는 고난과 그로부터의 각성에 주안점을 두고 있다는 점에서 이런 접근법은 매우 적절하고 또 필요한 것이라고 할 수 있다. 뿐만 아니라 그러한 여성주의적인 시각은 점차 강경애 소설에서 반복적으로 전경화되고 있는 사회주의 이데올로기 및 계급 의식의 문제로까지 심화되고 있는데, 이런 방향으로 연구가 확산되고 심화되는 것 또한 긍정적인 현상으로 보인다.

그런데 강경애 소설에 대해 기왕에 이루어진 많은 논의들은 미세한 대목에서 의견 차이가 확연히 나기도 하지만, 당대의 사회적 문제를 여성의 문제와 연관시켜 파악하고 있다는 작가의 사상적 지향이라든가 작품의 문학사적 위상에 대해서는 대체로 의견이 일치를 보이고 있다. 장편소설 『인간문제』에 대해 제출된 최근의 해석들 가운데, 여성 비판적 시각에서 비교적 이견 없이 받아들여지고 있는 대표적인 논의들을 인용하면 아래와 같다.

> 강경애의 대표작은 장편소설 『인간문제』인데, 이 소설은 황해도 장연과 인천 부두를 공간적 배경으로 하고 있지만, 작가는 간도라는 특수한 공간에서 국내를 바라보면서 당대의 어느 작가보다도 분명하고 구체적으로 역사와 현실 변혁에 대한 튼튼한 낙관적 전망을 가지고 현실을 반영함으로써 뛰어난 성과를 낳았다. …… 또한 선비가 일하는 인천 방적 공장에서의 노동 과정, 기숙사 생활, 상금·벌금 제도를 교묘히 활용하여 노동을 착취하는 자본가의 술책, 공장 감독의 여공에 대한 성적 착취, 공장 내의 조직 선전 작업과 그에 대한 노동자들의 반응, 공장 감독의 노동자 이간책, 노동 현장에서 느끼는 동지애에 대한 폭넓은 묘사는 우리 문학사에서 최초의 것이며, 이 시기 다른 소설에서 찾아보기 어려운 구체성과 현실성을 지닌 것이다.

> 이 작품의 성과 중 하나는 지배 계급에 대한 생생한 묘사, '신철'로 대표되는 동요하는 지식인의 계급적 한계, 피지배 계급 여성과 남성 간의 연대와 같은 다각적인 부면을 통해 역사 발전의 전망을 보여주고 있는 점이다. 그러나 이와 같은 '인간문제'는 어디까지나 '여성 문제'를 통해 구

체성을 얻게 된다. 작가는 여성의 개인적 경험을 뛰어넘어 선비, 간난 등 노동하는 여성들의 집단적인 경험에 주목한다. …… 사회적, 계급적, 성적으로 변화해가는 '과정 중인 여성 정체성'은 여성 문제와 맞닿아 있음을 입증하는 것이다.

『인간문제』에서 선비의 삶이 잘 보여주고 있듯이, 한때 현실에 안주했던 구여성은 공·사영역의 편협한 구분을 초월하는 생산적인 사회 구성원으로 성장해 나간다. 그들은 가부장적 순결 개념에 더 이상 연연하지 않고 노동과 (재)생산의 주체임을 인식한 행위자로 변모한 것이다. 그 결과, 자본의 논리에 희생당하고 착취당하면서도 자본의 논리를 거슬러 갈 수 있을 정도로, 그리고 성적 폭력에 노출될수록 더욱더 자신의 여성적 정체성을 자각해 나갈 수 있을 정도로, 구여성의 의식은 역동적으로 재현될 수 있었다.

위에 인용한 세 편의 논의는 강경애의 『인간문제』가 식민지 시대의 억압의 대상이었던 여성들의 자기 정체성 정립의 문제를 본격적으로 다룬 작품으로서, 집단적인 여성의 문제가 인간문제와 연관되어 있음을 보여주고 있는 동시에 여성들을 억압했던 근대라는 시대적 조건에 대한 인식도 게을리하지 않음으로써 당시의 노동 현실의 구체적 실상을 소설화해낸 문학사적 문제작이라는 것으로 요약될 수 있다. 외견상 이러한 논의는 이론의 여지없이 타당해 보인다. 작가가 식민지 시대를 나름대로 혹독하게 경험했으며, 그 위에서 여성으로서의 분명한 자의식을 가지고 자신을 포함한 여성 일반의 시대적 굴레를 '공장'이라고 하는 식민지 시대의 대표적인 사회적 공간을 배경으로 그려냈다는 것은 누구라도 수긍할 만한 논의이다.

그런데 이런 논의들은 미세한 차이에도 불구하고 하나의 공통된 인식을 전제로 하고 있는 것으로 보인다. 그것은 작가의 젠더 정체성이 그의 문학 활동을 규정짓는 근본적인 요소로서, 특정 작가의 작품에 구현된 젠더 정체성은 필연적으로 작가의 젠더 정체성의 연장일 수밖에 없다는 확신 같은 것이다. 문학 작품의 해석에 있어서 작가의 젠더는 물론 독자의 젠더가 또한 중요한 요인이라고 하는 페미니스트적 전망이 보편적으로 인정되고 있는 현실을 감안하면 이런 해석이 중첩적으로 제기되는 것은 어쩌면 당연해 보이기도 하는데, 공교롭게도 위에 인용한 필자들을 포함하여 강경애를 위와 같은 입장에서 해석하고 있는 상당수의 논자들이 여성학자라고 하는 것은 그러한 전제가 한 번쯤 의심되어도 괜찮을 성질의 것이라는 것을 알려준다.

이 글은 이런 문제의식에서 출발해 강경애의 장편소설에 대한 기존의 해석의 빈틈을 다시 한 번 생각해보고자 한다. 문제의식은 다음과 같다. 즉, 강경애의 장편소설의 경우 그것이 과연 작가의 젠더 의식을 고스란히 구현하고 있는가? 만일 그렇지 않고 작가적 전망과 소설의 서술적 전망 사이의 괴리가 존재한다면 그 빈틈에 대한 독해를 통해서는 어떤 의미가 해석될 수 있는가? 그리고 또 하나. 기존의 지배적인 논의가 페미니스트적 텍스트에 대한 페미니스트적 전망에서 도출된 독해라면, 동일한 작품을 다른 각도, 이를테면 남성 비평(phallic criticism)의 전망에서 볼 경우 작품의 의미가 어떻게 달리 읽혀질 수 있는가 하는 점 등이다. 이 글은 이런 시각에서 강경애의 장편소설 『어머니와 딸』과 『인간문제』를 다시 고찰하고자 하는 글이다. 그렇다고 해서 이 글이 의식적으로 남성 비평적 독법을 견지하고 있는 것은 아니다. 일차적으로 이 글은 해석자의 젠더를 문제 삼자는 것이 아니라 기왕의 많은 논자들이 암묵적으로 동의하고 있는 그 전제가 정말 확고부동한 것인가를 논의해볼 수 있지 않느냐는 문제 제기임을 밝혀둔다.

2. 강경애 장편소설의 재독해

『어머니와 딸』(『혜성』, 1931~1932)은 강경애의 첫 작품으로 옥이라고 하는 한 구여성의 자기 각성 과정을 그리고 있는 소설이다. 조실부모한 후 산호주에게 거두어진 옥이는 산호주의 유언대로 산호주의 아들 봉준과 결혼한다. 그러나 동경에 유학을 다녀온 봉준은 친구인 재일의 여동생인 숙희를 사랑하게 되어 번뇌하던 끝에 옥이에게 이혼을 요구하게 되는데, 와중에 영철 선생의 지도로 서울에 유학하여 여학교에 입학하는 등 나름대로 새로운 의식을 갖게 된 옥은 급기야 남편의 이혼 요청을 받아들이고, 이런 사정을 무마하기 위해 고향에서 올라온 영철 선생의 만류에도 불구하고 자신의 길을 가겠다는 의지를 확고하게 내비친다.

그런데 작품에서 옥의 의식의 각성이 이루어지는 일련의 과정을 살펴보면 엉성하기 짝이 없다. 어린 시절부터 자신을 거두어준 의어머니 산호주에 대한 각별한 애정과 의리로 봉준을 보살펴왔던 옥은, 봉준의 숙희에 대한 상사병이 깊어지자 그것을 보다 못해 숙희를 데리러 간다. 그러나 숙희가 응하지 않는 바람에 허탈하게 영실과 함께 집으로 돌아오는 길에 호송되어가는 영실의 오빠를 보게 되는데, 바로 그 순간 옥은 영실의 오빠가 "몇 백 명의 노동자를 위하여 자기 몸을 희생해 바친" 사람임을 상기하고 그가 밟고 간 길로 자신도 가야 한다고 영실에게 말한다. 그리고 그 연장선상에서 집으로 돌아와서 봉준을 보며 속으로 "불쌍한 인간! 차라리 울 바에는 너를 위하여 울어라. 좀 더 나아가 여러 사람을 위하여 울어라! 한낱 계집애를 생각하여 운다는 것은 너무나 값없는 울음이 아니냐!"고 생각하는 것이다. 그리하여 뒤이은 봉준의 이혼 요구에 선뜻 응하겠다는 뜻을 밝히면서 자신이 어리석었다는 말을 내비친다.

옥이가 유학에서 돌아와 숙희에게 미쳐 날뛰는 봉준에게 지속적으로 실망했다는 점과 자신에게 연서를 보낸 재일의 행동을 봉준이 숙희와 결혼하기 위해 꾸민 짓이 아닌가 하는 의혹을 가졌었다는 점을 감안한다고 해도, 길거리에서 우발적으로 만난 영실의 오빠로 인해 자신의 과거를 비판적으로 반추해보고, 선뜻 봉준의 이혼 요구를 받아주는 것은 비약이 심하다. 하지만 이보다 더 심한 비약은 봉준이 옥이와의 관계를 다시 정립하기 위해 영철 선생을 불러올렸을 때 그와 나누는 대화 부분이다. 고향 사람들의 근황을 묻는 자리에서 십여 가구나 되는 사람들이 만주로 떠났다는 말을 들은 직후 옥과 영철 선생이 나누는 대화는 아래와 같다.

"그들이 만주로는 무엇 하러 갔나요?"

눈물이 핑 돌았다.

신문을 통하여 농촌 형편을 대강 짐작은 했지만 막상 낯익은 자기 고향 사람들이 못 살고 떠났다는 소리를 들으며 마치 나기 일이나 당한 듯하였다.

"만주에서는 누가 이마에 손 얹고 기다린답더이까?"

봉준, 재일까지도 멍하니 그들의 하는 이야기를 듣고 있었다.

"그곳에는 땅이 흔하다대. 그래서 농사 지으러들 가지. 우리 근처서 몇 몇 들어간 사람들은 아조 넉넉히 지낸다는데."

옥의 흘리는 눈물을 물끄러미 바라보며 당연할 것이다 하였다.

"땅이 흔하면 거저 준다나요! 내 땅을 떠나서 가면 무얼 해요. 이제도 떠나겠다는 어리석은 사람들이 있거들랑 선생님께서 제발 말려주세요. 앞길을 막고 사정없이 때려주세요. 아니 반쯤 죽여주세요! 굶어 죽어도 내 땅에서 죽고 빌어먹어도 내 고향에서 먹어야지요."

선생은 어리둥절하여 옥이를 보았다.

위 인용문에서 알 수 있는 것처럼, 작품 속의 인물들이 어리둥절하게 느낄 만큼 옥이의 변화는 낯설고 돌연하다. 그리고 오늘날의 독자가 읽어도 사정은 크게 다르지 않다. 옥이의 위와 같은 변화는 작품 내적으로 이렇다 할 필연성 위에서 이루어진 것이 아니라 작가의 간도 체험과 계급의식이 과도하게 투영되어 일어난 것이기 때문이다. 어린 시절 어머니 예쁜이의 난봉으로 인해 옥이가 겪었던 고통의 기억과 의어머니 산호주의 유언으로부터 비롯된 일정한 사고의 심화가 이루어졌고, 또 영실의 오빠를 본 뒤 자신이 살아온 삶에 대한 자성의 계기가 있었다는 것을 감안한다고 해도 작품 말미로 가면서 점차 요지부동의 것으로 화하는 옥의 변화는 설득력이 떨어진다.

이런 옥의 변화가 작위적이라고 한다면, 봉준의 경우는 그 인물화가 훨씬 자연스럽다. 구여성과 결혼한 유학생으로서 새롭게 사랑하게 된 신여성으로 인해 겪는 봉준의 심리적 갈등은 당시 우리 소설에 넘쳐나던 주제로서 강력한 시대적 개연성을 확보하고 있다. 뿐만 아니라 숙희와의 담판이 여의치 않게 된 뒤에 상사병을 앓는 대목이라든지, 숙희와의 결합을 위해서는 먼저 이혼을 해야 한다고 하는 재일의 말을 그대로 따라 옥에게 이혼을 요구하는 철부지 같은 행동, 그리고 옥이 자신의 이혼 요구를 받아들인 뒤에 다시금 남편으로서의 권리를 요구하는 관성적인 가부장적인 행동 등은 『무정』의 이형식을 연상시킬 만큼 그를 일종의 피카로로 부각시키기에 족하기 때문이다. 그리고 작품의 말미에서 자신의 후원자로 영철 선생을 불러올리고, 또 위 인용문에서 보는 것처럼 옥의 기상천외한 발언에 넋을 잃고 마는 것을 보면, 이 작품은 오히려 15세 때에 연상의 구여성과 결혼한 후 뒤늦게 자유연애에 눈뜬 봉준이라는 사춘기적 인물의 방황의 이야기로 해석하는 편이 훨씬 자연스럽다. 이렇게 읽는다면 『어머니와 딸』은 그 제목에서와 내용면에서 작가가 어떤 새로운 여성상을 탐구하려고 했던 간에, 그 의도가 온전히 반영되지 못한 습작 정도로 평가하는 것이 온당해 보인다.

다음은 『인간문제』를 살펴보자. 위에 인용한 세 편의 논의에서도 알 수 있듯이, 이 작품 또한 선비라고 하는 여주인공의 정체성을 중심으로 많은 논의가 이루어졌던 작품으로서, 작가 강경애의 여성 문제에 대한 인식이 전경화되어 있는 작품으로 평가받고 있다. 황해도 용연의 가난한 농부의 딸로 태어난 선비는 아버지와 어머니가 죽자 지주인 덕호의 집으로 옮겨 부엌일이며 집안일을 도와주며 호구를 해결한다. 그러던 어느 날 선비는 덕호에게 겁탈을 당하게 된다. 덕호의 시달림에서 벗어나기 위해 선비는 자신처럼 덕호의 첩 노릇을 하다가 내쳐져 서울로 간 간난이의 주소를 손에 넣게 되는데, 바로 그즈음 신철과의 혼약을 이루지 못한 덕호의 딸 옥점이가 홧김에 덕호에게 선비가 신철과 관계가 있다고 무고하는 바람에 덕호로부터도 내쳐지게 된다. 여기까지가 작품의 전반부라 할 수 있다.

작품의 후반부는 서울로 간 선비와, 선비를 사랑했으나 덕호에게 대드는 바람에 농지를 떼이고 인천의 노동자로 전락한 첫째, 그리고 법관 시험을 준비하다가 혼인 문제로 아버지와 다툰 후 인천으로 와 노동 운동을 하는 신철의 이야기를 담고 있다. 간난이와 함께 인천의 대동 방적 공장에 들어간 선비는 간난이의 도움으로 자신이 있는 공장이며 그 밖의 현실이 어떤 현실인가를 점차 인식하기에 이른다. 그러나 폐병을 앓고 있던 선비는 어느 날 야간작업 도중 쓰러져 죽게 되는데, 작품은 첫째가 간난의 집에서 죽은 여공이 바로 선비라는 것을 확인하고, 결론적으로 선비와 자신의 운명을 규정하고 있는 '인간문제'를 자신의 문제로 인식하고 장차 나아갈 길을 자문하는 것으로 끝을 맺는다.

『어머니와 딸』과 비교할 때, 『인간문제』는 기법적 측면에서나 주체적 측면에서 한층 안정된 작품이다. 많은 논자들이 지적했던 것처럼, 용소의 전설이 깃들어 있는 용연 마을의 지주와 소작인의 현실이라든가 선비와 간난이가 일하는 인천의 방적 공장의 체계와 인력 통제의 현실, 그리고 거기에 맞서는 비밀스런 노동 운동 및 신철과 같은 부르주아 출신 노동자의 변절 등이 사실적으로, 그리고 핍진하게 그려져 있기 때문이다. 인물들의 자기 각성의 과정도 『어머니와 딸』에 비하면 자연스러운 경로를 밟고 있어 주목된다. 농민의 아들에서 노동자로 탈바꿈한 첫째는 물론, 덕호에게 상처를 받고 고향을 떠나 공장의 노동자가 된 간난이와 선비가 자신들을 둘러싸고 있는 현실에 눈뜨는 과정도 한결 자연스럽다.

작품이 선비의 등장으로부터 시작해 그녀의 죽음으로 마감되고, 또 작품에 할애된 지면의 측면에서도 선비의 비중이 압도적이라는 측면에서, 이 작품이 여성 문제와 인간문제의 상관성을 고찰했다거나 식민지 여성의 곤란과 운명이라는 것을 통해 식민지의 삶의 문제, 더 나아가 자본주의 체제하의 보편적인 인간문제를 파악했다는 해석은 일정 부분 타당하다. 그러나 위의 개요에서도 드러났듯이 첫째 또한 선비와 간난이 못잖은 이 작품의 중심인물이며, 또 그런 입장에서 이 작품이 "남성 주인공을 중심으로 한 계급적 각성의 서사 외에도 여성 인물을 대상으로 하는 애정의 서사를 공통적으로 내포하고 있다"는 해석이 제기된 만큼, 일방적으로 '여성 문제'에 초점을 맞춘 작품으로 규정하는 것은 문제가 있다. 앞서 첫째와 선비 및 간난이의 자기 각성의 과정의 자연스러움을 말한 바 있지만, 만일 그 자연스러움과 핍진성의 정도를 거론한다면 선비의 경우는 많은 부분 그 변화가 작위적이며 그 폭 또한 큰 반면에 첫째의 경우가 더 설득력이 있기 때문이다.

작품 초반에서 애정의 이야기—선에 수렴되었던 선비와 첫째 가운데 현실 논리에 대한 고뇌를 먼저 체험하는 것은 첫째다. 첫째는 덕호네 타작마당에서 덕호에게 대들다가 주재소 신세를 지고 나온 뒤로부터 '법'의 존재에 대해 의문을 갖게 되는데, 이 대목은 향후 고향을 등지고 인천으로 가게 되는 첫째의 변신에 가장 중요한 계기가 되고 있다. 그 대목은 다음과 같다.

> 첫째는 그 하늘을 묵묵히 바라볼 때 어젯밤 순사부장이 자기들을 모아 놓고 "너희들에게 법이란 것을 가르쳐야겠다" 하던 말이, 그의 머리에 휙 떠오른다.
> "법, 법…… 법, 법에 걸리면 죽이는 법까지 있다지?"
> 그가 법이란 막연하게나마 전통적으로 신성불가침의 것으로 알았지마는…… 아니 지금도 그렇게 알지마는, 어제 일을 미루어 곰곰이 생각하니 웬일인지 그 법에 대하여 무엇이라고 형용할 수 없는 엉킨 실마리가 그의 온 가슴을 꽉 채우고 말았다.
> "우리들이 어제 덕호와 싸운 것이 법에 걸리는 일이라지? 그 법……법……." (130쪽)

> 이 서방은 이 법이란 것이 어떤 사람이 만든 것이 아니라 사람이 나기 전부터 이 세상에는 벌써 이 법이란 있었던 것같이 생각되었던 것이다. 이 말을 들은 첫째는 한참 더 말로 형용할 수 없는 비애를 느꼈다. 동시에 벗어나지 못할 철칙인 이 법! 어째서 자기만이, 아니 그의 앞에서 신음하고 있는 이 서방, 그의 어머니만이 여기에 걸려들지 않고는 못 견딜까? ……. (149쪽)

위와 같은 첫째의 고뇌가 그의 사상적 각성과 서울로의 도망 및 이후 노동자로서의 자의식을 갖추는 일련의 변화 과정에 중요한 동기가 되어주고 있다는 것은 의심의 여지가 없다. 인천에서 신철과 알게 된 후에도 첫째는 신철에게 법에 걸리지 않는 법을 물을 정도로 집요하게 관심을 표하는데, 이런 점에서 보면 훗날 신철과 함께 선비가 일하고 있는 공장에 삐라를 넣어주는 등의 활동을 하면서 첫째가 이르게 되는 계급적 각성은 선비의 그것과는 비교할 수 없게 설득력을 지닌다.

> 선비도 자기가 넣어주는 그 종이를 보고 똑똑한 선비가 되었으면……
> 하였다. 과거와 같이 온순하고 예쁘기만 한 선비가 되지 말고 한 보 나아
> 가서 씩씩하고도 지독한 계집이 되었으면…… 하였다. 그때야말로 자기
> 가 믿을 수 있고 같이 걸어갈 수가 있는 선비일 것이라…… 하였다.
> 그는 이러한 생각을 하며 걸었다. 인간이란 그가 속하여 있는 계급을 명
> 확히 알아야 하고 동시에 인간 사회의 역사적 발전을 위하여 투쟁하는 인간
> 이야말로 참다운 인간이라는 신철의 말을 다시 한 번 생각하였다. (281쪽)

『인간문제』에서 첫째가 신철로 인해 계급적 자각을 하게 되는 삽화는 선비가 간난이의 도움으로 서서히 자기 각성에 이르게 되는 과정과 매우 유사하다. 그러나 작품의 진행 과정에서 간난이와 선비의 연대가 꾸준히 지속되는 데 반해, 신철과 첫째의 연대는 금이 가고 만다. 첫째도 가담한 부두 노동쟁의와 관련하여 잡혀간 신철이 아버지와 친구인 판사 병식의 회유에 전향하고 다른 길을 걷기 때문이다.

작가가 다른 인물의 입을 빌어 '소위 지식계급' 출신인 신철의 전향과 첫째와 간난이를 위시한 노동자 계급의 연대를 대비적으로 그리고 있는 것은 물론 작가 자신의 계급의식의 반영일 것이다. 이렇게 보면 이 작품의 의미를 반드시 여성 문제를 중심으로만 해석하는 것은 작품의 의미를 축소하는 격이 된다. 그 근거는 바로 위에서 인용한 첫째의 법에 대한 작가 문제를 다시 살펴보는 것만으로 충분하다. 법에 대한 첫째의 위와 같은 의구심과 그 형평성에 대한 고뇌는 식민지 시대 소설을 통틀어 아주 예외적인 장면 가운데 하나로 우리 소설과 법의 상관성이라는 측면에서 매우 중요한 단서를 제공하는 예로서, 다른 각도에서의 조명이 필요한 주제다.

그러나 이 점과 별개로 이 작품에 그려진 사건과 법의 문제의 상관성은

비단 첫째만의 일로 그치지 않는다는 점에 유의할 필요가 있다. 작품 초반에 덕호의 딸 옥점과 애정의 하위 이야기—선을 형성했던 신철은 경성제대 학생으로 역시 전향한 아버지의 권고대로 일제의 관리인 고등문관 시험을 준비 중이었던 인물로 그려지고 있고, 작품 말미에서 그를 사상적으로 전향케 하는 판사 병식은 신철이 고문시험 준비를 하던 시절 육법전서를 가슴에 안고 소리 내어 법조문을 외우던 인물이었기 때문이다. 첫째와 신철 및 병식에 이르기까지 작품의 중심 이야기—선의 변화를 주도한 인물들과 사건들에 한결같이 법의 문제와 법과 연관된 인물들이 등장하고 있는 점은 예사롭게 볼 사항이 아니다. 이런 맥락을 염두에 두면 작품의 말미에서 인물인 첫째와 서술자의 합치된 목소리로 전달되는 아래와 같은 진술 또한 새롭게 해석될 여지가 충분하다.

> 그리고 불불 떨었다. 이렇게 무섭게 첫째 앞에 나타나 보이는 선비의 시체는 차츰 시커먼 뭉치가 되어 그의 앞에 각 가로질리는 것을 그는 눈이 뚫어져라 하고 바라보았다.
> 이 시커먼 뭉치! 이 뭉치는 점점 크게 확대되어가고 그의 앞을 캄캄하게 하였다. 아니, 인간이 걸어가는 앞길에 가로질리는 이 뭉치…… 시커먼 뭉치, 이 뭉치야말로 인간문제가 아니고 무엇일까?
> 이 인간문제! 무엇보다도 이 문제를 해결하지 않으면 안 될 것이다. 인간은 이 문제를 위하여 몇 천만 년을 두고 싸워왔다. 그러나 아직 이 문제는 풀리지 않고 있지 않은가! 그러면 앞으로 이 당면한 큰 문제를 풀어나갈 인간이 누굴까? (327쪽)

이상 살펴본 것처럼, 강경애의 『인간문제』는 기왕의 여성 비판적 독해와는 달리, 이야기—선의 전개상 중심인물을 남성 주인공인 첫째로 상정할 수 있는 충분한 근거가 있으며, 또 그렇게 해석하는 것이 여성 인물 중심으로 해석했을 때보다 훨씬 자연스럽고 메시지의 해석의 영역 또한 확장된다. 그리고 비록 습작 수준의 작품이긴 하지만 『어머니와 딸』의 이야기 또한 개연성의 측면에서나 소설의 핍진성의 측면에서 남성 인물인 봉준의 인물화가 훨씬 안정적이다. 비록 이 두 편에서 여성 문제가 중요한 주체적 국면을 이루고 있는 것은 사실이지만, 그것은 여러 의미망 가운데 하나일 뿐, 여러 주제들을 통합하고 주도하는 상위 수준의 주제는 되지 못한다. 위와 같은 해석은 문학 연구에 있어서 작가의 젠더와 젠더 의식의 일치를 자명한 것으로 간주하는 해석이 놓칠 수 있는 작품의 의미 영역을 드러내주는 예로서 충분한 근거를 제공한다. 그리고 이는 더 나아가 본고가 서론에서 제기한 것처럼, 여성 작가의 젠더 의식을 자명한 것으로 전제하거나, 사회적 개인으로서 특정한 여성 작가가 지니고 있는 젠더 의식이 고스란히 소설의 주제로 구현되었을 것이라고 상정하고 행하는 기왕의 해석적 관점이 문제가 있다는 것을 암시해준다.

이 점에 대해서 안숙원의 기존 논의가 또 하나의 중요한 방증이 되어준다. 안숙원은 강경애가 "빈/부의 갈등에 강박된 나머지 남녀 관계도 노동자/자본가의 경제적 구조 속에서만 보려 한 까닭에 여성 인물들이 겪는 성적 정체성의 위기에 대한 섬세한 통찰력이 미흡하다"고 평가한다. 즉, 강경애가 『인간문제』에서 목화솜틀과 방적기계라고 하는 여성적 작업의 동기화를 마련하고 그것을 통해 여성의 젠더 문제를 거론하고자 한 작의는 분명하지만, "'배고픔'의 인간문제를 남성적 감수성으로 드러내고자 했기 때문에 언술과 젠더의 착종이 있게" 되었다고 평가하고, 강경애 소설의 이런 특성을 "유사남성성(pseudo-masculinity)"이라고 해석하고 있는 것이다.

결국 강경애는 두 편의 소설을 통해 전통 사회의 가부장적 제도의 폭력성과 그것의 직접적 희생양으로서의 여성의 존재를 문제 삼고 있는 것은 사실이지만, 역설적이게도 남성 인물 및 젠더 의식을 넘어서는 주제에 초점을 맞춤으로써 애써 포착한 문제의식을 무화시키고 있는 것이다. 이것은 작가 강경애가 자신의 젠더와는 무관하게 당대 식민지 현실을 가부장적 세계관으로 인식하고 있었다는 것을 말해준다. 말하자면 작가 강경애에게 전통 사회의 가부장적 제도의 폭력에 노출된 구여성에 대한 인식이 있었다고는 해도, 급변하는 시대 속에서 그러한 구여성의 존재의 위기와 문제성을 소설적으로 형상화하기에는 역부족이었다는 것이다. 강경애는 최소한 계급의식의 소설적 수용이라는 차원에서는 일정 부분 성공했는지 몰라도, 오늘날의 많은 여성 비평가들이 읽어내는 것처럼 여성의 문제성을 통해 식민지 근대의 문제를 전달하는 데에 있어서는 실패했다. 그것은 무엇보다도 여성 인물을 소설적으로 형상화하는 방법론을 마련하지 못했기 때문이라고 할 수 있다. 다양한 남성들의 현실적 모습을 파악하고 묘사하는 데는 성공했지만 여성 인물을 형상화하는 데 있어서는 기계적인 패턴을 답습했다는 것 자체가 이런 판단을 가능케 한다.

3. 결론과 몇 가지 가설

어떤 작가가 개인적으로 견지하고 있는 세계관이 그의 소설로 그대로 연장되고 있는가 그렇지 않을 수 있는가 하는 문제는, 비록 오늘날 새롭게 제기된 문제는 아니지만 여전히 문제적이다. 이 점을 인식하는 데에는 개인적 신념에 있어서 왕당파였던 발자크의 세계관과 그의 작품의 반反왕당파적 성격 사이의 괴리를 두고 벌어졌던 논란을 상기하는 것만으로도 족할 것이다. 강경애의 장편소설을 두고 그것을 가부장적 세계관의 반영으로 읽을 것이냐 페미니스트적 전망의 반영으로 읽을 것이냐 하는 문제 또한 이런 각도에서 우리 소설의 해석에 중요한 문제점을 제기하는 것이다. 이런 문제와 관련하여 강경애의 『어머니와 딸』과 『인간문제』가 소설의 발상법 내지는 이야기를 축조하는 서사적 문법의 차원에서도 제기하고 있는 일정한 문제점 또한 매우 중요한데, 이 점을 가설적으로 언급하는 것으로 논의를 끝맺고자 한다.

『어머니와 딸』과 『인간문제』는 인물화의 과정에서 인물들의 각성의 당위와 핍진성을 위해 동일한 방법론을 사용하고 있는데 그것은 인물들의 현재를 역사적 맥락에서 파악하는 것이다. 『어머니와 딸』의 경우, 작가는 주인공 옥의 현재를 이야기하기 위해 그의 모친인 예쁜이의 운명은 물론 그 부모가 외는 김창문의 삶과 죽음까지를 비교적 구체적으로 이야기한다. 이런 사정은 『인간문제』에 있어서도 마찬가지다. 여주인공 선비의 삶을 이야기하기에 앞서 그녀의 부친과 모친의 삶을 축약적으로 완료시키고, 첫째의 삶 또한 그런 연장선상에서 전경화시킨다. 이 과정에서 작가는 여주인공들을 겁탈은 물론 죽음과 같은 극한상황으로 내모는 것은 물론, 그 가해자로서 이춘식이라든가 덕호와 같은 지주를 상정하고 있다.

이런 설정이 인물들의 계급적 구도를 명확히 함은 물론, 선비와 첫째가 도달하는 계급적 인식의 절실성과 역사적 당위성을 강조하기 위한 것임은 분명하다. 그런데 이 과정 때문에 『어머니와 딸』과 『인간문제』는 작품의 전반과 후반, 그러니까 여성 인물의 배경이 되는 성장사와 봉준과 친구들의 이야기라든가 첫째와 신철의 연관과 같은 현재 이야기가 긴밀하게 조응되지 못하고 기계적으로 결합된 듯한 느낌을 강하게 환기한다. 『어머니와 딸』의 경우 서술자는 옥과 산호주를 소개하는 자리에서, "지루하나마 옥의 친정어머니 이야기로부터 시작하자"라든가, "그 부인의 과거를 잠깐 이야기하고 지나가자"라는 말로서 인물의 역사를 이야기하고 있는데, 드러내놓고 이야기하는 이런 서술의 전환은 이야기—현실에 대한 독자의 집중을 저해하는 동시에 서술자가 서술의 논리에만 충실하려 한다는 인상을 강하게 전해준다. 또한 『인간문제』의 경우에도 이야기 무대가 서울로 변함에 따라서 총독부의 미곡정책, 미두米豆, 미쓰코시 백화점의 풍요로움, 만주국과 같은 다양한 시대적 정보들이 제시되고 있기는 하지만, 이러한 정보들이 작품의 주된 사건과 긴밀하게 맞물려 있는 것으로 보이지는 않는다.

그런데 더 문제적인 것은 이러한 강경애의 작법이 그보다 앞서 발표된 남성 작가들의 방법론과 일정 부분 유사하다는 점이다. 『어머니와 딸』의 경우 인물의 현재를 이야기하기 위해 가계사를 들춰내는 방법론은, 역사적인 배경이라는 관점에서만 인물을 창조했던 김동인 특유의 소설적 방법론과 닮아 있는데, 「감자」의 「배따라기」 등 조기소설에서 김동인이 마련한 통시적 인물화의 기법이 이에 대응하는 하나의 증거가 될 만하다. 또한 유학생인 봉준과 그 친구들의 교류담은, 일본에 유학했던 남성들이 부모가 맺어준 아내와 신여성 사이에서 보이는 심리적 동요의 장면을 담고 있는 채만식의 「과도기」(1923)의 장면과 매우 흡사하다. 보다 상세한 접근과

정황증거가 포착되어야 할 문제이긴 하지만 『어머니와 딸』 및 『인간문제』에서 그려지고 있는 여성 인물의 각성의 작위성을 함께 고려해볼 때, 이런 정황은 강경애가 여성적 전망에 의해서 여성들의 삶의 경험을 담아내는 독자적인 이야기 문법을 확보했다기보다는 기존에 존재했던 남성적 경험을 담아내는 이야기 문법에 기대고 있다는 점을 암시해준다.

따라서 강경애가 참조한 선행하는 그 남성적 이야기 문법이 그녀의 독서 체험으로부터 비롯되었음을 상정하기란 그다지 어렵지 않으며, 이때 강경애의 독서 체험의 원천이 되어주었던 작품들은 시기적으로 볼 때 거의 대부분 춘원과 김동인, 그리고 염상섭과 장혁주 등과 같은 남성 작가의 작품이었을 가능성이 크다. 이렇게 생각한다면 강경애 소설이 위에서 살펴본 것처럼 남성 중심적인 전망을 강하게 함축하고 있는 것도 의외는 아니라고 판단된다. 위에서 살펴본 바 『인간문제』가 첫째라는 남성적 인물의 각성의 플롯으로 귀결된 점도 하나의 방증이 된다. '각성의 플롯'을 배타적으로 남성적인 플롯이라고 하기는 어려울지도 모른다. 그러나 발단에서 절정, 그리고 대단원에 이르는 플롯 자체가 이른바 남성적 플롯(oedipal plot)으로 의심받고 있는 페미니스트 시학 연구의 현주소를 감안한다면, 『인간문제』의 플롯이 설사 애초에 이중영웅의 플롯을 지향했다고 하더라도 남성적 영웅주의를 되풀이했거나 대파국으로 귀결되는 남성적 플롯의 기계적 차용일 가능성은 배제할 수 없을 것이다. 강경애가 놓였던 이런 문제적인 독서 체험의 상황은 아마도 1930년대에 활동했던 상당수 여성 작가들의 문학적 환경이기도 했을 텐데, 최정희나 이선희와 같이 강경애와 대척적인 위치에 놓이는 여성 작가의 작품 또한 식민지 시대 여성 작가들의 이러한 문학적 수련의 특수성과 긴밀하게 연관되어 있을 것이다. 향후 여성 문학 연구가 유념해야 하고 또 반드시 검증해야만 할 대목이 바로 이 점이다. 여성적 경험과 여성적 인식에 부합하는 이야기 형식과 문법의 구축이 어떤 경로를 통해 이루어졌는가 하는 문제가 바로 그것이다.

김 경 수 (서강대 교수 · 문학평론가)

| 참고문헌 |

김민정, 「일제시대 여성문학에 나타난 구여성의 정체성에 관한 연구」, 『여성
　　　문학연구』 제14호, 2005.

김양선, 『1930년대 소설과 근대성의 지형학』, 소명, 2003.

안숙원, 「유사남성적 언술과 '젠더' 의식의 착종」, 안숙원 외, 『한국여성문학
　　　비평론』, 개문사, 1995.

이상경, 「강경애의 『인간문제』」, 이상경 편, 『인간문제』, 창작과비평사, 1992.

이수현, 「1930년대 경향소설의 이중서사 연구 – 이기영의 『고향』과 강경애의
　　　『인간문제』를 중심으로」, 서강대 대학원 석사학위논문, 2001.

Kathy Mezei ed, *ambiguous discourse*, Chapel Hill, 1996.

Mary Crawford · Roger Chaffin, "The Reader's Construction of Meaning", Elizabeth
　　　A. Flynn & Patrocinio Schweickat ed, *Gender and Reading*, Johns Hopkins U.
　　　P., 1986.

Peter Schwenger, *Phallic Critiques*, RKP, 1984.

[⌐]1906 황해도 송화군 송화 출생.

[⌐]1909 아버지 사망.

[⌐]1910 재혼하는 어머니를 따라 황해도 장연군 장연으로 이주함.

[⌐]1913 한글을 깨쳐 『춘향전』 등 구소설을 읽기 시작. 『삼국지』, 『옥루몽』, 『조웅전』, 『숙향전』 등을 읽었으며, 동네의 집집마다 불려 다니며 소설을 읽어주는 전기수 노릇을 함.

[⌐]1915 장연여자청년학교를 거쳐 장연보통학교에 입학.

[⌐]1921 평양 숭의여학교에 입학. 형부에게 학비를 받아 기숙사 생활을 함.

[⌐]1923 장연 태생의 동경 유학생이던 양주동을 만나 연애. 학교의 엄한 규칙과 사생활 간섭에 항의하는 학생 동맹휴학 사건 관련자로 퇴학당함. 이 사건 후에 서울 동덕여고보 3학년에 편입.

[⌐]1924 양주동이 주재하던 『금성』지에 강가마(姜珂瑪)라는 필명으로 시 「책 한 권」을 발표. 9월 초 양주동과 헤어지고 동덕여고보를 중퇴한 뒤 장연으로 돌아옴. 이때부터 본격적으로 문학 공부를 하며 몇 편의 시를 발표.

[⌐]1925 장연에 거주하면서 무산아동들을 위한 '흥풍야학교'를 개설, 운영.

[⌐]1929 『조선일보』에 독자 투고 형식으로 「염상섭씨의 논설 「명일의 길」을 읽고」를 발표.

[⌐]1930 『조선일보』 부인 문예란에 「조선 여성의 밟을 길」을 발표.

[⌐]1931 『조선일보』 부인 문예란에 「파금」이란 단편소설을 독자 투고로 발표. 2월에는 『조선일보』에 강악설(姜岳雪)이라는 필명으로 「양주동군의 신춘 평론─반박을 위한 반박」을 씀. 수원 농림학교 출신인 장연 군청의 고원 장하일(張河一)과 결혼한 뒤 간도로 이주. 8월부터 1932년 12월까지 『혜성』지에

장편소설 「어머니와 딸」을 연재.

1932 일본군의 간도 토벌과 중이염 때문에 용정을 떠나 서울에서 머물다 9월경 다시 간도로 감. 9월 『삼천리』에 소설 「그 여자」 발표.

1933 『신여성』 1월호에 「커다란 문제 하나」를 비롯하여 여러 편의 수필을 씀. 간도를 배경으로 한 소설 「채전」과 「축구전」을 9월과 12월 『신가정』에 발표.

1934 2월에 소설 「유무」와 5월~10월에 「소금」을 『신가정』에 발표하는 등 소설 창작에 주력함. 8월~12월까지 『동아일보』에 장편소설인 「인간문제」를 연재.

1935 『개벽』 1월호에 소설 「모자」. 『신가정』 2월호에 「원고료 이백 원」, 『신동아』 3월호에 「해고」, 『신가정』 6~7월호에 「번뇌」를 발표.

1936 간도 용정에서 안수길, 박영준 등과 함께 '북향'의 동인으로 가담. 『대한매일신문』에 일본어로 쓴 소설 「장산곶」을 비롯해 세 편의 단편소설과 한 편의 수필을 발표함.

1937 『여성』 1~2월호에 「어둠」, 11월호에 「마약」 발표.

1938 『삼천리』 5월호에 「검둥이」(미완) 발표.

1939 조선일보 간도지국장 역임. 신병이 악화되어 고향인 장연으로 돌아감.

1940 상경하여 경성제대병원에서 치료를 받음. 『신세기』 4월호에 수필 「내가 좋아하는 솔」, 『인문평론』 7월호에 「약수」를 발표.

1944 4월 26일 지병이 악화되어 사망.

■ 소설

「파금」	『조선일보』	1931.1.27~2.3
「어머니와 딸」(장편)	『혜성』	1931.8~1932.12
「그 여자」	『삼천리』	1932.9
「월사금」(콩트)	『신동아』	1933.2
「부자」	『제일선』	1933.3
「젊은 어머니」(연작)	『신가정』	1933.4
「채전」	『신가정』	1933.9
「축구전」	『신가정』	1933.12
「유무」	『신가정』	1934.2
「소금」(중편)	『신가정』	1934.5~10
「인간문제」(장편)	『동아일보』	1934.8.1~12.22
「동정」	『청년조선』	1934.10
「모자」	『개벽』	1935.1
「원고료 이백 원」	『신가정』	1935.2
「해고」	『신동아』	1935.3
「번뇌」	『신가정』	1935.6~7
「지하촌」	『조선일보』	1936.3.12~4.3
「파경」(연작)	『신가정』	1936.5
「장산곶」(일본어 소설)	『오사카매일신문』	1936.6.6~10
「산남」	『신동아』	1936.8
「어둠」	『여성』	1937.1~2
「마약」	『여성』	1937.11
「검둥이」	『삼천리』	1938.5~?(미완)

■ 수필, 평론

「염상섭씨의 논설 「명일의 길」을 읽고」	『조선일보』	1929.10.3~7
「조선 여성들의 밟을 길」	『조선일보』	1930.11.28~29
「양주동군의 신춘 평론 —반박을 위한 반박」	『조선일보』	1931.2.11
「간도를 등지면서」	『동광』	1932.8
「간도야 잘 있거라」	『동광』	1932.10
「꽃송이 같은 첫눈」	『신동아』	1932.12
「커다란 문제 하나」	『신여성』	1933.1
「간도의 봄—심금을 울린 문인의 이 봄」	『동아일보』	1933.4.23
「나의 유년 시절」	『신동아』	1933.5
「원고 첫 낭독」	『신가정』	1933.6
「여름밤 농촌의 풍경 점점」	『신가정』	1933.7
「이역의 달밤」	『신동아』	1933.12
「송년사」	『신가정』	1933.12
「간도」	『조선중앙일보』	1934.5.8
「표모의 마음」	『신가정』	1934.6
「작자의 말」	『동아일보』	1934.7.27
「두만강 예찬」	『신동아』	1934.7
「고향의 창공」	『신가정』	1935.5
「장혁주 선생에게」	『신동아』	1935.7
「어촌 점묘」	『조선중앙일보』	1935.9.1~6
「불타산 C군에게 —그리운 고향」	『동아일보』	1936.6.30
「작가 작품 연대표」(앙케트)	『삼천리』	1937.1
「기억에 남은 몽금포」	『여성』	1937.8
「봄을 맞는 우리 집 창문」	『삼천리』	1938.5
「자서소전」	『여류단편걸작집』	1939
「내가 좋아하는 솔」	『신세기』	1940.4
「약수」	『인문평론』	1940.7

■ 시

「책 한 권」	『금성』	1924.5
「가을」	『조선문단』	1925.11
「다림불」	『조선일보』	1926.8.18
「오빠의 편지 회답」	『신여성』	1931.12
「참된 어머니가 되어주소서」	『신여성』	1932.12
「숲 속의 농부」	『신동아』	1933.6
「오늘 문득」	『신가정』	1934.12
「이 땅의 봄」	『북향』	1935.12
「단상」	『북향』	1936.1
「산딸기」	미상	미상(유고시)